MEDIA &
COMMUNICATION

DICTIONNAIRE

Anglais-Français/Français-Anglais

HARRAP

First published in Great Britain 2002
by Chambers Harrap Publishers Ltd
7 Hopetoun Crescent
Edinburgh EH7 4AY

Film classification symbols published
by kind permission of the BBFC (UK)
and the MPAA (US).

ISBN 0245 60686 6 (UK)
ISBN 0245 50435 4 (France)

Dépôt légal : avril 2002

Designed and typeset by Chambers Harrap Publishers Ltd, Edinburgh
Printed and bound in France by I.F.C.

Editor/Rédactrice
Anna Stevenson

with/avec
Georges Pilard

and/et
Nathalie Gentilli
Rachel Skeet

Illustrations/Illustrations
Kate Allan

Publishing manager/Direction éditoriale
Patrick White

Specialist consultants/Consultants spécialistes

Francis Balle
Directeur de l'Institut de recherches et d'études
sur la communication
Université Panthéon-Assas Paris II

Gill Branston
Senior Lecturer
Cardiff University School of Journalism, Media and Cultural Studies

Prepress/Prépresse
Clair Good

Trademarks

Words considered to be trademarks have been designated in this dictionary by the symbol ®. However, no judgement is implied concerning the legal status of any trademark by virtue of the presence or absence of such a symbol.

Marques déposées

Les termes considérés comme des marques déposées sont signalés dans ce dictionnaire par le symbole ®. Cependant, la présence ou l'absence de ce symbole ne constitue nullement une indication quant à la valeur juridique de ces termes.

Contents
Table des Matières

Preface

Developed and expanded from the databases used for the **Harrap French Business Dictionary** and the **Harrap Unabridged**, this book is the latest in the *Vie des Affaires* series. It brings together terms from all the key areas of media, including TV and radio, cinema, DTP, printing and typesetting, press and publishing, photography, audio, computing and telecommunications. It will be an invaluable tool not only for students of media subjects but also for translators and all those working in media industries.

Recent years have seen unparalleled expansion in many media-related fields, especially those of information technology, tele-communications and digital, satellite and cable broadcasting. Newly coined terms such as **WAP, set-top box, B2B, presse people, texto** and **cybersquatting** together with more established terms such as **best boy, reality TV, page plan, télé-poubelle, septième art** and **chiens écrasés** all have their place in this book.

As with all the dictionaries in this series, we have sought to help the reader by providing extra information in the form of **practical help** and **context.**

Practical help has been provided in the form of a supplement explaining the activities of the major international media conglomerates, together with an illustrated feature on different camera shots and angles. In addition, several panels integrated into the dictionary text give encyclopedic information on a variety of media-related topics, including major newspapers and magazines, international film festivals and page layouts.

Context is provided for the more interesting terms or for those which are difficult to translate by the inclusion of hundreds of quotations from French and English newspapers, magazines and websites which illustrate the use of the relevant term in the real media world.

Préface

Le présent ouvrage est le dernier titre en date de la série *La Vie des Affaires*. Il a été rédigé à partir des bases de données du **Harrap's Business Dictionary** et du **Harrap's Unabridged** et comporte également des centaines d'entrées originales. Il rassemble des termes issus des principaux domaines du monde des médias tels que la télévision, la radio, le cinéma, la PAO, l'imprimerie, la typographie, la presse, l'édition, la photographie, la prise de son, l'informatique et les télécommunications. Il sera un outil indispensable non seulement pour l'étudiant en communication et journalisme, mais également pour le traducteur et pour tous ceux qui travaillent dans les médias.

Ces dernières années ont vu un développement sans précédent du monde des médias, particulièrement dans le domaine de l'informatique, des télécommunications, de la diffusion numérique, et de la télévision par satellite et par câble. Des termes récents tels que **WAP, set-top box, B2B, presse people, texto** et **cybersquatting** figurent dans ce dictionnaire aux côtés de termes qui ont cours depuis plus longtemps tels que **best boy, reality TV, page plan, télé-poubelle, septième art** et **chiens écrasés.**

Cet ouvrage, comme tous ceux de la collection *La Vie des affaires* de Harrap, met l'accent sur **l'aide pratique** à l'utilisateur ainsi que sur **la mise en contexte.**

L'aide pratique à l'utilisateur est assurée par un supplément sur les activités des principaux groupes de médias internationaux ainsi que par une section illustrée sur les différents plans et angles de prise de vue au cinéma et à la télévision. Par ailleurs, une douzaine d'encadrés intégrés au texte éclaireront l'utilisateur sur divers aspects du monde des médias, à propos ; on y trouvera notamment les principaux journaux et magazines anglophones et francophones, des renseignements sur les festivals internationaux du film, et le language de typographie.

La mise en contexte est assurée par la présence de nombreuses citations extraites de journaux, de magazines et de sites Internet, illustrant les termes les plus intéressants ou ceux qui posent des problèmes de traduction. Ces citations sont présentées dans des encadrés et montrent comment les termes en question sont réellement utilisés dans le monde des médias.

Labels
Indications d'Usage

gloss	=	glose
[introduces an explanation]		[introduit une explication]
cultural equivalent	≃	équivalent culturel
[introduces a translation		[introduit une
which has a roughly		traduction dont les
equivalent status in the		connotations dans la
target language]		langue cible sont
		comparables]
abbreviation	*abbr, abrév*	abréviation
adjective	*adj*	adjectif
adverb	*adv*	adverbe
North American English	*Am*	anglais américain
audio	*Audio*	audio
Belgian French	*Belg*	belgicisme
British English	*Br*	anglais britannique
Canadian French	*Can*	canadianisme
cinema	*Cin*	cinéma
computing	*Comptr*	informatique
desktop publishing	*DTP*	publication assistée par
		ordinateur
publishing	*Édition*	édition
feminine	*f*	féminin
familiar	*Fam*	familier
printing	*Imprim*	imprimerie
masculine	*m*	masculin
masculine and feminine noun	*mf*	nom masculin ou féminin
[same form for both genders,		[formes identiques]
eg **journalist** journaliste *mf*]		
masculine and feminine noun	*m,f*	nom masculin ou féminin
[different form in the feminine,		[formes différentes]
*e*g **director** réalisateur(trice) *m,f*]		
noun	*n*	nom
feminine noun	*nf*	nom féminin

ix

feminine plural noun	*nfpl*	nom féminin pluriel
masculine noun	*nm*	nom masculin
masculine and feminine noun [same form for both genders, eg **cinéaste** *nmf*]	*nmf*	nom masculin ou féminin [formes identiques]
masculine and feminine noun [different form in the feminine, eg **éditeur, -trice** *nm,f*]	*nm,f*	nom masculin ou féminin [formes différentes]
masculine plural noun	*nmpl*	nom masculin pluriel
computing	*Ordinat*	informatique
photography	*Phot*	photographie
press	*Press, Presse*	presse
printing	*Print*	imprimerie
publishing	*Publ*	édition
radio	*Rad*	radio
plural	*pl*	pluriel
Swiss French	*Suisse*	helvétisme
telecommunication	*Tel, Tél*	télécommunications
television	*TV*	télévision
typography	*Typ*	typographie
verb	*v*	verbe
intransitive verb	*vi*	verbe intransitif
reflexive verb	*vpr*	verbe pronominal
transitive verb	*vt*	verbe transitif
inseparable transitive verb [phrasal verb where the verb and the adverb or preposition cannot be separated, eg **double for**; she **doubled for** Meg Ryan]	*vt insep*	verbe transitif à particule inséparable [par exemple : **double for** (doubler); she **doubled for** Meg Ryan (elle a doublé Meg Ryan)]
separable transitive verb [phrasal verb where the verb and the adverb or preposition can be separated, eg **blow up**; he **blew** the photo **up** or he **blew up** the photo]	*vt sep*	verbe transitif à particule séparable [par exemple : **blow up** (agrandir); he **blew** the photo **up** *ou* he **blew up** the photo (il agrandi la photo)]

A *n Br Formerly Cin* = mention accompagnant les films interdits aux enfants de moins de 14 ans non accompagnés par un adulte (remplacé par PG)

AA *n Br Formerly Cin* = mention accompagnant les films interdits aux moins de 14 ans

AAI *n Br TV* (*abbr* **Audience Appreciation Index**) = indice de mesure de satisfaction du public

A&R *n* (*abbr* **artists and repertoire**) = service d'une maison de disque chargé de recruter de nouveaux artistes

◇ **A&R man** = personne qui recrute de nouveaux artistes

ABC *n* (**a**) *TV* (*abbr* **American Broadcasting Company**) = chaîne de télévision américaine (**b**) *TV* (*abbr* **Australian Broadcasting Corporation**) = chaîne de télévision australienne (**c**) *Press* (*abbr* **Audit Bureau of Circulation**) (*company*) = organisme de vérification de la diffusion des journaux et magazines; **the ABCs** (*statistics*) = statistiques établies par le "Audit Bureau of Circulation" portant sur la diffusion des journaux et magazines

above-the-line costs *npl Cin* dépenses *fpl* de création

Academy *n Cin* the Academy (of Motion Picture Arts and Sciences) l'Académie *f* des arts et des sciences cinématographiques *(association américaine de professionnels du cinéma, répartis selon leur métier)*

◇ **Academy Award** Oscar *m*

◇ **Academy leader** amorce *f*

◇ **Academy ratio** écran *m* de format standard

accelerated motion *n Cin* accéléré *m*

access *n*

◇ *TV* **access broadcasting** télévision *f* ouverte

◇ *TV* **access channel** canal *m* d'accès

◇ *Comptr* **access provider** fournisseur *m* d'accès

◇ *TV* **access television** télévision *f* ouverte

accordion fold *n Publ* pliure *f* en accordéon

accredit *vt Press* accréditer

accreditation *n Press* accréditation *f*

accredited *adj Press* accrédité(e)

ACE *n Cin* (*abbr* **American Cinema Editors**) = association américaine des monteurs de cinéma

acetate *n Print* acétate *m*

◇ *acetate foil* feuille *f* d'acétate

achromatous, achromous *adj*
  Phot achrome

acoustic *adj* acoustique
◇ *acoustic coupler* coupleur *m*
  acoustique
◇ *acoustic engineer* acousticien(-
  enne) *m,f*
◇ *acoustic feedback* effet *m* Larsen, rétroaction *f* acoustique,
  bouclage *m* acoustique
◇ *acoustic screen* écran *m* acoustique
◇ *acoustic signal* signal *m* acoustique

acoustically *adv* du point de vue de
  l'acoustique

acoustics 1 *n (subject)* acoustique *f*
  2 *npl (of room, theatre)* acoustique
  f; **to have bad/good acoustics** avoir
  une mauvaise/bonne acoustique

act 1 *vt (part)* jouer, tenir; *(play)*
  jouer; **he's acting (the part of) King
  Lear** il joue le rôle du Roi Lear
  2 *vi (perform a part)* jouer; **he's
  been acting since he was a child** il
  joue depuis son enfance; **he can't
  act** c'est un mauvais acteur; **I always
  wanted to act** j'ai toujours voulu
  être acteur; **to act in a film** tourner
  dans un film

acting *n* **(a)** *(profession)* profession *f*
  d'acteur; **I've done a bit of acting** *(in
  theatre)* j'ai fait un peu de théâtre;
  (in cinema) j'ai fait un peu de cinéma
  (b) *(performance)* interprétation *f*;
  the acting was superb l'interprétation était superbe

action *Cin & TV* **1** *exclam* action!
  2 *n* intrigue *f*, action *f*; **the action
  takes place in a barber's shop** l'action
  se situe *ou* se passe chez un coiffeur
◇ *Cin action film* film *m* d'action
◇ *Cin action movie* film *m* d'action
◇ *Br TV action replay* = répétition
  immédiate d'une séquence

action-adventure film, action-

adventure movie *n* film *m* d'action

actor *n* acteur *m*, comédien *m*; **he's a
terrible actor** c'est un piètre comédien
◇ *Actors' Studio* = école d'art dramatique fondée à New York en
  1947

actress *n* actrice *f*, comédienne *f*;
she's a good actress c'est une bonne
comédienne

ACTT *n* Formerly (abbr **Association of
Cinematographic, Television and
Allied Technicians**) = ancien syndicat britannique des techniciens du
cinéma et de l'audiovisuel, aujour-
d'hui remplacé par BECTU

actual sound *n* *Cin, Rad & TV* son
m direct

acute *Typ* **1** *adj (accent)* aigu(uë); **it's
spelled with an e acute** ça s'écrit
avec un e accent aigu
  2 *n* accent *m* aigu

AD *n* *Cin (abbr* **artistic director***)* di-
recteur(trice) *m,f* artistique

ad *n* *Fam* pub *f*; **to put an ad in the
newspaper** passer une annonce
dans le journal; **an ad for toothpaste, a toothpaste ad** une pub pour
du dentifrice; **while the ads are on**
pendant la pub
◇ *ad break* coupure *f* publicitaire

adapt *vt (book, play)* adapter; **the
play was adapted for television** la
pièce a été adaptée pour la télévision; **adapted from Shakespeare**
d'après Shakespeare

adaptation *n (of book, play)* adaptation *f*; **to make an adaptation of a
play for radio** faire l'adaptation
d'une pièce pour la radio

adapter, adaptor *n* *Cin & TV*
adaptateur(trice) *m,f*

ADC *n* *Audio (abbr* **analogue-digital
converter***)* CAN *m*

addendum *n* *Publ* addendum *m*

adjustable line space n DTP & Typ interligne f réglable

adjusted frequency n Audio fréquence f réglée

ADR n Cin & TV (abbr **Automatic Dialogue Replacement, Additional Dialogue Recording**) postsynchronisation f

ADSL n Comptr & Tel (abbr **Asynchronous Digital Subscriber Line**) ADSL f, Can LNPA f

> ❝
> BT is back in the spotlight over the way it is opening up its monopoly on local wires. A recap: a new technology called **ADSL** allows telecoms firms to use the last mile of copper cable for high-speed Internet access. BT is obligated by Brussels to allow rivals to use the cable. This paper has long argued that it has dragged its heels, and **ADSL** is once again talk of the town after BT rejected an £8bn offer for its wires business.
> ❞

adults-only adj (film) classé(e) X

advance n Cin à-valoir m
◇ Publ **advance copy** (of book, magazine) exemplaire m de lancement
◇ Cin **advance funding** préfinancement m
◇ Press **advance story** avant-papier m

adventure film, adventure movie n film m d'aventures

advertise 1 vt faire de la publicité pour; **I heard his new record advertised on the radio** j'ai entendu la publicité pour son nouveau disque à la radio; **I saw it advertised in a magazine** j'ai vu une annonce là-dessus ou pour ça dans une revue; **as advertised on TV** vu à la télé
2 vi faire de la publicité; **to advertise in the press/on radio/on TV** faire

de la publicité dans la presse/à la radio/à la télévision

advertisement n annonce f publicitaire, publicité f; TV spot m publicitaire; Press insertion f

advertising n publicité f
◇ **advertising agency** agence f de publicité
◇ **advertising insert** encart m publicitaire
◇ **advertising newspaper** journal m d'annonces
◇ **advertising slot** créneau m publicitaire

advertorial n Press publireportage m, advertorial m

advice column n Press (agony column) courrier m du cœur; (for practical advice) rubrique f pratique

aerial n Br antenne f
◇ Rad & TV **aerial curtain** rideau m d'antennes
◇ Rad & TV **aerial engineer** antenniste mf
◇ **aerial photography** photographie f aérienne
◇ Cin **aerial shot** prise f de vue aérienne

AFC n Audio (abbr **automatic frequency control**) correcteur m automatique de fréquence

A-feature n Cin film m projeté en exclusivité (lors d'une séance où deux longs métrages sont projetés)

AFI n Cin (abbr **American Film Institute**) American Film Institute m (cinémathèque américaine dont le quartier général se trouve à Washington)

AFM n TV (abbr **assistant floor manager**) régisseur m de plateau adjoint

afterimage n TV rémanence f à l'extinction

afternoon performance n Cin matinée f

AFTRA n (abbr **American Federation**

of Television and Radio Artists) = association américaine des artistes de radio et de télévision

Aga saga *n Br Fam Publ* = roman ayant pour thème la vie sentimentale d'une femme au foyer aisée

AGC *n Audio* (*abbr* **Automatic Gain Control**) antifading *m*

agency *n Cin, Press & TV* agence *f*
◇ *agency copy* dépêche *f* d'agence

agenda *n* agenda *m*
◇ *agenda setting* fonction *f* d'agenda

agent *n Cin & TV* agent *m*

agony *n Press*
◇ *agony aunt* = responsable de la rubrique courrier du cœur
◇ *agony column* courrier *m* du cœur

agreed statement *n Press* déclaration *f* commune

air *Rad & TV* **1** *n* **to be on (the) air** *(person)* être à *ou* avoir l'antenne; *(programme)* être à l'antenne; *(station)* émettre; **to go on (the) air** *(person)* passer à l'antenne; *(programme)* passer à l'antenne, être diffusé(e); **you're on (the) air** vous avez l'antenne; **to go off (the) air** *(person)* rendre l'antenne; *(programme)* se terminer; *(station)* cesser d'émettre; **the station goes off (the) air at midnight** les programmes finissent à minuit
2 *vt Am* diffuser
3 *vi Am* être diffusé(e); **the film airs next week** le film sera diffusé la semaine prochaine

airbrush 1 *n* aérographe *m*
2 *vt* retoucher à l'aérographe

▸ **airbrush in** *vt sep* ajouter à l'aérographe

▸ **airbrush out** *vt sep* effacer à l'aérographe

airbrushing *n* peinture *f ou* retouchage *m* à l'aérographe

airing *n Am Rad & TV (of programme)* diffusion *f*, transmission *f*

airplay *n Rad* **that record is getting a lot of airplay** on entend souvent ce disque à la radio

airtime *n Rad & TV* (**a**) *(time allotted on programme)* **that record is getting a lot of airtime** on entend souvent ce disque à la radio; **the subject didn't get much airtime** on n'a pas consacré beaucoup de temps au sujet pendant l'émission (**b**) *(starting time)* = heure où commence l'émission; **five minutes to airtime** on est à l'antenne dans cinq minutes

<blockquote>
Airtime on radio or TV was not the same in Mexico as it was in the U.S. You'd think a program would start at 8:00, but in reality it would start at 8:22, because they'd run 22 minutes of commercials first. And no one seemed to care. I thought that was really odd.
</blockquote>

airwaves *npl Rad* ondes *fpl* (hertziennes); **on the airwaves** sur les ondes, à la radio

airway *n Am Rad & TV* chaîne *f*

AI sheet *n Publ* = descriptif d'un livre à paraître

album *n (book, record)* album *m*
◇ *album cover* pochette *f* de disque

Aldine *adj DTP & Typ* aldin(e)

align *vt DTP & Typ (characters, graphics)* aligner, cadrer

alignment *n DTP & Typ (of characters, graphics)* alignement *m*, cadrage *m*

A-list *n* = liste des célébrités les plus cotées

<blockquote>
To celebrate the release of "It Was All A Dream" DKNY Jeans Juniors and Bad Boy CEO Sean "Puffy" Combs will host a star-studded release event at the trendy downtown Manhattan hotspot Metronome (915
</blockquote>

Broadway at 21st Street). **A-list** celebrities from the worlds of entertainment, fashion, sports, politics and the media have been invited to attend the event.

"

alley n Print lézarde f

alligator clip n Cin pince f crocodile

all-night showing n Cin = projection ininterrompue durant toute la nuit

all-star cast n Cin & TV distribution f prestigieuse

"

The film, a time-travelling update of the Cervantes classic, has been a project close to Gilliam's heart for over five years. He finally got the financial backing and shooting began on September 26 with an **all-star cast**, including Johnny Depp and his real-life partner Vanessa Paradis, British actors Miranda Richardson, Christopher Eccleston and Peter Vaughan, as well as veteran French actor Rochefort, whom Gilliam had apparently always intended to play Don Quixote.

"

alphabet n alphabet m
◇ Publ **alphabet length** = longueur des 26 lettres de l'alphabet en bas de casse
◇ Publ **alphabet width** largeur f d'alphabet

alphabetical adj alphabétique; **in alphabetical order** par ordre ou dans l'ordre alphabétique

alphabetize vt classer par ordre alphabétique

alphanumeric adj alphanumérique

AM n (abbr **amplitude modulation**) AM

ambient adj Cin ambiant(e)
◇ **ambient advertising** publicité f ambiante

◇ **ambient light** lumière f ambiante
◇ **ambient sound** son m ambiant

American adj
◇ Cin **American Film Institute** American Film Institute m (cinémathèque américaine dont le quartier général se trouve à Washington)
◇ Press **American Newspaper Association** = syndicat américain de la presse écrite
◇ Cin **American shot** plan m américain
◇ Cin **American Society of Cinematographers** = association américaine des chefs-opérateurs

A-movie n Cin film m projeté en exclusivité (lors d'une séance où deux longs métrages sont projetés)

amp n Fam (amplifier) ampli m

AMPAS n Cin (abbr **Academy of Motion Picture Arts and Sciences**) Académie f des arts et des sciences cinématographiques (association américaine de professionnels du cinéma, répartis selon leur métier)

ampersand n Typ esperluette f

amplification n amplification f

amplifier n (a) Audio amplificateur m (b) Phot amplificatrice f

amplify vt amplifier

amplitude modulation n modulation f d'amplitude

AMPTP n Cin & TV (abbr **Alliance of Motion Picture and Television Producers**) = confédération syndicale regroupant des professionnels du cinéma et de la télévision aux États-Unis

ANA n Press (abbr **American Newspaper Association**) = syndicat américain de la presse écrite

analogue, Am **analog** adj analogique
◇ **analogue network** réseau m analogique

anamorphic *adj Cin & TV* anamorphique
◇ *anamorphic format* format *m* anamorphique
◇ *anamorphic lens* objectif *m* anamorphoseur

anchor *TV* **1** *n* présentateur(trice) *m,f*
2 *vt (programme)* présenter

anchorman *n TV* présentateur *m*

anchorwoman *n TV* présentatrice *f*

ancillary rights *npl* droits *mpl* dérivés

angle *n Press (aspect)* angle *m*; **we need a new angle** il nous faut un éclairage *ou* un point de vue nouveau
◇ *Cin & TV angle of shot* angle *m* de prise de vue
◇ *Cin & TV angle shot* cadrage *m* oblique
◇ *Cin & TV angle of view* angle *m* de prise de vue

animate *vt Cin & TV* animer

animated *adj Cin & TV* animé(e)
◇ *animated cartoon* dessin *m* animé
◇ *animated film* film *m* d'animation

animation *n Cin & TV* animation *f*

animator *n Cin & TV* animateur(trice) *m,f*

animatronic *adj Cin & TV* animé(e) électroniquement

animatronics *n Cin & TV* animatronique *f*

announcer *n Rad & TV (newscaster)* journaliste *mf*; *(introducing programme)* speaker(ine) *m,f*, annonceur(euse) *m,f*

annual 1 *n (publication)* publication *f* annuelle; *(for children)* album *m*
2 *adj (publication)* annuel(elle)

antenna *n Am (aerial)* antenne *f*

anthology film, anthology movie *n* film *m* d'anthologie

antihalation *Phot* **1** *n* antihalo *m*
2 *adj* antihalo

anti-realism *n Cin* antiréalisme *m*

anti-realist *adj Cin* antiréaliste

AOR *n (abbr* **adult-orientated rock***)* rock *m* pour adultes

> ❝
> A band of two halves, Genesis were firstly the quintessential progressive rock band – ostensibly led by Peter Gabriel – and then the quintessential stadium-filling **AOR** act, with Phil Collins as frontman. Both these singers eventually left the band, launching hugely successful solo careers, and whilst it seems that Genesis are effectively finished now, their longevity and enduring ability to roll with the changes in popular music ensures a vast fanbase and popular appeal rivalled by few others.
> ❞

AP *n Press (abbr* **Associated Press***)* AP *f*

aperture *n Phot* ouverture *f* (du diaphragme)

API *n Press (abbr* **American Press Institute***)* = association de journalistes américains

aplanat *n Phot* aplanat *m*

aplanatic lens *n Phot* aplanat *m*

applause *n* applaudissements *mpl*, acclamations *fpl*
◇ *applause meter* applaudimètre *m*

appreciation *n Press (review)* critique *f*; **to write an appreciation of a new play** faire la critique d'une nouvelle pièce

APS *Phot (abbr* **advanced photo system***)* **1** *n* APS *m*
2 *adj* APS
◇ *APS camera* appareil *m* photo APS

arc *n*
◇ *Cin & TV arc lamp* sunlight *m*, lampe *f* à arc

◇ *Cin & TV* **arc light** sunlight *m*, lampe *f* à arc

◇ *Print* **arc print** tirage *m* héliographique

◇ *Cin & TV* **arc shot** = mouvement circulaire de la caméra autour du sujet

archetype *n Cin* archétype *m*

archive 1 *n* **archives** archives *fpl*
2 *vt* archiver

◇ *archive footage* extraits *mpl* d'archives

◇ *archive material* matériel *m* d'archives

archiving *n* archivage *m*

archivist *n* documentaliste *mf*

art *n Am DTP (illustrations)* iconographie *f*, illustrations *fpl*

◇ *Cin* **art cinema** cinéma *m* d'art et d'essai

◇ *Press* **art critic** critique *mf* d'art

◇ *Cin & TV* **art department** service *m* création

◇ *Cin & TV* **art direction** direction *f* artistique

◇ *Cin & TV* **art director** directeur(-trice) *m,f* artistique

◇ *Press* **art editor** rédacteur(trice) *m,f* artistique

◇ *Print* **art paper** papier *m* couché classique

◇ *Rad & TV* **arts programme** magazine *m* culturel

arthouse *adj* d'art et d'essai

◇ *arthouse cinema* cinéma *m* d'art et d'essai

◇ *arthouse film* film *m* d'art et d'essai

article *n Press* article *m*

artificial sunlight *n Cin* sunlight *m*

artistic director *n Cin & TV* directeur(trice) *m,f* artistique

artwork *n* **(a)** *DTP (illustrations)* iconographie *f*, illustrations *fpl* **(b)** *Typ* = illustrations, photographies et graphiques

ASA *n* **(a)** *Phot (abbr* **American Standards Association)** ASA *f*; **ASA/DIN exposure index** graduations *fpl* ASA/DIN; **an ASA 100 film, a 100 ASA film** une pellicule 100 ASA **(b)** *(abbr* **Advertising Standards Authority)** ≃ BVP *m*

ASC *n* *(abbr* **American Society of Cinematographers)** = société américaine des chefs-opérateurs

ascender *n Typ* hampe *f* montante

aspect ratio *n Cin* rapport *m* hauteur/largeur, format *m* de l'image

assembly *n Cin* assemblage *m*, montage *m*

assignment *n Press (of individual reporter)* reportage *m* assigné; **to be on assignment** être en reportage

assistant *n* assistant(e) *m,f*

◇ *Cin & TV* **assistant artistic director** assistant(e) *m,f* du directeur artistique

◇ *Cin & TV* **assistant cameraman** aide-opérateur(trice) *m,f*

◇ *Cin & TV* **assistant director** assistant-réalisateur *m*

◇ *assistant editor Cin & TV* aide-monteur(euse) *m,f*; *Press* rédacteur(trice) *m,f* en chef adjoint

◇ *Cin & TV* **assistant film editor** aide-monteur(euse) *m,f*

◇ *TV* **assistant floor manager** régisseur *m* de plateau adjoint

◇ *Cin & TV* **assistant producer** assistant(e) *m,f* du producteur

associate *adj*

◇ *Cin & TV* **associate director** assistant-réalisateur *m*

◇ *Cin, Press & TV* **associate editor** rédacteur(trice) *m,f* associé(e)

◇ *Cin & TV* **associate producer** producteur(trice) *m,f* associé(e)

Associated Press *n* Associated Press *f (agence de presse dont le siège est à New York)*

asterisk *n Typ* astérisque *m*

asterism *n DTP & Typ* = trois astérisques en triangle

asynchronous *adj Cin & TV (sound)* asynchrone

ATM *n* (*abbr* **asynchronous transfer mode**) ATM *m*

audience *n Rad* auditeurs *mpl*, audience *f*; *TV* téléspectateurs *mpl*, audience *f*

◇ *Br TV* **Audience Appreciation Index** = indice de mesure de satisfaction du public

◇ *Rad & TV* **audience figures** indice *m* d'écoute

◇ *Rad & TV* **audience measurement** mesure *f* d'audience

◇ *Rad & TV* **audience participation** participation *f* de l'assistance (à ce qui se passe sur la scène)

◇ *Rad & TV* **audience rating** indice *m* d'écoute

◇ *Rad & TV* **audience research** étude *f* d'audience

◇ *Rad & TV* **audience share** part *f* d'audience

audio *n* son *m*, acoustique *f*

◇ **audio cassette** cassette *f* audio, audiocassette *f*

◇ **audio equipment** équipement *m* acoustique

◇ **audio frequency** audiofréquence *f*, fréquence *f* sonore

◇ **audio library** sonothèque *f*, phonothèque *f*

◇ **audio recording** enregistrement *m* son, enregistrement *m* sonore

◇ **audio response** réponse *f* acoustique

◇ **audio signal** signal *m* audio, signal *m* son

◇ **audio sound recording** enregistrement *m* son sonore

◇ **audio streaming** audiostreaming *m*

◇ **audio system** système *m* audio

◇ **audio tape** bande *f* magnétique audio

◇ **audio tape recorder** magnétophone *m* à bande

audioconference *n* audioconférence *f*

audioelectronic **1** *adj* audioélectronique

2 *n* **audioelectronics** l'audioélectronique *f*

Audiotex®, audiotext *n Tel* Audiotex® *m*

audiovisual *adj* audiovisuel(elle)

◇ **audiovisual archives** archives *fpl* audiovisuelles

◇ **audiovisual equipment** équipement *m* audiovisuel, matériel *m* audiovisuel

Audit Bureau of Circulation *n Press* = organisme de vérification de la diffusion des journaux et magazines

audition *Cin & TV* **1** *n* (séance *f* d')essai *m*, audition *f*

2 *vt* faire faire un essai à, passer une audition à

3 *vi* faire un essai, passer une audition

auditorium *n* auditorium *m*

auteur *n Cin* auteur *m*

◇ **auteur theory** politique *f* des auteurs

> ❝
>
> These days, the **auteur theory** – which dubs the director the true author of a film – is championed mostly by film directors, their agents … and those who have never set foot on a movie set. If greater proof of the theory's fallaciousness were needed, this fine book offers it in vivid detail, telling anecdotes and incisive analysis.
>
> ❞

Principaux prix et récompenses au Royaume-Uni et aux États-Unis

 **(Royaume-Uni)**

Booker Prize

décerné à: un roman écrit en langue anglaise

depuis: 1968

jury: 5 membres (critiques, journalistes, écrivains ou universitaires)

ⓘ sponsorisé par Booker plc, une société de libre-service de gros

sont éligibles les auteurs originaires du Royaume-Uni, d'Irlande, du Commonwealth, du Pakistan ou d'Afrique du Sud

le gagnant reçoit 21 000 livres

Orange Prize for Fiction

décerné à: un roman écrit en langue anglaise par une femme

depuis: 1996

jury: 5 femmes (universitaires, critiques, journalistes ou écrivains)

ⓘ sponsorisé par Orange, société de téléphonie mobile

le gagnant reçoit 30 000 livres, récompense la plus élevée pour un prix littéraire au Royaume-Uni

Whitbread Book Awards

décernés à: un roman, un premier roman, une biographie, le livre pour enfants de l'année, parmi lesquels est choisi le Book of the Year (livre de l'année)

depuis: 1971

jury: 3 juges pour chaque catégorie (universitaires, critiques, journalistes ou écrivains)

ⓘ sponsorisé par Whitbread plc, entreprise spécialisée dans l'industrie des loisirs

les gagnants de chaque catégorie reçoivent 5 000 livres

le gagnant du prix Book of the Year reçoit 25 000 livres

WH Smith Award

décerné à: un roman

depuis: 1996

jury: 3 juges désignent les nominés; un quatrième juge est invité à les rejoindre pour désigner le gagnant

ⓘ sponsorisé par les librairies WH Smith

sont éligibles les auteurs originaires du Royaume-Uni, d'Irlande et du Commonwealth

le gagnant reçoit 10 000 livres

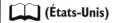 **(États-Unis)**

National Book Awards

décernés à: des romans, des essais, des recueils de poésie, des œuvres jeunesse

depuis: 1950

jury: 5 membres

ⓘ chaque gagnant reçoit 10 000 dollars

Pen/Faulkner Award

décerné à: un roman

depuis: 1980

jury: 3 membres (écrivains)

ⓘ porte le nom de l'écrivain William Faulkner qui a aidé à financer le projet grâce à l'argent de son Prix Nobel

affilié à l'organisation PEN (poètes, auteurs dramatiques, éditeurs, essayistes et romanciers)

le gagnant reçoit 15 000 dollars

Pulitzer Prize

décernés dans: 15 catégories en journalisme, 7 en littérature, théâtre et musique

depuis: 1917

jury: 19 juges membres du Pulitzer Prize Board de l'Université de Columbia

ⓘ chaque gagnant reçoit 7 500 dollars

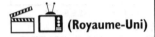 **(Royaume-Uni)**

BAFTAS

décernés dans:	41 catégories dans les secteurs du cinéma et de la télévision
depuis:	1948
jury:	la British Academy of Film and Television Arts

ⓘ les remises des prix se font lors de 2 cérémonies différentes selon qu'il s'agisse des prix décernés aux productions cinéma (Film Awards) ou des prix décernés aux productions télévision (Television Awards)

les Film Awards sont sponsorisés par la société de téléphonie mobile Orange

 **(États-Unis)**

Academy Awards (Oscars)

décernés dans:	23 catégories cinématographiques (interprétation, production)
depuis:	1929
jury:	les 5000 membres de l'Academy of Motion Picture Arts and Sciences

ⓘ la statuette aurait reçu le nom d'Oscar après qu'un employé de l'Academy ait fait remarquer qu'elle lui rappelait son oncle Oscar.

Emmys

décernés dans:	83 catégories dans le secteur de la télévision
depuis:	1948
jury:	l'Academy of Television Arts and Science

ⓘ à l'origine, le prix s'appelait l'"Immy", un terme familier désignant l'image renvoyée par la caméra de télévision

Golden Globes

décernés dans:	25 catégories dans les secteurs du cinéma et de la télévision
depuis:	1944 (films); 1956 (télévision)
jury:	la Hollywood Foreign Press Association

ⓘ les Golden Globes sont censés indiquer les potentiels gagnants des Oscars, décernés deux mois plus tard

 **(Royaume-Uni)**

Brit Awards

décernés dans:	15 catégories
depuis:	1977
jury:	plus de 1000 membres (maisons de disques, producteurs, promoteurs, journalistes et distributeurs); 4 prix sont décernés par le public

ⓘ sponsorisé par Mastercard, société de cartes de crédit

Mercury Music Prize

décerné à:	l'album de l'année
depuis:	1992
jury:	un comité indépendant

ⓘ sponsorisé par Technics, fabriquant de matériel hi-fi

(États-Unis)

Grammy awards

décernés dans:	28 catégories (techniciens et musiciens)
depuis:	1958
jury:	les membres de la Recording Academy

MTV Video Music Awards

décernés dans:	21 catégories de clips vidéos
depuis:	1984
jury:	la chaîne de télévision MTV

auteurism *n Cin* politique *f* des auteurs

author *n* auteur *m*
◇ *Typ* ***author's correction*** correction *f* d'auteur

autobiographer *n Publ* autobiographe *mf*

autobiography *n Publ* autobiographie *f*

Autocue® *n BrTV* téléprompteur *m*

auto-dissolve *n Cin & TV* fondu *m* enchaîné automatique

autofocus *n Phot* autofocus *m*
◇ ***autofocus camera*** appareil *m* photo autofocus

automatic *adj*
◇ *Audio* ***automatic frequency control*** correcteur *m* automatique de fréquence
◇ *Audio* ***automatic gain control*** antifading *m*
◇ *Typ* ***automatic line break*** coupure *f* automatique de fin de ligne
◇ *Typ* ***automatic typesetting*** composition *f* automatique, composition *f* programmée
◇ *TV* ***automatic voiceover unit*** unité *f* de voix hors champ automatique
◇ *Audio* ***automatic volume control*** antifading *m*

autowinder *n Phot* avance *f* automatique du film

AV *adj* (*abbr* **audiovisual**) audiovisuel(elle)

available light *n Cin & TV* lumière *f* naturelle

avant-garde *Cin* **1** *n* avant-garde *f* **2** *adj* d'avant-garde, avant-gardiste

average *adj*
◇ *Rad* ***average listening time*** durée *f* d'écoute par auditeur, DEA *f*
◇ *TV* ***average viewing time*** durée *f* d'écoute par téléspectateur, DET *f*

A/W *n* (*abbr* **artwork**) (**a**) *DTP (illustrations)* iconographie *f*, illustrations *fpl* (**b**) *Typ* = illustrations, photographies et graphiques

award *n* (*prize*) prix *m*, récompense *f*

axis of action *n Cin & TV* règle *f* des 180 degrés

B2B *adj* (*abbr* **business to business**) B2B

B2C *adj* (*abbr* **business to consumer**) B2C

baby spot *n Cin & TV* petit spot *m*, baby spot *m*

back *adj*
◇ *Rad* **back announcement** = informations sur une émission qui vient d'être diffusée
◇ *Press* **back copy** vieux numéro *m*
◇ *Press* **back issue** vieux numéro *m*
◇ *Cin & TV* **back light** décrochage *m*
◇ *Cin* **back lot** plateau *m* extérieur (d'un studio)
◇ *DTP & Typ* **back margin** (blanc *m* de) petit fond *m*, marge *f* intérieure
◇ *Publ* **back matter** annexes *fpl* en fin d'ouvrage
◇ *Press* **back number** vieux numéro *m*
◇ *Publ* **back page** dernière page *f*
◇ *Cin* **back projection** rétroprojection *f*
▸ **back up** *vt sep Print* imprimer au verso, imprimer en retiration

backbench *n Press* = équipe de rédacteurs qui décide du contenu d'un quotidien

backbone *n Comptr* épine *f* dorsale, réseau *m* national d'interconnexion, backbone *m*

backcloth, backdrop *n Cin* toile *f* de fond; (*with perspective*) découverte *f*

background *n Cin & TV* fond *m*; **in the background** dans le fond
◇ *background music* fond *m* sonore

backing up *n Print* impression *f* verso, impression *f* en retiration

backlight *vt Cin & TV* éclairer en contre-jour

backlighting *n Cin & TV* éclairage *m* en contre-jour

backlist *n Publ* liste *f* des ouvrages de fonds
◇ *backlist titles* ouvrages *mpl* de fonds

backlit *adj Cin & TV* éclairé(e) en contre-jour

backslash *n Comptr & Typ* barre *f* oblique inversée

back-up schedule *n Cin & TV* planning *m* de sécurité

backward channel *n* voie *f* de retour

baffle *n* (*in speaker*) baffle *m*
◇ *baffle board* baffle *m*, écran *m*
◇ *baffle plate* baffle *m*, écran *m*

BAFTA *n Cin & TV* (*abbr* **British Academy of Film and Television Arts**) (*organization*) = académie britannique des professionnels du cinéma et de la télévision; **BAFTA** or **Bafta (award)** = prix récompensant les meilleurs films et émissions de télévision en Grande-Bretagne

"

The British Academy of Film & Television Arts has shifted its film awards to Feb. 25 from its old April slot, in a bold bid to redraw the map of the Oscar campaign. Slap bang between the Golden Globes (Jan. 21) and the Academy Awards (March 25), the **Baftas** are pitching themselves as a stepping stone toward the ultimate prize. Although the awards are technically named the Orange British Academy Film Awards, in deference to their sponsor, everyone calls them the **Baftas**.

"

balanced *adj Press & TV (programme, report)* impartial(e), objectif(ive)

balloon *n (in comic strip)* bulle *f*

band *n Rad* bande *f*

bandwidth *n Rad* largeur *f* de bande; *Comptr* bande *f* passante

bank *n Cin (of projectors)* rampe *f*

banner *n DTP, Press & Typ* gros titre *m*, manchette *f*
◇ *Comptr* **banner advertisement** bandeau *m* publicitaire, bannière *f* publicitaire
◇ *DTP, Press & Typ* **banner headline** gros titre *m*, manchette *f*; **in banner headlines** en gros titres

BARB *n TV (abbr* **Broadcasters' Audience Research Board***)* = organisme britannique de recherche et d'information sur l'audimat

barndoor *n Cin & TV* coupe-flux *m*, volet *m*

bartering *n Rad & TV* bartering *m*

base *n*
◇ *Print* **base artwork** documents *mpl* originaux noirs *(pour mise en couleurs)*
◇ *Rad* **base station** station *f* de base

baseline *n DTP & Typ* ligne *f* de base

bas-relief *n* bas-relief *m*

bass *Audio* **1** *n* basses *fpl*, graves *mpl*
2 *adj* bas (basse), grave
◇ *bass cut* bass cut *m*

batch capture *n* numérisation *f* en lots

baton microphone, baton mike *n* microphone *m* tenu à la main

batter *n Print (plate)* cliché *m* endommagé; *(print)* tirage *m* défectueux

baud *n Comptr & Tel* baud *m*
◇ *baud rate* débit *m* en bauds

BBC *n Rad & TV (abbr* **British Broadcasting Corporation***)* = office national britannique de radiodiffusion; **the BBC** la BBC; **BBC1** = chaîne généraliste de la BBC; **BBC2** = chaîne à vocation culturelle de la BBC
◇ *BBC English* = l'anglais tel qu'il était parlé sur la BBC et qui servait de référence pour la bonne prononciation
◇ *BBC World Service* = émissions radiophoniques de la BBC diffusées dans le monde entier

"

As every television presenter knows, credibility in the new millennium means having an accent. This varies with the target audience. For the young, Essex is the linguistic place to be. The middle aged prefer Ireland, Wales, or Barnsley. Traditional **BBC English** is aimed at the over 70s. The public is being conditioned to mistrust upper class speech, not just in Britain, where it is mocked, but worldwide.

"

BBFC *n Cin (abbr* **British Board of Film Classification***)* = organisme britannique délivrant les visas de sortie pour les films

BCU *n Cin & TV (abbr* **big close-up***)* TGP *m*

beam *vt Rad & TV (message)* transmettre par émission dirigée ; **the pictures were beamed all over the world** les images ont été diffusées dans le monde entier

◇ *Br* **beam aerial,** *Am* **beam antenna** antenne *f* directive

◇ *TV* **beam splitter** séparateur *m* de faisceau

beard *n Print* talus *m*

BECTU *n Cin & TV* (*abbr* **Broadcasting, Entertainment, Cinematograph and Theatre Union**) = syndicat britannique des techniciens du cinéma, du théâtre et de l'audiovisuel

bed *n Br Press & Print* marbre *m* ; **to put a newspaper to bed** boucler un journal ; **the magazine has gone to bed** la revue est bouclée *ou* sur le marbre

behind-the-scenes *adj Cin* en coulisses

belly band *n Publ* bande *f* publicitaire

below-the-line *adj* hors-média

◇ *Cin* **below-the-line costs** frais *mpl* de personnel et moyens techniques

best boy *n Cin & TV* aide-électricien *m*

bestseller *n* best-seller *m*

between-lens shutter *n Phot* obturateur *m* d'objectif

Bézier curve *n DTP* courbe *f* de Bézier

bf *DTP & Typ* (*abbr* **boldface**) caractères *mpl* gras

B-feature *n Cin* film *m* de série B

BFC *n Cin* (*abbr* **British Film Commission**) = organisme britannique dont le rôle est de promouvoir la Grande-Bretagne comme lieu de tournage

BFI *n Cin* (*abbr* **British Film Institute**) = organisme britannique de promotion du cinéma (aide à la réalisation notamment)

bi-annual *adj* (*publication*) semestriel(elle)

bibliography *n Publ* bibliographie *f*

bidirectional *adj* bidirectionnel(elle)

◇ *Audio* **bidirectional microphone** microphone *m* bidirectionnel

◇ *Print* **bidirectional printing** impression *f* bidirectionnelle

biennial *adj* (*publication*) bisannuel(elle)

big *adj*

◇ *Cin & TV* **big close-up** très gros plan *m*

◇ *Cin* **The Big Five** les Big Five *mpl*, = nom donné aux cinq studios hollywoodiens les plus importants des années 1920 aux années 1940, à savoir MGM, Paramount, RKO, Twentieth Century-Fox et Warner Bros.

◇ *Cin* **the big screen** le grand écran, le cinéma

billing *n Cin* affichage *m* ; **to get** *or* **to have top/second billing** être en tête d'affiche/en deuxième place à l'affiche

bi-media *adj* bi-média

"

As it turned out, the introduction of **bi-media** working at BBC News was just a foretaste of what was coming and has now developed into a key part of the survival of the fittest in the media. Back in 1991 at the BBC, it was a practical way of ensuring that the best and brightest from the news ranks were able to report for both the *Today* programme on Radio 4 and the *Nine O'Clock News* on BBC TV. And it was also designed to ensure that licence payers' money was not unduly wasted by one part of the BBC not knowing what the other was doing.

"

bimonthly 1 *n* bimestriel *m*
2 *adj* (*every two months*) bimestri-

el(elle); *(twice monthly)* bimensuel(elle)

bind *vt Publ (book)* relier; **the book is bound in leather** le livre est relié en cuir; **bound in boards** cartonné(e)

binder *n Publ (person)* relieur(euse) *m,f*; *(machine)* machine *f* à relier

bindery *n Publ* atelier *m* de reliure

binding *n Publ* reliure *f*
◊ *binding line* ligne *f* de reliure
◊ *binding machine* brocheuse *f*

biographer *n Publ* biographe *mf*

biography *n Publ* biographie *f*

biopic *n Fam Cin* film *m* biographique

> 66
>
> She wrote two volumes of memoirs, *A Portrait of Joan* (1962) and *My Way of Life* (1972). She died in 1977. A year later her adopted daughter Christine published her infamous autobiography *Mommie Dearest* which portrayed Crawford as a cruel and manipulative mother. Faye Dunaway, the actress Crawford said she would most like to personify her in a **biopic**, played her in the film version of *Mommie Dearest* in 1981.
>
> 99

bird's-eye shot, bird's-eye view *n Cin & TV* plan *m* en plongée

births column *n Press* carnet *m* rose

bit *n Comptr* bit *m*
◊ *Cin & TV bit part* petit rôle *m*, bout *m* de rôle
◊ *Cin & TV bit player* = acteur qui joue des petits rôles
◊ *Comptr bit rate* débit *m* binaire

bitmap *Comptr* **1** *n* bitmap *m*
2 *adj (image, font)* bitmap, en mode point

bitmapped *adj Comptr (image, font)* bitmap, en mode point

biweekly **1** *n* bimensuel *m*
2 *adj (every two weeks)* bimensuel(elle); *(twice weekly)* bihebdomadaire

biyearly **1** *n* biennale *f*
2 *adj (every two years)* biennal(e); *(twice yearly)* semestriel(elle)

▸**black out** *vt sep Rad & TV (programme)* interdire la diffusion de

black comedy *n Cin & TV (genre)* comédie *f* noire; *(film)* film *m* d'humour noir

black-and-white *adj (photograph, television)* noir et blanc; **a black-and-white film** un film en noir et blanc

blackface *n Typ* caractère *m* gras; **in blackface** en (caractères) gras

blacklist *Am Cin* **1** *n* liste *f* noire
2 *vt* mettre sur la liste noire

black-on-tone *n Typ* noir *m* au gris

blackout *n Rad & TV* black-out *m*, censure *f*

blad *n Publ* blad *m*

blanket *n Print* blanchet *m*
◊ *Rad & TV blanket coverage (of event)* reportage *m* (très) complet
◊ *Print blanket cylinder* cylindre *m* blanchet

blaxploitation *n Cin* = genre de cinéma qui exploitait les stéréotypes associés à l'identité noire américaine au cinéma, au cours des années 70

> 66
>
> Singleton's remake has been accused in some quarters of amounting to little more than a shrewd **blaxploitation** pastiche, aping the styles of the era but leaving out its radical political overtones. The film was described by J Hoberman in the *Village Voice* as "basically a posture-fest fuelled by ethnic jive and racist invective".
>
> 99

▸ **bleach out** *vt sep Phot* blanchir

bleed *Print & Typ* **1** *n* fond *m* perdu, plein papier *m*
2 *vi* déborder en fond perdu

bleeding *adj Print & Typ* à fond perdu

bleep *vt Rad & TV* **to bleep sth (out)** masquer qch (par un bip)

blend *n DTP & Print* dégradé *m*

blimp *n Cin & TV* caisson *m* d'insonorisation

blind *adj*
◇ *Cin* **blind bidding** programmation *f* aveugle
◇ *Print* **blind embossing** gaufrage *m* à froid

block 1 *vt Publ* gaufrer, frapper
2 *vi Cin & TV (of actor, camera)* prendre ses marques
◇ *Cin* **block booking** location *f* en bloc
◇ *DTP & Typ* **block capital** (caractère *m*) majuscule *f*; **in block capitals** en majuscules
◇ *DTP & Typ* **block letter** (caractère *m*) majuscule *f*; **in block letters** en majuscules

blockbuster *n Fam (book)* bestseller *m*, livre *m* à succès; *(film)* superproduction *f*

blocking *n* (a) *Cin & TV (of actor, camera)* prise *f* des marques (b) *Publ* gaufrage *m*, frappe *f*

▸ **blow up** *vt sep Phot & Print* agrandir

blow-up *n Phot & Print* agrandissement *m*

blue *adj*
◇ **blue movie** film *m* porno
◇ **blue pencil** censure *f*

blue-pencil *vt (censor)* passer au caviar, caviarder, censurer

blue-pencilling *n (censoring)* caviardage *m*

blues *n Am Print* Ozalid® *m*

Bluetooth *n Tel* technologie *f* Bluetooth

❝

Bluetooth is a wireless technology specifically designed to enable infrared communication between small, mobile devices. The inspiration behind this technology was the elimination of when files, data and information is transferred between devices. Devices, such as laptops, phones, digital cameras, PDAs, even fridges, have to use **Bluetooth** technology in order to 'talk' to each other, but most manufacturers are currently working on installing **Bluetooth** so the concept of devices talking to themselves is not just an abstract vision of the future.

❞

blurb *n (on book)* (texte *m* de) présentation *f*

B-movie *n* film *m* de série B; **he was a B-movie actor** c'était un acteur de série B

board *n Publ* carton *m*; *(of book)* plat *m*
◇ *Publ* **board binding** cartonnage *m*
◇ *TV* **board test** animatique *f*

body *n Typ* corps *m*
◇ *Cin* **body double** doublure *f*
◇ *Typ* **body size** force *f* de corps

bold *DTP & Typ* **1** *n* caractères *mpl* gras, gras *m*; **in bold** en gras
2 *adj* gras (grasse)
◇ **bold character** caractère *m* gras
◇ **bold face** caractères *mpl* gras, gras *m*; **in bold face** en gras
◇ **bold italics** caractères *mpl* italiques gras
◇ **bold print** caractères *mpl* gras
◇ **bold type** caractères *mpl* gras

boldface *adj DTP & Typ* gras (grasse)

Bollywood *n Cin* = appellation humoristique de l'industrie du film en Inde, formée à partir de "Bombay" (où sont produits la plupart des films) et "Hollywood"

bond n (paper) papier m à lettres (de luxe)

bonkbuster n Fam Publ = roman de gare qui se caractérise par la fréquence des scènes à caractère érotique

book n livre m; **not published in book form** inédit en librairie
◇ **book block** corps m de l'ouvrage
◇ **book club** club m du livre
◇ **book column** chronique f littéraire, rubrique f littéraire
◇ **the book industry** l'industrie f du livre
◇ **book jacket** jaquette f
◇ **book review** revue f littéraire
◇ **book reviewer** critique mf littéraire
◇ **book reviews** (column) chronique f littéraire, rubrique f littéraire
◇ **the book trade** l'industrie f du livre

bookbinder n Publ relieur(euse) m,f

bookbinding n Publ reliure f

booklet n plaquette f

bookmark 1 n (for book) signet m, marque-page m; Comptr (for Web page) signet m, bookmark m
2 vt Comptr créer un signet sur

bookseller n libraire mf

bookshop n librairie f

bookstall, Am **bookstand** n étalage m de bouquiniste; (in station) kiosque m à journaux

bookstore n Am librairie f

boom n Cin & TV (for camera, microphone) perche f, girafe f
◇ **boom microphone** microphone m sur girafe, microphone m sur perche
◇ **boom operator** perchiste mf
◇ **boom shot** plan m en plongée
◇ **boom swinger** perchiste mf

booster n Audio amplificateur m, booster m

bootleg n (a) Cin = film distribué de façon illicite (b) (video, tape, software etc) pirate m

border n DTP & Typ (of paragraph, cell) bordure f

bottom margin n DTP & Typ marge f du bas, marge f inférieure

bound adj Publ relié(e); **bound in boards** cartonné(e)

bouquet of channels n TV bouquet m de chaînes

box n (a) Press (article) encadré m; (frame around article) cadre m (b) DTP cadre m (c) Fam (television) **the box** la télé; **what's on the box?** qu'y a-t-il à la télé?
◇ Cin **box office** (office) bureau m de location; (window) guichet m (de location); **the movie was a big success at the box office** or **was good box office** le film a fait beaucoup d'entrées, le film était bien placé au box-office

partnership on an upcoming Cameron project. None was offered. In August 1996, Paramount president John Goldwyn called Fox to inquire if Paramount might step in. Paramount had teamed with Fox on *Braveheart*, Mel Gibson's epic, with the happiest of results: **good box office**, Oscars.

"

boxed *adj DTP & Press (advertisement, article, text)* encadré(e)

box-office *adj Cin* **the film was a box-office hit** *or* **success** le film a fait beaucoup d'entrées; **she's always a big box-office draw** *or* **attraction** elle est sûre de faire des entrées
◇ *box-office receipts* recettes *fpl* en salles

brace *n DTP & Typ (bracket)* accolade *f*

bracket *DTP & Typ* **1** *n (round)* parenthèse *f*; *(square)* crochet *m*; **in** *or* **between brackets** entre parenthèses
2 *vt* **(a)** *(put in parentheses)* mettre entre parenthèses; *(put in square brackets)* mettre entre crochets
(b) *(in vertical list)* réunir par une accolade

brakelight function *n TV* signal *m* de fin de temps de parole

brass *n Print* fer *m* à dorer

Brat Pack *n Cin* **the Brat Pack** = terme désignant les jeunes acteurs américains populaires des années 80

And at the movies we had the **Brat Pack**, which for the sake of convenience we shall limit to the combined casts of *The Breakfast Club* and *St Elmo's Fire* … It's a bizarre-looking list: Judd Nelson, Molly Ringwald, Emilio Estevez, Ally Sheedy, Demi Moore, and Rob Lowe. If you examine their respective destinies in the years since, it's like reading a dozen riches-to-rags Preston Sturges scripts one after another, chilling evidence of the transience of success and cheap renown.

"

breadth *n Typ* largeur *f*

break **1** *n* **(a)** *(interval)* **a break for commercials, a (commercial) break** *Rad* un intermède de publicité; *TV* un écran publicitaire, une page de publicité; *Rad & TV* **a break in transmission** une interruption des programmes (due à un incident technique)
(b) *DTP & Typ* césure *f*
2 *vt DTP & Typ (word, page)* couper
3 *vi Press, Rad & TV (news)* être annoncé(e)

breakaway *n Cin* accessoire *m* cassable

breakdown *n Cin & TV* découpage *m*

breakfast *n*
◇ *Rad & TV* **breakfast programme** émission *f* du matin
◇ *TV* **breakfast television** télévision *f* du matin

"

It broke the mould of **breakfast television**, making stars of Chris Evans, Gaby Roslin and Denise Van Outen. But falling ratings, tired ideas and an uninspiring presenter line-up have led Channel 4 to wonder whether there is a future for the *Big Breakfast*'s diet of early morning mania … Competition is intensifying: GMTV and BBC1 are relaunching their **breakfast programmes**, while cable and satellite channels are capturing more young viewers in the early morning. The show has lost more than half its audience in five years.

"

Breen code *n Cin* = code de cen-

sure appliqué à Hollywood des années 30 aux années 60

bridge *n Cin & TV (shot)* transition
f; (piece of music) pont *m* sonore

brief *n Rad & TV* = informations sur
le sujet à traiter

brightness *n* (a) *Cin & TV* luminosité *f* (b) *Print (of paper)* brillant *m*
◇ **brightness control** dispositif *m* de
réglage de la luminosité

▶ **bring out** *vt sep (book)* publier;
(record) sortir

Bristol board *n Print & Publ* bristol
m

British *adj* britannique
◇ *Cin & TV* **British Academy of Film
and Television Arts** = académie
britannique des professionnels du
cinéma et de la télévision
◇ *Cin* **British Board of Film Classification** = organisme britannique
délivrant les visas de sortie pour
les films
◇ *Rad & TV* **the British Broadcasting Corporation** la BBC
◇ *Cin* **British Film Commission** =
organisme britannique dont le
rôle est de promouvoir la Grande-
Bretagne comme lieu de tournage
◇ *Cin* **the British Film Institute** =
organisme britannique de promotion du cinéma (aide à la réalisation notamment)

broadband *Rad & TV* **1** *n* diffusion *f*
en larges bandes de fréquence
2 *adj* à large bande
◇ **broadband network** réseau *m* à
large bande

"
How long before this becomes a
marketing reality? Probably two to
three years, when **broadband**
flexes its muscles and allows the delivery of rich, interactive content and
services to fixed and mobile devices
over multiple distribution channels.
The two key words here are interactive and content because **broad-**

band is not just about speed, and
it's not just about channels. It's an
opportunity to transform the way
businesses interact with their
customers and vice versa allowing
companies to present their products
and services in innovative and creative ways.
"

broadcast 1 *n Rad & TV* émission *f*;
live/recorded broadcast émission *f*
en direct/en différé; **repeat broadcast** rediffusion *f*
2 *adj Rad* radiodiffusé(e); *TV* télé-
visé(e)
3 *vt Rad & TV* diffuser; **the match
will be broadcast live** le match sera
diffusé en direct
4 *vi Rad & TV (of station)* émettre;
(of actor) participer à une émission,
paraître à la télévision; *(of show
host)* faire une émission
◇ **broadcast journalism** journalisme *m* de radio et de télévision
◇ **broadcast satellite** *Rad* satellite
m de radiodiffusion; *TV* satellite
m de télédiffusion

broadcaster *n Rad & TV (person)*
personnalité *f* de la radio *ou* de la
télévision; *(company)* diffuseur *m*;
independent broadcaster *Rad* station *f* de radio privée; *TV* chaîne *f*
de télévision privée

broadcasting *n Rad* radiodiffusion
f; *TV* télévision *f*; **he wants to go
into broadcasting** il veut faire une
carrière à la radio ou à la télévision
◇ *Rad & TV* **Broadcasting Complaints Commission** = organisme
britannique traitant les plaintes
concernant les émissions de télévision et de radio
◇ *Cin & TV* **broadcasting copy**
copie *f* antenne
◇ *Rad & TV* **Broadcasting House** =
siège de la BBC à Londres
◇ *Cin & TV* **broadcasting print**
copie *f* antenne
◇ *Rad & TV* **Broadcasting Stan-**

dards Commission = organisme britannique de contrôle des émissions de télévision et de radio
◊ *Rad & TV* **broadcasting station** station *f* émettrice

broadsheet *n* (a) *Press (newspaper)* journal *m* plein format *ou* grand format; *Br* **the broadsheets** les journaux *mpl* de qualité (b) *Typ* placard *m*

bromide *n Print* bromure *m*

browser *n Comptr* navigateur *m*, logiciel *m* de navigation

BSC *n Rad & TV (abbr* **Broadcasting Standards Commission)** = organisme britannique de contrôle des émissions de télévision et de radio

BSkyB *n TV (abbr* **British Sky Broadcasting)** = société de diffusion de chaînes de télévision par satellites

buddy film, buddy movie *n* = film qui raconte les histoires de deux copains

budget *n* budget *m*; **this movie has a budget of $6 million** ce film a un budget de 6 million de dollars

buffer shot *n Cin & TV* plan *m* de transition

bullet *n DTP & Typ* puce *f*
◊ **bullet point** puce *f*

bulleted list *n DTP & Typ* liste *f* à puces

bulletin *n Rad & TV (announcement)* bulletin *m*, communiqué *m*; *Press (newsletter)* bulletin *m*

burn *vt Comptr (CD)* graver

bus *n Comptr* bus *m*

business *n*
◊ *Press* **business correspondent** correspondant(e) *m,f* financier(-ère)
◊ *Press* **business section** *(of newspaper)* rubrique *f* des affaires

button *n Rad & TV* bouton *m*

buzz track *n Cin* piste *f* de localisation

b/w *adj Print & Publ (abbr* **black and white)** NB

by-line *n Press* signature *f (en tête d'un article)*

byte *n Comptr* octet *m*, byte *m*

CA *n Cin & TV* (*abbr* **cutaway**) plan *m* de coupe

CAA *n Am* (*abbr* **Creative Artists Agency**) = importante agence artistique américaine

cable 1 *n* (**a**) *TV* le câble ; **it's only available on cable** ça n'existe que sur le câble ; **to have cable** avoir le cable (**b**) (*wire*) câble *m*
2 *vt* câbler
◇ **cable company** cablo-opérateur *m*, câbliste *m*
◇ **cable distribution** câblo-distribution *f*, distribution *f* par câble
◇ **Cable News Network** CNN *m*, = réseau d'information américain par câble et satellite
◇ **cable operator** cablo-opérateur *m*, câbliste *m*
◇ *Phot* **cable release** déclencheur *m*
◇ **cable television, cable TV** câble *m*, télévision *f* par câble ; **to have cable TV** avoir le câble

◇ **cable television network** réseau *m* câblé

cablecast *vt TV* transmettre par câble

cablecasting *n TV* transmission *f* par câble

cabled *adj TV* câblé(e)
◇ **cabled network** réseau *m* câblé

cabling *n TV* câblage *m*

CAD *n Comptr* (*abbr* **computer-aided design, computer-assisted design**) CAO *f*

caesura *n Typ* césure *f*

calender *Print* **1** *n* calandre *f*, laminoir *m*
2 *vt* calandrer, satiner

calendered *adj Print* calandré(e), satiné(e)

calendering *n Print* calendrage *m*, satinage *m*

calibrate *vt Cin & TV* étalonner

calibration *n Cin & TV* étalonnage *m*

caliper *n Print* (**a**) (*measurement*) épaisseur *f* (**b**) (*tool*) micromètre *m*
◇ **caliper gauge** micromètre *m*

call *n*
◇ *Am Rad* **call letters** indicatif *m* d'appel (*d'une station de radio*)
◇ *Cin & TV* **call sheet** feuille *f* de service
◇ *Rad* **call sign** indicatif *m* d'appel (*d'une station de radio*)

call-in *n Rad & TV* émission *f* à ligne ouverte

camcorder n Caméscope® m

cameo n Cin & TV (appearance) brève apparition f (par un acteur célèbre)

◊ Cin & TV **cameo performance** brève apparition f (par un acteur célèbre)

◊ Cin & TV **cameo role** petit rôle m (joué par un acteur célèbre)

◊ Cin & TV **cameo shot** prise f de vue avec éclairage en halo

camera n Phot (for still photos) appareil m (photographique), appareil m photo; Cin & TV (for film, video) caméra f; **to be on camera** être à l'écran; **off camera** hors champ; **in front of the camera** devant les caméras

◊ Cin & TV **camera angle** angle m de prise de vue

◊ Cin & TV **camera crane** grue f de prise de vue

◊ Cin & TV **camera crew** équipe f de tournage

◊ Cin & TV **camera effects** effets mpl optiques

◊ Phot **camera lens** objectif m

◊ Cin & TV **camera loader** clapman m

◊ Cin & TV **camera movement** mouvement m d'appareil

◊ Cin & TV **camera operator** cadreur(euse) m,f

◊ Cin & TV **camera shot** prise f de vue

◊ TV **camera tube** tube m analyseur

cameraman n Cin & TV cadreur m, cameraman m

camera-ready copy n Print & Typ copie f prête pour la reproduction

camerawoman n Cin & TV cadreuse f

camerawork n Cin & TV prises fpl de vue

campaign n campagne f

campaigning journalism n journalisme m militant

"
The *Guardian* writers, Paul Foot and Clare Hollingworth, were yesterday honoured for their **campaigning journalism** in the annual What the Papers Say awards at London's Savoy Hotel. Mr Foot, honoured for his tenacious work on the Hanratty hanging investigation, arms to Iraq and the Bridgewater Three, was named Journalist of the Decade, while Ms Hollingworth, whose exclusive on the defection of Kim Philby to the USSR shook the establishment, was given a lifetime achievement award.
"

can n Fam Cin **it's in the can** c'est dans la boîte

Canadian Broadcasting Corporation n = office national canadien de radiodiffusion

candid camera n appareil m photo à instantanés

◊ **candid camera shot** = photo prise à l'insu de la personne photographiée

candlepower n Cin & TV intensité f lumineuse (exprimée en candelas)

canned laughter n Rad & TV rires mpl préenregistrés

Cannes Film Festival n **the Cannes Film Festival** le Festival de Cannes

cans npl Fam Rad (headphones) casque m (à écouteurs)

canted shot n Cin & TV cadrage m oblique

cap adj DTP & Typ (abbr **capital**) (letter) majuscule f, capitale f

◊ **cap line** première ligne f

caper film, caper movie n = film de gangsters se concentrant sur l'élaboration d'un cambriolage de grande envergure

capital 1 n (letter) majuscule f, capitale f; **write in capitals** écrivez en (lettres) majuscules ou en capitales

2 *adj (upper case)* majuscule; **capital D** D majuscule

◊ *capital letter* majuscule *f*, capitale *f*; **in capital letters** en majuscules, en capitales

capitalize *vt (initial letter)* écrire avec une majuscule; *(word)* écrire en majuscules

caps *npl DTP & Typ (abbr* **capital letters)** majuscules *fpl*; **put in small caps** à imprimer en petites capitales

caption 1 *n* (a) *Cin* sous-titre *m*; *Am TV* sous-titrage *m* pour malentendants (b) *DTP, Press & Typ (under photo, illustration)* légende *f*
2 *vt Cin* sous-titrer

captioned *adj Am TV* = doté de sous-titres pour les malentendants

CARA *n Cin (abbr* **Classification and Ratings Administration)** = organisme américain appartenant à la MPAA, chargé du classement des films en fonction de l'âge du public autorisé

carbonless *adj Print* autocopiant(e)

card *n* (a) *(material)* carton *m* (b) *(with written information)* carte *f*

cardboard 1 *n* carton *m*
2 *adj* de *ou* en carton

cardioid microphone, cardioid mike *n* microphone *m* cardioïde

caret *n Typ* accent *m* circonflexe

caricature *n* caricature *f*

car radio *n* autoradio *f*

carrier *n Tel* porteuse *f*
◊ *Audio* **carrier frequency** fréquence *f* porteuse
◊ *Audio* **carrier wave** onde *f* porteuse

cartoon *n (drawing)* dessin *m* humoristique; *(series of drawings)* bande *f* dessinée; *(animated film)* dessin *m* animé
◊ *cartoon character* (in drawings) personnage *m* de bande dessinée;

(in animated film) personnage *m* de dessin animé
◊ *cartoon strip* bande *f* dessinée, BD *f*

cartoonist *n (of drawings)* dessinateur(trice) *m,f* humoristique; *(of series of drawings)* dessinateur(trice) *m,f* de bandes dessinées; *(for films)* dessinateur(trice) *m,f* de dessins animés, animateur(trice) *m,f*

cartridge *n* (a) *(for tape deck)* cartouche *f* (b) *(for stylus)* cellule *f* (c) *Phot* chargeur *m* (d'appareil photo)
◊ *cartridge paper* papier *m* à cartouche

case *n* (a) *DTP & Typ* casse *f* (b) *Publ (of book)* couverture *f* cartonnée
◊ *Publ* **case cover** plat *m* couverture

casebound, cased *adj Publ* cartonné(e)

cassette *n* (a) *(tape)* cassette *f* (b) *Phot (cartridge)* chargeur *m*
◊ *cassette case* étui *m* de cassette
◊ *cassette deck* lecteur *m* de cassettes, platine *f* de cassettes
◊ *cassette library* cassettothèque *f*
◊ *cassette player* lecteur *m* de cassettes
◊ *cassette recorder* magnétophone *m* à cassettes

cast *Cin & TV* **1** *n (actors)* distribution *f*, acteurs *mpl*; **the cast is Italian** tous les acteurs sont italiens; **he was in the cast of** *Citizen Kane* il a joué dans *Citizen Kane*; **Juliette Binoche heads a strong cast** Juliette Binoche est en tête d'une très bonne distribution; **cast and credits** générique *m*
2 *vt (film)* distribuer les rôles de; **the director cast her in the role of the mother** le metteur en scène lui a attribué le rôle de la mère
◊ *Cin & TV* **cast list** générique *m*

▸ **cast off** *vt Print* calibrer

casting *n Cin & TV (selection of actors)* attribution *f* des rôles, casting m; **to go to a casting** passer un casting

◇ *casting couch* = canapé dont se serviraient certains producteurs lorsque de jeunes actrices à la recherche d'un emploi leur accordent leurs faveurs; **she denied having got the part on the casting couch** elle a nié avoir couché avec le metteur en scène pour obtenir le rôle

◇ *casting director* directeur(trice) m,f de casting

> ❝
>
> She was one of the most attainable sex goddesses ever, spending much of her early career on the **casting couch**. Henry Weinstein, the producer of her last film, presciently called *Something's Got to Give*, and one of those legions who now claim to have turned her down, maintained that sex was important to her only as a means of connecting: "I don't think she enjoyed it herself."
>
> ❞

cast-off n Print calibrage m

catalogue, Am **catalog** catalogue m

◇ *catalogue number (for library book)* référence f bibliographique

catchline n Publ accroche f; Press *(identification for story)* intitulé m

catchword n DTP & Typ *(at top of page)* mot-vedette m; *(at foot of page)* réclame f

cathode ray tube n tube m cathodique

◇ *cathode ray tube screen* écran m cathodique

cat's whisker n Rad chercheur m *(de détecteur à galène)*

CATV n Am *(abbr* **community antenna television***)* télévision f par câble

CB n Rad *(abbr* **Citizens' Band***)* CB f

CBS n TV *(abbr* **Columbia Broadcasting System***)* = chaîne de télévision américaine

CCTV n *(abbr* **closed-circuit television***)* télévision f en circuit fermé

CD n *(abbr* **compact disc***)* CD m; **on CD** sur CD

◇ *CD burner* graveur m de CD

◇ *CD library* CDthèque f

◇ *CD player* lecteur m de CD

◇ *CD system* chaîne f laser

◇ *CD video* CD vidéo m

◇ *CD writer* graveur m de CD

CD-I n *(abbr* **compact disc interactive***)* CD-I m

CD-R n **(a)** *(abbr* **compact disc recorder***)* graveur m de disque compact **(b)** *(abbr* **compact disc recordable***)* CD-R m

CD-ROM n *(abbr* **compact disc readonly memory***)* CD-ROM m, cédérom m

◇ *CD-ROM burner* graveur m de CD-ROM

◇ *CD-ROM drive* lecteur m de CD-ROM

◇ *CD-ROM newspaper* journal m sur CD-ROM

◇ *CD-ROM reader* lecteur m de CD-ROM

CD-RW n *(abbr* **compact disc rewritable***)* CD-RW m, CD m réinscriptible

CD-text n *(abbr* **compact disc text***)* CD-texte m

CDV n *(abbr* **compact disc video***)* CDV m, CD vidéo m

cedilla n Typ cédille f

Ceefax® n TV Ceefax m

cel n Cin cellulo m, cello m

◇ *cel animation* animation f de cellos

celebrity magazine n Press magazine m people

> **❝**
> The launch of the UK edition of Time Inc's *InStyle* magazine last week was the first in a wave of **celebrity magazine** launches scheduled for this year … These newcomers are set to do battle with *Hello!*, *OK!* and *Now* magazines, the established celebrity weeklies.
> **❞**

cell *n* *Comptr* (*of spreadsheet*) cellule *f*

Cellnet *n* *Tel* = réseau britannique de téléphonie mobile

cellphone *n* *Tel* téléphone *m* cellulaire, *Belg* GSM *m*, *Can* cellulaire *m*

cellular *adj* cellulaire
◇ *cellular phone* téléphone *m* cellulaire, *Belg* GSM *m*, *Suisse* Natel® *m*, *Can* cellulaire *m*
◇ *cellular radio* radiotéléphonie *f* cellulaire
◇ *cellular telephone* téléphone *m* cellulaire, *Belg* GSM *m*, *Suisse* Natel® *m*, *Can* cellulaire *m*

celluloid® **1** *n* Celluloïd® *m*; **to capture sb/sth on celluloid**® filmer qn/qch
2 *adj* en Celluloïd®

censor 1 *n* censeur *m*; **to get past the censor** échapper à la censure
2 *vt* (**a**) (*ban*) (*book, film, article etc*) interdire, censurer; (*scene*) supprimer, couper; (*line, word*) supprimer (**b**) (*cut parts of*) (*film, article, newspaper*) censurer; (*play, book, scenario*) censurer, expurger
◇ *Rad & TV* **censor bleep** bip *m* de censure
◇ *Cin* **censor's certificate** visa *m* de censure

censorship *n* (**a**) (*act, practice*) censure *f*; **there is no longer any censorship of his films** ses films ne sont plus censurés (**b**) (*office of censor*) censorat *m*
◇ *censorship law* loi *f* de censure

centre, *Am* **center** *vt* (**a**) *Cin & Phot* (*image*) cadrer (**b**) *DTP & Typ* centrer

centrefold, *Am* **centerfold** *n* *Press* (*in magazine, newspaper*) double page *f* centrale détachable

centring, *Am* **centering** *n* (**a**) *Cin & Phot* cadrage *m* (**b**) *DTP & Typ* centrage *m*

cert. *Cin* (*abbr* **certificate**) visa *m* de censure; **a cert. 18 film** un film interdit aux moins de 18 ans

certificate *n* *Cin* visa *m* de censure

CGA *n* *Phot* (*abbr* **colour graphics adapter**) adaptateur *m* graphique couleur, CGA *m*

CGI *n* *Comptr* (**a**) (*abbr* **common gateway interface**) interface *f* commune de passerelle, CGI *f* (**b**) (*abbr* **computer-generated images**) images *fpl* de synthèse

changeover *n* *Cin* changement *m* de bobine
◇ *changeover marks* repères *mpl* de changement

channel *n* (**a**) *TV* chaîne *f*, *Can* canal *m*; **which channel is the film on?** le film est sur quelle chaîne? (**b**) *Rad* bande *f* (**c**) *Comptr & Tel* canal *m*
◇ *Channel Four* = chaîne de télévision privée britannique
◇ *Channel Five* = chaîne de télévision privée britannique

channel-flick, channel-hop *vi* *TV* zapper

channel-hopper *n* *TV* zappeur(-euse) *m,f*

character *n* (**a**) *Cin & TV* personnage *m*; **the main character** le personnage principal, le protagoniste; **Chaplin plays two different characters in *The Great Dictator*** Chaplin joue deux rôles différents dans *Le Dictateur*; **characters in order of appearance** (*in credits*) distribution par ordre d'entrée en scène
(**b**) *DTP & Typ* caractère *m*; **in Greek characters** en caractères

grecs; **characters per inch** caractères par pouce; **characters per second** caractères par seconde

◇ *Cin* **character actor** acteur *m* de genre

◇ *Cin* **character actress** actrice *f* de genre

◇ *Cin & TV* **character comedy** comédie *f* de caractères

◇ *DTP & Typ* **character count** nombre *m* de caractères; **to do a character count** compter les caractères

◇ *DTP & Typ* **character font** fonte *f* de caractère

◇ *Cin* **character part** rôle *m* de composition

◇ *Cin* **character role** rôle *m* de composition

◇ *DTP & Typ* **character set** jeu *m* de caractères

◇ *DTP & Typ* **character space** espace *m*

◇ *DTP & Typ* **character spacing** espacement *m* des caractères

characterization *n Cin* représentation *f* ou peinture *f* des personnages

charts *npl* hit-parade *m*; **she's (got a record) in the charts** elle est au hit-parade; **it's number one in** *or* **it's top of the charts** c'est le numéro un au hit-parade

chase¹ *Print* **1** *n* châssis *m*
  2 *vt* chasser

chase² *n*
◇ *Cin* **chase film, chase movie** film *m* de poursuite
◇ *Cin* **chase scene** scène *f* de poursuite

chaser *n Fam Cin* film *m* de poursuite

chat *n Comptr (on Internet)* chat *m*
◇ *Comptr* **chat room** site *m* de bavardage, salon *m*, *Can* bavardoir *m*
◇ *Br TV* **chat show** causerie *f* télévisée, talk-show *m*
◇ *Br TV* **chat show host** présentateur(trice) *m,f* de talk-show

❝

Jerry Springer, the king of trash television, is to be the face of Channel 5's election coverage. He will fly over to London this weekend and for the Bank Holiday weekend at the end of May to film a British version of his US **chat show** and a documentary about the election "from an outsider's point of view".

❞

chequebook journalism *n* = dans les milieux de la presse, pratique qui consiste à payer des sommes importantes pour le témoignage d'une personne impliquée dans une affaire

❝

Chequebook journalism has traditionally been abhorred. The old press council in its impressive report into the case of Peter Sutcliffe in 1981, when national newspapers were unsuccessfully vying with each other to offer six figure sums to the wife of the notorious mass killer, sought to outlaw payments to criminals. It virtually ruled out any public interest exception.

❞

chick *n Fam*
◇ **chick flick** = film qui plaît particulièrement aux femmes
◇ **chick lit** = genre romanesque destiné à un public de jeunes femmes et qui est censé refléter leurs préoccupations
◇ **chick movie** = film qui plaît particulièrement aux femmes

❝

Bridget Jones's Diary has been lumped by cultural commentators with the recent crop of **chick lit, chick flicks** and female-oriented sitcoms. Its most obvious coevals, in terms of popularity at least, are the television series *Ally McBeal*

chief *adj* Press
◇ *chief editor* rédacteur(trice) *m,f* en chef
◇ *chief photographer* photographe *mf* en chef
◇ *chief reporter* reporter *m* en chef

child actor *n Cin & TV* acteur *m* enfant

children *npl*
◇ *children's book* livre *m* pour enfants
◇ *children's literature* littérature *f* pour enfants
◇ *children's television* télévision *f* pour enfants

chopsocky *n Fam Cin* films *mpl* de kung-fu

choreographer *n* chorégraphe *mf*

choreographic *adj* chorégraphique

choreography *n* chorégraphie *f*

chroma *n TV* saturation *f*
◇ *chroma key* incrusteur-couleur *m*

chromatic *adj* Print chromatique
◇ *chromatic colour* couleur *f* chromatique
◇ *chromatic printing* impression *f* polychrome

chrominance *n TV* chrominance *f*
◇ *chrominance signal* signal *m* de chrominance

chronology *n Cin & TV* chronologie *f*

cineast *n* cinéphile *mf*

cine-camera *n Br* caméra *f*

cine-film *n Br* film *m*

cinema *n Br (building)* cinéma *m*; *(industry)* (industrie *f* du) cinéma *m*; **to go to the cinema** aller au cinéma; **a cinema fanatic** un(e) cinéphile
◇ *cinema advertisement* film *m* publicitaire
◇ *cinema advertising* publicité *f* au cinéma
◇ *cinema of attractions* cinéma *m* d'attractions
◇ *TV cinema channel* chaîne *f* de cinéma
◇ *Cinema Nôvo* cinéma *m* novo

cinemagoer *n Br Cin* amateur *m* de cinéma, cinéphile *mf*

cinema-going *Br* **1** *n* fréquentation *f* des salles de cinéma
2 *adj* **the cinema-going public** les cinéphiles *mfpl*

Cinemascope® *n* Cinémascope® *m*

cinematic *adj (tradition, style, technique)* cinématographique; **the novel has a very cinematic quality** le roman utilise des effets qui rappellent le cinéma

cinematograph *n Br* cinématographe *m*

cinematographer *n* directeur(-trice) *m,f* de la photographie, chef opérateur *m*

cinematographic *adj* cinématographique

cinematographically *adv* cinématographiquement

cinematography *n* cinématographie *f*

cinéma vérité *n* cinéma-vérité *m*

cinephile *n Am* cinéphile *mf*

cine-projector *n Br* projecteur *m* de cinéma

Cinerama® *n* Cinérama® *m*

circulation *n Press (of magazine, newspaper)* tirage *m*; **a newspaper with a large circulation** un journal à grand tirage; **the *Times* has a circulation of 200,000** le *Times* tire à 200 000 exemplaires

◇ *circulation figures* tirage *m*

circumflex *Typ* **1** *adj (accent)* circonflexe; **it's spelled with an e circumflex** ça s'écrit avec un e accent circonflexe
   2 *n* accent *m* circonflexe

City *adj Br Press (news, page, press)* financier(ère)

◇ *City desk* service *m* financier

◇ *City editor* rédacteur(trice) *m,f* en chef pour les nouvelles financières

city *adj Am Press (news)* local(e); *(page, press)* des nouvelles locales

◇ *city desk* service *m* des nouvelles locales

◇ *city editor* rédacteur(trice) *m,f* en chef pour les nouvelles locales

clapperboard *n Cin & TV* clap *m*, claquette *f*, claquoir *m*

clapper boy *n Cin* clapman *m*

Classification and Ratings Administration *n Cin* = organisme américain dépendant de la MPAA, chargé du classement des films en fonction de l'âge du public autorisé

classified *n Press* petite annonce *f*; **the classifieds** les petites annonces

◇ *classified ad, classified advertisement* petite annonce *f*

claymation *n Br Cin & TV* = animation de figurines en pâte à modeler

❝

First, the *Wallace and Gromit* craze hit movie watchers. Then came the summer smash *Chicken Run* for those who adore watching animated clay figures perform antics onscreen. Now, as **claymation** movies are at an all-time high, Image Entertainment on Nov. 28 is releasing the DVD of *Creature Comforts*, the 35-minute film that started the whole claymation craze more than a decade ago.

❞

clean speech *n Cin & TV* bonne élocution *f (au cours d'une prise)*

cliché *n Print* cliché *m*

click track *n Cin* piste *f* métronome

cliffhanger *n Fam (in film, story)* situation *f* à suspense

❝

Decently mounted but needlessly prolonged the feature has a mid-point **cliffhanger**, suggesting that the intent may have been tube serialization in India; at the current length it's far too talky and uneventful for export.

❞

clip *n (from movie, TV programme)* court extrait *m*; *Am (from newspaper)* coupure *f*

◇ *Comptr clip art* clipart *m*

clipping *n (from newspaper)* coupure *f*

◇ *clippings file* fichier *m* de coupures

▸ **close down** *vi Br Rad & TV* terminer les émissions

▸ **close up** *vt sep Typ (characters)* rapprocher

closed-captioned *adj Am TV* = doté de sous-titres pour les malentendants

closed-circuit television *n* télévision *f* en circuit fermé

closedown *n Br Rad & TV* fin *f* des émissions

closed set *n Cin & TV* plateau *m* fermé

close shot *n Cin & TV* plan *m* rapproché

close-up 1 *n Cin, Phot & TV (shot, photograph, picture)* gros plan *m*; *Rad & TV (programme)* portrait *m*, portrait-interview *m*; **in close-up** en gros plan; **the TV programme gives us a close-up of life in prison** l'émission nous donne une vision en gros plan de la vie carcérale

  2 *adj (shot, photograph, picture)* en gros plan

◇ *close-up lens* bonnette *f*

closing *adj*
◇ *Typ closing bracket* parenthèse *f* fermante
◇ *Cin & TV closing credits* générique *m* de fin
◇ *DTP & Typ closing quotes* guillemets *mpl* fermants
◇ *Cin & TV closing theme tune* musique *f* de générique de fin

cloth *n Publ* toile *f*; **in cloth** en toile
◇ *cloth boards* cartonnage *m* pleine toile

cloth-bound *adj Publ* toilé(e)

CMYK *n & adj DTP & Print (abbr* **cyan, magenta, yellow, black)** CMJN

CNN *n TV (abbr* **Cable News Network)** CNN *m*, = réseau d'information américain diffusé par câble et satellite

coated *adj (paper)* couché(e)

coauthor *n* coauteur *m*

coaxial cable *n* câble *m* coaxial

cockle *Print* **1** *vt* gondoler
  2 *vi* gondoler, se gondoler

cockling *n Print* gondolage *m*, gondolement *m*

coded signal *n* signal *m* codé

coffee-table book *n* = livre à grand format abondamment illustré, destiné à être feuilleté plutôt que véritablement lu

cold type *n Typ* photocomposition *f*

collate *vt Publ (sheets, signatures)* collationner

collation *n Publ* plaçure *f*

collimator viewfinder *n Phot* viseur *m* à cadre lumineux

collodion *n Phot* collodion *m*

collodion-coated *adj Phot* celloïdin(e)

colon *n Typ* deux-points *m*

colophon *n Publ (logo)* logo *m*, colophon *m*

coloration *n Audio* coloration *f*

colour, *Am* **color** *n* (a) *Cin & TV* couleur *f*; **the movie is in colour** le film est en couleur(s) (b) *Rad* relief *m*
◇ *Cin, Phot & TV colour balance* équilibre *m* des couleurs
◇ *Phot & Print colour correction* correction *f* des couleurs
◇ *colour film Phot* pellicule *f* (en) couleur; *Cin & TV (movie)* film *m* en couleur
◇ *Cin, Phot & TV colour filter* filtre *m* de couleur, filtre *m* coloré
◇ *Phot colour graphics adapter* adaptateur *m* graphique couleur, CGA *m*
◇ *colour photograph* photographie *f* en couleur(s)
◇ *colour photography* photographie *f* en couleur(s)
◇ *Print colour plate* planche *f* en couleur
◇ *Phot & Typ colour positive* positif *m* (en) couleur
◇ *Print colour print* reproduction *f* en couleurs
◇ *Comptr & Print colour printer* imprimante *f* couleur
◇ *Print colour printing* impression *f* couleur
◇ *Print colour separation* séparation *f* des couleurs

◇ *Br Press* **colour supplement** supplément *m* illustré

◇ **colour synthesizer** générateur *m* de couleur

◇ **colour television** télévision *f* couleur; *(set)* téléviseur *m* couleur

◇ **colour television set** téléviseur *m* couleur

colourist, *Am* **colorist** *n Cin* coloriste *mf*

colourization, *Am* **colorization** *n Cin* colorisation *f*

colourize, *Am* **colorize** *vt Cin* coloriser

column *n Press & Typ (section of print)* colonne *f*; *Press (regular article)* rubrique *f*, chronique *f*; **he writes the sports column** il tient la rubrique *ou* la chronique des sports

◇ *DTP & Typ* **column header** entête *m* de colonnes

◇ *Press* **column inch** = unité de mesure des espaces publicitaires équivalant à une colonne sur un pouce, ≃ centimètre-colonne *m*; **it got a lot of column inches** *(story)* on lui a consacré beaucoup d'espace dans le journal

◇ *Print* **column printing** impression *f* en colonnes

◇ *DTP & Typ* **column rule** = ligne verticale de séparation entre les colonnes

◇ *DTP & Typ* **column space** colonnage *m*

◇ *DTP & Typ* **column spacing** espacement *m* des colonnes

◇ *DTP & Typ* **column width** justification *f*

❝

In Australia, especially, where raucous tabloids of the *News of the World* type do not exist, commentators were po-faced over the counterfeit sheikh, although the **column inches** devoted to poor Sophie's indiscretions would have stretched clear across Sydney Harbour. The countess and her companion had

been inveigled into making fools of themselves and the story was trash, believed the critics.

❞

columnist *n Press* chroniqueur(-euse) *m,f*, échotier(ère) *m,f*; **sports columnist** chroniqueur(euse) *m,f* sportif(ive)

comb binding *n Publ* reliure *f* en spirale

▸**come in** *vi* **(a)** *Press (of news, report)* être reçu(e); **news is just coming in of a riot in Red Square** on nous annonce à l'instant des émeutes sur la place Rouge **(b)** *Rad & TV (begin to speak)* parler; **come in Barry Stewart from New York** à vous, Barry Stewart à New York

comedian *n (comic)* comique *m*; *(comic actor)* comédien *m*

comedienne *n (comic)* comique *f*; *(comic actress)* actrice *f* comique

comedy *n (film, genre)* comédie *f*; *TV (programme)* sitcom *m*

◇ **comedy actor** acteur *m* comique

◇ **comedy actress** actrice *f* comique

◇ **comedy drama** comédie *f* dramatique

◇ **comedy of manners** comédie *f* de mœurs

comic 1 *n* **(a)** *(entertainer)* comique *mf* **(b)** *(magazine)* BD *f*, bande *f* dessinée; *Am* **comics** *(in newspaper)* bandes *fpl* dessinées
2 *adj* comique, humoristique

◇ **comic actor** acteur *m* comique

◇ **comic actress** actrice *f* comique

◇ **comic book** magazine *m* de bandes dessinées

◇ **comic strip** bande *f* dessinée

comma *n Typ* virgule *f*

commentary *n Cin, Rad & TV* commentaire *m*; **with commentary by Sandy Campbell** commenté par Sandy Campbell

◇ *Rad & TV* **commentary box** tribune *f* des journalistes

commentate *vt Rad & TV* commenter

commentator *n* (**a**) *Rad & TV* commentateur(trice) *m,f* (**b**) *Press* journaliste *mf (de la presse écrite)*; **political commentator** journaliste *mf* politique

commercial *Rad & TV* **1** *n* publicité *f*, spot *m* publicitaire
2 *adj* commercial(e)
◇ *commercial break* page *f* de publicité
◇ *commercial channel* chaîne *f* commerciale
◇ *commercial radio* radio *f* commerciale
◇ *commercial television* télévision *f* commerciale

commissary *n Am Cin (cafeteria)* restaurant *m* (du studio)

commission *Publ* **1** *n* commande *f*; **to give an author a commission** passer une commande à un auteur
2 *vt (book)* commander; *(author, illustrator)* passer commande à

common gateway interface *n Comptr* interface *f* commune de passerelle

community *n*
◇ *Am TV community channel* = chaîne du réseau câblé sur laquelle des particuliers peuvent diffuser leurs propres émissions
◇ *Rad community radio* radio *f* communautaire

> **"**
> At the Western Show this week, Tribune is demonstrating the movie service along with a Zap2it **community channel** for local events and classifieds that can also accommodate accompanying video clips. Tribune also has developed on-screen electronic TV guides.
> **"**

comp *n Typ (compositor)* metteur *m* (en pages)

compact *adj* compact(e)
◇ *compact camera* (appareil *m* photo) compact *m*
◇ *compact disc* (disque *m*) compact *m*, CD *m*
◇ *compact disc interactive* CD-I *m*
◇ *compact disc player* lecteur *m* de CD
◇ *compact disc recorder* graveur *m* de disque compact
◇ *compact disc rewritable* CD *m* réinscriptible
◇ *compact disc video* CD vidéo *m*

company magazine *n* journal *m* d'entreprise

compilation film, compilation movie *n* film *m* de montage

compose *vt* (**a**) *Typ (text)* composer (**b**) *Cin & TV (music)* composer

composer *n Cin & TV* compositeur(trice) *m,f*

composing *n Typ* composition *f*
◇ *composing room* (salle *f* de) composition *f*
◇ *composing stick* composteur *m*

composite *adj*
◇ *Cin & TV composite print* copie *f* standard
◇ *Publ composite work* œuvre *f* composite

composition *n Typ* composition *f*

compositor *n Typ* compositeur(-trice) *m,f*

compress *vt Audio* compresser

compression *n Audio* compression *f*

compressor *n Audio* compresseur *m*

computer *n* ordinateur *m*
◇ *computer animation* animation *f* par ordinateur
◇ *computer art* dessin *m* par ordinateur
◇ *computer game* jeu *m* informatique
◇ *computer graphics* *(function)*

graphiques *mpl*; *(field)* infographie *f*

◇ *computer science* informatique *f*

◇ *computer typesetting* composition *f* par ordinateur

computer-aided, computer-assisted *adj* assisté(e) par ordinateur

computer-enhanced *adj (graphics)* amélioré(e) par ordinateur

computer-generated *adj* généré(e) par ordinateur

◇ *computer-generated image* image *f* de synthèse

concealed microphone, concealed mike *n* microphone *m* caché

concertina fold *n Publ* pliure *f* en accordéon

condensed *adj Typ* étroit(e); **in condensed print** en caractères étroits

condenser microphone, condenser mike *n* microphone *m* électrostatique, microphone *m* à condensateur

conditional-access television *n* télévision *f* à accès conditionnel

conference *n* conférence *f*

conscience clause *n Press* clause *f* de conscience

console *n Audio & Comptr* console *f*

consumer journalism *n* = journalisme dans le cadre de la défense des consommateurs

contact *n* (**a**) *Phot (contact print)* planche *f* contact, épreuve *f* par contact (**b**) *Rad* contact *m*

◇ *Phot contact paper* papier *m* contact

◇ *Phot contact print* planche *f* contact, épreuve *f* par contact

content *n* contenu *m*

◇ *content analysis* analyse *f* de contenu

◇ *Comptr content provider* fournisseur *m* de contenu

◇ *Publ contents page* table *f* des matières

continuity *n Cin, Rad & TV* continuité *f*

◇ *Rad & TV continuity announcement* annonce *f* de continuité

◇ *Rad & TV continuity announcer* speaker(ine) *m,f* (de transition)

◇ *Cin & TV continuity editing* montage *m* en continuité

◇ *Cin & TV continuity girl* scripte *f*

◇ *Cin & TV continuity man* scripte *m*

◇ *Cin & TV continuity script* scénario *m* dialogué

continuous *adj*

◇ *Cin continuous performances* spectacle *m* permanent

◇ *Typ continuous tone* tons *mpl* continus

contract *n* contrat *m*

◇ *Press contract magazine* = magazine publié pour le compte d'une entreprise par une équipe éditoriale indépendante

◇ *Cin contract player* acteur(trice) *m,f* sous contrat

◇ *Publ contract publishing* = publication de magazines pour le compte d'entreprises commerciales

◇ *Cin contract system* = pendant l'âge d'or des studios hollywoodiens, système par lequel les acteurs et le personnel technique étaient liés aux studios par des contrats de longue durée

❝

"**Contract magazines** have huge circulations," she says, noting that most of the highest circulation magazines in the last ABCs were **contract magazines**. They are undoubtedly shedding their reputations as dowdy advertorial rags, she adds, citing *Food Illustrated*, John Brown Publishing's magazine for Waitrose, emerging as a kind of "food pornography" that taps into readers' aspirations almost as much as *Vogue* or *GQ*. **"**

contrast n *Phot & TV* contraste m
◇ *TV* **contrast button** bouton m de contraste
◇ *TV* **contrast control** réglage m du contraste

contrasty adj *Phot & TV* contrasté(e)

contre-jour n *Cin & TV (lighting)* contre-jour m
◇ **contre-jour shot** contre-jour m

contribute vi *Press* **to contribute to a newspaper/magazine** écrire pour un journal/un magazine; **she contributes to various literary magazines** elle écrit pour divers magazines littéraires

contribution n *Press (article)* article m

contributor n *Press (to newspaper, magazine)* collaborateur(trice) m,f

control n *Rad & TV*
◇ **control monitor** écran m de contrôle
◇ **control room** (cabine f de) régie f

converter n *Audio* modulateur m de fréquence; *TV* convertisseur m

cookie n *Comptr* cookie m

copier n copieur m

co-present vt coprésenter

co-presenter n coprésentateur(trice) m,f

co-produce vt *Cin & TV* coproduire

co-producer n *Cin & TV* coproducteur(trice) m,f

co-production n *Cin & TV* coproduction f

cop show n *Fam TV* série f policière

copy n (a) *(of book, magazine)* exemplaire m (b) *Press & Publ (written material)* copie f; *(in advertisement)* texte m; **his story made good copy** son histoire a fait un bon papier; **he wrote some brilliant copy** *(one article)* il a écrit un article excellent; *(several articles)* il a écrit d'excellents articles
◇ *Press* **copy deadline** tombée f, dernière heure f
◇ *Am Press* **copy desk** secrétariat m de rédaction
◇ **copy editor** *Press* secrétaire mf de rédaction; *Publ* préparateur(trice) m,f de copie

copy-edit *Publ* **1** vt *(manuscript)* corriger
2 vi préparer la copie

copy-editing n *Publ* préparation f de copie

copyholder n *Publ (reader)* lecteur(trice) m,f, teneur(euse) m,f de copie

copyread *Am Publ* **1** vt corriger
2 vi préparer la copie

copyreader n *Am Press* secrétaire mf de rédaction; *Publ* préparateur(trice) m,f de copie

copyright **1** n copyright m, droit m d'auteur; **she has copyright on the book** elle a des droits d'auteur sur le livre; **it's still subject to copyright** c'est toujours soumis au droit d'auteur; **breach** or **infringement of copyright** violation f du droit d'auteur; **copyright Lawrence Durrell** copyright, Lawrence Durrell; **out of copyright** dans le domaine public
2 vt obtenir le copyright de ou pour
3 adj *(book)* qui est protégé par des droits d'auteur; *(article)* dont le droit de reproduction est réservé
◇ **copyright deposit** dépôt m légal
◇ **copyright notice** mention f de réserve
◇ **copyright page** page f de copyright

❝

His point about counterfeit software is that it finds its way into otherwise regular companies. Auction sites are one particularly dodgy place for companies to buy wares. "According to our research, more than 80% of the software on auction sites is in **breach of copyright**," he says.

❞

copyrighted adj (book, music) déposé(e)

copytaker n Press opérateur(trice) m,f

copywriter n Press rédacteur(-trice) m,f publicitaire

copywriting n Press rédaction f publicitaire

cordless adj (telephone, mouse) sans fil

corner marks npl Print repères mpl de coupe

corporate film, corporate video n film m d'entreprise, film m institutionnel

correct vt Publ (proofs) corriger

correction n Publ correction f

correspondence column n Press courrier m des lecteurs

correspondent n Press, Rad & TV (reporter) correspondant(e) m,f; **special correspondent** envoyé(e) m,f spécial(e); **sports correspondent** correspondant(e) m,f sportif(ive); **war/environment correspondent** correspondant(e) m,f de guerre/ pour les questions d'environnement; **our Moscow correspondent** notre correspondant à Moscou

co-star 1 n (of actor, actress) partenaire mf

2 vi (in film, TV programme) être l'une des vedettes principales; **to co-star with sb** partager la vedette ou l'affiche avec qn; **they have co-**starred in several films ils ont partagé la vedette ou l'affiche de plusieurs films; **she has co-starred in three films** elle a joué l'un des rôles principaux dans trois films; **this is his first co-starring role** c'est la première fois qu'il a un des rôles principaux

3 vt **the film co-stars Russell Crowe and Nicole Kidman** le film met en scène Russell Crowe et Nicole Kidman dans les rôles principaux ou vedettes; **the film co-stars Harvey Keitel** le film met en scène Harvey Keitel dans l'un des rôles principaux ou vedettes; **co-starring Gwyneth Paltrow** (in credits) avec Gwyneth Paltrow

costume Cin & TV 1 n costume m; **to be (dressed) in costume** porter un costume (de scène); **costumes by ...** (in credits) costumes réalisés par ... 2 vt réaliser les costumes pour

◇ **costume designer** costumier(ère) m,f

◇ **costume drama** dramatique f en costumes d'époque

◇ **costume supervisor** chef costumier(ère) m,f

❝

There are no surging crowd scenes or establishing shots to reassure us – just a concentration on people, the looks and gestures they exchange, the words they use. This is **costume drama** where language counts as much as clothes and furniture – and where clothes and furniture are themselves a language.

❞

cough n Rad

◇ **cough button** interrupteur m (sur un micro)

◇ **cough key** interrupteur m (sur un micro)

counterculture n contre-culture f

counterproof n Print contre-épreuve f

court *n Br Press*

◇ *court circular* = rubrique d'un journal indiquant les engagements officiels de la famille royale

◇ *court correspondent* correspondant(e) *m,f* à la cour royale

◇ *court reporter* chroniqueur(euse) *m,f* judiciaire

courtroom drama *n Cin* drame *m* judiciare

cover 1 *n (of book, magazine)* couverture *f*

   2 *vt (report on)* couvrir, faire la couverture de

◇ *Publ* **cover copy** texte *m* de couverture

◇ *Publ* **cover design** dessin *m* de couverture

◇ *Press* **cover girl** cover-girl *f*

◇ *Press* **cover mount** = cadeau offert avec un magazine

◇ *Press* **cover price** *(of magazine)* prix *m*

◇ *Cin & TV* **cover shot** plan *m* de sécurité, plan *m* de secours

◇ *Press* **cover story** article *m* principal (faisant la couverture)

coverage *n (reporting)* couverture *f*; **his coverage of the coup** le reportage qu'il a fait du coup d'État; **the coverage given to the elections was biased** le compte-rendu des élections était partial; **the newspaper gave good coverage of the event** le journal a bien couvert cet événement; **royal weddings always get a lot of coverage** les mariages de la famille royale bénéficient toujours d'une importante couverture médiatique; **radio/television coverage of the tournament** la retransmission radiophonique/télévisée du tournoi

coverline *n Press* titraille *f*, titre *m* de rappel

cowboy *n Cin*

◇ *cowboy film, cowboy movie* film *m* de cow-boys

◇ *cowboy shot* plan *m* américain

cpi *n DTP & Typ (abbr* **characters per inch***)* cpp

cpl *n DTP & Typ (abbr* **characters per line***)* cpl

crab *Cin & TV* **1** *n* travelling *m* latéral

   2 *vi* faire un travelling latéral; **to crab right/left** faire un travelling latéral vers la droite/gauche

◇ *crab dolly* chariot *m* omnidirectionnel, chariot-crabe *m*

crabbing dolly *n Cin & TV* chariot *m* omnidirectionnel, chariot-crabe *m*

crane *n Cin & TV* grue *f*

◇ *crane shot* prise *f* de vue sur grue

CRC *n Print & Typ (abbr* **camera-ready copy***)* copie *f* prête pour la reproduction

credits *npl Cin & TV* générique *m*

crew *n Cin & TV* équipe *f*

crime *n*

◇ *Cin* **crime film, crime movie** film *m* policier

◇ *Press* **crime reporter** journaliste *mf* qui couvre les affaires criminelles

◇ *TV* **crime series** série *f* policière

critic *n (reviewer)* critique *m*; **film/art/theatre critic** critique *m* de cinéma/d'art/de théâtre

Cromalin® *n Print* Cromalin® *m*

crop 1 *vt* (a) *Phot* recadrer; *DTP & Print* rogner (b) *Cin* détourer

   2 *n*

◇ *DTP & Print* **crop mark** trait *m* de coupe

cropping *n* (a) *Phot* recadrage *m*; *DTP & Print (of graphic)* rognage *m* (b) *Cin* détourage *m*

cross *vt Cin & TV* **to cross the line** transgresser la loi des 180 degrés

cross-cut *n Cin & TV* montage *m* alterné

cross-cutting *n Cin & TV* montage *m* alterné

Credits

Le générique

Artistic Director	Directeur artistique
Assistant Artistic Director	Assistant du directeur artistique
Assistant Cameraman	Aide-opérateur
Assistant Director	Assistant-réalisateur
Assistant Editor	Aide-monteur
Assistant Producer	Assistant du producteur
Associate Producer	Producteur associé
Best Boy	Aide-électricien
Boom Operator	Perchiste
Cameraman	Cameraman
Casting Director	Directeur de casting
Choreographer	Chorégraphe
Cinematographer	Chef opérateur
Composer	Compositeur
Continuity	Scripte
Co-producer	Coproducteur
Costume Designer	Costumier
Director	Réalisateur
Editor	Monteur
Electrician	Électricien
Executive Producer	Producteur exécutif
First Assistant Director	Premier assistant-réalisateur
Foley Artist	Bruiteur
Gaffer	Chef électricien
Grip	Machiniste
Hair Stylist	Coiffeur
Lighting Crew	Éclairagistes
Line Producer	Producteur délégué
Make-up Artist	Maquilleur
Producer	Producteur
Production Manager	Directeur de production
Props	Accessoiriste
Screenwriter	Scénariste
Second Unit Director	Réalisateur de la deuxième équipe
Second Unit Director of Photography	Chef opérateur de la deuxième équipe
Set Decorator	Décorateur
Set Designer	Ensemblier
Sound	Son
Sound Director	Directeur du son
Sound Designer	Concepteur sonore
Special Effects Supervisor	Directeur d'effets spéciaux
Stunts Coordinator	Coordinateur des cascades
Visual Effects Supervisor	Responsable des effets spéciaux
Wardrobe Superviser	Chef costumier
Wrangler	Animalier

cross-fade n Rad fondu m enchaîné (sonore)

crosshead n DTP & Typ sous-titre m

cross-media ownership n = contrôle par un même groupe de journaux, de chaînes de télévision et/ou de stations de radio

❝

No newspaper owner with more than 20 percent of the British market – Murdoch holds 33 percent – can own more than 20 percent of television and radio. News Corp.-controlled satellite broadcaster BSkyB is tipped as a possible future partner in ONdigital, the troubled pay-TV rival to SkyDigital, co-owned by ITV companies Carlton and Granada. Next week's Queen's Speech to Parliament … is expected to include changes to **cross-media ownership**.

❞

crossover 1 n Audio filtre m séparateur
   2 adj (musical style) hybride
◇ **crossover album** album m hybride
◇ Audio **crossover network** circuit m de recoupement

cross-ownership = **cross-media ownership**

cross-refer Publ **1** vt renvoyer; **the reader is cross-referred to page 15** il y a un renvoi à la page 15
   2 vi **to cross-refer to sth** renvoyer à qch

cross-reference Publ **1** n renvoi m
   2 vt (text) introduire des renvois dans

crosstalk n Rad & Tel diaphonie f

crowd scene n Cin & TV scène f de foule

CRT n (abbr **cathode ray tube**) tube m cathodique

cryptography n cryptographie f

CS n Cin & TV (abbr **close shot**) gros plan m

CTP n Print (abbr **Computer to Plate**) CTP m

CU n Cin & TV (abbr **close-up**) gros plan m

cue n Cin, Rad & TV (action) signal m; **to miss one's cue** rater le signal
◇ Cin & TV **cue card** carton m aide-mémoire
◇ Cin & TV **cue mark** marque f de repère
◇ Rad & TV **cue sheet** feuille f de conducteur, feuille f de mixage
▸ **cue in** vt sep Cin, Rad & TV donner le signal à

CUG n Tel (abbr **closed user group**) GFU m

cult film, cult movie n film m culte

cultural adj culturel(elle)
◇ **cultural exception** exception f culturelle
◇ **cultural specificity** spécificité f culturelle

culture n culture f

cumulative frequency n Audio fréquence f cumulée

current affairs npl l'actualité f, les questions fpl d'actualité
◇ **current affairs magazine** magazine m d'actualités, news magazine m
◇ **current affairs programme** émission f d'actualités

cursive DTP & Typ **1** n (écriture f) cursive f
   2 adj cursif(ive)

cut 1 n Cin & TV (a) (transition) coupe f; **the cut from the love scene to the funeral** le changement de séquence de la scène d'amour à l'enterrement (b) (omitted sequence) coupure f (c) (edited version) montage m
   2 vt (a) Cin & TV (edit out) faire des coupures dans, réduire; (drop) couper; **the censors cut all scenes of**

violence la censure a coupé *ou* supprimé toutes les scènes de violence ; **the film was cut to 100 minutes** le film a été ramené à 100 minutes
  (**b**) *Cin & TV (edit)* monter
  (**c**) *Print* couper ; **to cut flush** rogner à vif
  3 *vi Cin & TV (stop filming)* couper ; **the film cuts straight from the love scene to the funeral** l'image passe directement de la scène d'amour à l'enterrement ; **cut!** coupez !

▸ **cut back** *vi Cin & TV* revenir en arrière

cutaway, cutaway shot *n Cin & TV* changement *m* de plan

cutback *n Am Cin & TV* retour *m* en arrière, flash-back *m*

cut-in *n Cin & TV* insert *m*

cut-out *n Print & Typ* découpe *f*

cutter *n Cin* monteur(euse) *m,f*, découpeur(euse) *m,f*

cutting *n* (**a**) *Cin & TV* montage *m* (**b**) *Press* coupure *f*
◊ *Cin & TV* **cutting copy** copie *f* de montage
◊ *Press* **cuttings file** fichier *m* de coupures
◊ *Cin & TV* **cutting room** salle *f* de montage ; **my best scenes ended up on the cutting room floor** mes meilleures scènes ont été coupées (au montage)
◊ *Cin & TV* **cutting table** table *f* de montage

> The production itself carries with it a series of superlatives. Six years in the making! Three hundred and fifty hours of footage! Half a million words of interviews! Ninety-nine per cent of the material on the **cutting room floor**! But we have also gathered the most detailed record ever of a complex cultural process, even if what the television viewer sees is a tiny and often simplified slice of that complexity.

CW *npl Rad (abbr* **continuous waves**) ondes *fpl* entretenues

cyan *DTP & Print* **1** *n* cyan *m*
  2 *adj* cyan

cyberanchor *n* cyberspeaker(ine) *m,f*

cybercafé *n Comptr* cybercafé *m*

cyberculture *n Comptr* cyberculture *f*

cybernaut *n Comptr* cybernaute *m*

cyberpunk *n Cin* cyberpunk *m*

cyberspace *n Comptr* cyberespace *m*, cybermonde *m* ; **in cyberspace** dans le cyberespace, dans le cybermonde

cybersquatting *n Comptr* cybersquatting *m*

cycle *n Cin (of films)* cycle *m*

cyclorama *n Cin* cyclorama

DAB *n* (*abbr* **digital audio broadcasting**) diffusion *f* audionumérique

DAC *n* Audio (*abbr* **digital-analogue converter**) CNA *m*

dagger *n* Typ croix *f*

daily 1 *n* (**a**) (*publication*) quotidien *m* (**b**) *Cin & TV* **dailies** rushes *mpl* **2** *adj* (*publication, press, sales*) quotidien(enne)

DARC *n* (*abbr* **data radio channel**) DARC *f*

darkroom *n* Phot chambre *f* noire

dash *n* DTP & Typ (*symbol*) tiret *m*

DAT *n* (*abbr* **digital audio tape**) DAT *m*
◇ **DAT cartridge** cartouche *f* DAT
◇ **DAT drive** lecteur *m* DAT, lecteur *m* de bande audionumérique

data *n* Comptr données *fpl*
◇ **data acquisition** collecte *f* ou saisie *f* des données
◇ **data management** gestion *f* de données
◇ **data processing** traitement *m* des données

dateline *n* Press date *f* de rédaction

day for night *n* Cin nuit *f* américaine

daytime *adj*
◇ **daytime television** émissions *fpl* télévisées pendant la journée

DBS *n* (*abbr* **direct broadcasting by satellite**) télédiffusion *f* directe par satellite, DBS *f*

DCC *n* (*abbr* **digital compact cassette**) DCC *f*

dead air *n* Rad temps *m* mort

deadline *n* (*day*) date *f* limite; (*time*) heure *f* limite; **Monday is the absolute deadline** c'est pour lundi dernier délai *ou* dernière limite; **to meet/to miss a deadline** respecter/ laisser passer une date/une heure limite; **I'm working to a deadline** j'ai un délai à respecter

deaths column *n* Press rubrique *f* nécrologique

deckle *n* Publ cadre *m* volant
◇ **deckle edge** bord *m* frangeux, barbes *fpl*

deckle-edged *adj* Publ à bord frangeux, à barbes

declaration *n* (*statement*) déclaration *f*

decode *vt* TV décoder

decoder *n* TV décodeur *m*

decoding *n* TV décodage *m*

decor *n* Cin & TV décor *m*

découpage *n* Cin découpage *m*

DECT n Tel (abbr **digital enhanced cordless telecommunications**) DECT f

dedicated line n Tel liaison f spécialisée

deep adj
◇ Cin & TV **deep focus** grande profondeur f de champ
◇ Fam Press **deep throat** (informer) indic m

def n Fam Cin & TV (definition) définition f

defamation n diffamation f; **to sue sb for defamation of character** poursuivre qn en justice pour diffamation

defamatory adj diffamatoire

defame vt diffamer

default font n DTP & Typ police f par défaut

definition n Cin & TV définition f

defocus Cin & TV vi passer au flou
◇ **defocus dissolve** fondu m par passage au flou

delete 1 n Typ (symbol) déléatur m 2 vt Comptr & Typ supprimer

deletion n Comptr & Typ suppression f

demassification n (of media) démassification f

demassify 1 vt (media) démassifier 2 vi (of media) se démassifier

demo n Fam (abbr **demonstration**) (of band, singer) disque m/cassette f/vidéo f de démonstration
◇ **demo tape** bande f démo

demodulate vt Rad démoduler

demodulation n Rad démodulation f

demodulator n Rad démodulateur m

demographic adj démographique

demographics npl (statistics) statistiques fpl démographiques

demy n (book size) = format de 22 cm x 14,5 cm

density n Phot (of negative) densité f

depth n Cin
◇ **depth of field** profondeur f de champ
◇ **depth of focus** profondeur f de foyer

descender n Typ (of character) jambage m

descramble vt Tel & TV décrypter

descrambler n Tel & TV décodeur m

descrambling n Tel & TV décryptage m

design n conception f; Cin (of set) décor m

designer n concepteur(trice) m,f; Cin décorateur(trice) m,f; Publ (of books, magazines) maquettiste mf

desk n Press (section) service m; **the sports desk** le service des informations sportives
◇ Publ **desk copy** livre m spécimen
◇ Press **desk editor** rédacteur(trice) m,f
◇ TV **desk microphone** microphone m de table

deskman n Press deskman m

desktop publishing n publication f assistée par ordinateur, PAO f
◇ **desktop publishing operator** opérateur(trice) m,f de PAO
◇ **desktop publishing software** logiciel m de PAO

detail shot n Cin & TV plan m de détail

detective n
◇ **detective film, detective movie** film m policier
◇ **detective novel** roman m policier
◇ **detective series** série f policière

detector van n Br = voiture-radar utilisée pour la détection des postes de télévision non déclarés

detune vt Rad & TV dérégler

detuning n Rad & TV déréglage m

develop Phot **1** vt développer **2** vi se développer

developer n Phot révélateur m, développateur m

developing tank n Phot cuve f à développement

development n Phot développement m
◇ Fam Cin **development hell** = étape de développement du scénario

> **"**
>
> The buzz about the sequel to *Basic Instinct* is that it is currently in **development hell**. David Cronenberg is being asked to direct and Sharon Stone will reprise her original role for $15 million, but no male lead has been cast. The word is that the recently separated Meg Ryan discouraged her own leading man, Russell Crowe, away from the picture as she was afraid of romantic rumors leaking from the set between him and Stone.
>
> **"**

DGA n Cin (abbr **Directors' Guild of America**) = syndicat américain de metteurs en scène

diaeresis, Am **dieresis** n Typ tréma m

dialogue, Am **dialog** n Cin & TV dialogue m
◇ **dialogue coach** répétiteur(trice) m,f de dialogues
◇ **dialogue track** bande f parole

dial-up n Comptr & Tel
◇ **dial-up access** accès m commuté
◇ Br **dial-up account** compte m d'accès par ligne commutée
◇ **dial-up line** ligne f commutée
◇ **dial-up modem** modem m réseau commuté
◇ **dial-up service** service m de télétraitement

diaphony n Rad & Tel diaphonie f

diaphragm n Cin, Phot & TV diaphragme m
◇ **diaphragm shutter** obturateur m au diaphragme

diapositive n Am Phot diapositive f

diazocopy n Print diazocopie f

diegesis n diégèse f

diegetic adj diégétique

dieresis Am = diaeresis

diesis n Typ double croix f

diffuser n Cin & TV diffuseur m

digital 1 n numérique m **2** adj numérique
◇ **digital audio broadcasting** diffusion f audionumérique
◇ **digital audio tape** cassette f numérique
◇ **digital broadcasting** diffusion f numérique
◇ **digital cable television** télévision f câblée numérique
◇ **digital camera** appareil m photo numérique
◇ **digital camcorder** Caméscope® m numérique
◇ **digital channel** chaîne f numérique
◇ **digital compact cassette** cassette f compacte numérique
◇ **digital compact disc** disque m compact numérique
◇ **digital display** affichage m numérique
◇ **digital media** médias mpl numériques
◇ **digital mixer** mélangeur m numérique
◇ **digital multiplex** multiplex m numérique
◇ **digital music** musique f en enregistrement numérique
◇ **digital optical disk** disque m optique numérique
◇ **digital package** bouquet m numérique
◇ **digital platform** plate-forme f numérique

⋄ *digital printing* impression *f* numérique

⋄ *digital radio* radio *f* numérique

⋄ *digital recording* enregistrement *m* numérique

⋄ *digital satellite television* télévision *f* numérique par satellite

⋄ *digital signal* signal *m* numérique

⋄ *digital sound* son *m* numérique

⋄ *digital subscriber* abonné(e) *m,f* numérique

⋄ *digital television* (technique) télévision *f* numérique; (appliance) téléviseur *m* numérique

⋄ *digital terrestrial television* télévision *f* numérique terrestre

⋄ *digital versatile disk* disque *m* vidéo numérique

⋄ *digital video* vidéo *f* numérique

⋄ *digital video camera* caméra *f* vidéo numérique

⋄ *digital video disk* disque *m* vidéo numérique

⋄ *digital video interface* interface *f* vidéo numérique

⋄ *digital video recorder* magnétoscope *m* à cassette vidéo numérique

❝

Network security experts and administrators are worrying about the security risks posed by online music swapping software. Why? Because Napster users open their computers to anonymous web surfers who select music files to download to their own computers. Network administrators also have complained about the clogging of corporate and collegiate networks from **digital music** downloads.

❞

digitally *adv* numériquement; **digitally recorded** enregistré(e) en numérique; **digitally remastered** remixé(e) en numérique

digitization *n* numérisation *f*, digitalisation *f*

digitize *vt* numériser, digitaliser

digitized *adj* numérisé(e), digitalisé(e)

digitizer *n* numériseur *m*, digitaliseur *m*

diplex *adj Tel* duplex

direct *Cin, Rad & TV* **1** *vt (film, programme)* réaliser; *(actors)* diriger; **directed by Danny Boyle** *(in credits)* réalisation Danny Boyle
2 *vi* faire de la réalisation; **it's her first chance to direct** c'est la première fois qu'elle a l'occasion de faire de la réalisation
3 *adj*

⋄ *direct broadcast satellite* satellite *m* de (télé)diffusion directe

⋄ *direct camera editing* montage *m* à la prise de vues

⋄ *direct cinema* cinéma *m* direct

⋄ *direct satellite broadcasting* diffusion *f* directe par satellite

direction *n Cin, Rad & TV* réalisation *f*; **under the direction of ...** réalisation de ..., réalisé par ...

directional microphone, directional mike *n* microphone *m* directionnel

director *n Cin, Rad & TV* réalisateur(trice) *m,f*

⋄ *Cin & TV* **director's chair** régisseur *m*

⋄ *Cin* **director's cut** version *f* du réalisateur, director's cut *f*

⋄ *Cin & TV* **director of photography** directeur(trice) *m,f* de la photographie

⋄ *Rad & TV* **director of programming** directeur(trice) *m,f* des programmes

❝

All the emotion absent from Luc Besson's *La Femme Nikita* is overflowing from *Leon*, but if you've only seen its American incarnation (*The Professional*), you really haven't seen it at all. The recently released DVD of the European **director's cut** includes nearly half an hour of excised footage deepening the bond between Jean Reno's titular assassin and Natalie Portman's twelve-year-old "cleaner"-in-training.

"

directorial adj Cin, Rad & TV de mise en scène; **his directorial début** son premier film derrière le caméra

disaster film, disaster movie n film m catastrophe

disc n (record) disque m
◇ **disc jockey** animateur(trice) m,f; Rad disc-jockey m

disclaimer n Press démenti m; **to publish a disclaimer** publier un démenti

discography n discographie f

discontinuity n Cin & TV discontinuité f
◇ **discontinuity editing** montage m discontinu

discussion programme n Rad & TV table f ronde

dish n TV antenne f parabolique
◇ Br **dish aerial** antenne f parabolique
◇ Am **dish antenna** antenne f parabolique

disinformation n désinformation f

"

Jean-Marie Messier, chairman of French media giant Vivendi, has rubbished speculation that the head of its Canal Plus subsidiary is on his way out. Mr Messier described French press reports that Pierre Lescure would be removed as chairman of the pay-TV channel at a board meeting this week as a "joke" and "total **disinformation**".

"

disk n Comptr (hard) disque m; (floppy) disquette f; **on disk** sur disque/disquette

dispatch n Press (report) dépêche f

display DTP, Press & Typ **1** n lignes fpl en vedette
2 vt mettre en vedette
◇ Press **display advertisement** encadré m
◇ Press **display advertising** étalage m publicitaire
◇ **display screen** écran m de télévision
◇ DTP & Typ **display type** gros corps m
◇ Comptr **display unit** moniteur m

disposable camera n appareil m photo jetable

dissolve Cin & TV **1** n fondu m enchaîné, enchaîné m, enchaînement m
2 vi faire un fondu enchaîné, enchaîner

distance learning n télé-enseignement m

distort Rad & TV **1** vt déformer
2 vi se déformer

distorted adj Rad & TV déformé(e)

distortion n Rad distorsion f; TV déformation f

distributable adj Cin distribuable

distribute vt (a) Cin distribuer (b) Publ diffuser

distribution n (a) Cin distribution f (b) Publ diffusion f
◇ **distribution network** réseau m de distribution
◇ Cin **distribution rights** droits mpl de distribution
◇ **distribution satellite** satellite m de distribution

distributor n (a) Cin distributeur m (b) Publ diffuseur m

DIVX n (abbr digital video express) DIVX m

DJ n (abbr disc jockey) animateur(-trice) m,f; Rad DJ m

D-notice n Press = consigne donnée par le gouvernement britannique à la presse pour empêcher la diffusion d'informations touchant à la sécurité du pays

docudrama n TV docudrame m

❝

The change from dramatization to **docudrama** took place during the 1970s, beginning with the production of television features (movies of the week) that purported to give re-enactments of events and personages … The **docudrama** is fundamentally different, claiming to re-create events, time sequences, and even personal interaction between its supposed subjects in detail.

❞

document 1 n document m
  2 vt (of film) montrer (en détail), présenter (de façon détaillée); (of photographer) faire un reportage sur; **the series documents life in the 1920s** la série décrit la vie dans les années 20
◇ **document imager** imageur m documentaire

documentarist n Cin & TV documentariste mf

documentary n Cin & TV documentaire m
◇ **documentary maker** documentariste mf

docusoap n TV docusoap m

❝

We live in a world where a modicum of media exposure can turn anyone into a pseudo-celebrity … Audiences have always had a problem separating fiction from reality, and the popularity of **docusoaps** and mockumentaries only serves to blur the boundaries even further. While some films acknowledge this – the oh-so postmodern *The Blair Witch Project* for one – we're all too willing

to accept a fictionalisation of real events as the very last word on a subject.

❞

Dolby® n Dolby® m
◇ **Dolby® stereo** Dolby® stéréo m
◇ **Dolby® system** système m Dolby® stéréo

dolly Cin & TV 1 n (for camera) chariot m, dolly m
  2 vt **to dolly a camera in/out** faire un travelling avant/arrière
  3 vi **to dolly in/out** faire un travelling avant/arrière
◇ **dolly grip** machiniste mf caméra
◇ **dolly operator** machiniste mf caméra
◇ **dolly shot** travelling m

dope sheet n Cin & TV note f de tournage, dope sheet m

double Cin & TV 1 n (stand-in) doublure f
  2 vt doubler
◇ Cin & TV **double bill** double programme m
◇ DTP & Typ **double column** colonne f double
◇ Typ **double dagger** diésis m
◇ Phot **double exposure** surimpression f
◇ Cin **double feature** = séance de cinéma où sont projetés deux longs métrages
◇ DTP & Typ **double line** trait m double
◇ Typ **double quotes** guillemets mpl
◇ DTP & Typ **double spacing** interlignage m double

▸ **double for** vt insep Cin & TV doubler

double-headed adj TV (programme) animé(e) par deux présentateurs

double-page spread n Press & Typ double page f

double-space vt Typ taper à interligne double

double-spaced *adj Typ* à interligne double

doublet *n Typ* doublon *m*

downlink *n TV* liaison *f* descendante

download *Comptr* **1** *n* téléchargement *m*
  2 *vt* télécharger
  3 *vi* effectuer un téléchargement

downloadable *adj Comptr* téléchargeable

downloading *n Comptr* téléchargement *m*

downpath *n TV* voie *f* descendante

downtime *n Cin & TV* période *f* de non-fonctionnement

dpi *n Comptr & DTP* (*abbr* **dots per inch**) dpi, ppp

drama *n Cin & TV* drame *m*
◇ *TV* **drama documentary** docudrame *m*
◇ *TV* **drama series** série *f* dramatique

dramadoc *n TV* docudrame *m*

dramatization *n* (*for film*) adaptation *f* pour l'écran; (*for television*) adaptation *f* pour la télévision

dramatize *vt* (*for film*) adapter pour l'écran; (*for television*) adapter pour la télévision

dream sequence *n Cin & TV* séquence *f* onirique

> ❝
> The best-known instance of Hitchcock's direct reliance on precedents in painting is the Surrealist **dream sequence** in *Spellbound* (1944), for which he hired none other than Salvador Dali to visualize John Ballantine's nightmare.
> ❞

dress *vt Cin & TV* (*film set*) installer

dresser *n Cin & TV* habilleur(euse) *m,f*

▸**drive out** *vi Typ* chasser

drive-in 1 *n* (*cinema*) drive-in *m*
  2 *adj*
◇ *drive-in cinema* drive-in *m*

drive-time programme *n Rad* = émission aux heures de grande écoute en voiture

DRM *n* (*abbr* **digital right management**) DRM *m*

drop cap *n Typ* lettrine *f*

DSB *n* (*abbr* **direct satellite broadcasting**) diffusion *f* directe par satellite

DSL *n Comptr* (*abbr* **Digital Subscriber Line**) ligne *f* d'abonné numérique, DSL *f*

DTP *n* (**a**) (*abbr* **desktop publishing**) PAO *f* (**b**) *Print* (*abbr* **Disk to Plate**) CTF *m*, CTP *m*
◇ *DTP operator* opérateur(trice) *m,f* de PAO
◇ *DTP software* logiciel *m* de PAO

DTT *n* (*abbr* **digital terrestrial television**) télévision *f* numérique terrestre

dual-band *adj Tel* dual-band, bibande

dub *vt Cin & TV* (*add soundtrack, voice*) sonoriser; (*in foreign language*) doubler; **dubbed into French** doublé(e) en français

dubbing *n Cin & TV* (*addition of soundtrack*) sonorisation *f*; (*in a foreign language*) doublage *m*
◇ *dubbing mixer* mélangeur *m* de son, ingénieur *m* du son
◇ *dubbing suite* studio *m* de doublage

ducker *n TV* unité *f* de voix hors champ automatique

dues *npl Publ* livres *mpl* en commande

▸**dumb down** *vt sep* (*media, programme*) faire baisser le niveau de

❝

Although both companies have been accused of **dumbing down** their schedules in the past, analysts optimistically predict that if the merger produced no other change for viewers, it may actually improve the quality of commercial TV programs because of the merged company's commitment to increase spending on production.

❞

dumbing down n (of media, programme) baisse f de niveau

dummy n (book) maquette f

duochrome Phot **1** n dichromie f
2 adj bicolore

duodecimo Publ **1** n in-douze m
2 adj in-douze

duotone adj Phot & Print deux tons

dupe 1 n Cin & TV internégatif m
2 vt Fam (duplicate) dupliquer, faire un double/des doubles de

duplex adj Tel duplex

duplicate 1 n (of text) double m
2 vt dupliquer, faire un double/des doubles de

dust jacket n Publ jaquette f

Dutch angle shot n Cin & TV cadrage m oblique

DV n (abbr **Digital Video**) vidéo f numérique

DVB n (abbr **Digital Video Broadcasting**) diffusion f numérique, DVB f

DVD n (abbr **Digital Versatile Disk, Digital Video Disk**) DVD m, disque m vidéo numérique

◊ **DVD player** lecteur m de DVD

DVD-Audio n DVD-Audio m

DVD-ROM n (abbr **Digital Versatile Disk Read-Only Memory**) DVD-ROM m

dynamic microphone, dynamic mike n microphone m électrodynamique

Ealing comedy *n* = genre de film comique britannique produit dans les studios d'Ealing (Londres) vers 1950

> " "
>
> It was after this that Sim's potential as a character – as opposed to a caricature – became apparent, beginning with his eccentric role as the writer of boys' fiction in *Hue and Cry* (1947), regarded as the first **Ealing comedy** and famed for its richly atmospheric photography of London's bomb-sites.
>
> " "

earpiece *n* oreillette *f*

earth station *n* TV station *f* terrestre

easy listening *n (music)* variété *f*

e-book *n* livre *m* numérique, livre *m* électronique, e-book *m*

EBU *n* Rad (*abbr* **European Broadcasting Union**) Union *f* européenne de radiodiffusion, UER *f*

echo *n* Rad écho *m*

e-commerce *n* commerce *m* électronique, e-commerce *m*

ECU *n* Cin & TV (*abbr* **extreme close-up**) très gros plan *m*

Ed (*abbr* **editor's note**) NDLR

ed. (**a**) (*abbr* **editor**) éd., édit (**b**) (*abbr* **edited**) sous la dir. de, coll (**c**) (*abbr* **edition**) éd., édit

edge numbers *npl* Cin numéros *mpl* de bord

edit 1 *n (of text)* révision *f*, correction *f*

2 *vt* (**a**) *(correct) (article, text, book)* corriger, réviser; *(prepare for release) (book, article)* éditer, préparer pour la publication; **the footnotes were edited from the book** les notes ont été coupées dans le *ou* retranchées du livre

(**b**) *(film, TV programme, tape)* monter

(**c**) *(newspaper, magazine)* diriger la rédaction de; **edited by** sous la direction de

◇ TV **edit decision list** liste *f* des décisions de montage

◇ TV **edit suite** régie *f* ou salle *f* de montage

▸ **edit out** *vt sep (scene)* couper; *(from text)* supprimer; *(write out of TV series)* faire disparaître; **he was edited out of the film when he broke his contract** on a coupé toutes les scènes du film où il apparaissait quand il a rompu son contrat

editing *n* (**a**) *(of article, text, book) (initial corrections)* révision *f*, correction *f*; *(in preparation for publication)* édition *f*, préparation *f* à la publication

(**b**) *(of film, TV programme, tape)* montage *m*

(**c**) *(of newspaper, magazine)* rédaction *f*

◇ TV **editing desk** banc *m* de montage

◇ TV **editing table** table *f* de montage

◇ *TV* **editing terminal** terminal *m* de montage

edition *n* (of book, newspaper) édition *f*; **first edition** première édition *f*; **revised/limited edition** édition *f* revue et corrigée/à tirage limité; **in Tuesday's edition of the programme** dans l'émission de mardi

◇ **edition time** (for newspaper) bouclage *m*, heure *f* de l'édition, tombée *f*

editor *n* (a) *Press & Publ* (of newspaper, magazine) rédacteur(-trice) *m,f* en chef; (of author) éditeur(trice) *m,f*; (of book, article) (who makes corrections) correcteur(trice) *m,f*; (who writes) rédacteur(trice) *m,f*; **series editor** directeur(trice) *m,f* de la publication; **political editor** rédacteur(trice) *m,f* politique; **sports editor** rédacteur(-trice) *m,f* sportif(ive)
(b) (of film) monteur(euse) *m,f*

◇ *Press* **editor's note** note *f* de la rédaction

editorial 1 *n* (a) (article) éditorial *m*
(b) (department) service *m* de la rédaction, rédaction *f*
2 *adj* (decision, comment) de la rédaction; (job, problems, skills) de rédaction, rédactionnel(elle)

◇ **editorial changes** corrections *fpl*

◇ **editorial column** colonne *f* rédactionnelle

◇ **editorial conference** conférence *f* éditoriale

◇ **editorial content** contenu *m* rédactionnel

◇ **editorial department** service *m* de la rédaction, rédaction *f*

◇ **editorial director** (of newspaper) rédacteur(trice) *m,f* en chef, directeur(trice) *m,f* de la rédaction; (of publishing company) directeur(trice) *m,f* de la rédaction

◇ **editorial freedom** liberté *f* des rédacteurs

◇ **editorial interference** ingérence *f* rédactionnelle

◇ **editorial office** (salle *f* de) rédaction *f*

◇ **editorial opinion** (in press) avis *m* éditorial

◇ **editorial policy** politique *f* éditoriale; *Press* politique *f* de la rédaction

◇ **the editorial staff** la rédaction

editorialist *n Am* éditorialiste *mf*

editorialize *vi* émettre des opinions personnelles, être subjectif(ive); **as the *Times* editorialized, ...** comme l'affirmait l'éditorial du *Times*, ...

editorially *adv* du point de vue de la rédaction

editor-in-chief *n* rédacteur(trice) *m,f* en chef

editorship *n* rédaction *f*; **during her editorship** quand elle dirigeait la rédaction; **the series was produced under the general editorship of ...** la série a été produite sous la direction générale de ...

EDL *n TV* (abbr **edit decision list**) liste *f* des décisions de montage

education *n*

◇ *Press* **education correspondent** correspondant(e) *m,f* chargé(e) des problèmes d'enseignement

◇ *Press* **education supplement** supplément *m* éducation

edutainment 1 *n* apprentissage *m* par le jeu, édutainment *m*
2 *adj* ludo-éducatif(ive)

44

The Learning Company and Warner Bros. Interactive Entertainment today announced that they have reached an agreement for The Learning Company to develop and publish **edutainment** software worldwide based on the loveable Great Dane, Scooby-Doo. As part of the agreement, The Learning Company will bring Scooby-Doo to market with new titles to be introduced next fall.

77

effects *npl Cin & TV* **(special) effects** trucage *m*, effets *mpl* spéciaux
◇ *TV* **effects microphone** microphone *m* d'ambiance

EGA *n Comptr* (*abbr* **enhanced graphics adapter**) EGA *m*

eighteenmo *Publ* **1** *n* in-dix-huit *m*
2 *adj* in-dix-huit

eightvo *Publ* **1** *n* in-octavo *m*
2 *adj* in-octavo

electronic *adj* électronique
◇ *Phot* **electronic flash** flash *m* électronique
◇ *Comptr* **electronic mailbox** boîte *f* aux lettres électronique
◇ *electronic media* médias *mpl* électroniques
◇ *electronic news gathering* journalisme *m* électronique
◇ *electronic newspaper* journal *m* électronique
◇ *electronic publishing* édition *f* électronique, éditique *f*

electrician *n Cin & TV* électricien(enne) *m,f*

elevated shot *n Cin & TV* plongée *f*

ellipsis *n Typ* points *mpl* de suspension

ELS *n Cin & TV* (*abbr* **extreme long shot**) plan *m* très éloigné

em *n Typ* cicéro *m*
◇ *em dash* tiret *m* cadratin
◇ *em space* cadratin *m*

e-mail, email *Comptr* **1** *n* courrier *m* électronique, e-mail *m*, mél *m*, *Can* courriel *m*; **to contact sb by e-mail** contacter qn par courrier électronique; **to send sth by e-mail** envoyer qch par courrier électronique; **to check one's e-mail** consulter sa boîte à lettres électronique
2 *vt (message, document)* envoyer par courrier électronique; *(person)* envoyer un courrier électronique à; **can I e-mail you?** est-ce que je peux vous contacter par courrier électronique?; **e-mail us at …** envoyez-nous vos messages à l'adresse suivante …
◇ *e-mail address* adresse *f* électronique

embargo *n Press* embargo *m*

embolden *vt Typ (characters)* renforcer, graisser

emboss *vt Print* gaufrer

embossed *adj Print* gaufré(e)

embossing *n Print* gaufrage *m*

emcee *Fam Rad & TV* (*abbr* **master of ceremonies**) **1** *n* animateur(trice) *m,f*
2 *vt* animer

Emmy *n* = distinction récompensant les meilleures émissions télévisées américaines de l'année

emoticon *n Comptr* émoticon *m*

emulsion *n Cin & Phot* émulsion *f*; **emulsion down** côté de l'émulsion au-dessous; **emulsion up** côté de l'émulsion au-dessus

en *n Typ* demi-cadratin *m*
◇ *en dash* tiret *m* demi-cadratin
◇ *en space* demi-cadratin *m*

end *n*
◇ *Print & Publ* **end matter** parties *fpl* annexes
◇ *Cin & TV* **end titles** générique *m* de fin

endpaper *n Print* garde *f*, page *f* de garde

ENG *n Rad & TV* (*abbr* **electronic news gathering**) journalisme *m* électronique

enlarge *vt Cin* gonfler; *Phot* agrandir

enlarged edition *n Publ* édition *f* augmentée

enlargement *n Cin* gonflage *m*; *Phot* agrandissement *m*

enlarger *n Phot* agrandisseur *m*

enprint *n Phot* format *m* normal

enrich *vt (text)* enrichir

enriched *adj (text)* enrichi(e)

enriching *n (of text)* enrichissement *m*

entertainment *n (performance)* spectacle *m*, attraction *f*; **the entertainment business** l'industrie *f* du spectacle

◇ *entertainment centre* système *m* audio-vidéo

◇ *entertainments listings* chronique *f* des spectacles

◇ *entertainment magazine* guide *m* des spectacles

◇ *entertainment system* système *m* audio-vidéo

entrapment *n Press* = fait, pour un journaliste, d'inciter quelqu'un à commettre un délit dans le cadre d'un reportage

> ❝
> The former *London's Burning* star, jailed for nine months last year after being snared by a Sunday newspaper reporter, claims he was the victim of an unfair trial. Alford … says the trial judge was wrong to rule that "**entrapment** evidence" was admissible.
> ❞

epic *n Cin* film *m* à grand spectacle

◇ *epic film, epic movie* film *m* à grand spectacle

episode *n Rad & TV* épisode *m*

EPS *n Comptr (abbr* **encapsulated PostScript®**) EPS

equal time *n Rad & TV* droit *m* de réponse

equipment *n* équipement *m*

Equity *n* = principal syndicat britannique des gens du spectacle

erratum *n Press* erratum *m*

◇ *erratum slip* liste *f* des errata

error *n* erreur *f*, faute *f*

establishing shot *n Cin & TV* plan *m* de situation *ou* de mise en place

etch *vt & vi* graver à l'eau-forte

etching *n (print)* (gravure *f* à l') eau-forte *f*; *(technique)* gravure *f* à l'eau-forte

ether *n Rad* **over** *or* **through the ether** sur les ondes

ethnographic film, ethnographic movie *n* film *m* ethnographique

ETSI *n (abbr* **European Telecommunications Standards Institute**) ETSI *m*

ETV *n Am (abbr* **Educational Television**) chaîne *f* de télévision éducative et culturelle

Eurimages *n Cin* Eurimages *m (fonds européen d'aide à la coproduction)*

European Broadcasting Union *n Rad* Union *f* européenne de radiodiffusion, UER *f*

Europudding *n Cin* europudding *m*

> ❝
> Like other films currently on release such as *Chocolat* and to a lesser extent *Enemy at the Gates*, *Captain Corelli's Mandolin* brings to mind what used to be known as the **Europudding** – European co-productions that needed components from so many places in order to get financing that they seemed to come from no place (and certainly most of them went nowhere).
> ❞

evening *n*

◇ *evening newspaper* journal *m* du soir

◇ *Cin evening performance* soirée *f*

exception dictionary *n Typ* code *m* des coupures

excerpt *n (from movie, programme, text)* extrait *m*

exclamation mark, *Am* **excla-**

mation point n *Typ* point *m* d'exclamation

exclusive n *Press* exclusivité *f*; *(interview)* interview *f* exclusive; **a Tribune exclusive** une exclusivité de la *Tribune*

executive producer n *Cin & TV* producteur(trice) *m,f* exécutif(ive)

exhibitor n *Am (cinema owner)* exploitant(e) *m,f*

expanded type n caractères *mpl* larges

exploitation film, exploitation movie n = film commercial exploitant un thème à sensation

expose vt *Phot* exposer

exposé n *Press* révélations *fpl*; **the newspaper's exposé of the MP's activities** l'enquête du journal sur les activités du parlementaire

exposure n (**a**) *(media coverage)* couverture *f*; **to receive a lot of exposure** faire l'objet d'une couverture médiatique importante; **pop stars suffer from too much media exposure** les stars de la musique pop sont l'objet d'une attention excessive des média

(**b**) *Phot* pose *f*; *(process)* exposition *f*

◊ *Phot* **exposure counter** compteur *m* de prises de vue

◊ *Phot* **exposure meter** exposimètre *m*, posemètre *m*

◊ *Cin & TV* **exposure sheet** feuille *f* d'exposition

◊ *Phot* **exposure time** temps *m* de pose

expressionism n *Cin* expressionisme *m*

expressionist *Cin* **1** n expressioniste *mf*

2 adj expressioniste

EXT n *Cin & TV (abbr* **exterior scene***) (in script)* plan *m* d'extérieur

extended coverage n *(on radio, TV)* = informations détaillées sur un événement

extent n *Publ* nombre *m* de pages

exterior n *Cin & TV* extérieur *m*, plan *m* d'extérieur

extra n *Cin & TV* figurant(e) *m,f*

extract n *(from film, book etc)* extrait *m*

extra-long shot n *Cin & TV* plan *m* très éloigné

extra-special *Press* **1** n *(evening newspaper)* deuxième édition *f* spéciale

2 adj

◊ **extra-special edition** *(of evening newspaper)* deuxième édition *f* spéciale

extreme adj *Cin & TV*

◊ **extreme close-up** plan *m* très rapproché

◊ **extreme long shot** plan *m* très éloigné

eyeline n *Cin & TV* direction *f* du regard

◊ **eyeline match** raccord *m* sur le regard

e-zine, ezine n e-zine *m*, ezine *m*, magazine *m* électronique

face n Typ (typeface) œil m du caractère; (font) fonte f
◇ Cin & TV **face shot** plan m de visage

faction n = romans basés sur des
faits réels

fade Cin & TV **1** n disparition f en
fondu
2 vt faire disparaître en fondu,
fondre
3 vi faire un fondu; **to fade to black**
faire un fondu au noir

▸ **fade in 1** vt sep Cin & TV (picture)
faire apparaître en fondu; Rad
(sound) monter
2 vi Cin & TV (picture) apparaître
en fondu

▸ **fade out 1** vt sep Cin & TV
(picture) faire disparaître en fondu;
Rad (music, dialogue) couper par un
fondu sonore
2 vi Cin & TV (picture) disparaître
en fondu; Rad (music, dialogue) être
coupé(e) par un fondu sonore

fade-away n Cin fermeture f en
fondu; TV disparition f graduelle;
Rad fondu m sonore

fade-in n Cin ouverture f en fondu;
TV apparition f graduelle; Rad
fondu m sonore

fade-in-fade-out Cin, Rad & TV **1**
n fondu m enchaîné
2 vi faire un fondu enchaîné

fade-out n Cin fermeture f en
fondu; TV disparition f graduelle;
Rad fondu m sonore

fader n Cin & TV potentiomètre m

fade-to-black n Cin & TV fermeture f au noir

fading n **(a)** Rad fading m **(b)** Cin
fondu m

fair dealing, fair use n Press &
Publ droit m de citation

fantasy film, fantasy movie n
film m fantastique

fanzine n Press fanzine m

fashion n
◇ **fashion magazine** revue f de
mode
◇ **fashion photographer** photographe mf de mode
◇ **fashion photography** photo f de
mode

fast adj
◇ Cin, Phot & TV **fast film** pellicule f
rapide ou sensible
◇ Cin & TV **fast motion** accéléré m

fax 1 n (machine) fax m, télécopieur
m; (document, message) fax m, télé-

copie *f*; **to send sb a fax** envoyer un fax *ou* une télécopie à qn; **to send sth by fax** envoyer qch par fax *ou* télécopie

2 *vt (document)* faxer, télécopier, envoyer par fax *ou* télécopie; *(person)* envoyer un fax *ou* une télécopie à

◇ **fax machine** fax *m*, télécopieur *m*

◇ **fax message** fax *m*, télécopie *f*

◇ **fax modem** modem-fax *m*

◇ **fax number** numéro *m* de fax *ou* de télécopie

FCC *n* (*abbr* **Federal Communications Commission**) = conseil fédéral de l'audiovisuel aux États-Unis, ≃ CSA *m*

feature 1 *n* (**a**) *Rad & TV* reportage *m*; *Press (special)* article *m* de fond; *(regular)* chronique *f*
    (**b**) *Cin* film *m*, long métrage *m*; **full-length feature** long métrage *m*
    2 *vt* (**a**) *Cin (star)* avoir pour vedette; **also featuring Mark Williams** avec Mark Williams
    (**b**) *Press (display prominently)* **the story/the picture is featured on the front page** le récit/la photo est en première page; **all the papers feature the disaster on the front page** tous les journaux présentent la catastrophe en première page
    3 *vi Cin* figurer, jouer

◇ *Press* **feature article** article *m* de fond

◇ *Press* **features editor** = journaliste responsable d'une rubrique

◇ *Cin* **feature film** long métrage *m*

◇ *Cin* **feature player** acteur(trice) *m,f* de composition

◇ *Cin* **feature presentation** long métrage *m*

◇ *Press* **feature story** article *m* de fond

◇ *Press* **features writer** journaliste *mf* (qui écrit des articles de fond)

feature-length *adj*

◇ *Cin* **feature-length cartoon** long métrage *m* d'animation

◇ *feature-length film, feature-length movie* long métrage *m*

Federal Communications Commission *n* = conseil fédéral de l'audiovisuel aux États-Unis, ≃ Conseil *m* supérieur de l'audiovisuel

feed *Print* **1** *n* margeur *m*
    2 *vt* marger

feedback *n Audio* rétroaction *f*; *(in microphone)* effet *m* Larsen

femme fatale *n Cin* femme *f* fatale

festival *n Cin* festival *m*

fibre-optic *adj (technology)* de la fibre optique; *(system)* qui utilise la fibre optique; *(components)* en fibre optique

◇ *fibre-optic cable* câble *m* optique, câble *m* en fibres optiques

fibre optics *n* fibre *f* optique

fiction *n* fiction *f*

FIF *n* (*abbr* **Fédération internationale du film**) FIF

fifty-fifty *n Cin* plan *m* à deux personnages

file 1 *n* fichier *m*
    2 *vt Press* **to file a story** boucler un sujet; **to file copy** rapporter une copie

◇ *Am TV* **file footage** images *fpl* d'archive

◇ *Comptr* **file format** format *m* de fichier

file-sharing *adj* d'échange de fichiers

Major film festivals

Principaux festivals du film

Berlin

Internationale Filmfestspiele Berlin
began: 1956
held: February
major prize: Goldener Berliner Bär

Cairo

Cairo International Film Festival
began: 1976
held: November/December
major prize: Golden Pyramid

Cannes

Festival international du film de Cannes
began: 1946
held: May
major prize: Palme d'Or

Havana

Festival Internacional del Nuevo Cine Latinoamericano
began: 1979
held: December
major prize: Coral Award

London

London Film Festival
began: 1957
held: November
major prize: Sutherland Trophy

Melbourne

Melbourne International Film Festival
began: 1951
held: July/August
major prize: City of Melbourne Award

Montreal

Montréal World Film Festival
Festival des films du monde de Montréal
began: 1977
held: August/September
major prize: Grand Prix des Amériques

Moscow

Moscow International Film Festival
began: 1938 (annually since 1995)
held: July
major prize: Golden St George

New York

New York Film Festival
began: 1962
held: September/October
major prize: non-competitive

Rotterdam

International Film Festival Rotterdam
began: 1972
held: January/February
major prize: VPRO Tiger Award

Shanghai

Shanghai International Film Festival
began: 1993
held: June
major prize: Jin Jue Award

Stockholm

Stockholm filmfestivals
began: 1990
held: November
major prize: Bronshästen

Sundance (Salt Lake City)

Sundance Film Festival
began: 1985
held: January
major prize: Grand Jury Prize

Sydney

Sydney Film Festival
began: 1954
held: June
major prize: Dendy Award (for best short film)

Toronto

Toronto International Film Festival
began: 1976
held: September
major prize: People's Choice Award

Venice

Mostra Internazionale d'Arte Cinematografica
began: 1932
held: August/September
major prize: Leone d'Oro

filler n Press, Rad & TV bouche-trou m

fillet n Typ filet m

fill light n Cin éclairage m d'appoint

film 1 n (a) esp Br Cin film m; **the film of the book** le film tiré du livre; **full-length/short-length film** (film m) long/court métrage m; **to shoot** or **to make a film (about sth)** tourner ou faire un film (sur qch); **the film's on at the local cinema** le film passe au cinéma du coin; **to be in films** faire du cinéma

(b) Print films mpl; **a piece of film** un film

(c) Phot pellicule f

2 vt (event, person) filmer; Cin (scene) filmer, tourner; (novel) porter à l'écran

3 vi filmer; Cin tourner; **we start filming next week** on commence à tourner la semaine prochaine; **to film well** (be photogenic) bien passer à l'écran; **her novels don't film well** ses romans ne se prêtent pas à l'adaptation cinématographique

◇ **film actor** acteur m de cinéma

◇ **film actress** actrice f de cinéma

◇ **film archives** archives fpl cinématographiques

◇ **film d'auteur** film m d'auteur

◇ **film award** prix m cinématographique

◇ **film buff** cinéphile mf

◇ **film buyer** acheteur(euse) m,f de films

◇ **film camera** caméra f

◇ **film classification** classification f des films

◇ **film clip** extrait m de film

◇ **film club** ciné-club m

◇ **Film Council** = agence responsable de la promotion du cinéma en Grande-Bretagne

◇ **film crew** équipe f de tournage

◇ **film critic** critique mf de cinéma

◇ **film director** metteur m en scène

◇ **film editor** monteur(euse) m,f

◇ **film festival** festival m cinématographique ou du cinéma

◇ **the film industry** l'industrie f cinématographique ou du cinéma

◇ **film laboratory, film lab** laboratoire m ou labo m de film

◇ **film leader** amorce f

◇ **film library** cinémathèque f

◇ **film noir** film m noir

◇ **film premiere** première f

◇ **film producer** producteur(trice) m,f de cinéma

◇ **film projector** appareil m de projection

◇ **film review** critique f cinématographique

◇ **film reviewer** critique mf de cinéma

◇ **film rights** droits mpl cinématographiques

◇ **film script** scénario m

◇ **film school** école f de cinéma

◇ **film sequence** séquence f filmique

◇ **film set** plateau m de tournage

◇ **film speed** vitesse f de défilement de la pellicule

◇ **film star** vedette f de cinéma

◇ **film stock** pellicule f vierge

◇ **film studies** filmologie f

◇ **film studio** studio m (de cinéma)

◇ **film synchronizer** synchroniseuse f

◇ **film test** bout m d'essai

filming n Cin tournage m

filmgoer n Br Cin amateur m de cinéma, cinéphile mf; **she is a regular filmgoer** elle va régulièrement au cinéma

filmic adj Cin cinématographique

filmless camera n appareil m photo sans pellicule

film-maker n Br cinéaste mf

filmography n Cin filmographie f

filmset vt Br photocomposer

filmsetter n Br (machine) photocomposeuse f; (person) photocompositeur(trice) m,f

filmsetting n Br photocomposition f

filter n Cin & Phot filtre m

Film classifications

Classifications des films

UK

universal
tous publics

parental guidance
tous publics, l'accord des parents étant souhaitable

no children under 12
interdit aux moins de 12 ans

no children under 15
interdit aux moins de 15 ans

no children under 18
interdit aux moins de 18 ans

USA

general audiences
all ages admitted
tous publics

parental guidance suggested
some material may not be suitable for children
tous publics, l'accord des parents étant souhaitable

parents strongly cautioned
some material may be inappropriate for children under 13
accord des parents exigé pour les moins de 13 ans

restricted (under 17 requires accompanying parent or adult guardian)
interdit aux moins de 17 ans, sauf si accompagné par un parent ou un tuteur

no one 17 and under admitted
interdit aux moins de 17 ans

final 1 n Press dernière édition f; **late final** dernière édition du soir
2 adj
◇ Cin **final cut** final cut m, montage m définitif
◇ Publ **final film** films mpl définitifs
◇ Publ **final proof** morasse f

financial adj
◇ **financial journal** revue f financière
◇ **financial news** chronique f financière
◇ **financial press** presse f financière

fine cut n Cin & TV montage m fin

first adj
◇ Cin **first answer print** copie f de montage
◇ Cin **first assistant director** premier assistant-réalisateur m
◇ Cin **first cameraman** directeur m de la photographie
◇ Publ **first edition** édition f originale
◇ Cin **first look** première exclusivité f
◇ Cin **first night** première f
◇ Publ **first proofs** première épreuve f
◇ Publ **first revise** deuxième épreuve f
◇ Cin **first run** première exclusivité f
◇ Cin **first showing** première exclusivité f

fish-eye lens n Cin & Phot fish-eye m, objectif m fish-eye

fishpole microphone, fishpole mike n microphone m sur perche

fix vt Phot fixer

fixative n Phot fixateur m

fixed adj
◇ Cin & TV **fixed camera** caméra f fixe
◇ Cin & TV **fixed focus lens** focale f fixe
◇ DTP & Typ **fixed space** espace f fixe

◇ DTP & Typ **fixed spacing** espacement m fixe

fixer n Phot fixateur m

fixing n Phot
◇ **fixing bath** (container) cuvette f de fixage; (solution) bain m de fixage
◇ **fixing solution** solution f de fixage

flag n Press titre m (de journal)

flare n Cin & TV reflet m, lumière f parasite

flash n Phot flash m
◇ **flash gun** flash m
◇ **flash photography** photographie f au flash

▸ **flash back** vi Cin & TV **to flash back to sth** revenir en arrière sur ou faire un flash-back sur qch

▸ **flash forward** vi Cin & TV faire un saut en avant

flashback n Cin & TV flash-back m, retour m en arrière

flashbulb n Phot ampoule f de flash

flashforward n Cin & TV projection f en avant

flashlight n Phot ampoule f de flash
◇ **flashlight photography** photographie f au flash

flat adj
◇ TV **flat screen** écran m plat
◇ Print **flat tint** aplat m

flatbed press n Print presse f à plat

flat-screen adj TV à écran plat

Fleet Street n = rue de Londres, dont le nom sert à désigner collectivement les grands journaux britanniques; **the Fleet Street papers** les journaux mpl nationaux; **Fleet Street journalist** journaliste mf de la presse nationale

> **"**
>
> Charlie Catchpole has stunned **Fleet Street** by announcing he is to leave the *Mirror* to join the *Express*. The signing of Mr Catchpole,

flexography *n Print* flexographie *f*

flick *n Fam Cin* film *m*; **the flicks** *(cinema)* le ciné, le cinoche

flicker *Cin & TV* **1** *n* scintillement *m*, papillotement *m*
   2 *vi* scintiller, papilloter

flickering *n Cin & TV* scintillement *m*, papillotement *m*

floating *adj Typ (accent)* flottant(e)

flong *n Typ* flan *m*

floodlight *n Cin & TV* projecteur *m*

floodlighting *n Cin & TV* éclairage *m* aux projecteurs

floor *n TV (of studio)* plateau *m*
   ◇ *floor assistant* assistant(e) *m,f* de plateau
   ◇ *floor crew* personnel *m* de plateau
   ◇ *floor manager* chef *m* de plateau, régisseur *m* de plateau

flop *Fam* **1** *n (failure)* fiasco *m*, bide *m*; **he was a flop as Batman** il était complètement nul dans le rôle de Batman
   2 *vi (of actor, film)* faire un bide

flush *DTP & Typ* **1** *adj* justifié(e); **flush left/right** justifié(e) à gauche/droite
   2 *adv* **to set flush left/right** justifier à gauche/droite

flutter *n Audio* pleurage *m (dans les aigus)*

flux *n* flux

fly-on-the-wall *adj TV (programme, documentary)* sur le vif

FM *n (abbr* **frequency modulation)** FM *f*; **FM radio** (radio *f*) FM *f*; **broadcast on FM only** diffusion en FM seulement

FMP *n Cin (abbr* **full motion picture)** FMP *m*

FMV *n Cin (abbr* **full motion vision)** FMV *m*

f-number *n Phot* échelle *f* d'ouverture

focal *adj Phot* focal(e)
   ◇ *focal distance* distance *f* focale, focale *f*
   ◇ *focal length* distance *f* focale, focale *f*
   ◇ *focal plane* plan *m* focal
   ◇ *focal plane shutter* obturateur *m* focal
   ◇ *focal point* foyer *m*

focimeter *n Phot* focimètre *m*

focus *Phot* **1** *n* foyer *m*; **the picture is in/out of focus** l'image est nette/floue, l'image est/n'est pas au point
   2 *vt (camera)* mettre au point; **to focus a camera (on sth)** faire la mise au point d'un appareil photo (sur qch)
   3 *vi (of camera)* mettre au point
   ◇ *focus puller* pointeur *m*
   ◇ *focus range* profondeur *m* de foyer

focusing *n Phot* mise *f* au point
   ◇ *focusing screen* dépoli *m*

fog *Cin & Phot* **1** *n (on film, negative)* voile *f*
   2 *vt (film, negative)* voiler
   3 *vi* **to fog (over** or **up)** *(of film, negative)* se voiler

fogged, foggy *adj Phot (film, negative)* voilé(e)

foil *n Print* feuille *f* de métal
◇ **foil blocking** dorure *f* industrielle

foldback *n TV* ré-injection *f*, retour *m*, play-back *m*

folder *n Print (machine)* plieuse *f*

foldout *n Print* dépliant *m*

Foley *n Cin* bruitage *m*
◇ **Foley artist** bruiteur(euse) *m,f*

foliate *vt Print* folioter

foliation *n Print* foliotage *m*

folio *Print* **1** *n* **(a)** *(of paper)* folio *m*, feuillet *m*; *(page number)* numéro *m* **(b)** *(book)* livre *m* in-folio, in-folio *m* **(c)** *(paper size)* format *m* in-folio, in-folio *m*
2 *vt* folioter
◇ **folio book** livre *m* in-folio, in-folio *m*

follow *n*
◇ *Cin & TV* **follow focus** mise *f* au point maintenue
◇ *Cin & TV* **follow shot** plan *m* d'accompagnement

following pan *n Cin & TV* panoramique *m* de poursuite

font *n Typ* police *f*, fonte *f*
◇ **font cartridge** cartouche *f* de polices *ou* de fontes
◇ **font cassette** cassette *f* de polices *ou* de fontes
◇ **font size** taille *f* de police *ou* de fontes

food critic *n Press* critique *mf* gastronomique

foot *n Typ (of letter)* pied *m*

footage *n Cin & TV (length)* métrage *m*; *(material filmed)* séquences *fpl*; **the film contains previously unseen footage on** *or* **about the war** le film contient des séquences inédites sur la guerre
◇ **footage meter** métreuse *f*

> Yet, in its own playful way, *The Filth and the Fury* does manage to transport the viewer back to 1977. One of the virtues of airing the long-unseen **footage** is that it recreates the London street subculture for the considerable portion of the film's intended audience who weren't even born then.

footer *n DTP & Typ* bas *m* de page, pied *m* de page

footnote *n DTP & Typ* note *f* de bas de page

footprint *n (of satellite)* empreinte *f*

fore-edge *n DTP & Typ* (blanc *m* de) grand fond *m*

foreground *n Cin & TV* premier plan *m*
◇ **foreground matte** cache *m* de premier plan

foreign correspondent *n Press & TV* correspondant(e) *m,f* à l'étranger

foreword *n Publ* avant-propos *m*

form *n Am Print* forme *f*
◇ *Am Print* **form bed** marbre *m*
◇ **form letter** lettre *f* circulaire

formalism *n Cin* formalisme *m*

formalist *Cin* **1** *n* formaliste *mf* **2** *adj* formaliste

format *Phot, Print & Typ* **1** *n* format *m* **2** *vt* mettre en forme, formater

forme, *Am* **form** *n Print* forme *f*
◇ **forme bed** marbre *m*

fortnightly *adj Br (publication)* bimensuel(elle)

forward *vt Publ* coller et endosser

forwarding *n Publ* collage *m* et endossage *m*

found footage *n Cin & TV* images *fpl* d'archives

fount n Br Typ police f, fonte f

four-colour n Phot & Print en quatre couleurs

◇ **four-colour printing** impression f en quadrichromie

◇ **four-colour process** quadrichromie f

◇ **four-colour separation** séparation f quadrichromique

four-up adv Print en quatre poses

fourwalling n Cin = pratique qui consiste, pour un distributeur, à payer une somme forfaitaire à un exploitant de salle pour la projection d'un film et à percevoir la totalité des recettes

frame 1 n (a) Cin image f, photogramme m; TV trame f; Phot image f (b) Comptr (of Web page) cadre m
2 vt Cin, Phot & TV (subject) cadrer

◇ **frame counter** compteur m d'images

◇ **frame rate** vitesse f de défilement

framing n Cin, Phot, & TV cadrage m

franchise n franchise f

freedom n

◇ **freedom of communication** liberté f de communication

◇ **freedom of expression** liberté f d'expression

◇ **freedom of information** liberté f d'information

◇ **freedom of the press** liberté f de la presse

freelance 1 n travailleur(euse) m,f

indépendant(e), free-lance mf; (journalist, writer) pigiste mf
2 adj indépendant(e), free-lance
3 adv en free-lance, en indépendant
4 vi travailler en free-lance ou en indépendant; (journalist) faire de la pige, travailler comme pigiste ou en indépendant

freeware n Comptr freeware m

freeze vt Cin & TV to freeze a frame faire un arrêt sur image; **freeze it!** arrêtez l'image!

◇ **freeze frame** arrêt m sur image

French fold n Publ pliure f à la française

frequency n Audio fréquence f; **low/middle/high frequency** basse/moyenne/haute fréquence f;

◇ **frequency band** bande f de fréquence

◇ **frequency changer** changeur m de fréquence

◇ **frequency distribution** distribution f des fréquences

◇ **frequency modulation** modulation f de fréquence

◇ **frequency response** réponse f en fréquence

frock flick n Fam film m en costumes

front 1 vt TV (present) présenter
2 adj

◇ Publ **front cover** couverture f

◇ *Publ* **front list** liste *f* des nouveautés

◇ *Publ* **front matter** pages *fpl* de départ, préliminaires *mpl*

◇ *Press* **the front page** la première page; **his picture is on the front page** sa photo est en première page

◇ *Cin* **front projection** projection *f* frontale

frontispiece *n* frontispice *m*

front-page *adj* **to be front-page news** faire la une

◇ **front-page article** ouverture *f*

◇ **front-page headline** manchette *f*

FS *n Cin & TV (abbr* **full shot***)* plan *m* de grand ensemble

f-stop *n Phot* ouverture *f* (du diaphragme)

◇ **f-stop scale** échelle *f* des diaphragmes

FTP *Comptr (abbr* **File Transfer Protocol) 1** *n* FTP *m*, protocole *m* de transfert de fichiers **2** *vt* télécharger par FTP

◇ **FTP server** serveur *m* FTP

◇ **FTP site** site *m* FTP

fudge *n Press & Print (stop press box)* emplacement *m* de la dernière heure; *(stop press news)* (insertion *f* de) dernière heure *f*, dernières nouvelles *fpl*

full *adj*

◇ *DTP & Typ* **full measure** pleine justification *f*

◇ *Typ* **full point** *(punctuation)* point *m*

◇ *Print* **full sheet** in-plano *m*

◇ *Cin & TV* **full shot** plan *m* de grand ensemble

◇ *Typ* **full stop** *(punctuation)* point *m*

◇ *Print & Typ* **full title** grand titre *m*

full-colour *adj Publ* en couleur(s)

full-face, full-faced *adj Typ* gras (grasse)

full-length *adj Cin & TV*

◇ **full-length feature (film), full-length movie** long métrage *m*

◇ **full-length shot** plan *m* général

full-out *adj Typ* au fer, sans alinéa

full-page *adj* pleine page

◇ **full-page advertisement** annonce *f* pleine page

◇ **full-page plate** gravure *f* hors texte

full-sheet *adj Print* in-plano

furniture *n Print* garniture *f*

FX, F/X *npl Cin* effets *mpl* spéciaux

> **❝**
>
> The drought in the ever-edgy **F/X** business had to end sometime, but no one expected the floodgates to open quite so precipitously. The big news: Special effects are back in vogue. Next year already is excitedly being chalked up as "2001: an **F/X** Odyssey," with the major studios greenlighting what is easily the largest batch of computer-generated and visually extensive pics ever at the same time.
>
> **❞**

G *n Am Cin* (*abbr* **general (audience)**)
= désigne un film tous publics

gaffer *n Cin & TV* chef *m* électricien, gaffer *m*
◊ *gaffer grip* pince *f* pour projecteur
◊ *gaffer tape* ruban *m* adhésif en toile

gage *Am* = **gauge**

gagman *n Am Cin & TV* auteur *m* de gags, gagman *m*

gallery *n TV* régie *f*

galley *n Print* (*container*) galée *f*; (*proof*) placard *m*
◊ *galley proofs* (épreuves *fpl* en) placard *m*

game show *n TV* jeu *m* télévisé; *Rad* jeu *m* radiophonique

gangster film, gangster movie *n* film *m* de gangsters

gatefold *n Publ* encart *m* dépliant

gatekeeper *n TV* gatekeeper *m*, sélectionneur *m* des informations diffusées

gatekeeping *n TV* = sélection des informations diffusées

gateway *n Comptr* passerelle *f*

gather *vt Print* assembler

gathering *n Print* assemblage *m*
◊ *gathering machine* assembleuse *f*

gauge, *Am* **gage** *n Cin* (*of film*) pas *m*

gauze shot *n Cin & TV* = plan avec flou artistique obtenu à l'aide d'un voile placé sur l'objectif

gel *n Cin & TV* gélatine *f*

gem *n Print* diamant *m*

general *adj*
◊ *Am Cin* **general (audience)** tous publics
◊ *general release* sortie *f* générale; **to be on general release** être en exclusivité

general-interest *adj* généraliste
◊ *TV* *general-interest channel* chaîne *f* généraliste
◊ *general-interest press* presse *f* généraliste

generation *n* (*of film, video, audio tape*) génération *f*

genre *n* genre *m*
◊ *genre film, genre movie* film *m* de genre

geometric distortion *n TV* distorsion *f* géométrique

geostationary *adj* géostationnaire
◊ *geostationary orbit* orbite *f* géostationnaire
◊ *geostationary satellite* satellite *m* géostationnaire

ghost 1 *n* (**a**) *Cin & TV* image *f* fantôme, fantôme *m* (**b**) *Publ* (*writer*) nègre *m*
2 *vt Publ* **to ghost a book for an author** servir de nègre à l'auteur d'un livre
◊ *Publ* **ghost writer** nègre *m*

ghosting *n Cin & TV* image *f* fantôme, fantôme *m*

GIF *n Comptr* (*abbr* **Graphics Interchange Format**) GIF *m*

giraffe n Cin & TV girafe f

giveaway n Am Rad & TV jeu m (doté de prix)
◇ **giveaway program** Rad jeu m radiophonique; TV jeu m télévisé

glass shot n Cin & TV scène f de transparence

globalization n globalisation f

globalize vt globaliser

gloss Print 1 n (of paper) brillant m
2 adj (paper) brillant(e)

glossy n Press magazine m (sur papier glacé); (women's magazine) magazine m féminin de luxe; **the glossies** la presse féminine de luxe
◇ **glossy magazine** magazine m (sur papier glacé); (woman's) magazine m féminin de luxe

gold n
◇ Print **gold blocking** dorure f à la presse, dorure f industrielle
◇ Print **gold leaf** feuille f d'or

Golden Globe n Cin Golden Globe m (récompense décernée aux artistes de cinéma et de télévision aux États-Unis); **the Golden Globe Awards** (ceremony) la cérémonie des Golden Globes

golden ratio n DTP & Typ nombre m d'or

gonzo journalism n = style de journalisme débridé qui laisse beaucoup de place à la subjectivité de l'auteur, popularisé par le journaliste américain Hunter S. Thompson

"

Gonzo journalism, as defined and practiced by Thompson, is sort of a badly behaved younger brother to Tom Wolfe's New Journalism. The writer, far from classic journalism's passive/objective observer, acts as a catalyst and instigator, getting right into the middle of a story and frequently becoming its main character. For Thompson, this process

always took on epic proportions, his demeanor naturally inclining itself to over-the-top, damn-the-torpedoes recklessness.

"

gossip n Press
◇ **gossip column** chronique f mondaine
◇ **gossip columnist** chroniqueur(euse) m,f mondain(e)

Gothic adj Typ gothique

Government Printing Office n Am **the Government Printing Office** = maison d'édition publiant les ouvrages ou documents émanant du gouvernement, ≃ l'Imprimerie f Nationale

GPMU n Br (abbr **Graphical, Paper and Media Union**) = syndicat britannique des ouvriers du livre

GPO n Am (abbr **Government Printing Office**) **the GPO** = maison d'édition publiant les ouvrages ou documents émanant du gouvernement, ≃ l'Imprimerie f Nationale

GPRS n Tel (abbr **General Packet Radio Service**) GPRS m

"

BT Cellnet has launched a new breed of mobile phones in the UK – handsets that use General Packet Radio Service (**GPRS**) technology. **GPRS** will be revolutionary in that it will allow customers to experience fast and "always-on" access to the internet. ... If the telecoms companies are to be believed **GPRS** is about to change forever how we use our mobile phones.

"

GPS n Tel (abbr **Global Positioning System**) GPS m

grab n Audio extrait m

gradation n Phot gradation f

grade vt Cin & TV étalonner

grader n Cin & TV étalonneur m

grading n Cin & TV étalonnage m

grain n (a) (in film, photo) grain m (b) Print (of paper) grain m
◊ Print **grain direction** sens m du papier

grainy adj (film, photo) qui a du grain

grammage n Print grammage m

Grammy n = distinction récompensant les meilleures œuvres musicales américaines de l'année (classique exclu)

graphic adj
◊ **graphic artist** graphiste mf
◊ **graphic designer** concepteur(-trice) m,f graphiste
◊ **graphic titler** générateur m de titres graphiques

graphics 1 n (drawing) art m graphique
2 npl (drawings) représentations fpl graphiques ; (images) graphismes mpl, graphiques mpl
◊ DTP **graphics box** encadré m graphique
◊ TV **graphics digitizer** convertisseur m numérique de graphiques
◊ Comptr **graphics package** grapheur m

G-rated adj Am Cin ≃ tous publics

grave Typ **1** adj (accent) grave ; **it's spelled with an e grave** ça s'écrit avec un e accent grave
2 n accent m grave

graveyard slot n Rad & TV (a) (late in the evening) tranche f nocturne (b) (at the same time as another programme) = tranche horaire pendant laquelle est diffusée une émission à taux de grande écoute sur une chaîne ou une station rivale

gravure n Print (process, impression) gravure f; (plate) plaque f gravée

greyscale, Am **grayscale** n DTP & Print niveau m de gris

green room n TV salle f de détente, foyer m des artistes

grid n DTP grille f

grip n Cin & TV machiniste mf

gross 1 vt (of film) rapporter une recette brute de
2 adj brut(e)
◊ **gross profit** bénéfice m brut
◊ **gross receipts** recettes fpl brutes

ground n Rad
◊ **ground station** station f terrestre
◊ **ground transmitter** émetteur m terrestre

group n (of companies) groupe m
◊ Cin & TV **group fader** potentiomètre m général
◊ Cin & TV **group shot** plan m de groupe (de personnages)

GSM n Tel (abbr **global system for mobile communication**) GSM m

gsm *n Print* (*abbr* **grams per square metre**) grammes *mpl* par mètre carré

guest *Rad & TV* **1** *n* invité(e) *m,f*; **with a guest appearance from …** avec comme invité(e) d'honneur …; **to make a guest appearance in a programme** être invité(e) dans une émission

    2 *vi* **to guest on sb's show** faire une apparition dans l'émission de qn

◇ **guest star** guest star *f*

guillotine *n Print* massicot *m*

gun microphone, gun mike *n* microphone *m* canon

gutter *n DTP & Typ* (*back margin*) (blanc *m* de) petit fond *m*; (*fore-edge*) (blanc *m* de) grand fond *m*; (*space between columns*) gouttière *f*

◇ *DTP & Typ* **gutter margin** marge *f* de gouttière

◇ **gutter press** presse *f* de bas étage, presse *f* à scandale

❝

A cheap and nasty campaign against the release of Jon Venables and Robert Thompson, the murderers of James Bulger, was being mounted in the tabloid press, the *Spectator* said last week … It accused the tabloids of a desire for mob rule: "Do we want our country to be ruled by an unscrupulous **gutter press** that panders cynically to the worst herd instincts? This is a test case and the omens are not good."

❞

hack 1 *n (writer)* écrivaillon *m* ; *(journalist)* journaleux(euse) *m,f*, tâcheron *m*

2 *vt Comptr* **to hack one's way into sth** *(system, file)* s'introduire en fraude dans qch

3 *vi Comptr* **to hack into sth** *(system, file)* s'introduire en fraude dans qch

◇ *hack writer* écrivaillon *m*
◇ *hack writing* travail *m* d'écrivaillon

hacker *n Comptr* (**a**) *(illegal user)* pirate *m* informatique, hacker *m* (**b**) *(expert user)* bidouilleur(euse) *m,f*

hairline *n DTP & Typ* filet *m* maigre
◇ *hairline rule* filet *m* maigre
◇ *hairline space* espace *f* fine

hair space *n DTP & Typ* espace *f* fine

hairstylist *n Cin & TV* coiffeur(-euse) *m,f*

halation *n Phot* halo *m*, irradiation *f*

half-case *n Print* casseau *m*

half-cloth *n Publ* demi-toile *f*

half-signature, *Fam* **half-sig** *n Print* = nombre de pages égal à la moitié d'un cahier

half-title *n Print* faux-titre *m*

half-tone *n Phot (process)* similigravure *f* ; *Print* demi-teinte *f*
◇ *half-tone screen* trame *f* optique

half-yearly *adj (publication)* semestriel(elle)

halo *n Phot* halo *m*

Hammer Horror film *n* = film d'horreur produit en Grande-Bretagne dans les années cinquante et soixante

handbound *adj* relié(e) à la main

hand-held 1 *n (computer)* hand-held *m*

2 *adj*
◇ *hand-held camera* caméra *f* à l'épaule
◇ *hand-held computer* hand-held *m*, ordinateur *m* de poche

hand microphone, hand mike *n* microphone *m* portatif

handset *n Tel* combiné *m*

hands-free *adj Tel* mains libres
◇ *hands-free device* appareil *m* mains libres

hanging *adj*
◇ *Typ* **hanging indent** présentation *f* en sommaire
◇ *Audio* **hanging microphone** microphone *m* suspendu
◇ *Typ* **hanging paragraph** paragraphe *m* en sommaire
◇ *Typ* **hanging punctuation** = ponctuation qui déborde des marges du texte

happy ending *n* happy end *m*

hard *adj*
◇ *Comptr* **hard copy** copie *f* sur papier, sortie *f* papier
◇ *Publ* **hard cover** cartonnage *m*
◇ *Typ* **hard hyphen** césure *f* imposée, trait *m* d'union imposé
◇ *Cin & TV* **hard lighting** éclairage *m* contrasté

◊ *Press* **hard news** nouvelles *fpl* sûres *ou* vérifiées

◊ *DTP & Typ* **hard page break** fin *f* de page obligatoire

◊ *DTP & Typ* **hard return** retour *m* à la ligne forcé

hardback 1 *n* livre *m* cartonné; **available in hardback** disponible en version cartonnée

2 *adj* cartonné(e)

hard-top *n Fam Cin* cinéma *m (bâtiment)*

hardware *n* (a) *(equipment)* matériel *m* (b) *Comptr* matériel *m*, hardware *m*

Hays Code *n Cin* code *m* Hays

HD MAC *n* (*abbr* **High Definition Multiplexed Analogue Components**) HD MAC *m*

HDTV *n TV* (*abbr* **high definition television**) TVHD *f*

head *n* (a) *DTP & Typ (at top of page)* en-tête *m* (b) *Print* **head to tail** tête-bêche

◊ *Cin* **head leader** amorce *f* de début

◊ *Cin & TV* **head shot** gros plan *m* de tête

headband *n Print* tranchefile *f*

header *n DTP & Typ* en-tête *m*

heading *n (title) (of article, book)* titre *m*; *(of chapter)* titre *m*, intitulé *m*

headline 1 *n* (a) *(in newspaper)* (gros) titre *m*, manchette *f*; **the hijacking made the headlines** le détournement a fait la une des journaux; **I just glanced at the headlines** j'ai juste jeté un coup d'œil sur les gros titres; **pollution has been in the headlines a lot recently** la pollution a beaucoup fait la une récemment; **it made headline news** cela a fait la une des journaux; **to hit the headlines** faire les gros titres; **news of their marriage hit the headlines** l'annonce de leur mariage a fait les gros titres

ou a défrayé la chronique

(**b**) *Rad & TV (news summary)* grand titre *m*; **here are today's news headlines** voici les principaux titres de l'actualité

2 *vt* (a) *(place as headline) (news story)* mettre en manchette

(**b**) *(provide heading for)* intituler; **the article was headlined "The New Poor"** l'article avait pour titre "Les Nouveaux Pauvres"

◊ *Typ* **headline type** gros corps *m*

◊ *Press* **headline writer** titreur(-euse) *m,f*

head-on shot *n Cin & TV* = plan dans lequel un personnage ou un objet se dirige droit vers la caméra

headphone *n* **headphones** casque *m (à écouteurs)*

◊ **headphone talkback** micro *m* sur casque

headpiece *n Typ* vignette *f*, en-tête *m*

heavy 1 *n Br Fam Press* **the heavies** = les quotidiens de qualité

2 *adj Typ* gras (grasse)

◊ *Typ* **heavy type** caractères *mpl* gras

heist film, heist movie *n* film *m* de gangsters *(dont l'action gravite autour d'un cambriolage)*

heliography *n Typ* héliographie *f*

helm *Fam Cin* **1** *n (director)* metteur *m* en scène

2 *vt* mettre en scène

hertz *n Audio* hertz *m*

hertzian *adj Audio* hertzien(enne)

◊ **hertzian wave** onde *f* hertzienne

HF *n Rad* (*abbr* **high frequency**) HF *f*

hickeys *npl Fam Print* larrons *mpl*, mouches *fpl*

hidden camera *n* caméra *f* cachée, caméra *f* invisible

hi-fi *n* (*abbr* **high fidelity**) hi-fi *f*; *(stereo system)* chaîne *f* (hi-fi); *(radio)* radio *f* (hi-fi)

◊ **hi-fi equipment** matériel *m* hi-fi

◇ *hi-fi recording* enregistrement *m* hi-fi

◇ *hi-fi system* chaîne *f* (hi-fi)

high-angle shot *n Cin* plan *m* en plongée

high-concept film, high-concept movie *n Cin* = film dont l'intrigue et les ressorts narratifs sont simples

high-definition *adj* à haute définition

high-8 *adj* high 8

high-hat *n Fam Cin & TV* petit pied *m* de caméra, pied *m* de sol

high-key lighting *n Cin & TV* hautes lumières *fpl*

highlight *n* (a) *Cin & TV* moment *m* fort; **the news highlights** les grands titres de l'actualité; **the highlights of today's match will be shown later** les moments forts du match d'aujourd'hui seront diffusés ultérieurement (b) *Phot* rehaut *m*

high-resolution *adj* à haute résolution

high-speed *adj Phot* ultrasensible

HMSO *n Br Publ* (*abbr* **His/Her Majesty's Stationery Office**) = maison d'édition publiant les ouvrages ou documents approuvés par le Parlement, les ministères et autres organismes officiels, ≃ l'Imprimerie *f* Nationale

holdover *n Cin* = film qui reste à l'affiche plus longtemps que prévu

❝

Debuting were Disney's *Coyote Ugly*, Warner Bros.' *Cowboys* and Sony's *Hollow*, none of which had been tracking through the roof. A solid choice for moviegoers was a **holdover**, Universal's *Nutty Professor II: The Klumps*, the previous week's champ.

❞

Hollywood 1 *n* Hollywood *m*
2 *adj* hollywoodien(enne)

◇ *the Hollywood Ten* les Dix *mpl* d'Hollywood (*nom donné à dix professionnels du cinéma d'Hollywood, incarcérés au début des années 50, en raison de leurs sympathies communistes*)

hologram *n Phot* hologramme *m*

holograph *Phot* **1** *n* document *m* holographe
2 *adj* holographe

holographic *adj Phot* holographique

holography *n Phot* holographie *f*

homage *n Cin* hommage *m*

home *adj*

◇ *home automation* domotique *f*

◇ *home cinema* cinéma *m* à domicile, home cinéma *m*

◇ *Press home delivery* portage *m*

◇ *Am home theater* cinéma *m* à domicile, home cinéma *m*

◇ *home video* = film vidéo réalisé par un particulier, généralement sur sa vie de famille

HomeCam® *n* HomeCam® *f*

hood *n Phot* (*over lens*) pare-soleil *m*

hoofer *n Fam* danseur(euse) *m,f* (*de métier*)

▸ **hook up** *Rad & TV* **1** *vt sep* faire un duplex entre
2 *vi* **to hook up with** faire une émission en duplex avec

hook-up *n Rad & TV* relais *m* temporaire

horror film, horror movie *n* film *m* d'épouvante

horse opera *n Fam Cin* western *m*

host 1 *n* (a) *Rad & TV* animateur(trice) *m,f* (b) *Comptr* (*of website*) hébergeur *m*
2 *vt* (a) *Rad & TV* présenter; (*game show*) animer (b) *Comptr* (*website*) héberger

hosting *n Comptr (of website)* hébergement *m*

hot *adj*
◇ *Print* **hot metal** hot metal *m*
◇ *Phot* **hot shoe** griffe *f* du flash, pied-sabot *m*
◇ *Cin* **hot spot** tache *f* de lumière

house style *n Br Press & Publ* style *m* maison

HTML *n Comptr (abbr* **Hyper Text Markup Language***)* HTML *m*
◇ *HTML editor* éditeur *m* HTML

HTTP *n Comptr (abbr* **Hyper Text Transfer Protocol***)* protocole *m* HTTP
◇ *HTTP server* serveur *m* Web

hum *Audio* **1** *n* ronflement *m*, ronronnement *m*
   2 *vi* ronfler, ronronner

human interest *n Press* dimension *f* humaine; **a human interest story** une histoire à dimension humaine

HUT *n TV (abbr* **homes using television***)* = nombre de téléviseurs allumés à un moment quelconque

hype 1 *n* battage *m* (publicitaire); **there is a lot of hype surrounding his new film** il y beaucoup de battage autour de son nouveau film
   2 *vt* faire du battage autour de

"

It is one of the most **hyped** shows ever launched by ITV but early ratings show that the *Survivor* got off to a disappointing start last night, only narrowly beating BBC1's *Clocking Off*. ITV had to be grateful with just 5.8m viewers for the *Survivor* preview … despite almost two weeks of solid **hype** including trailers on TV and endless stories in both tabloids and broadsheets on the contestants and likely winners.

"

▸ **hype up** *vt sep* faire du battage autour de

hyperlink *n Comptr* hyperlien *m*

hypermedia *n Comptr* hypermédia *m*

hypertext *n Comptr* hypertexte *m*
◇ *hypertext link* lien *m* hypertexte

hyphen 1 *n* trait *m* d'union
   2 *vt* mettre un trait d'union à

hyphenate *vt* mettre un trait d'union à

hyphenation *n* césure *f*, coupure *f* des mots

IAP n Comptr (abbr **Internet Access Provider**) FAI m

IATSE n (abbr **International Alliance of Theatrical Stage Employees**) = confédération syndicale regroupant des professionnels du cinéma aux États-Unis et au Canada

IBA n Br Formerly (abbr **Independent Broadcasting Authority**) = organisme d'agrément et de coordination des stations de radio et chaînes de télévision du secteur privé en Grande-Bretagne

IBC n Publ (abbr **inside back cover**) troisième f de couverture

icon n Comptr & DTP icône f

iconography n Cin symbolique f

iconoscope n iconoscope m

ident n TV indicatif m d'appel, identification f

idiot board n Fam TV téléprompteur m

IFC n Publ (abbr **inside front cover**) deuxième f de couverture

ILEC n Tel (abbr **incumbent local exchange carrier**) operateur m historique

illustrate vt illustrer; **an illustrated children's book** un livre pour enfants illustré

illustrated adj illustré(e)

illustration n (a) (picture) illustration f; **illustrations** (in book) iconographie f (b) (publishing process) illustration f; **she works in illustration** elle est illustratrice
◇ Comptr **illustration software** logiciel m graphique

illustrator n illustrateur(trice) m,f

image n image f
◇ TV **image converter** convertisseur m d'images
◇ Comptr **image digitizer** numériseur m d'image
◇ TV **image distortion** distorsion f de l'image
◇ Phot **image enhancement** correction f de l'image, retouche f d'images
◇ Phot **image enhancer** correcteur m d'images
◇ Comptr **image file** fichier m image, fichier m vidéo

imager n Comptr imageur m

imagesetter n DTP & Typ flasheuse f

imagesetting n DTP & Typ flashage m

IMAX n (procédé m) Imax m
◇ **IMAX cinema** cinéma m Imax

impose vt Typ imposer

imposer n Typ imposeur m

imposition n Typ imposition f

impression n (a) (printing) impression f (b) (edition) tirage m

imprimatur n Publ imprimatur m

imprint n Publ adresse f bibliographique; **published under the Pentagon imprint** édité chez Pentagon

◊ *imprint page* = page portant l'adresse bibliographique

incidental music *n Cin & TV* musique *f* de scène

in-cue *n Rad & TV* signal *m* de départ

indent *Typ* **1** *n (in text)* renfoncement *m*, alinéa *m*
   2 *vt (text)* mettre en retrait
   3 *vi* faire un alinéa

indentation *n Typ (in text)* renfoncement *m*, alinéa *m*

indented *adj Typ (text)* en retrait

independent *adj (record label, television)* indépendant(e)
◊ *Br Formerly* **Independent Broadcasting Authority** = organisme d'agrément et de coordination des stations de radio et chaînes de télévision du secteur privé en Grande-Bretagne
◊ *independent cinema* cinéma *m* indépendant
◊ *independent film-maker* cinéaste *mf* indépendant(e)
◊ *independent film-making* cinéma *m* d'auteur
◊ *independent radio* radio *f* privée
◊ *Independent Radio News* = agence de presse radiophonique
◊ *Br* **Independent Television Commission** commission *f* de surveillance des télévisions britanniques privées

index 1 *n* (a) *(in book)* index *m* (b) *Typ (pointing hand)* renvoi *m*
   2 *vt* indexer

indie *Fam* **1** *n (music)* indie-rock *m*
   2 *adj* indépendant(e)
◊ *indie music* indie-rock *m*

indoor *adj*
◊ *Cin & TV* **indoor scene** intérieur *m*, scène *f* d'intérieur
◊ *Cin & TV* **indoor set** decor *m* en intérieur

industry *n* industrie *f*

inferior *adj Typ* en indice

infinity *n Phot* infini *m*; **to focus on** *or* **for infinity** mettre au point sur l'infini

inflight magazine *n* magazine *m* inflight

infoaddict *n Fam Comptr* accro *mf* de l'Internet

infobahn *n Br Comptr* autoroute *f* de l'information, *Can* inforoute *f*

infohighway *n Comptr* autoroute *f* de l'information, *Can* inforoute *f*

infomercial *n TV* infomercial *m*

infopike *n Comptr* autoroute *f* de l'information, *Can* inforoute *f*

information *n* (a) *(communication)* information *f*; **the importance of information in our time** l'importance de l'information à notre époque; **information overload** surinformation *f* (b) *(data)* information *f*
◊ *Comptr* **information highway, information superhighway** autoroute *f* de l'information, *Can* inforoute *f*
◊ *information technology* technologie *f* de l'information, informatique *f*

infotainment *n TV* = documentaires télévisés destinés à distraire

male – audience. "We are an **info-tainment** channel," says Martin Havlicek, head of aquisitions. That translates into an emphasis on sports, especially extreme sports, action adventure and young-skewing independent movies, music, docs, talkshows, series such as *Storm Warnings* and reality programs.

"

in-house 1 *adj* interne *(à une entreprise)*
  2 *adv* sur place
◊ **in-house journal, in-house magazine** journal *m* d'entreprise
◊ **in-house printing office** imprimerie *f* intégrée

injunction *n* mise *f* en demeure

ink 1 *n* encre *f*
  2 *vt* encrer

inking *n* encrage *m*

ink-jet printer *n* Comptr imprimante *f* à jet d'encre

inlay *TV* **1** *n* incrustation *f*
  2 *vt* incruster

inner margin *n DTP & Typ* marge *f* intérieure

inpoint *n (on tape, film)* point *m* d'entrée

insert 1 *n* (a) *Cin & TV* scène-raccord *f*, insert *m* (b) *Typ (in proofs)* insertion *f*
  2 *vt* (a) *Cin & TV* insérer (b) *Typ (line)* intercaler
◊ *Typ* **insert mark** signe *m* d'insertion
◊ *Cin* **insert shot** scène-raccord *f*

insertion *n Typ* insertion *f*
◊ **insertion point** point *m* d'insertion

inset 1 *n* (a) *Press (in newspaper, magazine)* encart *m* (b) *Print* encartage *m* (c) *Cin & TV* incrustation *f*
  2 *vt Press & Print* intercaler, encarter

insetting *n Typ* encartage *m*

inside *adj*
◊ *Publ* **inside back cover** troisième *f* de couverture
◊ *Publ* **inside front cover** deuxième *f* de couverture
◊ *DTP & Typ* **inside margin** marge *f* de reliure, marge *f* intérieure, (blanc *m* de) petit fond *m*
◊ **the inside pages** *(of newspaper)* les pages *fpl* intérieures

instant replay *n TV* = répétition immédiate d'une séquence

INT *n Cin & TV (abbr* **interior scene***) (in script)* intérieur *m*, scène *f* d'intérieur

intaglio *n* taille-douce *f*
◊ **intaglio printing** impression *f* en taille-douce

intellectual property *n* propriété *f* intellectuelle

intelligent speech *n Rad* ≃ émissions *fpl* culturelles

"

The most important thing to me is that Radio Scotland remains a really intelligent speech station. For a long time we've been regarded as the poor man's Radio 4, but we don't have the same resources as Radio 4 so we have to find different ways of delivering **intelligent speech**.

"

intensification *n Phot* renforcement *m*

intensifier *n Phot* renforçateur *m*

intensify *vt Phot* renforcer

intensity *n Phot (of negative)* densité *f*

interactive *adj* interactif(ive)
◊ **interactive CD** CD-I *m*, disque *m* compact interactif
◊ **interactive digital media** médias *mpl* numériques interactifs
◊ **interactive television** télévision *f* interactive

interactivity n interactivité f

intercharacter spacing n Typ interlettrage m

intercut vt Cin & TV insérer

intercutting n Cin & TV plans mpl insérés

interface n Comptr interface f

interference n Rad parasites mpl, interférence f, perturbation f

◇ *interference filter* filtre m antiparasites

◇ *interference suppressor* filtre m antiparasites

interior Cin & TV **1** n intérieur m, scène f d'intérieur
  2 adj

◇ *interior monologue* monologue m intérieur

◇ *interior shot* intérieur m, scène f d'intérieur

interleaf n Print maculature f, macule f

interletter spacing n Typ interlettrage m

interline Typ **1** vt (text) interligner
  2 adj

◇ *interline spacing* interlignage m

interlinear adj Typ (text) interlinéaire

interlude n TV interlude m

intermission n Am Cin entracte m

Internet n Comptr Internet m; **to surf the Internet** naviguer sur l'Internet

◇ *Internet access* accès m (à l')Internet

◇ *Internet access provider* fournisseur m d'accès à l'Internet

◇ *Internet account* compte m Internet

◇ *Internet address* adresse f Internet

◇ *Internet café* cybercafé m

◇ *Internet presence provider* = fournisseur d'accès à l'Internet proposant l'hébergement de sites Web

◇ *Internet protocol* protocole m Internet

◇ *Internet Relay Chat* service m de bavardage Internet, canal m de dialogue en direct

◇ *Internet service provider* fournisseur m d'accès à l'Internet

◇ *Internet surfer* internaute mf

◇ *Internet surfing* navigation f sur l'Internet

◇ *Internet telephone* téléphone m Internet

◇ *Internet telephony* téléphonie f sur l'Internet

◇ *Internet user* internaute mf

> **"**
>
> In addition, Jason co-founded Odyssey, a full-service **Internet Presence Provider** and consultancy in April 1995. Odyssey specializes in developing E-Commerce Web sites and integrating enterprise databases with the Web. Odyssey helps their clients open virtual storefronts on the digital landscape, allowing them to take orders from around the world.
>
> **"**

interspace vt Typ espacer

intertextual adj Cin & TV intertextuel(elle)

intertextuality n Cin & TV intertextualité f

intertitle n Cin intertitre m

interval n Br Cin entracte m

interview Press, Rad & TV **1** n interview f, entretien m; **she gave him an exclusive interview** elle lui a accordé une interview en exclusivité
  2 vt interviewer; **she's being interviewed by their top reporter** leur meilleur journaliste l'interviewe ou l'interroge en ce moment

interviewee n Press, Rad & TV interviewé(e) m,f

interviewer n Press, Rad & TV interviewer *m*, intervieweur(euse) *m,f*

Intranet *n* Intranet *m*

introduce *vt* (a) *Cin* **introducing Simon McLean** *(in credits)* et pour la première fois à l'écran Simon McLean (b) *(radio or TV programme)* présenter

intro-ident *n Rad & TV* identification *f* d'intro

inversed pyramid rule *n Press* règle *f* de la pyramide inversée

inverted commas *npl Br Typ* guillemets *mpl*

investigative *adj Press, Rad & TV* d'investigation
◇ *investigative journalism* journalisme *m* d'investigation *ou* d'enquête
◇ *investigative journalist* journaliste *mf* d'investigation *ou* d'enquête
◇ *investigative report* reportage *m* d'investigation
◇ *investigative reporter* reporter *m* d'investigation *ou* d'enquête
◇ *investgative team* équipe *f* d'investigation

IPP *n Comptr* (*abbr* **Internet Presence Provider**) = fournisseur d'accès à l'Internet proposant l'hébergement de sites Web

IPS *n Audio & TV* (*abbr* **inches per second**) pouces *mpl* par seconde

IRC *n Comptr* (*abbr* **Internet Relay Chat**) IRC *m*, service *m* de bavardage Internet, dialogue *m* en direct
◇ *IRC channel* canal *m* IRC, canal *m* de dialogue en direct

iris *n Phot* iris *m*, diaphragme *m*

IRN *n* (*abbr* **Independent Radio News**) = agence de presse radiophonique

ISBN *n Press & Publ* (*abbr* **International Standard Book Number**) ISBN *m*

ISDN *Comptr* (*abbr* **integrated services digital network**) **1** *n* RNIS *m*

2 *vt Fam* **to ISDN sth** envoyer qch par RNIS
◇ *ISDN card* carte *f* RNIS
◇ *ISDN line* ligne *f* RNIS
◇ *ISDN modem* modem *m* RNIS *ou* Numéris

ISO *n* (*abbr* **International Standards Organization**) ISO *f*

ISP *n Comptr* (*abbr* **Internet Service Provider**) fournisseur *m* d'accès à l'Internet

ISSN *n* (*abbr* **International Standard Serial Number**) ISSN *m*

issue *n* (*of newspaper, magazine etc*) numéro *m*; **the latest issue of the magazine** le dernier numéro du magazine

IT *n* (*abbr* **information technology**) technologie *f* de l'information; **she's our IT expert** c'est notre spécialiste en informatique; **IT has revolutionized the way we do business** l'informatique a complètement transformé le monde du commerce

italic *DTP & Typ* **1** *n* italique *m*; **in italics** en italique; **the italics are mine** les italiques sont de moi
2 *adj* italique
◇ *italic character* caractère *m* italique
◇ *italic face* caractères *mpl* italiques; **in italic face** en italique
◇ *italic print* caractères *mpl* italiques
◇ *italic type* caractères *mpl* italiques

italicization *n Typ* mise *f* en italique

italicize *vt Typ* mettre en italique; **the italicized words** les mots en italique

item *n* (*in newspaper*) article *m*; (*very brief*) entrefilet *m*; (*on TV, radio*) point *m* ou sujet *m* d'actualité; **an item in the *Times*** un article dans le *Times*; **there was an item on the news about it yesterday** ils en ont parlé aux informations hier; **and here are today's main news items** et voici les principaux points de l'actualité

iteration *n Print* itération *f*

ITN *n Br* (*abbr* **Independent Television News**) = service d'actualités télévisées pour les chaînes relevant de l'IBA

ITU *n Tel* (*abbr* **International Telecommunications Union**) UIT *f*

ITV *n Br* (*abbr* **Independent Television**) = sigle désignant les programmes diffusés par les chaînes relevant de l'IBA

iTV *n Br* (*abbr* **interactive television**) télévision *f* interactive

jacket *Publ* **1** *n* (*of book*) jaquette *f*
2 *vt* (*book*) couvrir d'une jaquette

jaggy *n Typ* courbe *f* en escalier

jam *vt Rad* brouiller

jamming *n Rad* brouillage *m*

jargon *n* jargon *m*

Java® *n Comptr* Java® *m*
◊ *Java script* Javascript® *m*, (langage *m*) Javascript®

JICREG *n Br Press* (*abbr* **Joint Industry Committee of Regional Newspapers**) = organisme britannique effectuant des études sur le lectorat de la presse régionale

jingle *n Rad & TV* jingle *m*, sonal *m*

jogger *n Print* taquet *m*

jogging *n Print* taquage *m*

journal *n* (*publication*) revue *f*

journalese *n* jargon *m* journalistique

journalism *n* journalisme *m*

journalist *n* journaliste *mf*

journalistic *adj* journalistique

journo *n Fam* journaleux(euse) *m,f*

JPEG *n Comptr* (*abbr* **Joint Photographic Experts Group**) (format *m*) JPEG *m*

jump cut *n Cin* saut *m* d'image, coupe *f* sèche

justification *n DTP & Typ* justification *f*; **left/right justification** justification *f* à gauche/à droite

justified *adj DTP & Typ* justifié(e); **left/right justified** justifié à gauche/à droite; **vertically justified** justifié verticalement

justifier *n DTP & Typ* justificateur *m*

justify *vt DTP & Typ* justifier

kern *DTP* **1** *n* approche *f*
2 *vt* créner, rapprocher

kerning *n DTP* crénage *m*, rapprochement *m* de caractères

key **1** *vt* (*text*) saisir
2 *adj*
◊ *Cin* **key grip** technicien(enne) *m,f* en chef (*chargé(e) de l'installation des décors et des rails de caméra au cinéma*)
◊ *Cin* **key light** lumière *f* de base

keyboard *n* clavier *m*

keyboarding, keying *n* saisie *f*
◊ *keying error* faute *f* de frappe

keyline *n DTP* tracé *m* de contour

keystone n Cin & TV distorsion f trapézoïdale

kHz n (abbr **kilohertz**) kHz m

kicker n Cin & TV projecteur m de décrochement, contre-jour m
◇ **kicker light** projecteur m de décrochement, contre-jour m

kidvid n Am Fam TV vidéo f pour enfants

kill vt Press **to kill a story** supprimer un article

kilohertz n kilohertz m

kinescope n kinéscope m

kiss-and-tell n & adj Press = se dit d'un article où une personne dévoile les détails de sa liaison avec une personne connue

> **❝**
>
> The *Coronation Street* star was appalled by an article headlined "*Street* star's 8-month marathon of lust", which labelled her as a "man eater" in a **kiss-and-tell** sold to the paper by a former fiancé, who divulged intimate details of their sexual relationship.
>
> **❞**

klieg light n Am Cin & TV lampe f à arc

knee-length shot n Cin plan m genoux

label n *(record company)* label m

lad mag n *Br Fam Press* = magazine destiné à un public d'hommes jeunes

laminate *Print* **1** n pelliculage m
2 vt pelliculer

lamination n *Print* pelliculage m

land line n *Tel* ligne f terrestre

landscape *Comptr & Print* **1** n (a) *(printing format)* (format m) paysage m; **to print sth in landscape** imprimer qch en (mode) paysage (b) *(book format)* format m à l'italienne
2 adj (a) *(of printing format)* en mode paysage (b) *(of book format)* à l'italienne

◇ *landscape mode* mode m paysage

lap dissolve n *Cin & TV* fondu m enchaîné

lap-dissolve vi *Cin & TV* faire un fondu enchaîné

laptop n *Comptr* portable m

◇ *laptop computer* ordinateur m portable

large-print adj *Publ* en gros caractères

laser n laser m

◇ *laser disc* disque m laser
◇ *laser printer* imprimante f laser
◇ *laser printing* impression f au laser
◇ *laser recording* enregistrement m laser

launch **1** n *(of book, magazine)* lancement m
2 vt *(book, magazine)* lancer

▸ **lay out** vt sep *DTP & Print* faire la maquette de, monter

layer n *Print & Publ* couche f

layout n *DTP & Print* maquette f, mise f en page

◇ *layout artist* maquettiste mf, metteur m en pages
◇ *layout card* plan m de maquette
◇ *layout compositor* maquettiste mf
◇ *layout sheet* maquette f, trame f de maquette

lc adj *Typ* (abbr **lower case**) bdc

lead **1** n (a) *Br Press* gros titre m; **the news made the lead in all the papers** la nouvelle était à la une de tous les journaux; **the *Telegraph* opens with a lead on the Middle East crisis** le *Telegraph* consacre sa une à la crise au Proche-Orient (b) *Cin (role)* rôle m principal; *(actor)* premier rôle m masculin; *(actress)* premier rôle m féminin

Jude Law plays the male lead Jude Law tient le premier rôle masculin (**c**) *Typ* réglette *f*

2 *adj Press (article)* de tête

3 *vi Br Press* **to lead with sth** mettre qch à la une ; **the** *Times* **led with news of the plane hijack** le détournement d'avion faisait la une *ou* était en première page du *Times*

leader *n* (**a**) *Press (editorial)* éditorial *m*, article *m* de tête (**b**) *Audio & Cin (on tape, film reel)* amorce *f*

◇ *Press* **leader writer** éditorialiste *mf*

leading¹ *adj*

◇ *Press* **leading article** article *m* de tête

◇ *Cin* **leading lady** premier rôle *m* (féminin) ; **Vivien Leigh was the leading lady** Vivien Leigh tenait le premier rôle féminin

◇ *Cin* **leading man** premier rôle *m* (masculin) ; **Laurence Olivier was the leading man** Laurence Olivier tenait le premier rôle masculin

◇ *Cin* **leading part** premier rôle *m*

◇ *Cin* **leading role** premier rôle *m*

leading² *n Print & Typ* interlignage *m*

leaf *n Print & Publ (page)* feuillet *m*, page *f*

leaflet *n (brochure)* prospectus *m*, dépliant *m*

leather-bound *adj Publ* relié(e) en cuir

left *adj*

◇ *DTP & Typ* **left indent** indentation *f* à gauche

◇ *DTP & Typ* **left justification** justification *f* à gauche

◇ *DTP & Typ* **left margin** marge *f* gauche

◇ *Cin & TV* **left pan** panoramique *m* horizontal DG

left-hand *adj* gauche

◇ *DTP & Typ* **left-hand margin** marge *f* de gauche

legal *n Am (paper size)* légal *m* (216mm x 356mm)

legend *n Print* légende *f*

legman *n Am Press* = reporter qui fait la chronique des chiens écrasés

legs *npl Fam Cin* **to have legs** *(of film)* faire recette au box-office

lens *n* objectif *m*

◇ **lens cap** couvre-objectif *m*

◇ **lens hood** pare-soleil *m*

◇ **lens turret** tourelle *f*

Letraset®*n Print* Letraset® *m*

letter *n* (**a**) *(of alphabet, communication)* lettre *f* ; *Press* **letters to the editor** courrier *m* des lecteurs (**b**) *Am (paper size)* lettre *f* (216 mm x 279 mm)

◇ *Press* **letters page** courrier *m* des lecteurs

◇ *Comptr* **letter quality** qualité *f* courrier

letterbox *adj Cin (film)* recadré(e) pour la télévision

◇ **letterbox format** format *m* letterbox

letterboxing *n Cin* = recadrage d'un film cinémascope pour la télévision

letterpress *n Print (technique)* typographie *f* ; *(text)* texte *m* (imprimé)

letterspace *vi DTP & Typ* interlettrer

letterspacing *n DTP & Typ* interlettrage *m*

level shot *n Cin* plan *m* à niveau

levels of grey *npl Comptr & Print* échelle *f* des gris

libel 1 *n (act of publishing)* diffamation *f* ; *(publication)* écrit *m* diffamatoire ; **to sue sb for libel** poursuivre qn en justice pour diffamation ; **that's libel!** c'est une calomnie *ou* de la diffamation !

2 *vt* diffamer

◇ **libel case** procès *m* en diffamation

◇ **libel laws** législation *f* en matière de diffamation

◇ *libel suit* procès *m* en diffamation

libeller *n* diffamateur(trice) *m,f*

libellous *adj* diffamatoire, diffamateur(trice)

library *n* (**a**) *(building, department)* bibliothèque *f* (**b**) *(series) (of books)* bibliothèque *f*, collection *f*; *(of records, tapes, CDs)* discothèque *f*; *(of films, videos)* collection *f*
◇ *library document* document *m* d'archives
◇ *library edition (of book)* édition *f* de luxe
◇ *library film* film *m* d'archives
◇ *library footage* images *fpl* d'archives
◇ *library music* musique *f* d'archives
◇ *library picture* image *f* d'archive

licence fee *n Br TV* redevance *f*

lig *n Fam Typ* ligature *f*

ligature *Typ* **1** *n* ligature *f*
2 *vt (two vowels)* ligaturer; **o e** ligatured e dans l'o

light 1 *n Cin & TV* projecteur *m*
2 *adj Typ (type)* maigre
◇ *Print & Typ light box* table *f* lumineuse
◇ *TV light cue* signal *m* lumineux
◇ *light entertainment* variétés *fpl*
◇ *Phot light meter* posemètre *m*
◇ *Print & Typ light table* table *f* lumineuse

light-face *Typ* **1** *n* (caractère *m*)

maigre *m*
2 *adj* maigre

lighting *n Cin & TV* éclairage(s) *m(pl)*
◇ *lighting cameraman* chef opérateur *m* cadreur
◇ *lighting crew* équipe *f* des éclairagistes
◇ *lighting effects* effets *mpl* d'éclairage *ou* de lumière
◇ *lighting department* équipe *f* des éclairagistes
◇ *lighting engineer* éclairagiste *mf*
◇ *lighting technician* éclairagiste *mf*

limitation notice *n Publ* justification *f* de tirage

limited edition *n Publ* édition *f* à tirage limité

linage *n DTP & Typ* lignage *m*

line *n (of text)* ligne *f*
◇ *DTP & Typ line block* cliché *m* au trait
◇ *DTP & Typ line break* saut *m* de ligne
◇ *Print & Publ line drawing* dessin *m* au trait
◇ *DTP & Typ line end* fin *f* de ligne
◇ *DTP & Typ line gauge* typomètre *m*
◇ *Cin & TV line producer* producteur(trice) *m,f* délégué(e)
◇ *DTP & Typ line space* interligne *m*; **three line spaces** un triple interligne
◇ *DTP & Typ line spacing* interlignage *m*, espacement *m* des lignes
◇ *TV line system* linéature *f*
◇ *DTP & Typ line width* longueur *f* de ligne

lineage *n Print* lignage *m*

linear editing *n Cin & TV* montage *m* linéaire

line-end hyphen *n DTP & Typ* tiret *m* de fin de ligne

linen tester *n Publ* compte-fils *m*

linkman *n Rad & TV* journaliste *m*

(qui annonce les reportages des envoyés spéciaux)

link *n* (**a**) *Rad* liaison *f* (**b**) *Comptr* *(hyperlink)* lien *m*
◇ *Cin & TV* **link scene** scène *f* de raccord

linkwoman *n Rad & TV* journaliste *f (qui annonce les reportages des envoyés spéciaux)*

Linotype® *n Print* Linotype® *f*

linotypist *n Print* linotypiste *mf*

lip-sync, lip-synch *Cin & TV* **1** *n* play-back *m*
   2 *vt (song)* chanter en play-back
   3 *vi (of singer)* chanter en play-back

listener *n Rad* auditeur(trice) *m,f*

listings *npl* liste *f* des spectacles
◇ **listings magazine** magazine *m* de spectacles

literal *Typ* **1** *n* coquille *f*
   2 *adj*
◇ **literal error** coquille *f*

literary *adj* littéraire
◇ **literary agent** agent *m* littéraire
◇ **literary critic** critique *mf* littéraire
◇ **literary journal** revue *f* littéraire
◇ **literary prize** prix *m* littéraire

literature *n* (**a**) *(books)* littérature *f* (**b**) *(documentation)* documentation *f*

lithograph **1** *n* lithographie *f (estampe)*
   2 *vt* lithographier

lithographer *n* lithographe *mf*

lithographic *adj* lithographique

lithography *n* lithographie *f (procédé)*

Little Three *npl Cin* **the Little Three** les Little Three *mpl (nom donné aux studios Columbia, United Artists et Universal des années 1920 aux années 1940)*

live *adj Rad & TV (programme, interview, concert)* en direct; **live pictures from Mars** des images en direct de Mars; **Sinatra live at the Palladium** Sinatra en concert au Palladium; **recorded before a live audience** enregistré en public
◇ **live broadcast** émission *f* en direct
◇ **live commentary** commentaire *m* en direct
◇ **live coverage** reportage *m* en direct
◇ **live debate programme** émission *f* d'expression directe

LMDS *n Press (abbr* **local multipoint distribution system)** LMDS *m*

lobby *n* lobby *m*
◇ *Press* **lobby correspondent** couloiriste *m*

lobbying *n* lobbying *m*, lobbysme *m*

lobbyist *n* lobbyist *mf*

lobe *n Rad* lobe *m*

local **1** *n Am Press (item)* nouvelle *f* locale
   2 *adj*
◇ *Tel* **local loop** boucle *f* locale
◇ **local news** informations *fpl* régionales
◇ **local (news)paper** journal *m* local
◇ **local radio** radio *f* locale
◇ **local radio station** station *f* de radio locale
◇ **local television** télévision *f* locale

> ❝
> His most urgent objective was to force British Telecom to open up its "**local loop**" (the "last mile" of telephone lines from the local exchange to homes and businesses) to competition. BT promised major, nationwide "**local loop** unbundling" but, overseen by a lily-livered regulator, has delivered practically nothing.
> ❞

location *n Cin* lieu *m* de tournage; **to be on location** tourner en extérieur; **filmed on location** filmé(e) en extérieur
◇ **location filming** tournage *m* en extérieur

◇ *location manager* régisseur *m* d'extérieurs

◇ *location marks* (in studio) points *mpl* de repère au sol

◇ *location scout* = personne chargée des repérages

◇ *location shot* extérieur *m*

> **❝**
>
> In that respect, the big problem with our **location** was that all of the elements that would have helped us re-create the historical context no longer existed. The only thing about the island that helped us, in terms of creating a sense of authenticity, was that it was the same place where these historical events had occurred.
>
> **❞**

▸ **lock down** *vt sep Cin* lock it down! silence, on tourne!

logo *n* logo *m*

logotype *n* logotype *m*

long *adj*

◇ *Cin* **long shot** plan *m* éloigné

◇ *Cin & TV* **long take** prise *f* longue

◇ *Rad* **long wave** grandes ondes *fpl*, ondes *fpl* longues; **on long wave** sur grandes ondes, sur ondes longues

long-wave *adj* (broadcast) sur les grandes ondes; (station, transmitter) émettant sur les grandes ondes

loop *n Cin, Tel & TV* boucle *m*

◇ *Br Rad* **loop aerial** (antenne *f*) cadre *m*

◇ *Am Rad* **loop antenna** (antenne *f*) cadre *m*

looping *n Cin, Tel & TV* bouclage *m*

loose-leaf, loose-leaved *adj* (paper, binding) à feuilles mobiles *ou* volantes

lot *n Am Cin* studio *m* (de cinéma)

loudspeaker *n* haut-parleur *m*

low-angle shot *n Cin & TV* contre-plongée *f*

low-budget *adj* (film, TV programme) à faible budget

lower case *n Typ* bas *m* de casse, minuscule *f*; **in lower case** en bas de casse, minuscule

lower-case *adj Typ* en bas de casse, minuscule

low-key lighting *n Cin & TV* éclairage *m* de faible intensité

LS *n Cin & TV* (abbr **long shot**) plan *m* éloigné

Lumitype® *n* Lumitype® *f*

LW *Rad* (abbr **long wave**) GO

lyrics *npl* paroles *fpl*

MacGuffin n Cin MacGuffin m (élément qui sert de prétexte au développement de l'intrigue tout en n'ayant qu'une importance mineure dans l'histoire)

> After some jocular credits, *Snatch* begins promisingly with a robbery of a diamond merchant's office in Antwerp by four thieves disguised as Hasidic Jews. Initially they're seen in black and white on a succession of CCTV screens, then when they reach their target, they're in colour as they grab the guns concealed on the chest of their leader … The robbers seize an 86-carat stone, big as a plover's egg, and this becomes the **MacGuffin** that draws together a variety of colourful low-lifers, all murderous, loquacious and none too bright, and most of them racial stereotypes.

machine proof n Publ épreuve f de calage

mackle Print **1** n maculage m, maculature f, macule f
2 vt mâchurer

mackled adj Print bavocheux(euse)

mackling n Print maculage m

macron n Print macron m

made-for-TV movie n téléfilm m

mag n Fam (magazine) magazine m, revue f

magalogue n Publ magalogue m

magazine n (**a**) (publication) magazine m, revue f; Rad & TV (programme) magazine m (télévisé), émission f magazine; **men's/women's magazines** la presse masculine/féminine (**b**) Phot magasin m; (for slides) panier m, magasin m
◇ Rad & TV **magazine programme** magazine m (télévisé), émission f magazine

magenta DTP & Print **1** n magenta m
2 adj magenta

magic lantern n Cin lanterne f magique

magnate n magnat m

magnetic adj magnétique
◇ **magnetic card reader** lecteur m de cartes magnétiques
◇ **magnetic media** supports mpl magnétiques
◇ **magnetic soundtrack** bande f son magnétique
◇ **magnetic tape** bande f magnétique

mainstream adj **mainstream Hollywood movies** films dans la grande tradition hollywoodienne; **their second album was much more mainstream** leur deuxième album était beaucoup plus classique; **the film festival is a showcase for less mainstream film-makers** ce festival sert de vitrines aux cinéastes qui sortent de l'ordinaire; **mainstream radio stations have refused to play his music** les stations de radio grand public refuse de passer sa musique

Best-selling British and American magazines

Magazines britanniques et américains réalisant les meilleures ventes

UK	circulation (2001) diffusion (2001)
What's on TV	1,709,092
Radio Times	1,200,796
Take a Break	1,166,591
Reader's Digest	1,075,915
Voila Magazine	1,000,087
Hello	842,723
TV Choice	751,618
FHM	700,172
Woman	660,781
OK! Magazine	651,513

US	circulation (2001) diffusion (2001)
National Geographic	7,812,564
Time	4,062,362
Sports Illustrated	3,240,767
Newsweek	3,195,762
National Enquirer	2,000,423
Popular Science	1,572,540
The Star	1,528,151
Vanity Fair	1,092,382
Rolling Stone	1,267,276
US Weekly	918,750

Majors *npl Cin* the Majors *(film companies)* = les sociétés de production les plus importantes à Hollywood

▸**make up** *vt sep Typ* mettre en pages

make-ready *n Typ* mise *f* en train

make-up[1] *n Typ* mise *f* en pages

make-up[2] *n Cin & TV* maquillage *m*
◇ *make-up artist* maquilleur(euse) *m,f*
◇ *make-up room* salle *f* de maquillage

mall cinema *n Am* = multiplexe se trouvant dans une galerie marchande

managing editor *n Press & Publ* directeur(trice) *m,f* de (la) rédaction

man-bites-dog story *n Press* = article dont le contenu va à l'encontre des idées reçues

> **"**
>
> "High-fiber diets don't cut colon cancer," said *USA Today*. In January, the media had itself a juicy **man-bites-dog** story. It wasn't the first time. From beta-carotene (the anti-cancer vitamin that caused cancer) to margarine (the cholesterol-lowering spread that raised cholesterol) to calcium (the mineral that did – oops, didn't – yes, did – prevent osteoporosis), the public has been dragged through a series of flip-flops.
>
> **"**

manila paper, manilla paper *n* papier *m* kraft

manuscript *n* manuscrit *m*

margin *n DTP & Typ (on page)* marge *f*; **written in the margin** écrit dans la *ou* en marge; **to set the margins** marger; **to set the left/right margin** marger à gauche/à droite
◇ *margin stop* margeur *m*

▸**mark up** *vt sep Publ (proofs, manuscript) (correct)* corriger; *(annotate)* annoter

market commentator *n Press* chroniqueur(euse) *m,f* boursier(ère)

marriages column *n Press* carnet *m* blanc

masala film, masala movie *n Cin* = film indien composite, qui combine différents genres

mask *n DTP & Phot* cache *m*, masque *m*

▸**mask out** *vt sep DTP & Phot* cacher, masquer

masking *n DTP & Phot* masquage *m*

mass *adj*
◇ *Press mass circulation* diffusion *f* de masse
◇ *mass culture* culture *f* de masse
◇ *mass media* mass médias *mpl*

mast *n (for radio or TV aerial, mobile phone)* pylône *m*

master *adj*
◇ *Rad & TV master control room* régie *f* centrale
◇ *TV master monitor* récepteur *m* de contrôle final
◇ *DTP master page* gabarit *m* de mise en pages
◇ *Cin & TV master shot* plan *m* de coupe
◇ *Audio master soundtrack* mixage *m* final
◇ *Rad & TV master tape* bande *f* mère

masthead *n Press* cartouche *f* de titre

match cut *n Cin & TV* raccord *m*

matinee, matinée *n Cin* matinée *f*
◇ *matinee performance* matinée *f*

matt, matte 1 *n Cin & TV* cache *m* 2 *adj* mat(e)
◇ *Print matt art* papier *m* mat
◇ *Cin & TV matt artist* peintre *m* de caches
◇ *Cin & TV matt shot* plan *m* cache-contre-cache

MATV n Br (abbr **Master Antenna Television**) télévision f à antenne maîtresse

McLuhanism n McLuhanisme m

m-commerce n m-commerce m

MCR n Rad & TV (a) (abbr **master control room**) régie f centrale (b) (abbr **mobile control room**) régie f mobile

MCU n Cin & TV (abbr **medium close-up**) plan m rapproché

MD n (abbr **MiniDisc®**) MiniDisc® m

measure n Typ mesure f

meat movie n Fam = film violent et sanglant

media npl the media les médias mpl; he works in the media il travaille dans les médias; the power of the media la puissance des médias; the news media la presse; he knows how to handle the media il sait s'y prendre avec les journalistes; the media follow or follows her everywhere les journalistes la suivent partout; Fam Pej he's a bit of a media whore il ferait n'importe quoi pour faire parler de lui dans les médias

◇ **media advertising** publicité f média

◇ **media analysis** analyse f des médias

◇ **media analyst** analyste mf des médias

◇ **media buying** achat m d'espace

◇ **media circus** cirque m médiatique

◇ **media consultant** conseil m en communication

◇ **media coverage** couverture f médiatique, médiatisation f; to get too much media coverage être surmédiatisé(e)

◇ **media event** événement m médiatique

◇ **media exposure** couverture f médiatique, médiatisation f

◇ **media group** groupe m de médias

◇ **media hype** battage m médiatique

◇ **media library** médiathèque f

◇ **media mix** mix média m

◇ **media mogul** magnat m des médias

◇ **media overkill** surmédiatisation f, médiatisation f excessive

◇ **media person** homme m/femme f de communication

◇ **media plan** plan m média

◇ **media planner** médiaplaneur m, média planner m

◇ **media planning** média planning m

◇ **media release** communiqué m

◇ **media research** médialogie f

◇ **media schedule** calendrier m de campagne

◇ **media scrum** ruée f de journalistes

◇ **media studies** études fpl de communication

◇ **media target** cible f média

◇ **media vehicle** support m publicitaire

The highly anticipated *Survivor II* begins production this week in the North Queensland area of Australia, and the **media circus** is already well underway. CBS, anxious to retain every possible element of surprise, has been very tight-lipped about the new season, providing the press with literally no information beyond the official name of the show.

media-conscious adj médiatique

mediacracy n médiacratie f

media-friendly adj médiatique

mediagenic adj médiatique

media-shy adj qui fuit les médias

medical journal n magazine m médical

mediology n médiologie f

medium 1 n moyen m (de communication), médium m, support m; the decision was made public through the medium of the press la décision fut rendue publique par voie de presse *ou* par l'intermédiaire des journaux; **television is a powerful medium in education** la télévision est un très bon instrument éducatif

2 *adj*
◇ *Cin & TV* **medium close-up** plan *m* rapproché
◇ *Am Rad* **medium frequency** ondes *fpl* moyennes; **on medium frequency** sur ondes moyennes
◇ *Cin & TV* **medium-long shot** plan *m* de demi-ensemble
◇ *Cin & TV* **medium shot** plan *m* moyen
◇ *Br Rad* **medium wave** ondes *fpl* moyennes; **on medium wave** sur ondes moyennes

medium-wave *adj (broadcast)* sur ondes moyennes; *(station, transmitter)* émettant sur ondes moyennes

megahertz *n* mégahertz *m*

megaplex *n Am Cin* complexe *m* multisalles, cinéma *m* multisalle *(de plus de 16 salles)*

melodrama *n Cin* mélodrame *m*

merchandising *n Cin* merchandising *m*, marchandisage *m (de produits liés à un film)*

message *n* message *m*

metal *n Print* plomb *m*

method *n Cin* **the Method** la méthode Stanislavski
◇ **Method acting** la méthode Stanislavski
◇ **Method actor** acteur *m* adepte de la méthode de Stanislavski
◇ **Method actress** actrice *f* adepte de la méthode de Stanislavski

MHz *n (abbr megahertz)* MHz *m*

mic *n* micro *m*

micrometer *n Print* micromètre *m*

microphone *n* microphone *m*

microsite *n Comptr* microsite *m*

MIDI *n (abbr* **musical instrument digital interface)** MIDI *m*

mid-market *adj Press* = qui se situe à mi-chemin entre la presse tabloïde et la presse dite de qualité

mike *n* micro *m*

mime 1 *n* mime *m*
2 *vt (song)* chanter en play-back
3 *vi (of singer)* chanter en play-back; **to mime to a song** chanter en play-back

miming *n* play-back *m*

miniature *n Cin* maquette *f*

MiniDisc® *n* MiniDisc® *m*
◇ **MiniDisc**® **player** lecteur *m* de MiniDiscs®

mini-major *n Cin* mini-major *f*

minimum programme schedule *n Rad & TV* programme *m* minimum

mini-series *n TV* mini-feuilleton *m*, mini-série *f*

mini system *n (hi-fi)* mini-chaîne *f*

Mirror *n Press*
◇ **the Mirror Group, Mirror Group Newspapers** = grand groupe de presse britannique

miscast *vt Cin (film)* se tromper dans la distribution de; **he was completely miscast in the role of the gangster** le rôle du gangster ne lui convenait vraiment pas

A scriptwriter and his agenting wife try every which way to produce a sprog in the stillborn *Maybe Baby*, a wannabe romantic comedy with **miscast** leads and a script in desperate need of a good editor. British writer-comedian Ben Elton's first stab at direction scores OK on the tech side but fatally lacks the charm and chemistry needed to make this most fragile of genres take flight and connect at an emotional level.

mise-en-abîme n Cin mise f en abîme, mise f en abyme

mise-en-scène n Cin mise f en scène

misprint 1 n faute f d'impression, coquille f
  2 vt imprimer incorrectement; **my name was misprinted in the newspaper** il y a eu une coquille dans mon nom sur le journal

mix Audio, Cin, Rad & TV **1** n mixage m
  2 vt mixer

mix-down n TV mixage m avec réduction de pistes

mixed-media adj multimédia

mixer n Audio, Cin, Rad & TV mixeur m, mélangeur m de signaux

mixing n Audio, Cin, Rad & TV mixage m
◇ Rad & TV **mixing console** table f de mixage
◇ Rad & TV **mixing desk** pupitre m de mixage
◇ Rad & TV **mixing room** régie f

MJPEG n Comptr (abbr **Moving Joint Photographic Expert Group**) (format m) MJPEG m

mobile Tel **1** n (phone) (téléphone m) portable m, Belg GSM m, Suisse Natel® m, Can cellulaire m
  2 adj
◇ Rad & TV **mobile control room** régie f mobile
◇ Tel **mobile phone** (téléphone m) portable m, Belg GSM m, Suisse Natel® m, Can cellulaire m
◇ Tel **mobile telephony** téléphonie f mobile, téléphonie f portable
◇ Rad & TV **mobile unit** car m régie, car m de reportage

mockumentary n TV faux documentaire m

mock-up n Print & Typ maquette f

modem Comptr **1** n modem m; **to send sth (to sb) by modem** envoyer qch (à qn) par modem
  2 vt envoyer par modem; **to modem sth to sb** envoyer qch à qn par modem
◇ **modem card** carte f modem

modern n Typ didot m
◇ **modern face** didot m

modulation n modulation f

modulator n modulateur m

mogul n ponte m, huile f

moiré pattern n Print moirage m

mondo film, mondo movie n Cin = type de film caractérisé par la recherche du sensationnalisme, le plus souvent à base de sexe et de violence

monitor n (a) Comptr & TV (screen) moniteur m (b) Rad employé(e) m,f d'un service d'écoute

monitoring n Rad service m d'écoute
◇ **monitoring service** = service d'écoute des émissions de radio étrangères
◇ **monitoring station** station f ou centre m d'écoute

mono 1 n (abbr **monophony**) mono f, monophonie f; **in mono** en mono
  2 adj (abbr **monophonic**) mono, monophonique

monochrome Cin & TV **1** n noir et blanc m
  2 adj en noir et blanc

monospace n Typ espacement m constant

monospaced adj Typ non proportionnel(elle)

Monotype® n Print (machine) Monotype® f
◇ **Monotype**® **font** police f Monotype®

montage n Cin, Phot & Typ montage m

monthly Press **1** n mensuel m
2 adj mensuel(elle)

MOR adj (abbr **middle-of-the-road**) (music) grand public

moral rights npl Publ (of author) droit m moral

morgue n Fam Press archives fpl

morph Cin & Comptr **1** vt (image) transformer par morphing
2 vi **to morph into sth** se transformer en qch

morphing n Cin & Comptr morphing m

motion picture n Am Cin film m
◇ **Motion Picture Association of America** MPAA f (organisation formée par les principaux studios hollywoodiens pour promouvoir leurs intérêts)
◇ **the motion picture industry** l'industrie f du cinéma

motto n (in book) épigraphe f

mount vt (film reel) monter

mounting board n Publ carton m pour montage

Mouse n Am Fam **the Mouse** = surnom donné à la société Disney

movie n esp Am film m; **the movie of the book** le film tiré du livre; **full-length/short movie** (film m) long/court métrage m; **to shoot** or **to make a movie (about sth)** tourner ou faire un film (sur qch); **to go to the movies** aller au cinéma; **she's in the movies** elle travaille dans le cinéma
◇ **movie actor** acteur m de cinéma
◇ **movie actress** actrice f de cinéma

◇ **movie archives** archives fpl cinématographiques
◇ **movie award** prix m cinématographique
◇ Fam **movie brats** = nom donné à certains jeunes metteurs en scène américains du début des années 70 (Francis Ford Coppola, Martin Scorsese, William Friedkin, Brian De Palma, George Lucas, Steven Spielberg et Paul Schrader)
◇ **movie buff** cinéphile mf
◇ **movie camera** caméra f
◇ **movie channel** chaîne f de cinéma
◇ **movie clip** extrait m de film
◇ **movie club** ciné-club m
◇ **movie critic** critique mf de cinéma
◇ **movie director** metteur m en scène
◇ Am **movie house** (salle f de) cinéma m
◇ **the movie industry** l'industrie f cinématographique ou du cinéma
◇ **movie library** cinémathèque f
◇ **movie premiere** première f
◇ **movie producer** producteur(trice) m,f de cinéma
◇ **movie review** critique f cinématographique
◇ **movie reviewer** critique mf de cinéma
◇ **movie rights** droits mpl cinématographiques
◇ **movie script** scénario m
◇ **movie star** vedette f de cinéma
◇ Am **movie theater** cinéma m

moviegoer n cinéphile mf

movie-maker n cinéaste mf

Moviola® n Cin Moviola® f

MP3 n Comptr MP3 m
◇ **MP3 player** lecteur m MP3

The dismal reality is the record companies are working on their own legalised Napsters, and intend to retain an iron grip on the creation, distribution and sale of music. For net users, the emergence of the **MP3** format meant a revolution in digital music. The music industry sign wants to put a dollar sign next to it and claim it for itself.

"

MPA n Cin (abbr **Motion Pictures Association**) MPA f (branche internationale de la MPAA)

MPAA n Cin (abbr **Motion Picture Association of America**) MPAA f (organisation formée par les principaux studios hollywoodiens pour promouvoir leurs intérêts)

MPEG n Comptr (abbr **Moving Pictures Expert Group**) (format m) MPEG m

MS n (a) Cin & TV (abbr **medium shot**) plan m moyen (b) Publ (abbr **manuscript**) ms

MSO n TV (abbr **multiple system operator**) société f à réseaux multiples

muckraker n Pej (journalist) fouineur(euse) m,f

muckraking n = recherche d'histoires à scandales

Multicam n TV tournage m à plusieurs caméras

multicamera unit n car m multicaméra

multicast adj multicast

multicasting n multicasting m

multichannel adj multicanal

multidiffusion n multidiffusion f

multigraphy n Print multigraphie f

multimedia 1 n multimédia m
2 adj multimédia
◊ **multimedia bus** bus m multimédia
◊ **multimedia designer** concepteur(trice) m,f multimédia

◊ **multimedia group** groupe m multimédia

multiple adj
◊ Cin **multiple image** image f multiple
◊ Rad **multiple reception** réception f multiple
◊ TV **multiple system operator** société f à réseaux multiples

multiplex 1 n (a) Rad, Tel & TV multiplex m (b) Cin complexe m multisalles, cinéma m multisalle, multiplexe m
2 vt Rad, Tel & TV multiplexer
◊ Tel **multiplex broadcast** transmission m en multiplex
◊ **multiplex cinema** complexe m multisalles, cinéma m multisalle, multiplexe m

multiplexer n Rad, Tel & TV multiplexeur m

multiplexing n Rad, Tel & TV multiplexage m

multiplexor n Rad, Tel & TV multiplexeur m

multiscreen 1 n (a) Cin complexe m multisalles, cinéma m multisalle (b) TV écran-mosaïque m, multi-écran m
2 adj
◊ TV **multiscreen channel** canal m mosaïque
◊ Cin **multiscreen cinema** complexe m multisalles, cinéma m multisalle

multistandard adj TV multistandard

music n musique f
◊ TV **music channel** chaîne f musicale
◊ **music critic** critique mf musical(e)
◊ **music piracy** piratage m musical
◊ **music press** presse f musicale
◊ **music publishing** édition f musicale
◊ Rad **music station** station f musicale

◇ *music supervisor* directeur(trice) *m,f* musical(e)
◇ *music video* clip *m* (vidéo)

The world's largest music trader fair has opened in Cannes with a warning that **music piracy** could kill off the record business. Britain's Consumer Affairs Minister Kim Howells said piracy was cutting into the livelihoods of the world's creative artists … Mr Howells, who was visiting the fair to promote British music, said **music piracy** encompassed both CD copying and internet downloads.

,,

Satellite companies DirecTV and EchoStar have hauled the federal government into court over the **must carry rule**. Chuck Hewitt … said at the briefing that because DirecTV and EchoStar have limited satellite capacity, they have so far made deals to carry only the owned TV stations of ABC, CBS, NBC and Fox, plus a few selected WB and UPN outlets … The **must carry rule**, however, states that satcasters have to distribute the signals of every local station in a given area by Jan. 1, 2002.

,,

musical 1 *n* comédie *f* musicale
   2 *adj* musical(e)
◇ *musical director* directeur(trice) *m,f* musical(e)
must carry rule *n* must carry rule *f* *(obligation de diffusion de la part des câblo-distributeurs)*

mutt *n Fam Typ (em space)* cadratin *m*

Muzak® *n* musique *f* de fond, fond *m* sonore

MW *Rad* (*abbr* **medium wave**) PO

name part *n Br Cin* vrai rôle *m* ;
(title role) = rôle qui donne son titre
au film

narrate *vt Cin & TV* lire *ou* dire le
commentaire de ; **the film was nar-
rated by an American actor** le
commentaire du film a été lu *ou* dit
par un acteur américain

narration *n Cin & TV* commentaire
m

narrative *n Cin & TV* histoire *f*, récit
m

narrator *n Cin & TV* narrateur(-
trice) *m,f*

narrowcast *Rad & TV* **1** *vt* diffuser
localement
2 *vi* diffuser localement

national *adj*
◇ *National Film (and Television) Archive* = archives cinématographiques et télévisuelles britanniques
(division du British Film Institute)
◇ *National Film Theatre* = cinémathèque du British Film Institute à
Londres
◇ *national press* presse *f* nationale
◇ *National Public Radio* = réseau
américain de stations de radio libres
◇ *National Readership Survey* =
organisme commercial britannique qui effectue des études sur
le lectorat de la presse

natural sound *n Rad & TV* son *m*
naturel

NBC *n Am TV* (*abbr* **National Broadcasting Company**) = chaîne de télévision américaine

NC-17 *n Am Cin* = indique qu'un film
est interdit aux moins de 17 ans

near video-on-demand *n* vidéo *f*
presque à la demande

needletime *n* (*for broadcasting
records*) durée *f* de passage à l'antenne

negative *n* (*of film*) négatif *m*
◇ *negative cutter* monteur *m* négatif
◇ *negative cutting* montage *m* négatif
◇ *negative film* film *m* negatif
◇ *negative print* copie *f* négative

neo-realism *n Cin* néo-réalisme *m*

nest *vt Print* imbriquer

nested *adj Print* imbriqué(e)

Net *n Comptr* **the Net** le Net, l'Internet *m*

net *n Fam Tel & TV* (*network*) (*national*) réseau *m* ; (*channel*) chaîne *f*

Net Book Agreement *n Br
Formerly Publ* = accord entre maisons d'édition et libraires stipulant
que ces derniers n'ont le droit de
vendre aucun ouvrage à un prix
inférieur à celui fixé par l'éditeur

network 1 *n Tel & TV* (*national*)
réseau *m* ; *TV* (*channel*) chaîne *f*
2 *vt TV* diffuser sur l'ensemble du
réseau *ou* sur tout le territoire ; **the
programme wasn't networked** le
programme n'a pas été diffusé (sur
la chaîne nationale)

neutral *adj*
◇ *Cin & TV* **neutral density filter** écran *m* gris neutre
◇ *Cin & TV* **neutral shot** plan *m* de transition

new *adj*
◇ **new media** les nouveaux médias *mpl*
◇ *Cin* **New Hollywood** le nouvel Hollywood *(qui suit la période des studios tout-puissants)*
◇ *Cin* **New Wave** nouvelle vague *f*

news *n Rad & TV* actualités *fpl*, informations *fpl*; *(bulletin)* bulletin *m*; **the 9 o'clock news** *TV* le journal (télévisé) *ou* les informations de 21 heures; *Rad* le journal (parlé) *ou* les informations de 21 heures; **news in brief** *(on news bulletin)* titres *mpl*; *(in newspaper)* l'actualité *f* en résumé; *(miscellaneous news items)* faits *mpl* divers; **I heard it on the news** je l'ai entendu aux informations
◇ **news agency** agence *f* de presse
◇ *Am Rad & TV* **news analyst** commentateur(trice) *m,f*
◇ **news blackout** blackout *m* sur l'actualité, censure *f* de l'actualité
◇ **news brief** brève *f*
◇ **news broadcast** informations *fpl*
◇ **news broadcasting** diffusion *f* des informations
◇ **news bulletin** bulletin *m* d'informations
◇ **news centre** salle *f* de rédaction télévision
◇ **news channel** chaîne *f* d'information continue
◇ **news conference** conférence *f* de presse
◇ **News Corporation** = grand groupe international de médias
◇ **news desk** (salle *f* de) rédaction *f*
◇ **news editor** rédacteur(trice) *m,f* en chef des actualités
◇ **news film** film *m* d'actualités
◇ **news gathering** collecte *f* d'information

◇ **news headlines** titres *mpl* de l'actualité
◇ **news item** nouvelle *f*, information *f*
◇ **news magazine** news magazine *m*
◇ **news programme** magazine *m* d'actualités
◇ **news report** bulletin *m* d'informations
◇ **news reporter** reporter *m*
◇ *Am* **news service** = agence de presse qui publie ses informations par le biais d'un syndicat de distribution
◇ **news short** brève *f*
◇ **news story** sujet *m*
◇ **news value** intérêt *m* médiatique
◇ **news writer** rédacteur(trice) *m,f* d'actualités

newsagent *n Br* marchand(e) *m,f* de journaux; **newsagent's** *(shop)* maison *f* de la presse

newscast *n Rad & TV* informations *fpl*, journal *m*

newscaster *n Rad & TV* présentateur(trice) *m,f* du journal

newscasting *n Rad & TV* présentation *f* du journal

newsdealer *n Am* marchand(e) *m,f* de journaux

newsflash *n* flash *m* d'informations

newsgate *n Rad & TV* = heure limite après laquelle une nouvelle n'est pas intégrée à un bulletin d'information sur le point d'être diffusé

newsgroup *n Comptr* newsgroup *m*

newshawk, newshound *n Fam* reporter *m*

newsie *n Am Fam* **(a)** *(newspaper vendor)* marchand(e) *m,f* de journaux **(b)** *(journalist)* journaleux(-euse) *m,f*

newsletter *n* bulletin *m*

newsman *n* journaliste *m*

newsocracy *n* = aux États-Unis,

ensemble de la presse et du réseau télévisé à audience nationale

newspaper *n* journal *m*; **in the newspaper** dans le journal; **an evening newspaper** un journal du soir; **a daily newspaper** un quotidien

◇ *newspaper advertisement* publicité *f* presse

◇ *newspaper advertising* publicité *f* presse

◇ *newspaper article* article *m* de journal

◇ *newspaper clipping, newspaper cutting* coupure *f* de presse

◇ *newspaper kiosk* kiosque *m* à journaux

◇ *newspaper rack* porte-journaux *m*

◇ *newspaper report* reportage *m* (dans un journal)

◇ *newspaper reporter* reporter *m* (de la presse écrite)

◇ *newspaper stand* kiosque *m* à journaux

newspaperman *n* journaliste *m* (de la presse écrite)

newspaperwoman *n* journaliste *f* (de la presse écrite)

newsprint *n* papier *m* journal

newsreader *n* présentateur(trice) *m,f* du journal

newsreel *n* film *m* d'actualités

newsroom *n* (a) *Press* salle *f* de rédaction (b) *Rad & TV* studio *m*

newssheet *n* lettre *f*, bulletin *m*

newswoman *n* journaliste *f*

NG take *n Cin & TV* mauvaise prise *f*

NICAM, Nicam *n* (*abbr* **near-instantaneous companded audio multiplex**) Nicam *m*

niche *adj*

◇ *niche broadcasting* = diffusion d'émissions destinées à un public restreint

◇ *niche programming* = programmation d'émissions destinées à un public restreint

◇ *niche publishing* = publication d'ouvrages destinés à un public restreint

> When the rollout comes, **niche broadcasting** will be put to a new *Speedvision* already caters to guys who get all misty-eyed at the sight of any fast machine, from race-cars to speedboats to airplanes. Soon *Wings* will pinpoint only those velocity freaks who are partial to airplanes. Advertisers will get a chance to find out if the extra-sharp demographic focus will compensate for the even narrower audience.

Nielsen Ratings *npl Am TV* ≃ l'audimat *m*

nip *vt Publ* mettre en presse

nipping *n Publ* mise *f* en presse

noise *n Rad* bruit *m*

nominate *vt* (*for award*) sélectionner, nominer; **the film was nominated for an Oscar** le film a été sélectionné *ou* nominé pour un Oscar

nomination *n* (*for award*) nomination *f*; **the film got three Oscar nominations** le film a obtenu trois nominations aux Oscars

non-fiction *n Publ* ouvrages *mpl* non romanesques, essais *mpl*

non-linear editing *n Cin & TV* montage *m* non linéaire

non-speaking part *n Cin & TV* rôle *m* muet

non-synchronous *adj Cin & TV* non-synchrone

normal-angle lens *n Phot* objectif *m* à focale fixe

Nouvelle Vague *n Cin* Nouvelle Vague *f*

novel *n* roman *m*

novelist *n* romancier(ère) *m,f*

Major British newspapers
Principaux journaux britanniques

daily newspapers
quotidiens

	first published créé en	circulation (2001) diffusion (2001)
The Sun○	1964	3,601,410
Daily Mail○	1896	2,425,827
Daily Mirror○	1903	2,225,015
The Daily Telegraph●	1855	1,020,803
Daily Express○	1900	963,433
The Times●	1785	709,826
Daily Star○	1978	638,629
Daily Record○	1895	614,212
Financial Times●	1888	467,564
The Guardian●	1821	390,041
The Independent●	1986	224,178

Sunday newspapers
journaux paraissant le dimanche

	first published créé en	circulation (2001) diffusion (2001)
The News of the World○	1843	4,114,574
The Mail on Sunday○	1982	2,341,971
Sunday Mirror○	1963	1,891,164
Sunday People○	1881	1,421,564
The Sunday Times●	1822	1,312,771
Sunday Express○	1918	876,421
The Sunday Telegraph●	1961	801,702
Sunday Mail○	1919	725,436
Sunday Post○	1914	612,562
The Observer●	1791	452,331
The Independent on Sunday●	1990	231,462
Sunday Sport○	1986	208,825
Scotland on Sunday●	1988	93,388
Sunday Herald●	1999	60,357
Wales on Sunday○	1991	60,402

Major American newspapers

Principaux journaux américains

	first published créé en	circulation (2001) diffusion (2001)
USA Today°	1982	2,241,677
Wall Street Journal•	1889	1,819,528
The New York Times•	1851	1,159,954
Los Angeles Times•	1881	1,058,414
The Washington Post•	1877	802,594
Chicago Tribune•	1847	676,573
Houston Chronicle•	1901	545,066
San Francisco Chronicle•	1865	530,125
Dallas Morning News•	1885	500,357
New York Post°	1801	487,219
Chicago Sun-Times°	1947	484,423
Arizona Republic•	1890	482,259
The Boston Globe•	1872	467,217
Seattle Times•	1896	394,173

° tabloid newspaper
  tabloïde

• broadsheet newspaper
  journal grand format

novelization *n (of film)* novélisation *f*

novella *n* ≃ nouvelle *f (texte plus court qu'un roman et plus long qu'une nouvelle)*

NRS *n (abbr* **National Readership Survey**) = organisme commercial britannique qui effectue des études sur le lectorat de la presse

NTSC *n TV (abbr* **National Television System Committee**) NTSC *m*

nutt *n Fam Typ (en space)* demi-cadratin *m*

NVOD *n (abbr* **near video-on-demand**) NVOD

"

Broadcasters are already staggering pay-per-view films on several parallel channels so viewers can start watching at a variety of times, a system called **NVOD** (near video-on-demand). Full video on demand will be available via cable, the Internet or "smart" receivers which can store programmes downloaded into their computer memory. This will allow viewers to select any programme (or part of a programme, such as all the goals in a match) and watch it when they want.

"

OB *n TV* (*abbr* **outside broadcast**) émission *f* réalisée en dehors des studios

◇ *OB unit, OB van* car *m* régie, unité *f* mobile de tournage

obelisk, obelus *n Typ* croix *f*, obel *m*, obèle *m*

obits *npl Fam Press* **the obits** la néco

obituary *n Press* nécrologie *f*, notice *f* nécrologique ; **the obituaries** la rubrique nécrologique

◇ *obituary column* rubrique *f* nécrologique

object animation *n* animation *f* d'objets

objective¹ *n Phot* objectif *m*

objective² *adj Press* (*impartial*) objectif(ive)

objectivity *n Press* (*impartiality*) objectivité *f*

oblique *n Typ* barre *f* oblique

oblong format *n Print* format *m* oblong

observational cinema *n* cinéma *m* d'observation

observation window *n TV* fenêtre *f* d'observation

OCR *n* (**a**) (*abbr* **optical character reader**) lecteur *m* (à reconnaissance) optique de caractères (**b**) (*abbr* **optical character recognition**) OCR *f*

◇ *OCR font* fonte *f* reconnue optiquement

◇ *OCR reader* lecteur *m* OCR

octavo *Publ* **1** *n* in-dix-huit *m*
2 *adj* in-dix-huit

octodecimo *Publ* **1** *n* in-octavo *m*
2 *adj* in-octavo

off-air *n Rad* récepteur *m* de contrôle

off-centre *adj Cin* décadré(e)

off-centring *n Cin* décadrage *m*

offline *adj Comptr* non connecté(e)
◇ *Cin & TV* *offline editing* montage *m* offline

off-mike *adj Rad* hors-micro

offprint *Print* **1** *n* tiré *m* à part
2 *vt* **to offprint an article** faire un tiré à part

off-screen *Cin & TV* **1** *adj* (**a**) (*out of sight*) hors champ, off (**b**) (*romance, persona*) dans la vie ; **their off-screen relationship mirrored their love affair in the film** la liaison qu'ils entretenaient dans la vie reflétait celle du film
2 *adv* (**a**) (*out of sight*) hors champ, off (**b**) (*in real life*) dans la réalité ; **he's less handsome off-screen** il est moins séduisant dans la réalité

◇ *off-screen narration* commentaire *m* en voix off

offset *Print* **1** *n* offset *m*
2 *vt* imprimer en offset
◇ *offset film* typon *m*
◇ *offset lithography* lithographie *f* offset
◇ *offset plate* plaque *f* offset
◇ *offset press* offset *m*
◇ *offset process* offset *m*
◇ *offset sheet* décharge *f*

off-shot *adv Cin & TV* hors plan

Oftel *n Br* (*abbr* **Office of Telecommunications**) = organisme britannique chargé de contrôler les activités des sociétés de télécommunications

omission *n Print & Typ* bourdon *m*

omnibus *n Rad & TV* = rediffusion hebdomadaire des épisodes d'un feuilleton diffusés pendant la semaine

◇ *omnibus edition* = rediffusion hebdomadaire des épisodes d'un feuilleton diffusés pendant la semaine

omnidirectional *adj (microphone, aerial, transmitter)* omnidirectionnel(le)

one-hander *n Am Fam Cin* = film dont l'histoire ne comporte qu'un seul personnage

180° rule *n Cin & TV* règle *f* des 180 degrés

one-man show *n* spectacle *m* solo

online *adj Comptr* en ligne
◇ *Cin & TV online editing* montage *m* on line
◇ *Comptr online newspaper* journal *m* en ligne

on-screen *Cin & TV* **1** *adj* à l'écran; **her on-screen character bears a close resemblance to her real-life personality** le personnage qu'elle joue à l'écran ressemble beaucoup à ce qu'elle est en réalité
2 *adv* à l'écran

OP *adj Typ* (*abbr* **out of print**) épuisé(e)

opacity *n Print (of paper)* opacité *f*

opaque *adj Print (paper)* opaque

open-air cinema *n* cinéma *m* en plein air

opening *adj*
◇ *Typ opening bracket* parenthèse *f* ouvrante
◇ *Cin & TV opening credits* générique *m* de début

◇ *Typ opening quotes* guillemets *mpl* ouvrants
◇ *Cin opening weekend* premier week-end *m* d'exploitation

> The twisted fairytale *Shrek*, which was entered in competition at Cannes this year, was the first animated film since Disney's *Peter Pan* (1953) to receive that honour. And while it may not have won any prizes on the Riviera, the animated fairytale is definitely a winner at the US box office. In its **opening weekend** the DreamWorks production took approximately $42.1m (£29.31m).

operator *n* opérateur(trice) *m,f*

opinion column *n Press* tribune *f* libre

opposite *prep Cin & TV* **to play opposite sb** donner la réplique à qn; **she played opposite Richard Burton in many films** elle fut la partenaire de Richard Burton dans de nombreux films

optical *adj* optique
◇ *optical centre* centre *m* optique
◇ *optical character reader* lecteur *m* optique de caractères
◇ *optical character recognition* reconnaissance *f* optique des caractères
◇ *optical disk* disque *m* optique
◇ *optical fibres* fibres *fpl* optiques
◇ *optical reader* lecteur *m* optique
◇ *optical sound* son *m* optique

option 1 *n* option *f*
2 *vt (book)* prendre une option sur les droits de

> She wrote her *Virgin Suicides* script knowing that another director had **optioned** the book and against the advice of her father, who suggested she should work on another project to avoid disappointment.

> Fortuitously picking up the **option** herself, she then directed the movie in a style that hovers between the deliciously faux naive and the hauntingly elegiac.
>
> **""**

order n Cin & TV **in order of appearance** (in credits) par ordre d'apparition à l'écran

original 1 n (video, audio tape, text etc) original m
   2 adj **based on an original idea by …** d'après une idée originale de …

orphan n Typ (ligne f) orpheline f

Oscar n Cin Oscar m; **the Oscars** (ceremony) la cérémonie des Oscars, les Oscars
◇ **Oscar night** la cérémonie des Oscars, les Oscars

out-cue n Rad & TV signal m de sortie

outdoor adj
◇ Cin & TV **outdoor scene** extérieur m, plan m d'extérieur
◇ Cin & TV **outdoor set** décor m en extérieur

outline font n Typ fonte f vectorielle

out-of-phase adj Cin & TV déphasé(e)

out-of-shot adj Cin & TV en dehors du champ

outside adj
◇ TV **outside broadcast** émission f réalisée en extérieur
◇ TV **outside broadcasting** émissions fpl réalisées en extérieur
◇ TV **outside broadcasting unit, outside broadcasting van** car m régie, unité f mobile de tournage
◇ DTP & Typ **outside margin** marge f extérieure

outstation n Rad station f extérieure ou satellite

outtake n Cin & TV coupure f; **outtakes** reste m

overdevelop vt Phot surdévelopper

overdevelopment n Phot surdéveloppement m

overexpose vt Phot surexposer

overexposure n (a) Phot surexposition f (b) (in the media) surmédiatisation f; **to suffer from overexposure** faire trop parler de soi

> **""**
>
> Hot young actors, game-show hostesses and promising children's presenters are promoted at lightning speed to star status in this busy marketplace; they are then transferred like footballers, signed to sponsorship deals, floated on the tabloid stock market and all too often destroyed by overwork or **overexposure** – like rock stars, in fact.
>
> **""**

overhead shot n Cin & TV plan m en plongée

overlay n Publ papier m de mise en train

overplus n Print passe f

overprint 1 n Print impression f en surcharge; Phot surimpression f
   2 vt Print imprimer en surcharge; Phot tirer en surimpression;

overprinting n Print impression f en surcharge; Phot (tirage m en) surimpression f

overrun Print & Typ **1** n (at end of line) chasse f; (at end of page) report m, ligne(s) f(pl) à reporter
   2 vt (over line) reporter à la ligne suivante; (over page) reporter à la page suivante
   3 vi (at end of line) déborder en fin de ligne; (at end of page) déborder en fin de page

overs npl Print (extra paper) main f de passe, simple passe f; (extra books) exemplaires mpl de passe, passe f

Ozalid® n Print Ozalid® m

ozoner n Am Fam Cin = film projeté dans un drive-in

P2P *adj* (*abbr* **peer to peer**) P2P

PA *n* (**a**) (*abbr* **Press Association**) = principale agence de presse britannique (**b**) *Cin, Rad & TV* (*abbr* **production assistant**) assistant(e) *m,f* de production (**c**) (*abbr* **personal appearance**) intervention *f*

package *n* (**a**) *TV* (*of channels*) bouquet *m* (**b**) *Cin* (*of films*) achat *m* groupé

packager *n* *Publ* packageur *m*

pack shot *n* *TV & Cin* pack shot *m*

PACT *n* (*abbr* **Producers' Alliance for Cinema and Television**) = organisme britannique qui représente de nombreuses maisons de production

page **1** *n* page *f*; **on page two** (*of book*) (à la) page deux; (*of newspaper*) (en) page deux; **page one** (*of newspaper*) la une; **the sports/business pages** (*in newspaper*) la section sport/économie
  2 *vt* *Print & Typ* (*paginate*) paginer
◇ *DTP & Typ* **page break** saut *m* de page, coupure *f* de page
◇ *DTP & Typ* **page depth** hauteur *f* de page
◇ *DTP & Typ* **page design** mise *f* en page
◇ *DTP & Typ* **page format** format *m* de page
◇ *DTP & Typ* **page layout** mise *f* en page
◇ *DTP & Typ* **page length** longueur *f* de page
◇ *DTP & Typ* **page make-up** mise *f* en pages

◇ **page number** numéro *m* de page
◇ *Typ* **page numbering** numérotage *m* des pages, pagination *f*
◇ *Print & Typ* **page plan** plan *m* de mise en pages, chemin *m* de fer
◇ *Publ & Typ* **page proofs** épreuves *fpl* en pages
◇ *Publ* **page size** format *m* de la page
◇ *Br Press* **page three** = page sur laquelle une femme pose seins nus dans certains quotidiens de la presse populaire britannique
◇ *Br Press* **page three girl** = jeune femme posant seins nus dans certains quotidiens de la presse populaire britannique

▸ **page off** *vt sep* *Print & Typ* paginer

paginate *vt* *Print & Typ* (*make into pages*) mettre en pages; (*number pages in*) paginer

pagination *n* *Print & Typ* (*page make-up*) mise *f* en pages; (*numbering*) pagination *f*

Page layout

Mise en page

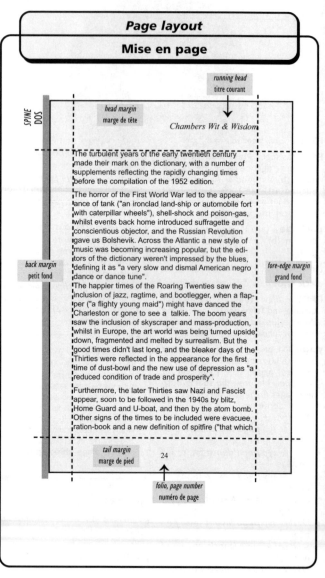

running head
titre courant

SPINE
DOS

head margin
marge de tête

Chambers Wit & Wisdom

The turbulent years of the early twentieth century made their mark on the dictionary, with a number of supplements reflecting the rapidly changing times before the compilation of the 1952 edition.

The horror of the First World War led to the appearance of tank ("an ironclad land-ship or automobile fort with caterpillar wheels"), shell-shock and poison-gas, whilst events back home introduced suffragette and conscientious objector, and the Russian Revolution gave us Bolshevik. Across the Atlantic a new style of music was becoming increasing popular, but the editors of the dictionary weren't impressed by the blues, defining it as "a very slow and dismal American negro dance or dance tune".

The happier times of the Roaring Twenties saw the inclusion of jazz, ragtime, and bootlegger, when a flapper ("a flighty young maid") might have danced the Charleston or gone to see a talkie. The boom years saw the inclusion of skyscraper and mass-production, whilst in Europe, the art world was being turned upside down, fragmented and melted by surrealism. But the good times didn't last long, and the bleaker days of the Thirties were reflected in the appearance for the first time of dust-bowl and the new use of depression as "a reduced condition of trade and prosperity".

Furthermore, the later Thirties saw Nazi and Fascist appear, soon to be followed in the 1940s by blitz, Home Guard and U-boat, and then by the atom bomb. Other signs of the times to be included were evacuee, ration-book and a new definition of spitfire ("that which

back margin
petit fond

fore-edge margin
grand fond

tail margin
marge de pied

24

folio, page number
numéro de page

paging n Print & Typ (numbering) pagination f

PAL n TV (abbr **phase alternation line**) PAL f

pamphlet n brochure f; (political) pamphlet m

pamphleteer n auteur m de brochures; (political) pamphlétaire mf

pan Cin & TV **1** n panoramique m; **pan down** panoramique m vers le bas; **pan up** panoramique f verticale; **pan and scan** pan and scan m (recadrage d'un film de cinéma pour diffusion à la télévision)
   2 vt **to pan the camera** faire un panoramique, panoramiquer
   3 vi faire un panoramique; **the camera pans around the bay** la caméra prend la baie en panoramique ou fait un panoramique de la baie; **to pan across the room** prendre la salle en panoramique, faire un panoramique de la salle, balayer la salle

▸ **pan down** vi Cin & TV faire un panoramique vers le bas

▸ **pan up** vi Cin & TV faire un panoramique vertical

P & A n Fam Cin (abbr **prints and advertising**) frais mpl de postproduction

panel n (a) (in radio or TV programme) invités mpl (b) Rad & TV (mixing desk, console) pupitre m
◇ Br **panel game** Rad jeu m radiophonique; TV jeu m télévisé

panning n Cin & TV panoramique m
◇ Cin & TV **panning handle** poignée f de panoramique
◇ Cin & TV **panning shot** prise f panoramique

panoramic adj panoramique
◇ Cin **panoramic screen** écran m panoramique

Pantone® n Print Pantone® m
◇ **Pantone**® **number** numéro m de Pantone®

paparazzi npl Press paparazzi mpl

paper n papier
◇ Print **paper feed** margeur m
◇ **paper format** format m de papier
◇ **paper mill** papeterie f, usine f à papier

paperback 1 n livre m de poche; **it's in paperback** c'est en (édition de) poche
   2 adj de poche
   3 vt publier en édition de poche
◇ **paperback edition** édition f de poche

parabolic dish n TV antenne f parabolique, parabole f

paragraph Typ **1** n (mark) pied m de mouche, alinéa m
   2 vt diviser en paragraphes ou en alinéas
◇ **paragraph mark** pied m de mouche, alinéa m

parallel adj
◇ Cin & TV **parallel editing** montage m en parallèle
◇ Publ **parallel fold** pliure f parallèle

parenthesis n Typ parenthèse f; **in parentheses** entre parenthèses

Parliamentary correspondent n Br Press ≃ chambrier m

parody 1 n parodie f, pastiche m
   2 vt parodier, pasticher

part work n Br Publ ouvrage m à fascicules; **they published it as a part work** ils l'ont publié sous forme de fascicules

pass vt Typ **to pass for press** donner le bon à tirer

passing shot n Cin & TV = plan avec déplacement d'un personnage ou d'un objet devant la caméra fixe ou vice versa

▸ **paste up** vt sep Print (page) monter

paste-on n Print becquet m, béquet m

paste-up n Print maquette f

pay *adj TV*
◇ *pay channel* chaîne *f* payante, chaîne *f* à péage
◇ *pay television, pay TV* télévision *f* à péage

pay-per-view *TV* **1** *n* système *m* de télévison à la carte *ou* à la séance **2** *adj* à la carte, à la séance
◇ *pay-per-view channel* chaîne *f* à la carte *ou* à la séance
◇ *pay-per-view television* télévision *f* à la carte *ou* à la séance

> For years, video retailers have complained to the studios about squeezing the video release window to get movies onto **pay-per-view** cable sooner. Now, it's the **pay-per-view** operators who are complaining. Speaking at a cable marketing conference in L.A. last week, DirecTV programming veep Michael Thornton said recent developments in the vid business … are undercutting efforts to expand the **pay-per-view** business.

PBS *n Am TV* (*abbr* **Public Broadcasting Service**) = société américaine de production télévisuelle

PC *n* (*abbr* **personal computer**) PC *m*

PCC *n* (*abbr* **Press Complaints Commission**) = organisme britannique de contrôle de la presse

PCN *n Tel* (*abbr* **personal communications network**) réseau *m* de téléphonie mobile

PDA *n Comptr* (*abbr* **personal digital assistant**) agenda *m* électronique de poche, assistant *m* numérique de poche

PDF *n Comptr* (*abbr* **portable document format**) (format *m*) PDF *m*

PDL *n Comptr* (*abbr* **page description language**) PDL *m*

peak *adj*

◇ *peak programme meter* indicateur *m* de crête
◇ *Br TV peak time* prime time *m*
◇ *Br TV peak time advertisement* publicité *f* au prime time
◇ *Br TV peak time advertising* publicité *f* au prime time
◇ *Br TV peak viewing hours, peak viewing time* heures *fpl* de grande écoute

pen 1 *vt (book, script)* écrire **2** *n*
◇ *pen name* pseudonyme *m*

penny-a-liner *n Fam Press* lignard *m*

percenter *n Am Fam (agent)* agent *m* artistique

percentery *n Am Fam (talent agency)* agence *f* artistique

perfect *Print* **1** *vt* imprimer en retiration **2** *adj*
◇ *perfect binder* brocheuse *f* automatique sans couture
◇ *perfect binding* reliure *f* sans couture

perfecting *n Print* retiration *f*
◇ *perfecting machine* machine *f* à retiration

perfector *n Print* machine *m* à retiration

performance *n Cin* séance *f*; **after-noon performance** matinée *f*

performer *n (singer, dancer, actor)* interprète *mf*; **he's a good stage performer but awful on camera** il est très bon sur la scène mais il ne passe pas du tout à l'écran

performing rights *n (of musicians)* droits *mpl* d'exécution

period *n Am Typ (full stop)* point *m*

periodical *Press* **1** *n* périodique *m* **2** *adj*
◇ *periodical press* presse *f* périodique

per-screen average *n Cin* = moyenne des recettes réalisées par un film par cinéma

> Every showbizzer knows the term. The truly savvy exploit it to their advantage. Yet in most cases it refers to a number that is totally inaccurate. The term is "**per-screen average**," which in the megaplex era has become about as obsolete as 8-track tapes. These days, most top releases play on at least two or three screens per location. In many 30-screen palaces, top-grossing pics can be on as many as six or seven screens.

persistence of vision n *Cin* persistance f rétinienne, rémanence f

personal adj
◇ *personal appearance* intervention f
◇ *personal digital assistant* agenda m électronique de poche, assistant m numérique personnel
◇ *personal stereo* Walkman® m, baladeur m

personality n *Cin & TV* vedette f; **sports personality** vedette f du monde du sport; **media personality** vedette f des médias

PG adj *Cin* (*abbr* **parental guidance**) = désigne un film dont certaines scènes peuvent choquer, ≃ tous publics (*l'accord des parents étant souhaitable*)

PG-13 adj *Am Cin* = désigne un film dont certaines scènes peuvent choquer (*accord des parents exigé pour les moins de 13 ans*)

phone 1 n téléphone m
2 vt *Br* téléphoner à
3 vi *Br* téléphoner

phone-in n *Rad & TV* **phone-in (programme)** = émission au cours de laquelle les auditeurs ou les téléspectateurs peuvent intervenir par téléphone

photo n photo f (*image*); *see also* **photograph**
◇ *photo CD* CD-Photo m
◇ *photo library* photothèque f
◇ *photo report* reportage m photo

photocompose vt photocomposer

photocomposer n (*person*) photocompositeur(trice) m,f

photocomposition n photocomposition f

photocompositor n (*machine*) photocomposeuse f

photocopier n photocopieur m, photocopieuse f

photocopy 1 n photocopie f; **to take** or **make a photocopy of sth** faire une photocopie de qch, photocopier qch
2 vt photocopier

photoengraver n photograveur m

photoengraving n photogravure f

photogenic adj photogénique

photograph 1 n photographie f (*image*), photo f (*image*); **to take a photograph** prendre ou faire une photo; **to take a photograph of sb** prendre qn en photo, photographier qn; **they took our photograph** ils nous ont pris en photo; **to have one's photograph taken** se faire photographier; **I'm in this photograph** je suis sur cette photo; **she takes a good photograph** (*is photogenic*) elle est photogénique
2 vt photographier, prendre en photo; **she doesn't like being photographed** elle n'aime pas qu'on la prenne en photo
3 vi **he photographs well** (*is photogenic*) il est photogénique; **the trees won't photograph well in this light** il n'y a pas assez de lumière pour faire une bonne photo des arbres

◇ *photograph library* photothèque f

photographer n photographe mf

photographic adj photographique

◇ *photographic agency* agence f photographique

photography n photographie f *(art)*, photo f *(art)*

photogravure n photogravure f

photojournalism n photojournalisme m

photojournalist n reporter m photographe, photojournaliste mf

photomechanical adj photomécanique

photonovel n photo-roman m

photoset vt photocomposer

photosetter n *(person)* photocompositeur(trice) m,f; *(machine)* photocomposeuse f

photosetting n photocomposition f

phototype 1 n (a) *(process)* phototypie f (b) *(print)* phototype m
2 vt faire un phototype de

◇ *phototype process* phototypie f

phreaker n pirate m du téléphone

66

Alongside the hackers and crackers are **phreakers**, the telecommunications equivalent, who specialise in deciphering telephone networks, usually with the aim of getting free phone calls. **Phreakers** have been around for a lot longer – the name *2600* magazine is, in fact, a reference to a technical piece of telephony – although many hackers are also interested in phreaking. The motivation is the same: to find out how things work.

99

phreaking n piratage m du téléphone

pic n Fam *(movie)* film m

pica n Typ *(unit)* pica m

▸ **pick up** vt sep Rad & TV *(receive)* capter

picking n Print arrachage m

pick-up n Rad & TV *(reception)* réception f

pictorial 1 n illustré m
2 adj *(magazine, newspaper)* illustré(e)

picture n (a) *(image)* image (b) Fam *(movie)* film m

◇ Press *picture desk* bureau m des illustrations

◇ TV *picture distortion* distorsion f de l'image

◇ TV *picture monitor* écran m de contrôle de l'image

◇ Phot & TV *picture quality* qualité f d'image

◇ *picture research* documentation f iconographique

◇ *picture researcher* documentaliste mf iconographique

◇ *picture signal* signal m d'image

◇ TV *picture tube* tube m image

◇ TV *picture weave* ondulation f de l'image

pie n Typ pâte f

piece n Press article m; Rad & TV reportage m; TV *to do a piece to camera* *(of reporter)* s'adresser directement à la caméra

pilot n TV émission f pilote

piracy n *(of copyright)* atteinte f au droit d'auteur; *(of software, book, cassette etc)* piratage m

pirate 1 n *(of software, book, cassette etc)* pirate m
2 vt *(software, book, cassette etc)* pirater

◇ *pirate edition* édition f pirate

◇ *pirate radio* radio f pirate

◇ *pirate station* poste m ou émetteur m pirate

pitch 1 n (a) *(of idea for film, book etc)* présentation f, soumission f, pitch m (b) Typ *(of characters)* pas m
2 vt *(idea for film, book etc)* présenter, soumettre, pitcher

pixel n Comptr pixel m

pixellated adj Comptr (image) pixélisé(e), bitmap, en mode point

pixellization n TV (to hide identity) mosaïquage m

pixellize vt TV (to hide identity) mosaïquer

pixillation n Cin & TV pixillation f, prise f de vue image par image

plagiarism n plagiat m

plagiarist n plagiaire mf

plagiarize vt & vi plagier

planer n Print taquoir m

plasma n
◇ **plasma display** affichage m plasma
◇ **plasma screen** écran m (à) plasma
◇ **plasma TV** télévision f à plasma

plate 1 n (a) Print (for printing) cliché m; (for engraving) planche f; (illustration) planche f, hors-texte m (b) Phot plaque f (sensible)
2 vt clicher

plateless printing n impression f sans presse

platemaker n Print copiste mf

platemaking n Print préparation f des plaques offset

platen n Print platine f

platform n (medium) plate-forme f

play 1 vt (act) (role, part) jouer, interpréter; **Mia was played by Uma Thurman** le rôle de Mia était interprété par Uma Thurman; **who played the godfather in Coppola's movie?** qui jouait le rôle du parrain dans le film de Coppola?
2 vi (a) (act) jouer; **the last movie she played in** le dernier film dans lequel elle a joué
(b) (of show, play, movie) se jouer; **the movie is playing to full or packed houses** le film fait salle comble; **now playing at all Park Cinemas** actuellement dans toutes les salles (de cinéma) Park; **what's playing at the UCI?** qu'est-ce qui passe à l'UCI?

playback n (a) (replay) enregistrement m; **we watched the playback after the programme** nous avons regardé l'enregistrement après l'émission (b) Audio (function) lecture f; **put it on playback** mettez-le en position lecture
◇ Audio **playback deck** magnétoscope m de lecture
◇ Audio **playback head** tête f de lecture

playlist n Rad playlist f (programme des disques à passer)

plex n Am Fam Cin complexe m multisalles, cinéma m multisalle, multiplexe m

plot n (storyline) intrigue f

plough n Print presse f à rogner

plug Fam **1** n (free advertising) coup m de pub; **their products got another plug on TV** on a encore fait du battage ou de la pub pour leurs produits à la télé
2 vt (advertise) faire du battage ou de la pub pour; **the radio stations are continually plugging her record** les stations de radio passent son disque sans arrêt

Blues site. The two companies will develop areas on the MTV, VH-1 and Sonic-Net sites to promote the concert events. MTV and VH-1 will also run on-air spots **plugging** the events.

"

plug-and-play *Comptr* **1** *n* plug-and-play *m*
  2 *adj* plug-and-play

plug-in *n Comptr* module *m* d'extension, *Can* plugiciel *m*

pocket *adj Publ* de poche
◊ **pocket edition** édition *f* de poche

point *n Typ* point *m*; **6-point type** caractères *mpl* de 6 points
◊ *Typ* **point size** corps *m*
◊ *Cin & TV* **point of view** angle *m* du regard

point-of-view shot *n Cin & TV* plan *m* subjectif

polar diagram *n Audio* diagramme *m* polaire

polarizing filter *n Cin & TV* filtre *m* polarisant

Polaroid® **1** *n (camera)* Polaroid® *m*; *(photo)* photo *f* ou cliché *m* Polaroid®
  2 *adj (camera, photo)* Polaroid®; *(film)* pour Polaroid®

police film, police movie *n* film *m* policier

▸ **polish out** *vt sep Cin & TV* dérayer

polishing out *n Cin & TV* dérayage *m*

political *adj* politique
◊ **political correspondent** journaliste *mf* politique
◊ **political editor** rédacteur(trice) *m,f* politique

politique des auteurs *n Cin* politique *f* des auteurs

polychromy *n Print* polychromie *f*

popping *n Audio* saturation *f* acoustique

popular *adj*
◊ **popular culture** culture *f* populaire
◊ **popular press** presse *f* à scandale, presse *f* à sensation

pornographic *adj* pornographique

pornography *n* pornographie *f*

port *n Comptr* port *m*

portable *n Comput* ordinateur *m* portable

portal *n Comptr* portail *m*

portfolio *n (of artist, model)* book *m*

portrait *Comptr & Print* **1** *n* **(a)** *(printing format)* (format *m*) portrait *m*; **to print sth in portrait** imprimer qch en portrait **(b)** *(book format)* format *m* à la française
  2 *adj (of printing format)* en mode portrait; *(of book format)* à la française
◊ **portrait mode** mode *m* portrait

positive 1 *n (of film)* épreuve *f* positive
  2 *adj* positif(ive)
◊ **positive film** film *m* positif
◊ **positive print** *Cin & TV* copie *f* positive; *Phot* positif *m*, épreuve *f* positive

poster *n* affiche *f*

postmodern *adj* postmoderne

postmodernism *n* postmodernisme *m*

postmodernist 1 *n* postmoderniste *mf*
  2 *adj* postmoderniste

postproduction *n Cin & TV* postproduction *f*; **the movie is in postproduction** le film est en postproduction
◊ **postproduction editing** montage *m* de postproduction
◊ **postproduction mixer** mélangeur *m* de postproduction
◊ **postproduction studio** studio *m* de postproduction

PostScript® n Comptr PostScript® m
◇ **PostScript® font** police f PostScript®
◇ **Postscript® printer** imprimante f PostScript®

postsynch n Fam postsynchronisation f

postsynchronization n postsynchronisation f

POV n Cin & TV **(a)** (abbr **point of view**) angle m du regard **(b)** (abbr **point-of-view shot**) plan m subjectif

power amplifier, Fam **power amp** n Audio amplificateur m de puissance

pp (abbr **pages**) pp; **see pp 44–7** voir pp 44–7

PPB n (abbr **paper, print and bind**) papier, impression et reliure

ppi n Comptr & DTP (abbr **pixels per inch**) pixels mpl par pouce

PPM n Audio (abbr **peak programme meter**) indicateur m de crête

PPV, ppv n TV (abbr **pay-per-view**) système m de télévison à la carte ou à la séance

preamp n Fam Audio préampli m

preamplifier n Audio préamplificateur m

prefade n Cin & TV pré-fondu m

prefinancing n Cin préfinancement m

prelims npl Print & Typ pages fpl de départ, préliminaires mpl

premiere Cin **1** n première f; **the film's London/television premiere** la première londonienne/télévisée du film
2 vt donner la première de; **the film was premiered in London** la première du film a eu lieu à Londres
3 vi **the film premiered in New York** la première du film a eu lieu à New York

prepress n prépresse m

preproduction n Cin & TV préproduction f; **the movie is in preproduction** le film est en pré-production

prepublication n prépublication f

prequel n = film, livre ou émission qui reprend les thèmes et les personnages d'un film, livre ou émission réalisé précédemment, mais dont l'action est antérieure

> **❝**
>
> Lucas's hugely anticipated **prequel** had fans paying at the box office just to catch the trailers, but the end result is disappointing. We're now focusing on the childhood of young Anakin Skywalker … his mentors are Ewan McGregor's youthful Obi-Wan Kenobi, and Liam Neeson's ageing-hippy Jedi, Qui-Gon Jinn. All in all, it is surprisingly dull.
>
> **❞**

prerecord vt préenregistrer

prerecorded adj préenregistré(e); Rad & TV en différé

prerecording n préenregistrement m; Rad & TV (émission f en) différé m

present vt Rad & TV présenter; **the programme was presented by Ian King** l'émission était présentée par Ian King

presentation copy n (of book) exemplaire m gratuit

presenter n Rad & TV animateur(-trice) m,f

press n **(a)** (newspapers) presse f; **the national/local press** la presse nationale/locale; **they advertised in the press** ils ont fait passer une annonce dans les journaux; **reports in the press were biased** les comptes rendus parus dans la presse étaient tendancieux; **they managed to keep her name out of the press** ils ont réussi à ce que son nom ne paraisse pas dans la presse (**b**) *(journalists)* presse *f*; **the press were there** la presse était là; **she's a member of the press** elle a une carte de presse

(**c**) *(report, opinion)* presse *f*; **to get (a) good/bad press** avoir bonne/mauvaise presse; **to give sb (a) good/bad press** faire l'éloge/la critique de qn

(**d**) *(printing)* presse *f*; **to go to press** *(of book)* être mis sous presse; *(of newspaper)* partir à l'impression; **we go to press at 5 o'clock** on est mis sous presse à 17 heures; *(copy deadline)* on boucle à 17 heures; **in** *or* **at (the) press** sous presse; **hot** *or* **straight from the press** tout frais; **ready for press** prêt à mettre sous presse; **the proofs were passed for press** on a donné le bon à tirer; **prices correct at time of going to press** prix corrects au moment de la mise sous presse

(**e**) *(machine)* presse *f*

(**f**) *(publisher)* presses *fpl*

◇ *press advertising* publicité *f* presse

◇ *press agency* agence *f* de presse

◇ *press agent* attaché(e) *m,f* de presse

◇ *the Press Association* = la principale agence de presse britannique

◇ *press attaché* attaché(e) *m,f* de presse

◇ *press badge* macaron *m* de presse

◇ *press baron* magnat *m* de la presse

◇ *Print* **press board** ais *m*

◇ *press book* press-book *m*

◇ *press box* tribune *f* de (la) presse

◇ *press camera* caméra *f* portative

◇ *press campaign* campagne *f* de presse

◇ *press card* carte *f* de presse *ou* de journaliste

◇ *press clipping* coupure *f* de presse *ou* de journal; **a collection of press clippings** une collection de coupures de journaux, un dossier de presse

◇ *the Press Complaints Commis-*sion = organisme britannique de contrôle de la presse

◇ *press conference* conférence *f* de presse

◇ *press copy* *(of book)* exemplaire *m* de service de presse

◇ *press corps* journalistes *mpl*; **the White House press corps** les journalistes accrédités à la Maison-Blanche

◇ *press correspondent* correspondant(e) *m,f* de presse

◇ *the Press Council* = organisme indépendant veillant au respect de la déontologie dans la presse britannique

◇ *press coverage* couverture *f* presse; **the resignation got a lot of press coverage** la démission a été largement couverte dans la presse

◇ *Br* **press cutting** coupure *f* de presse *ou* de journal; **a collection of press cuttings** une collection de coupures de journaux, un dossier de presse

◇ *Br* **press cuttings agency** agence *f* de coupures de presse

◇ *press gallery* tribune *f* de (la) presse

◇ *press hand-out* communiqué *m* de presse

◇ *press insert* encart *m* presse

◇ *press kit* dossier *m* de presse *(distribué aux journalistes)*

◇ *press lord* magnat *m* de la presse

◇ *press offence* délit *m* de presse

◇ *press office* service *m* de presse

◇ *press officer* responsable *mf* des relations avec la presse

◇ *press pack* dossier *m* de presse

◇ *press pass* carte *f* de presse

◇ *press photographer* photographe *mf* de presse

◇ *Publ* **press proof** tierce *f*

◇ *press relations* relations *fpl* presse

◇ *press release* communiqué *m* de presse

◇ *press report* reportage *m*; **press reports of the incident were inaccu-**

rate les articles de presse relatant l'incident étaient inexacts
◇ **press reporter** reporter *m* de la presse écrite
◇ *Print* **press run** tirage *m*
◇ **press stand** tribune *f* de (la) presse

❝

The **Press Complaints Commission** code of conduct is pretty unambiguous when it comes to such situations. "The use of long-lens photography to take pictures of people in private places without their consent is unacceptable," says section three, paragraph two. A private place, the code goes on to say, is anywhere there is "reasonable expectation of privacy".

❞

pressman *n* (a) *(journalist)* journaliste *m* (b) *(printer)* typographe *m*

preview 1 *n Cin (showing)* avant-première *f*; *Am (trailer)* bande-annonce *f*
2 *vt* **to preview a movie** *(put on)* donner un film en avant-première; *(see)* voir un film en avant-première; **to preview the evening's television viewing** passer en revue les programmes télévisés de la soirée
◇ *DTP* **preview mode** mode *m* de prévisualisation
◇ *TV* **preview monitor** écran *m* de prévisualisation

primary colours *npl DTP & Print* couleurs *fpl* primaires

prime *adj*
◇ *Cin & TV* **prime lens** objectif *m* à focale fixe, objectif *m* aplanat
◇ *TV* **prime time** heures *fpl* de grande écoute, prime time *m*

prime-time *adj TV* diffusé(e) à une heure de grande écoute *ou* de prime time
◇ **prime-time advertisement** publicité *f* au prime time

◇ **prime-time advertising** publicité *f* au prime time

❝

It is common for TV formats to be sold around the world, but the presenter does not usually travel with them. Mr Penrose said: "It's a remarkable achievement for any British presenter to be invited to appear on **prime-time** TV in the states. There's only one Anne Robinson – that's exactly why NBC decided to go for her." The US version of the game show will follow the same format as the British model.

❞

print 1 *n* (a) *(of publications)* **to appear in print** *(of book)* être publié(e) *ou* imprimé(e); **he appeared in print for the first time in 2001** son premier ouvrage a été publié en 2001; **to see oneself/one's name in print** voir ses écrits imprimés/son nom imprimé; **her work will soon be in print** son œuvre sera bientôt publiée; **to be in/out of print** *(book)* être disponible/épuisé(e); **his unguarded comments got into print** ses propos irréfléchis ont été publiés *ou* imprimés; **he refused to believe the story until he saw it in print** il a refusé de croire à l'histoire tant qu'il ne l'a pas vue publiée; **the newspapers had already gone to print before the news broke** les journaux étaient déjà sous presse lorsque la nouvelle est tombée
(b) *(characters)* caractères *mpl*; *(text)* texte *m* (imprimé); **in large print** en gros caractères; **in bold print** en caractères gras; **I had to read through twenty pages of print** j'ai dû lire vingt pages imprimées
(c) *Cin* copie *f*; *Phot* épreuve *f*, tirage *m*
2 *vt* (a) *(book, newspaper)* imprimer; *(copies)* tirer; *(story, article)* publier; **the novel is being printed** le roman est sous presse *ou* en cours d'impression; **1,000 copies of the**

book have already been printed on a déjà tiré le livre à 1000 exemplaires; **the papers refused to print the story** les journaux ont refusé de publier cette histoire; **printed in France** imprimé en France; **to print on demand** imprimer à la demande
 (**b**) *Phot* tirer

3 *vi (of book, text)* imprimer; **the book is now printing** le livre est à l'impression *ou* est actuellement sous presse; **the drawing should print well** le dessin devrait bien ressortir à l'impression

◇ *print ad, print advertisement* publicité *f* presse

◇ *print advertising* publicité *f* presse

◇ *print on demand* impression *f* à la demande

◇ *print format* format *m* d'impression

◇ *print journalist* journaliste *mf* de la presse écrite

◇ *the print media* la presse écrite et l'édition

◇ *print order* tirage *m*

◇ *print price* coût *m* d'impression

◇ *print quality* qualité *f* d'impression

◇ *print room* cabinet *m* d'estampes

◇ *print run* tirage *m*; **a print run of 5,000** un tirage à 5000 exemplaires

◇ *print shop* imprimerie *f*

◇ *print union* syndicat *m* des typographes

◇ *print worker* imprimeur *m*

▸ **print off** *vt sep* (**a**) *(document, book)* imprimer; *(copies)* tirer (**b**) *Phot* tirer

▸ **print up** *vt sep* imprimer

printability *n* imprimabilité *f*

printable *adj* imprimable

printer *n* (**a**) *(person)* imprimeur *m*; *(typographer)* typographe *mf*; *(compositor)* compositeur(trice) *m,f*; **it's at the printer's** c'est chez l'imprimeur *ou* à l'impression
 (**b**) *Comptr* imprimante *f*

(**c**) *Phot (person)* tireur(euse) *m,f* d'épreuves; *(machine)* tireuse *f*

◇ *printer's devil* apprenti *m* imprimeur

◇ *printer's error* coquille *f*

◇ *Comptr printer font* fonte *f* imprimante

◇ *printer's ink* encre *f* d'imprimerie

◇ *printer's mark* marque *f* d'imprimeur

◇ *Comptr printer paper* papier *m* d'impression

◇ *printer's proofs* épreuves *fpl* d'imprimerie

◇ *printer's reader* correcteur(trice) *m,f* d'épreuves

printing *n* (**a**) *(industry, craft)* imprimerie *f*; **he works in printing** il travaille dans l'imprimerie
 (**b**) *(process)* impression *f*
 (**c**) *(copies printed)* impression *f*, tirage *m*; **fourth printing** quatrième impression *f*
 (**d**) *Phot* tirage *m*

◇ *printing error* erreur *f* typographique

◇ *printing house* imprimerie *f*

◇ *printing ink* encre *f* d'imprimerie

◇ *printing office* imprimerie *f*

◇ *printing plate* plaque *f*

◇ *printing press* presse *f* (d'imprimerie)

printmaker *n* typographe *mf*

private screening, private showing *n Cin* projection *f* privée, séance *f* privée

process 1 *n DTP & Print* procédé *m*, traitement *m*
 2 *vt Phot* développer

◇ *DTP process colours* impression *f* en quadrichromie

◇ *Cin & TV process shot* prise *f* de vue par transparence

processing *n Phot (of film)* développement *m*, traitement *m*

produce 1 *vt* (**a**) *(bring out) (book, record)* produire, sortir; *(publish)* publier, éditer; **the publishers produced a special edition** les éditeurs ont publié *ou* sorti une édition spéciale

(**b**) *(finance) (film, play, programme)* produire; *(make) (documentary, current affairs programme)* réaliser

2 *vi (organize production of film, play, programme)* assurer la production; *(make film, programme)* assurer la réalisation

producer *n Cin, Rad & TV* producteur(trice) *m,f*

production *n* (**a**) *Cin, Rad & TV* production *f*; **a film with high/low production values** un film à gros/petit budget (**b**) *Publ* fabrication *f*

◊ *production accountant* administrateur(trice) *m,f* de production

◊ *production assistant* assistant(e) *m,f* de production

◊ *production associate* producteur(trice) *m,f* associé(e)

◊ *production budget* *Cin, Rad & TV* budget *m* de production; *Publ* budget *m* de fabrication

◊ *production buyer* responsable *mf* des achats

◊ *production company* société *f* de production

◊ *production control room* salle *f* de contrôle de production

◊ *production designer* directeur(trice) *m,f* artistique

◊ *production director* *Cin* directeur(trice) *m,f* de production; *Publ* directeur(trice) *m,f* de la fabrication; *TV* administrateur(trice) *m,f* de la production

◊ *production editor* rédacteur(trice) *m,f* en chef technique

◊ *Cin & TV* *production illustrator* auteur *m* du story-board

◊ *production manager* *Cin* directeur(trice) *m,f* de production; *Publ* directeur(trice) *m,f* de la fabrication; *TV* administrateur(trice) *m,f* de la production

◊ *production mixer* mélangeur *m* (de production)

◊ *production report* rapport *m* de tournage

◊ *production schedule* plan *m* de travail, plan *m* de production

◊ *production secretary* secrétaire *mf* de production

◊ *production sound mixer* ingénieur *m* du son

◊ *production team* équipe *f* de production

❝

The genre does offer Powrie a strong selection of films to work with, but he is somewhat uncertain of how narrowly he can or should define the genre. In its purest state, the nostalgia film recreates a very particular historical period with **high production values**, and the subject of the film becomes the past itself.

❞

product placement *n Cin & TV* placement *m* de produits

prog *n Fam Rad & TV* émission *f*

program¹ *Comptr* **1** *n* programme *m*
2 *vt* programmer
3 *vi* programmer

programme, *Am* **program²** *n* (**a**) *Rad & TV (broadcast)* émission *f*; **there's a good programme about** *or* **on opera on TV tonight** il y a une bonne émission sur l'opéra à la télévision ce soir; **in a change to the advertised programme** contrairement à ce qu'annonçait le programme

(**b**) *(TV station)* chaîne *f*; *(radio station)* station *f*; **to change programme** *TV* changer de chaîne; *Rad* changer de station

◊ *programme controller* directeur(trice) *m,f* des programmes *ou* d'antenne

◊ *programme grid* grille *f* de programmes

◊ *programme planner* programmateur(trice) *m,f*

◇ *programme planning* programmation *f*

◇ *programme researcher* recherchiste *mf*

◇ *programme schedule* grille *f* de programmes

◇ *programme scheduler* programmateur(trice) *m,f*

programme-maker, *Am* **program-maker** *n Rad & TV* réalisateur(trice) *m,f*

programming, *Am* **programing** *n Rad & TV* programmation *f*

progressive proofs, progressives *npl Print* gamme *f* d'épreuves couleur

projection *n Cin* projection *f*

◇ *projection room* cabine *f* de projection

projectionist *n Cin* projectionniste *mf*

projector *n Cin* projecteur *m*

promo *n Fam (video)* vidéo *f* promotionnelle ; *(for record)* clip *m*

promote *vt (publicize)* promouvoir, faire la promotion de ; **she's in England to promote her new record** elle est en Angleterre pour faire la promotion de son nouveau disque

promotion *n* promotion *f*

promotional *adj* promotionnel(-elle)

◇ *promotional video (videotape)* vidéo *f* promotionnelle ; *(for record)* clip *m*

prompter *n TV* téléprompteur *m*

proof 1 *n* (a) *Publ* épreuve *f* ; **to correct** *or* **to read the proofs** corriger les épreuves ; **to pass the proofs** donner le bon à tirer ; **at the proof stage** à la correction des épreuves (b) *Phot* épreuve *f*
2 *vt Publ (proofread)* corriger les épreuves de ; *(produce proof of)* préparer les épreuves de

◇ *Publ proof before letters* gravure *f* avant la lettre

◇ *Publ proof correction mark* signe *m* de correction

proofing *n Publ (reading)* correction *f* (des épreuves) ; *(production)* tirage *m* des épreuves

proofreader *n Publ* correcteur(-trice) *m,f* d'épreuves

proofreading *n Publ* correction *f* (des épreuves)

◇ *proofreading mark, proofreading symbol* signe *m* de correction

prop *n Cin & TV* accessoire *m* ; **props** *(in credits)* accessoiriste

◇ *prop girl* accessoiriste *f*, ensemblier *m*

◇ *props person* accessoiriste *mf*, ensemblier *m*

propaganda *n* propagande *f*

propman *n Cin & TV* accessoiriste *m*, ensemblier *m*

proportional spacing *n Typ* espacement *m* proportionnel

protagonist *n* protagoniste *mf*

PSB *n (abbr* **public service broadcasting***)* émissions *fpl* de service public

> ❝
> There was very little publicity this week for what was billed by its sponsor, the Independent Television Commission, as probably the biggest consultation exercise on public service broadcasting (**PSB**) ever undertaken … With a combination of three citizens' juries, a survey of 6,000 people, a children's workshop, open meetings and 50 interviews with MPs, academics and journalists, the ITC's initiative was an impressive contribution to the debate on the Government's communications White Paper.
> ❞

PTV *n* (a) *(abbr* **pay television***)* télévision *f* à péage (b) *(abbr* **public television***)* télévision *f* de service public

pubcaster n Am Fam Rad & TV
diffuseur m public

public adj public(ique)
◊ Am Rad & TV **public broadcaster**
diffuseur m public
◊ TV **public channel** chaîne f publique
◊ Publ **public domain** domaine m
public; **to be in the public domain**
être dans le domaine public
◊ Publ **public lending right** = droits
que touche un auteur ou un éditeur pour le prêt de ses livres en
bibliothèque
◊ **public opinion** opinion f publique
◊ **public relations** relations fpl publiques
◊ **public television** télévision f de
service public

public-access adj
◊ Am TV **public-access channel**
chaîne f à accès public (chaîne du
réseau câblé sur laquelle des particuliers peuvent diffuser leurs propres émissions)
◊ **public-access television** télévision f à accès public

publication n (a) (action) publication f; **her article has been accepted
for publication** son article va être
publié; **this isn't for publication** ceci
n'est pas destiné à la publication (b)
(work) publication f, ouvrage m publié
◊ **publication date** (of book) date f
de parution ou de publication

publicist n (a) (press agent) (agent
m) publicitaire mf (b) (journalist)
journaliste mf

publicity n publicité f
◊ Cin & TV **publicity department**
service m de publicité
◊ **publicity director** attaché(e) m,f
de presse de plateau
◊ Press **publicity editor** annoncier(-
ère) m,f
◊ Cin **publicity still** photo f publicitaire

publicity-seeking adj (person) qui

cherche à se faire de la publicité;
(act, statement) publicitaire

publicize vt faire de la publicité
pour; **the festival was well publi-
cized** le festival a été annoncé à
grand renfort de publicité

public-service adj Rad & TV
◊ **public-service announcement**
communiqué m (d'un ministère)
◊ **public-service broadcasting**
émissions fpl de service public
◊ **public-service message** communiqué m (d'un ministère)

publish 1 vt (a) (book, journal) publier, éditer; (author) éditer;
Comptr (Web page) publier; **her latest novel has just been published**
son dernier roman vient de paraître; **he's a published author** ses
livres sont publiés; **it's published by
Polygon** c'est édité chez Polygon;
the magazine is published quarterly
la revue paraît tous les trois mois;
the newspaper published my letter le
journal a publié ma lettre
(b) (of author) **he's published
poems in several magazines** ses po-
èmes ont été publiés dans plusieurs
revues
2 vi (of newspaper) paraître; (of
author) être publié; **she publishes
regularly in women's magazines** ses
articles sont régulièrement publiés
dans la presse féminine

publishable adj publiable

published price n prix m de vente

publisher n (a) (person) éditeur(-
trice) m,f; (company) maison f d'édition (b) (newspaper owner) patron
m de presse
◊ **publisher's reader** lecteur(trice)
m,f de manuscrits (dans une maison d'édition)

publishing n (a) (industry) édition
f; **she's or she works in publishing**
elle travaille dans l'édition; **a publishing giant** un géant de l'édition; **a
publishing empire** un empire de

l'édition (**b**) *(of book, journal)* publication *f*

◇ *publishing company* maison *f* d'édition

◇ *publishing house* maison *f* d'édition

◇ *publishing manager* directeur(-trice) *m,f* éditorial(e)

◇ *publishing programme* programme *m* de publication

pull *Print* **1** *n* épreuve *f*
2 *vt (proof)* tirer

pull-out *Press & Publ* **1** *n (supplement)* supplément *m* détachable; *(fold-out page)* hors-texte *m*
2 *adj (supplement)* détachable; *(page)* hors texte

pulp 1 *n (for paper)* pâte *f* à papier, pulpe *f*
2 *vt (book)* mettre au pilon, pilonner

◇ *pulp fiction* romans *mpl* de gare

◇ *pulp magazine* magazine *m* à sensation

◇ *pulp and paper mill* fabrique *f* de papier

◇ *pulp writer* auteur *m* de romans de gare

pulping *n* pilonnage *m*

punctuation *n Typ* ponctuation *f*

◇ *punctuation mark* signe *m* de ponctuation

Q-rating n Am Fam = mesure de la cote de popularité des célébrités

quad n Typ cadrat m, quadrat m

quadrat n Typ cadrat m, quadrat m; **em-quadrat** cadratin m; **en-quadrat** demi-cadratin m

quality n
◇ **quality newspaper** journal m d'opinion
◇ **quality press** presse f d'opinion

quarterly adj (publication) trimestriel(elle)

quarto Publ **1** n in-quarto m
2 adj in-quarto

quaternion n Publ cahier m de quatre feuilles

query n Br Typ point m d'interrogation
◇ Am Typ **query mark** point m d'interrogation

question mark n Typ point m d'interrogation

quire n (in bookbinding) cahier m; (of paper) main f (de papier)

quota n quota m

quotation n (remark, sentence) citation f
◇ Typ **quotation mark** guillemet m; **in quotation marks** entre guillemets

quote 1 n (a) (quotation) citation f; (statement) déclaration f
(b) (quotation mark) guillemet m; **in quotes** entre guillemets
2 vt (cite) citer; **can I quote you on that?** vous me permettez de citer ce que vous venez de dire?; **don't quote me on that** (don't repeat it) ne le répétez pas; (don't say who told you) ne dites pas que c'est moi qui vous l'ai dit; **their leader was quoted as denying the allegation** leur leader aurait rejeté l'accusation
3 vi (cite) faire des citations

R *adj Am Cin (abbr* **restricted**) = indique qu'un film est interdit aux moins de 17 ans, sauf si accompagné par un parent

rack focus *n Cin & TV* changement *m* de focale *(en cours de prise)*

RADA *n (abbr* **Royal Academy of Dramatic Art**) = conservatoire britannique d'art dramatique

radio *n* (**a**) *(apparatus)* radio *f*; **to turn the radio on/off** allumer/éteindre la radio
(**b**) *(system, industry, activity)* radio *f*; **by radio** par radio; **I heard it on the radio** je l'ai entendu à la radio; **to be on the radio** passer à la radio

◇ **Radio Authority** = organisme britannique de contrôle des stations de radio indépendantes

◇ **radio beam** faisceau *m* hertzien

◇ **radio broadcast** émission *f* de radio

◇ **radio broadcasting** radiodiffusion *f*

◇ **radio chip** puce *f* radio

◇ **radio frequency** fréquence *f* radioélectrique, radiofréquence *f*

◇ **radio journalism** journalisme *m* de radio

◇ **radio journalist** journaliste *mf* de radio

◇ **radio listener** auditeur(trice) *m,f*

◇ **radio microphone**, **radio mike** microphone-émetteur *m*, microphone *m* sans fil

◇ **radio news** informations *fpl* radiodiffusées

◇ **radio play** pièce *f* radiophonique

◇ **radio producer** producteur(trice) *m,f* d'émissions de radio

◇ **radio programme** émission *f* de radio

◇ **radio relay system** réseau *m* hertzien

◇ **radio report** radioreportage *m*

◇ **radio reporter** radioreporter *m*

◇ **radio signal** signal *m* radiophonique

◇ **radio station** station *f* de radio

◇ **radio waves** ondes *fpl* hertziennes, ondes *fpl* radio

radiocommunication *n* radiocommunication *f*

radiogenic *adj (suitable for broadcasting)* radiogénique, qui rend bien à la radio

radiotelephone *n* radiotéléphone *f*

radiotelephony *n* radiotéléphonie *f*

rag *n Fam Press* canard *m*

ragged *adj DTP & Typ* **ragged right/left** non-justifié(e) à droite/à gauche; **to print sth ragged** imprimer qch sans justification

raised bands *npl Print* nerfs *mpl*

RAJAR *n (abbr* **Radio Joint Audience Research**) = organisme britannique d'étude sur l'audience des différentes stations de radio

range *vt DTP & Typ* aligner, justifier; **ranged left/right** justifié(e) à gauche/à droite

◇ *Phot* **range finding** télémétrie *f*

rangefinder *n Phot* télémètre *m*

raster *n Comptr, Print & TV* trame *f*

◇ *Comptr & Print* **raster image** image *f* tramée

◇ *Comptr & Print* **raster image processor** processeur *m* d'image tramée

◇ *TV* **raster scan** balayage *m* de trame, balayage *m* télévision

rasterize *vt TV* rastériser

rate *n Comptr & Tel* débit *m*

rating *n* (**a**) *Rad & TV* **ratings** indice *m* d'écoute; **to boost the ratings** améliorer l'indice d'écoute; **to be high in the ratings** avoir un fort indice d'écoute

(**b**) *Cin* **ratings** = classement des films en fonction de l'âge du public autorisé

◇ *Rad & TV* **ratings battle** course *f* à l'Audimat®

◇ *Cin* **rating system** = système de classement des films en fonction de l'âge du public autorisé

◇ *Rad & TV* **ratings war** course *f* à l'Audimat®

> **"**
> Regis Philbin continues to win the morning show **ratings war** without Kathie Lee Gifford. Last week, *Live with Regis* beat NBC's *Today* show's new third hour. *Live with Regis*, which featured Regis Philbin alongside regular viewers serving as co-hosts, averaged 325,973 homes tuned in. The third hour of *Today*, which replaces *Later Today*, the low-rated morning show hosted by Jodi Applegate, Florence Henderson and Asha Blake, averaged 242,746 homes.
> **"**

RDS *n* (*abbr* **radio data system**) RDS *m*

reach *n Rad & TV* (*audience size*) portée *f*

reaction shot *n Cin & TV* plan *m* de coupe

reader *n* (**a**) (*of book, newspaper, magazine*) lecteur(trice) *m,f* (**b**) *Rad & TV* (*news story*) = information lue par le présentateur, sans images ou reportage d'accompagnement (**c**) *Publ* lecteur(trice) *m,f* de manuscrits (*dans une maison d'édition*) *m* (**d**) *Comptr* (*device*) lecteur *m*

readership *n* (*of newspaper, magazine*) nombre *m* de lecteurs, lectorat *m*; **what is their readership (figure)?** combien ont-ils de lecteurs?

reading copy *n Publ* exemplaire *m* à titre gracieux

realism *n* réalisme *m*

realist cinema *n Cin* cinéma *m* réaliste

reality *n*

◇ *Am TV* **reality show** reality show *m*

◇ **reality TV** télé-vérité *f*

> **"**
> *Survivor* creator Mark Burnett has no heroes. He offers us rather villains, or people the audience loves to hate. There's no one to admire on **reality TV**, just people to gossip about. In real life, nobody wants to be "that guy" or "that girl", the person who so annoys everyone around them as to earn special reference. But in **reality TV**, being "that guy" or "that girl" is the key to fame, as in "that naked guy on *Survivor*" or "that weird-haired girl on *Temptation Island*".
> **"**

real time *n Cin & TV* temps *m* réel

ream *n* (*of paper*) rame *f*

rear projection *n Cin & TV* projection *f* en transparence

receive *vt Rad* capter

receiver *n TV* récepteur *m*, poste *m* de télévision; *Rad* récepteur *m*, poste *m* de radio

reception n Rad & TV réception f

record 1 n **(a)** (disc) disque m; (recording) enregistrement m; **to play or put on a record** mettre ou passer un disque; **to make or cut a record** faire ou graver un disque
(b) off the record confidentiel(le); **I want these remarks to be off the record** je veux que ces remarques restent confidentielles; **the negotiations were off the record** (secret) les négociations étaient secrètes; (unofficial) les négociations étaient officieuses; (not reported) les négociations n'ont pas été rapportées (dans la presse); (not recorded) les négociations n'ont pas été enregistrées; **all this is strictly off the record** tout ceci doit rester strictement entre nous; **he admitted off the record that he had known** il a admis en privé qu'il était au courant
2 vt (music, tape, TV programme) enregistrer; **the band are in the studio recording their new album** le groupe est dans le studio en train d'enregistrer son nouveau disque
3 vi (on tape, video) enregistrer; **leave the video, it's recording** laisse le magnétoscope, il est en train d'enregistrer; **his voice doesn't record well** sa voix ne se prête pas bien à l'enregistrement

◇ *record company* maison f de disques
◇ *record deck* platine f (tourne-disque)
◇ *record label* label m
◇ *record library* discothèque f
◇ *record player* tourne-disque m, platine f (disques)
◇ *record producer* producteur(-trice) m,f de disques

recording n (of music, data) enregistrement m; **this is a very poor recording** cet enregistrement est très mauvais

◇ *recording artist* musicien(enne) m,f (qui enregistre des disques);
she's a recording artist for Phonolog elle enregistre (des disques) chez Phonolog
◇ *recording deck* magnétoscope m d'enregistrement
◇ *recording engineer* ingénieur m du son
◇ *recording equipment* matériel m d'enregistrement
◇ *recording head* tête f d'enregistrement
◇ *recording session* séance f d'enregistrement
◇ *recording studio* studio m d'enregistrement
◇ *recording tape* ruban m ou bande f d'enregistrement

recto n Typ recto m

red eye n Phot = phénomène provoquant l'apparition de taches rouges dans les yeux des personnes photographiées au flash

redhead n Cin & TV mandarine f

redtop n Br Fam Press tabloïde m, journal m à sensation (dont le titre est imprimé en rouge ou sur un fond rouge)

> The paper, the weakest of the group's three national **redtop** Sundays (including the *Sunday Mail*) has seen sales fall nearly 8% on the year to 1.3 million against just over 3% for its sister title, the *Sunday Mirror*, which sells 1.8 million copies.

reduce vt Phot affaiblir

reducer n Phot affaiblisseur m

reel n **(a)** (for film, tape, paper) bobine f **(b)** (film, tape) bande f, bobine f
◇ Print **reel width** laize f

reel-to-reel 1 n magnétophone m à bobines
2 adj (system, tape recorder) à bobines

reference n
◇ *reference book* ouvrage m de référence
◇ *reference mark* Typ appel m de note

reflex camera n appareil m photo reflex

refocus vt Cin & TV (camera) refaire la mise au point de

reformat vt Publ (book) changer le format de

regional adj
◇ *regional broadcasting* Rad stations fpl de radio régionales ; TV chaînes fpl de télévision régionales
◇ *regional press* presse f régionale

register Print 1 n registre m ; **to be in/out of register** être/ne pas être en registre
2 vt mettre en registre
3 vi être en registre
◇ *register marks* repères mpl

registration n Print registre m

reglet n Typ filet m, réglette f

regular column n Press chronique f

regulating body n autorité f de régulation

regulation n régulation f

rehearsal n Cin, Rad & TV répétition f
◇ *rehearsal script* scénario m de répétition

reissue 1 n (of film) rediffusion f ; (of book) réédition f
2 vt (film) rediffuser, ressortir ; (book) rééditer

Reithian adj Br TV = qui se rapporte à John Reith (premier directeur de la BBC, de 1927 à 1938) et à sa conception du rôle éducatif des médias de service public

rekey vt (text) ressaisir

relative adj
◇ Phot *relative aperture* ouverture f relative de l'objectif
◇ Audio *relative frequency* fréquence f relative

relay Rad & TV 1 n (transmitter) réémetteur m, relais m ; (broadcast) émission f relayée
2 vt (broadcast) relayer, retransmettre
◇ *relay station* relais m, centre-répéteur m
◇ *relay transmitter* réémetteur m

release 1 n (a) (distribution of film, record) sortie f ; (distribution of book) sortie f, parution f ; **the film is on general release** le film est en exclusivité
(b) (new film, record, book) nouveauté f ; **it's a new release** ça vient de sortir
2 vt (film) sortir ; (book, record) faire paraître, mettre en vente
◇ *release patterns* (of film) distribution f (d'un point de vue géographique)
◇ *release print* copie f d'exploitation

relief printing n impression f en relief

remainder Publ 1 n (unsold book) invendu m
2 vt solder

remake 1 n (film) remake m
2 vt refaire

remaster vt remasteriser

remix 1 n remix m
2 vt remixer, refaire le mixage de

remote adj

◇ *remote control* télécommande *f*

◇ *remote sensing* télédétection *f*

◇ *Rad & TV remote van* voiture *f* de reportage

remote-controlled *adj* télécommandé(e)

rendering *n Typ* rendu *m*

renter *n Cin* distributeur(trice) *m,f* (de films)

repaginate *vt Print & Typ (make into pages again)* remettre en pages; *(renumber pages in)* repaginer

repeat *Rad & TV* **1** *n (broadcast)* rediffusion *f*, reprise *f*
2 *vt (broadcast)* rediffuser

replay 1 *n TV* **(action) replay** = répétition d'une séquence précédente; *(in slow motion)* ralenti *m*; **the replay clearly shows the foul** on voit bien la faute au ralenti
2 *vt (record, piece of film, video)* repasser

report 1 *n (in the media)* reportage *m*; *(investigation)* enquête *f*; *(bulletin)* bulletin *m*; *(news)* nouvelle *f*; **here is a report from Keith Owen** voici le reportage de Keith Owen; **according to newspaper reports** selon les journaux
2 *vt* faire un reportage sur; **the newspapers report heavy casualties** les journaux font état de nombreuses victimes; **our correspondent reports that troops have left the city** notre correspondant nous signale que des troupes ont quitté la ville; **her resignation is reported in several papers** sa démission est annoncée dans plusieurs journaux; **the speech was reported in the 8 o'clock news bulletin** il y avait un compte rendu du discours dans le bulletin d'informations de 20 heures
3 *vi* faire un reportage; **to report on an aircraft hijacking** faire un reportage sur un détournement d'avion; **she's reporting on the train crash** elle fait un reportage sur l'accident de

train; **he reports for the BBC** il est reporter *ou* journaliste à la BBC; **this is Keith Owen, reporting from Moscow for CBS** de Moscou, pour la CBS, Keith Owen

reporter *n Press* journaliste *mf*, reporter *m*; *Rad & TV* reporter *m*

reprint *Publ* **1** *n (of book)* réimpression *f*; **her novel is on its tenth reprint** son roman en est à sa dixième impression
2 *vt (book)* réimprimer; **the novel is being reprinted** le roman est en réimpression
3 *vi (of book)* être en réimpression

repro *n Fam Print (abbr* **reproduction, reprography**) repro *f*

◇ *repro head* tête *f* de lecture

reproduction *n Print* reproduction *f*

◇ *reproduction proof* contre-épreuve *f*

◇ *reproduction rights* droits *mpl* de reproduction

reprographic *adj Print* reprographique

reprographics, reprography *n Print* reprographie *f*

republication *n* réédition *f*

republish *vt* rééditer

request programme, request show *n Rad* programme *m* des auditeurs, émission *f* de disques à la demande

rerelease 1 *n (film, record)* reprise *f*
2 *vt (film, record)* ressortir

rerun *n Rad & TV* reprise *f*

reset *vt Typ* recomposer

residuals *npl Cin & TV (repeat fees)* droits *mpl* de seconde diffusion

resist *n Phot* réserve *f*

resolution *n DTP & TV (of image)* résolution *f*; **a high-resolution screen** un écran à haute résolution *ou* définition

retake *Cin* **1** *n* nouvelle prise *f* (de

vues); **it took several retakes** il a fallu plusieurs prises

2 vt *(shot)* reprendre, refaire; *(scene)* refaire une prise (de vues) de

retouch 1 n *(of image, photograph)* retouche f

2 vt *(image, photograph)* retoucher

retouching n *(of image, photograph)* retouche f

retransmission n *TV* retransmission f

retransmit vt *TV* retransmettre

retro n *Fam Cin* rétrospective f

retrospective n *Cin* rétrospective f

retune *Rad* **1** vt régler

2 vi **to retune to medium wave** régler son poste sur ondes moyennes; **don't forget to retune tomorrow to the same wavelength** n'oubliez pas de reprendre l'écoute demain sur la même longueur d'ondes

returns npl *Publ* invendus mpl

reversal n *Phot* inversion f

◇ *reversal film* film m inversible

reverse n *Print & Typ* noir m au blanc; **in reverse** inversé(e) (en noir au blanc)

◇ *Cin & TV reverse angle* contrechamp m

◇ *Cin & TV reverse angle shot* contrechamp m

◇ *Cin & TV reverse cut* contrechamp m

◇ *Cin & TV reverse motion* marche f arrière

◇ *Print & Typ reverse printing* noir m au blanc

◇ *Cin & TV reverse shot* contrechamp m

◇ *Cin & TV reverse video* vidéo f inverse

▸**reverse out** vt sep *Print & Typ* inverser (en noir au blanc)

reversed-out adj *Print & Typ* inversé(e) (en noir au blanc)

reversible adj *Phot (film)* inversible

review 1 n **(a)** *(critical article)* critique f; **the film got good/bad reviews** le film a eu de bonnes/mauvaises critiques; **he gave it a good review** il en a fait une bonne critique **(b)** *(magazine)* revue f; *(radio or TV programme)* magazine m

2 vt faire la critique de; **she reviews books for an Australian paper** elle est critique littéraire pour un journal australien

3 vi **he reviews for the Sunday Times** il rédige des critiques pour le Sunday Times

◇ *Publ review copy* exemplaire m de service de presse

◇ *Publ review list* liste f de service de presse

◇ *TV review screen* écran m de vision

reviewer n critique mf

revise n *Publ* deuxième épreuve f; **second revise** troisième épreuve f

revised edition n *Publ* édition f revue et corrigée

reviser n *Publ* correcteur(trice) m,f

revoice vt *Cin & TV* doubler

rewrite vt **(a)** *Cin, Rad & TV (scénario)* récrire, réécrire **(b)** *Press* remanier, réviser

rewriter n **(a)** *Cin, Rad & TV (de scénario)* rewriter m **(b)** *Press* réviseur m, rewriter m

rewriting n **(a)** *Cin, Rad & TV (de*

scénario) réécriture *f* (**b**) *Press* récriture *f*, rewriting *m*

RF *n* (*abbr* **radio frequency**) fréquence *f* radio

ribbon microphone, ribbon mike *n* microphone *m* à ruban

rifle microphone, rifle mike *n* microphone *m* canon

RGB *n DTP & Print* (*abbr* **red, green and blue**) RVB *m*

right¹ *n* (*to publish, translate etc*) droit *m*; **rights** droits *mpl*
◇ *Publ* **rights manager** responsable *mf* des droits
◇ **right of rectification** droit *m* de rectification
◇ **right to reply** droit *m* de réponse

right² *adj* (*on right-hand side*) droit(e)
◇ *DTP & Typ* **right indent** indentation *f* à droite
◇ *DTP & Typ* **right justification** justification *f* à droite
◇ *DTP & Typ* **right margin** marge *f* droite
◇ *Cin & TV* **right pan** panoramique *m* horizontal GD

right-hand *adj* droit(e)
◇ *DTP & Typ* **right-hand margin** marge *f* de droite

right-reading *adj Print & Typ* à l'endroit

rim light *n Cin & TV* éclairage *m* rasant *ou* frisant

rimming *n Cin & TV* éclairage *m* rasant *ou* frisant

ringtone *n Tel* tonalité *f* de sonnerie

RIP *n Typ* (*abbr* **raster image processor**) processeur *m* d'image tramée, RIP *m*

rip *vt Audio & Comptr* (*copy*) repiquer

❝

Some of the world's major record labels – Vivendi Universal's Universal Music, Sony's Sony Music, AOL Time Warner's Warner Music, EMI Group, and Bertelsmann AG's BMG – are already running quiet field tests of CDs that cannot be copied, or "**ripped**," to a personal computer. Owners of digital audio players routinely **rip** their own CDs so they can listen to them in MP3 form, but such a practice would come to an abrupt halt if copy protection were successful.

❞

ripple dissolve *n Cin & TV* fondu *m* par ondulation

road *n*
◇ *Cin* **road movie** road-movie *m*
◇ *Comptr & Tel* **road warrior** nomade *mf*

roadshow *n Rad* = animation en direct proposée par une station de radio en tournée

roam *vi Tel* (*of mobile phone user*) itinérer

roaming *n Tel* (*of mobile phone*) roaming *m*, itinérance *f*; *Comptr* (*on Internet*) roaming *m*

rock-and-roll facility *n Cin & TV* (*for dubbing*) dispositif *m* de marche avant-arrière synchronisé

rockumentary *n Cin* rockumentaire *m* (*documentaire sur un groupe de rock*)

❝

Warner Home Video (WHV) proudly announces the release of the powerful "**rockumentary**" *Elvis: That's the Way It Is – Special Edition*, featuring a newly remastered and remixed version, available for the first time ever in stereo … the special edition includes close-ups of Presley's famous footwork and guitar work, cut-aways of the band, never-before-seen footage including ten musical numbers, and Elvis' offstage antics.

❞

role *n Cin & TV* rôle *m*

roll 1 *vt Cin & TV (camera)* faire tourner; **roll 'em!** moteur!
  2 *vi (of camera)* tourner; **to keep the cameras/the presses rolling** laisser tourner les caméras/les presses; *Cin & TV* **roll!** moteur!; **the credits started to roll** *(of film)* le générique commença à défiler
◇ **roll film** pellicule *f* en bobine

rollerblind shutter *n* obturateur *m* à rideau

roller prompter *n TV* prompteur *m* déroulant

rolling credits, rolling titles *n Cin & TV* générique *m* déroulant

roman *DTP & Typ* **1** *n* romain *m*; **in roman** en romain
  2 *adj* romain(e)
◇ **roman type** caractères *mpl* romains

romance *n (novel)* roman *m* d'amour; *(film)* film *m* romantique

romanization *n Typ* transcription *f* en caractères romains

romanize *vt Typ* transcrire en caractères romains

romantic comedy *n Cin* comédie *f* romantique

rom-com *n Cin* comédie *f* romantique

room tone *n Cin & TV* ambiance *f*

rostrum *n Cin & TV*
◇ **rostrum camera** banc-titre *m*
◇ **rostrum cameraman** opérateur *m* banc-titre

rotary *adj Print*
◇ **rotary press** rotative *f*
◇ **rotary printer** rotativiste *mf*

rough 1 *n (draft)* brouillon *m*; *(of design)* crayonné *m*, esquisse *f*; *(of drawing)* ébauche *f*; **in rough** à l'état de brouillon *ou* d'ébauche
  2 *adj*
◇ *Cin & TV* **rough cut** premier montage *m*, (montage *m*) bout à bout *m*
◇ *Cin & TV* **rough edit** premier montage *m*, (montage *m*) bout à bout *m*
◇ *Cin & TV* **rough focus** première mise *f* au point

router *n Comptr* routeur *m*

routing *n Comptr* routage *m*

royal *adj (paper)* (format) grand raisin; **royal octavo/quarto** in-huit *m* / in-quarto *m* raisin

royalty *n* **royalty, royalties** *(for writer, musician)* droits *mpl* d'auteur
◇ **royalty payment** (paiement *m* des) droits *mpl* d'auteur
◇ **royalty statement** relevé *m* de compte d'auteur

RP *n (abbr* **received pronunciation***)* = prononciation de l'anglais britannique considérée comme standard, et qui fut longtemps la seule admise à la BBC

rule *n DTP & Typ* filet *m*

ruler *n DTP* règle *f*

run 1 *n Publ* tirage *m*
  2 *vi Cin (of film)* être à l'affiche; *TV* **this soap opera has been running for 20 years** ça fait 20 ans que ce feuilleton est diffusé; **America's longest-running TV series** la plus longue série télévisée américaine

▸ **run on** *vi Typ* suivre sans alinéa

▸ **run over** *vi Rad & TV* dépasser le temps d'antenne, déborder sur le temps d'antenne; **the programme ran over by 20 minutes** l'émission a dépassé son temps d'antenne de 20 minutes

runaround *n DTP* habillage *m*

rundown sheet *n Rad & TV* feuille *f* d'ordre de passage à l'antenne

runner *n Cin, Rad & TV* grouillot *m*

running *adj*
◇ *Rad & TV* **running commentary** commentaire *m* en direct

⋄ *Typ* **running footer** titre *m* courant en bas de page

⋄ *Typ* **running head** titre *m* courant

⋄ *TV* **running order** ordre *m* de passage

⋄ *Print* **running sheets** feuilles *fpl* de début de tirage

⋄ **running shot** prise *f* de vue en mouvement

⋄ *Typ* **running text** texte *m* courant

⋄ *Rad & TV* **running time** durée *f*

⋄ *Print & Typ* **running title** titre *m* courant

run-on *n* (a) *DTP & Typ (text)* texte *m* composé à la suite *(sans alinéa)* (b) *Publ (extra quantity of books)* exemplaires *mpl* supplémentaires

run-through *n Rad & TV* répétition *f*

rushes *npl Cin* rushes *mpl*, épreuves *fpl* de tournage

saddle-stitch *vt Publ* piquer à cheval

safelight *n Phot* lampe *f* inactinique

SAG *n Am* (*abbr* **Screen Actors' Guild**) = syndicat américain des acteurs

sales figures *npl Press* chiffre *m* de diffusion ; *Publ* chiffre *m* de vente

sample 1 *n* (**a**) *Audio* sample *m* ; **he uses a lot of samples** il utilise beaucoup de samples (**b**) *Publ* échantillon *m*
2 *vt Audio* échantillonner, sampler
3 *vi Audio* échantillonner, sampler
◇ *Publ* **sample page** page *f* d'essai

sampler *n Audio* (**a**) *(equipment)* échantillonneur *m* (**b**) *(person)* échantillonneur(euse) *m,f*

sampling *n Audio* sampling *m*

sanserif, sans serif *Typ* **1** *n* caractères *mpl* sans empattement
2 *adj* sans empattement

satcaster *n Fam* (*abbr* **satellite broadcaster**) satellite *m* de retransmission *ou* de diffusion

> Fuji Television Networks is betting that experience and image matter when its new BS Fuji **satcaster** takes to the air in December. Fuji TV has been in the satcasting business for over three years as one of the main investors in the Sky PerfecTV direct-to-home platform. It has also developed new channels of broadcasting for Sky PerfecTV and worked with the **satcaster** platform to develop data transmission technology.
>
> **"**

satcasting *n Fam* (*abbr* **satellite broadcasting**) retransmission *f* par satellite

satellite *n* satellite *m* ; **(tele)communications satellite** satellite *m* de télécommunications ; **broadcast live by satellite** transmis en direct par satellite
◇ **satellite broadcast** émission *f* retransmise par satellite
◇ **satellite broadcaster** satellite *m* de retransmission *ou* de diffusion
◇ **satellite broadcasting** retransmission *f* par satellite
◇ **satellite broadcasting service** service *m* de radiodiffusion par satellite
◇ **satellite channel** chaîne *f* par satellite
◇ **satellite dish** antenne *f* parabolique
◇ **satellite link** liaison *f* par satellite
◇ **satellite network** réseau *m* satellite
◇ **satellite photo** photo *f* satellite
◇ **satellite platform** plate-forme *f* satellite
◇ **satellite station** station *f* satellite
◇ **satellite television** télévision *f* par satellite

satire *n* satire *f*

saturated *adj Print (colour)* saturé(e)

saturation *n*

◊ TV **saturation coverage** couverture f maximum

◊ Cin **saturation release** distribution f massive

SBS n (abbr **satellite broadcasting service**) SRS m

sc (abbr **small caps**) petites capitales fpl

scan 1 n (a) Rad & TV balayage m (b) DTP lecture f au scanner ou au scanneur

2 vt (a) Rad & TV balayer (b) DTP passer au scanner ou au scanneur

► **scan in** vt sep DTP (graphics) insérer au scanner ou au scanneur, capturer au scanner ou au scanneur

scandal sheet n Fam Press journal m à scandale

scanner n DTP scanner m, scanneur m

scanning n (a) Rad & TV balayage m (b) DTP passage m au scanner ou au scanneur, scannérisation f

SCART n (abbr **Syndicat des Constructeurs d'Appareils Radiorécepteurs et Téléviseurs**)

◊ **SCART cable** câble m péritel®

◊ **SCART plug** prise f péritel®

scattered light n Cin & TV lumière f diffuse

scenario n Cin scénario m

scene n Cin (in film) scène f, séquence f; (in TV programme) scène f; **the murder/love/balcony scene** la scène du meurtre/d'amour/du balcon; **to set the scene** planter le décor; **the scene is set** ou **takes place in Bombay** la scène se passe ou l'action se déroule à Bombay

◊ **scene dock** magasin m de décors

scenery n Cin décor m

scene-set n Cin & TV mise f en place

schedule 1 n (for film, TV production, publication) planning m

2 vt programmer, prévoir

scheduled adj Rad & TV **we announce a change to our scheduled programmes** nous annonçons une modification de nos programmes

scheduling n Rad & TV programmation f

◊ **scheduling director** directeur(-trice) m,f des programmes

schools broadcasting n Rad & TV émissions fpl scolaires

science fiction n science-fiction f

sci-fi n (abbr **science fiction**) science-fiction f, SF f

scoop Press **1** n scoop m, exclusivité f; **to get** or **to make a scoop** faire un scoop; **the paper got a scoop on the story** le journal a publié la nouvelle en exclusivité

2 vt (story) publier en exclusivité; **to scoop a newspaper** publier un article en exclusivité avant un autre journal

> **"**
>
> ABC News got **scooped** last week on a story its 20/20 magazine unit is preparing on a controversial diet-supplement company. But it wasn't a rival news agency that **scooped** ABC. It was the supplement maker itself, San Diego-based Metabolife.
>
> **"**

score Cin **1** n musique f

2 vt composer la musique de

scramble vt Rad & Tel brouiller; TV crypter

scrambler n Rad & Tel brouilleur m

scrambling n Rad & Tel brouillage m; TV cryptage m

◊ Rad **scrambling circuit** circuit m de brouillage

scratch video n scratch vidéo m

screamer n Fam Typ point m d'exclamation

screen 1 n (a) Cin, Comptr & TV écran m; **the multiplex has twelve screens** le multiplexe a douze salles;

stars of stage and screen des vedettes de théâtre et de cinéma; **the book was adapted for the screen** le livre a été porté à l'écran; **the big screen** *(cinema)* le grand écran; **the small screen** *(television)* le petit écran

(**b**) *Phot & Print* trame *f*; **printed with a 120 screen** imprimé avec une trame de 120

2 *vt* (**a**) *Cin & TV (film)* projeter, passer; *(show on television)* passer à l'écran

(**b**) *Phot & Print* tramer

◇ *Cin* **screen actor** acteur *m* de cinéma

◇ *Cin & TV* **Screen Actors' Guild** = syndicat américain des acteurs

◇ *Cin* **screen actress** actrice *f* de cinéma

◇ *Cin & TV* **screen adaptation** adaptation *f* à l'écran

◇ *Cin & TV* **Screen Extras' Guild** = syndicat de figurants américains

◇ *DTP & Typ* **screen font** fonte *f* écran

◇ *Cin & TV* **screen image** image *f* à l'écran

◇ **screen printing** sérigraphie *f*

◇ *Cin* **screen rights** droits *mpl* d'adaptation à l'écran

◇ *Cin* **screen star** vedette *f* de cinéma

◇ *Cin* **screen test** bout *m* d'essai, essai *m* de caméra

◇ *Cin & TV* **screen time** durée *f*

screening *n Cin* projection *f* (en salle); *TV* passage *m* (à l'écran), diffusion *f*; **when the movie had its first screening** quand le film est passé pour la première fois à l'écran

◇ *Cin & TV* **screening room** salle *f* de projection

screen-plate colour photography *n Phot* diachromie *f*

screenplay *n Cin* scénario *m*

screenwriter *n Cin* scénariste *mf*

screenwriting *n Cin* écriture *f* de scénarios

screwball comedy *n Cin & TV* comédie *f* loufoque

scrim *n Cin* diffuseur *m*

script 1 *n* (**a**) *Cin & TV* scénario *m* (**b**) *Typ* écriture *f*

2 *vt Cin & TV* écrire le scénario de

◇ *Cin & TV* **script department** équipe *f* des scénaristes

◇ *Cin & TV* **script development** développement *m* du scénario

◇ *Cin & TV* **script editor** scénariste *mf* (de réécriture)

◇ *Cin & TV* **script girl** scripte *mf*, script girl *f*

◇ *Cin & TV* **script supervisor** secrétaire *mf* de plateau

scriptwriter *n Cin & TV* scénariste *mf*

scriptwriting *n Cin & TV* écriture *f* de scénarios

search engine *n Comptr* moteur *m* de recherche

season *n Cin, Rad & TV* cycle *m*; **a new season of French drama** un nouveau cycle de drames français

SECAM *n* (*abbr* **séquentiel couleur à mémoire**) secam *m*

second *adj*

◇ *Cin* **second assistant camera** deuxième assistant opérateur *m*

◇ *Cin* **second assistant director** deuxième assistant-réalisateur *m*

◇ *Cin* **second feature** deuxième film *m* (*d'un programme où figurent deux longs métrages*)

◇ *Press* **second lead** gros titre *m* de deuxième ordre

◇ *Cin* **second unit** deuxième équipe *f*

◇ *Cin* **second unit director** réalisateur(trice) *m,f* de la deuxième équipe

◇ *Cin* **second unit director of photography** chef opérateur *m* de la deuxième équipe

section mark *n DTP & Typ* signe *m* de paragraphe

SEG *n Cin & TV* (**a**) (*abbr* **special**

effects generator) générateur *m* d'effets spéciaux **(b)** (*abbr* **Screen Extras' Guild**) = syndicat de figurants américains

segue *n Rad & TV* transition *f* musicale

selective focus *n Cin & TV* mise *f* au point sélective *(avec faible profondeur de champ)*

selectivity *n Rad* sélectivité *f*

selector *n Tel & TV* sélecteur *m*

self-censorship *n Press* autocensure *f*

self-publishing *n* publication *f* à compte d'auteur

self-regulation *n* autorégulation *f*

> **"**
>
> The BBC's **self-regulation** does not escape the bombardment. Last year, when Greg Dyke convened an emergency meeting of the governors to push through the move of the evening news from 9pm to 10pm, there was a furore. It seemed amazing to those in the commercial sector that ITV has to jump through a zillion regulatory hoops to shift the news, while the public service BBC could whoosh through a change overnight.
>
> **"**

self-timer *n Phot* retardateur *m*

semibold *DTP & Typ* **1** *n* caractères *mpl* demigras, demi-gras *m*; **in semibold** en demi-gras
2 *adj* demi-gras(grasse)

semicolon *n Typ* point-virgule *m*

semiconductor *n* semi-conducteur *m*

semimonthly *adj Am (publication)* bimensuel(elle)

semiological *adj* sémiologique

semiology *n* sémiologie *f*

semiotic *n* sémiotique *f*

semiotician *n* sémioticien(enne) *m,f*

semiotics *n* sémiotique *f*

► **send out** *vt sep Rad (signal, wave)* émettre

sensationalist 1 *n (writer)* auteur *m* à sensation; *(journalist)* journaliste *mf* qui fait du sensationnel
2 *adj (article, style, journalism)* à sensation; **to be sensationalist** *(of tabloids, reporting)* faire du sensationnel

sensitive *adj Phot & Rad* sensible

sensitivity *n Phot & Rad* sensibilité *f*

sequel *n* suite *f*

sequelize *vt esp Am (movie)* donner une suite à

sequence *n Cin* séquence *f*
◊ ***sequence shot*** plan-séquence *m*

sequential shooting *n Cin & TV* tourné-monté *m*

serial *n Rad & TV* feuilleton *m*; *(in magazine)* feuilleton *m*, roman-feuilleton *m*; **TV serial** feuilleton *m* télévisé; **published in serial form** publié sous forme de feuilleton
◊ ***serial rights*** droits *mpl* de reproduction en feuilleton
◊ ***serial writer*** feuilletoniste *mf*

serialization *n (of play, film)* adaptation *f* en feuilleton; *(in newspaper, magazine)* publication *f* en feuilleton

serialize *vt (play, film)* adapter en feuilleton; *(in newspaper, magazine)* publier *ou* faire paraître en feuilleton; **serialized in six parts** *(novel etc)* publié en six épisodes; *Rad & TV* diffusé en six parties; **it's being serialized in the** *Observer* ça sort en feuilleton dans l'*Observer*

serially *adv Press (as series)* en feuilleton, sous forme de feuilleton; *(periodically)* périodiquement, sous forme de périodique

series *n Rad & TV* série *f*; *(in maga-*

zine, newspaper) série *f* d'articles; *(of books)* collection *f*, série *f*; **an American detective series** une série policière américaine

serif *n Typ* empattement *m*

server *n Comptr* serveur *m*

service *n*
◇ *Rad & TV* **service area** zone *f* desservie *ou* de réception
◇ *Comptr* **service provider** fournisseur *m* d'accès

SET® *n Comptr (abbr* **secure electronic transaction)** SET *f*

set 1 *n* (a) *Cin & TV* plateau *m*; *(scenery)* décor *m*; **on (the) set** sur le plateau (**b**) *(radio, TV)* poste *m*; **a colour TV set** un poste de télévision *ou* un téléviseur couleur (**c**) *Typ* chasse *f*
2 *vt Typ (text, page)* composer; **set solid** non interligné(e)
◇ *Cin & TV* **set decorator** ensemblier *m*
◇ *Cin & TV* **set designer** décorateur(trice) *m,f*
◇ *Cin & TV* **set lighting** éclairage *m* de plateau

set-off *n Print* maculage *m*
◇ **set-off sheet** décharge *f*

setter *n Typ* compositeur(trice) *m,f*

setting *n Typ* composition *f*

set-top box *n TV* décodeur *m* numérique

set-up *n Cin & TV* = installation du matériel technique pour le tournage d'une scène

seventh art *n Cin* **the seventh art** le septième art

sew *vt Publ* brocher

sewer *n Publ* brocheur(euse) *m,f*

sewing *n Publ* brochage *m*, brochure *f*

sexploitation *n Cin* exploitation *f* du sexe; **a sexploitation movie** un film dont le propos se résume au sexe

sexto *Publ* **1** *n* in-six *m*
2 *adj* in-six

sextodecimo *Publ* **1** *n* in-seize *m*
2 *adj* in-seize

SF *n (abbr* **science fiction)** SF *f*

SFS *n TV (abbr* **service fixe par satellite)** SFS *m*

sfx *npl Cin & TV (abbr* **special effects)** effets *mpl* spéciaux

SGML *n Comptr (abbr* **Standard Generated Markup Language)** SGML *m*

shadow *n Typ* ombre *f*
◇ **shadow area** *(of satellite)* zone *f* d'ombre
◇ **shadow printing** impression *f* ombrée

shallow focus *n Cin & TV* faible profondeur *f* de champ

shank *n Typ (of letter)* corps *m*, tige *f*

shared aerial *n Br TV* antenne *f* collective

sheet *n (of paper)* feuille *f*; **a sheet of newspaper** une feuille de journal; **the book is still in sheets** le livre n'a pas encore été relié

sheet-fed *adj (printer)* feuille-à-feuille

sheetwise *adv Print* **to print sth sheetwise** imprimer qch en feuilles

shock jock *n esp Am Fam Rad* = animateur *ou* animatrice de radio au ton irrévérencieux et provocateur

"

The **shock jock** who gets his jollies taunting dwarves and women is facing his own public skewering. Howard Stern, his ratings falling by double digits in New York, Los Angeles and other cities where his radio show airs, is feeling his own pain … What happened? Stern's recent breakup with Allison, his wife of 20 years, has made him considerably less intriguing – just a dirty old man, according to the magazine – and his audience is either moving beyond his brand of humor (that is, growing up) or going for young upstarts like Opie and Anthony.

"

shoot 1 n Cin & TV tournage m; Phot séance f photo, prise f de vues

2 vt (a) Cin & TV tourner; Phot prendre (en photo); **the movie was shot in Rome** le film a été tourné à Rome; **the photos were all shot on location in Paris** les photos ont toutes été prises à Paris; **to shoot sound** effectuer une prise de son

(b) Print photographier

3 vi Cin & TV tourner; **shoot!** moteur!, on tourne!; **we'll begin shooting next week** nous commencerons à tourner la semaine prochaine

shoot-'em-up n Fam = film ou jeu vidéo ultra-violent

shooting n Cin & TV tournage m; **shooting starts next week on her new movie** le tournage de son nouveau film commence la semaine prochaine

◇ **shooting ratio** = rapport entre la quantité de pellicule impressionnée et la quantité gardée au montage

◇ **shooting schedule** plan m de tournage

◇ Cin **shooting script** découpage m

◇ Cin **shooting still** photo f du tournage

"

John came aboard on relatively short notice, but the preparation of the picture was already well underway; they were locked into a **shooting schedule** because of Nic Cage's availability.

"

shopping channel n TV chaîne f de télé-achat

short 1 n Cin court-métrage m
2 adj

◇ Print **short run** petit tirage m

◇ Rad **short wave** onde f courte; **on short wave** sur ondes courtes

short-focus lens n Phot objectif m à courte focale

short-wave adj (radio) à ondes courtes; (programme, broadcasting) sur ondes courtes

shot n Phot photo f; Cin & TV plan m, prise f de vue; **the opening shots of the movie** les premières images du film; **in shot** dans le champ; **out of shot** hors champ; **to go out of shot** sortir du champ

◇ Cin & TV **shot list** liste f des prises de vue

shoulder n Typ talus m de pied

show n Rad & TV émission f

◇ **show reel** film m/cassette f de démonstration

showbiz n Fam show-biz m, monde m du spectacle; **she wants to get into showbiz** elle veut entrer dans le show-biz

◇ **showbiz personality** personnalité f du show-biz ou du monde du spectacle

showbusiness n show-business m, monde m du spectacle

◇ **showbusiness personality** personnalité f du show-business ou du monde du spectacle

showing *n Cin* séance *f*

showthrough *n Print* transparence *f*

shutter *n Phot* obturateur *m*; **to release the shutter** actionner l'obturateur
◊ *shutter priority* priorité *f* à la vitesse
◊ *shutter release* déclencheur *m* d'obturateur
◊ *shutter speed* vitesse *f* d'obturation

sideband *n Rad* bande *f* latérale

side note *n Publ* manchette *f*

sig *n Fam Print* (section of book) cahier *m*; (mark) signature *f*

▸**sign off** *vi Rad & TV* terminer l'émission; **it's time to sign off for today** il est l'heure de nous quitter pour aujourd'hui

signal *n Rad, Tel & TV* signal *m*; **I can't get a signal** (on mobile phone) je n'ai pas de réception
◊ *signal frequency* fréquence *f* du signal
◊ *signal generator* générateur *m* de signaux
◊ *signal strength* intensité *f* du signal

signature *n Print* (section of book) cahier *m*; (mark) signature *f*
◊ *Br Rad & TV signature tune* indicatif *m* (musical)

sign-off *n TV* annonce *f* de la fin des émissions

silent *Cin* **1** *n* film *m* muet; **the silents** le (cinéma) muet
2 *adj*
◊ *silent film, silent movie* film *m* muet
◊ *silent films, silent movies* (genre) le (cinéma) muet

silly-season story *n Press* serpent *m* de mer

silver screen *n Cin* **the silver screen** le grand écran

SIM *n Tel* (abbr **subscriber identity module**)
◊ *SIM card* carte *f* SIM

simon crane *n Cin & TV* grue *f* hydraulique

simplex *Tel* **1** *n* simplex *m*, transmission *f* unidirectionnelle
2 *adj* simplex, unidirectionnel(elle)

simulcast **1** *n* émission *f* radiotélévisée
2 *adj* radiotélévisé(e)
3 *vt* diffuser simultanément sur différents médias

simulcasting *n* diffusion *f* simultanée

simultaneous *adj*
◊ *simultaneous broadcast* émission *f* diffusée simultanément, retransmission *f* simultanée
◊ *Cin simultaneous sound* son *m* simultané

single *adj*
◊ *DTP & Typ single column* colonne *f* simple
◊ *Typ single quotes* guillemets *mpl* simples

◇ *DTP & Typ* **single spacing** interlignage *m* simple

single-camera unit *n TV* car *m* monocaméra

single-colour, *Am* **single-color** *adj Phot & Print* en une couleur

single-column *adj DTP & Typ* à une colonne

single-lens *adj*
◇ *single-lens camera* appareil *m* photo monoculaire
◇ *single-lens reflex* reflex *m* (mono-objectif)

single-space *vt DTP & Typ* taper à interligne simple

single-spaced *adj DTP & Typ* à interligne simple

sitcom *n Rad & TV* sitcom *m*

site *n Comptr (on Internet)* site *m*

situation comedy *n Rad & TV* sitcom *m*, comédie *f* de situation

sixteenmo *Publ* **1** *n* in-seize *m*
2 *adj* in-seize

sixty-fourmo *Publ* **1** *n* in-soixante-quatre *m*
2 *adj* in-soixante-quatre

size *n (of page, character, font etc)* taille *f*

skin flick *n Fam Cin* film *m* porno

skip framing *n Cin & TV* accéléré *m* par suppression d'images

sky cloth *n TV* rideau *m* de fond

slapstick *n Cin & TV* genre *m* burlesque
◇ *slapstick comedy (film)* film *m* burlesque ; *(genre)* genre *m* burlesque

slash *n Typ (barre f)* oblique *f*

slasher film, slasher movie *n* = film d'horreur particulièrement sanglant

" Those desperate to see Anthony Hopkins revelling in gore ̄ need not wait as long as the release of *Hannibal*. The actor, long hailed as a worthy successor to Sir Laurence Olivier, stars as Titus Andronicus in Julie Taymor's Shakespearean adaptation *Titus*, which has just been released to great acclaim in the States. One online reviewer, commenting on the high rate of severed hands, heads and tongues ends his critique: "if you like **slasher movies**, check it out". "

slate *n Cin & TV* clap *m*, claquette *f*, claquoir *m*

slave *n Phot* asservisseur *m*
◇ *slave camera* caméra *f* asservie *ou* esclave
◇ *slave flash unit* flash *m* asservi

sleeper *n Cin* = film qui passe inaperçu en raison d'une mauvaise distribution lors de sa sortie initiale, mais qui est ultérieurement redécouvert et apprécié par le public ou la critique

" FX has acquired the broadcast-window rights to the hit independent film **sleeper** *The Blair Witch Project*, officials said last week. FX has reportedly agreed to pay \$5 million to \$10 million for broadcast rights to the low-budget horror movie, based on how it ultimately performs at the box office. "

slice-and-dice *n Fam* = film d'horreur particulièrement sanglant

slide *n Phot* diapositive *f*, diapo *f*
◇ *TV* **slide matte** cache *m* latéral

slip *vi TV (of picture)* descendre
◇ *Print* **slip sheet** feuille *f* intercalaire, encart *m*

slipcase *n Publ (for single volume)* étui *m* ; *(for multiple volumes)* coffret *m*

slogan *n* accroche *f*, slogan *m*

slo-mo *adj Fam Cin & TV* (*abbr* **slow-motion**) au ralenti

slot *n Rad & TV* créneau *m*, case *f*, tranche *f* ou plage *f* horaire; **we could put the new series in the 7:30 slot** on pourrait caser *ou* placer le nouveau feuilleton dans le créneau de 19 heures 30; **what shall we put in the slot before the news?** qu'est-ce qu'on va mettre dans la tranche *ou* le créneau qui précède les informations?

slow motion *n Cin & TV* ralenti *m*; **in slow motion** au ralenti

slow-motion *adj Cin & TV* au ralenti
◇ **slow-motion replay** ralenti *m*

SLR *n Phot* (*abbr* **single-lens reflex**) reflex *m* (mono-objectif)

slug *n Print* (*of metal*) lingot *m*

slung microphone, slung mike *n* microphone *m* suspendu

slurring *n Print* impression *f* tremblée

small *adj*
◇ *Typ* **small capitals, small caps** petites capitales *fpl*
◇ *TV* **the small screen** le petit écran
◇ *Typ* **small type** petits corps *mpl*

smart card *n Comptr* carte *f* à mémoire, carte *f* à puce

smear campaign *n Press* campagne *f* de diffamation

> There are plenty of other interesting things on the Amazon page. The same review makes the claim that the wireless industry is trying to silence Carlo by investigating his private life and launching a **smear campaign** to discredit him. That fits in with the mythic pattern for these things. "I don't get all this science stuff, but if the suits are trying to shut this guy up, he must really have the dirt on them."

smiley *n Comptr* smiley *m*

SMS *Tel* (*abbr* **short message service**)
1 *n* (*service*) texte *m*; (*message*) message *m* texte
2 *vt* envoyer un message texte à

SNG *n* (*abbr* **satellite news gathering**) SNG *m*

snoot *n Cin & TV* coupe-flux *m*

snow *n* (*on screen*) neige *f*

snuff film, snuff movie *n* snuff movie *m*, = film pornographique au cours duquel un participant est réellement assassiné

soap *n Rad & TV* soap opera *m*, feuilleton *m* (populaire)
◇ **soap opera** soap opera *m*, feuilleton *m* (populaire)
◇ **soap star** vedette *f* de soap opera

society column *n Press* chronique *f* mondaine, carnet *m* mondain

soft *adj*
◇ *Comptr* **soft copy** visualisation *f* sur écran
◇ *Publ* **soft cover** livre *m* broché
◇ *Cin & TV* **soft focus** flou *m* artistique, point *m* diffus
◇ *DTP & Typ* **soft hyphen** césure *f* automatique, tiret *m* conditionnel
◇ *Cin & TV* **soft lighting** éclairage *m* diffus

softback *n* (livre *m* de) poche *m*; **published in softback** publié(e) en (édition de) poche
◇ **softback version** version *f* poche

soft-cover *adj Publ* broché(e)

software *n Comptr* logiciel *m*
◇ **software producer** éditeur *m* de logiciels

solarization *n Phot* solarisation *f*

solarize *Phot* **1** *vt* solariser
2 *vi* se solariser
◇ **solarized image** image *f* de solarisation

solidus *n Typ* barre *f* oblique

songwriter *n Cin & TV* (*of lyrics*) parolier(ère) *m,f*; (*of music*) compositeur(trice) *m,f*; *(of lyrics and music)* auteur-compositeur *m*

sound *n Cin, Rad & TV* son *m*; **the sound is very poor** le son est mauvais; **to turn the sound up/down** monter/baisser le son *ou* volume

◇ *sound archives* archives *fpl* sonores, phonothèque *f*; **a recording from the BBC sound archives** un enregistrement qui vient des archives de la BBC

◇ *sound camera* caméra *f* sonore
◇ *sound check* soundcheck *m*
◇ *sound crew* équipe *f* du son
◇ *sound designer* concepteur(-trice) *m,f* sonore
◇ *sound director* directeur(trice) *m,f* du son
◇ *sound editing* montage *m* sonore
◇ *sound editor* monteur *m* son
◇ *sound effects* bruitage *m*
◇ *sound effects editor* mixeur *m* des effets sonores
◇ *sound effects engineer* bruiteur(euse) *m,f*
◇ *sound effects library* sonothèque *f*
◇ *sound effects person* bruiteur(euse) *m,f*
◇ *sound engineer* ingénieur *m* du son
◇ *sound fade* fondu *m* sonore
◇ *sound film* film *m* sonore
◇ *sound man* preneur *m* de son, opérateur *m* du son
◇ *sound mix* mixage *m*
◇ *sound mixer* table *f* ou console *f* de mixage, mélangeur *m* de son
◇ *sound mixing* mixage *m* sonore
◇ *sound montage* montage *m* sonore
◇ *sound plot* = liste des sons et bruitages nécessaires pour la production d'une pièce de théâtre ou radiophonique
◇ *sound quality* qualité *f* du son, qualité *f* sonore
◇ *sound recording* enregistrement *m* son, enregistrement *m* sonore
◇ *sound recordist* preneur *m* de son
◇ *sound reel* bande *f* son

◇ *sound stage* studio *m* insonorisé
◇ *sound studio* auditorium *m* ou studio *m* d'enregistrement
◇ *sound system* *(hi-fi)* chaîne *f* hifi; *(PA system)* sonorisation *f*
◇ *sound technician* preneur *m* de son, opérateur *m* du son
◇ *sound van* camion *m* d'enregistrement (du son)

soundbite *n* petite phrase *f (prononcée par un homme politique à la radio ou à la télévision pour frapper les esprits)*

❝
Mr Blair found his feet with popular **soundbites** soon after his promotion to the premiership. "The people's princess" was how he described Diana, Princess of Wales. His tribute to Diana on the morning of her death was also listed and the **soundbite** played over and over again on British TV and radio. It is this ability to turn a well-crafted phrase like "the people's princess" – which has now become part of our vocabulary – that has irked Mr Major.
❞

soundtrack *n* bande *f* sonore; *(music from film)* bande *f* originale

source *n (of information)* source *f*; **I have it from a good source** je le sais *ou* tiens de source sûre; **the journalist refused to name his sources** le journaliste a refusé de nommer ses sources; **according to reliable sources war is imminent** selon des sources sûres *ou* bien informées, la guerre est imminente

space *DTP & Typ* **1** *n (gap between words)* espace *m*, blanc *m*; *(blank type)* espace *m*
2 *vt* espacer
◇ *space rule* filet *m* maigre

spacing *n DTP & Typ* espacement *m*; *(between lines)* interlignage *m*

spaghetti western n Cin wes-tern-spaghetti m

sparks n Br Fam Cin & TV (electrician) électricien(enne) m,f

speaker n Audio enceinte f, baffle m

speaking role n Cin & TV rôle m parlant

spec n (abbr **specification**) spécifica-tions fpl

special n TV émission f spéciale; Press (issue) numéro m spécial, hors-série m; (feature) article m spécial; **they brought out a special on the war** ils ont sorti un numéro spécial sur la guerre
◇ Print & Typ **special character** ca-ractère m spécial
◇ Press **special correspondent** en-voyé m spécial
◇ Press **special edition** édition f spé-ciale, hors-série m
◇ Cin & TV **special effects** effets mpl spéciaux
◇ Cin & TV **special effects genera-tor** générateur m d'effets spéciaux
◇ Cin & TV **special effects supervi-sor** directeur(trice) m,f des effets spéciaux

specialist adj
◇ **specialist channel** chaîne f thé-matique
◇ **specialist press** presse f spéciali-sée
◇ **specialist review** publication f spécialisée

specification n spécifications fpl

specimen n Print & Typ spécimen m
◇ **specimen page** page f spécimen

spectacle n Cin & TV superproduc-tion f

spectacular n Cin & TV superpro-duction f

specular density n Phot densité f par réflexion

speech n
◇ Comptr **speech recognition** re-connaissance f de la parole, recon-naissance f vocale
◇ Rad **speech station** station f de radio à vocation culturelle

speed n Phot (of film) rapidité f, sensibilité f; (of shutter) vitesse f; (of lens) luminosité f

spellcheck Comptr **1** n correction f orthographique; **to do** or **run a spell-check on a document** effectuer la correction orthographique sur un document
2 vt faire la vérification orthogra-phique de

spellchecker n Comptr correcteur m orthographique ou d'orthographe

spellchecking n Comptr correc-tion f orthographique ou d'ortho-graphe

SPG n Cin & TV (abbr **synchronizing pulse generator**) générateur m de synchronisation

spike Press **1** n **the story was put on the spike** l'article a été rejeté
2 vt (story) rejeter

spill light n TV lumière f parasite, mouche f

spin Fam **1** n (on information) **to put the right spin on a story** présenter une affaire sous un angle favorable; **the government put its own spin on the situation** le gouvernement a présenté la situation sous un angle qui lui convenait; **the government has been criticized for indulging in too much spin** on a reproché au gouvernement de trop manipuler les informations fournies au public
2 vi (of spin doctor) présenter les choses sous un angle favorable
◇ **spin doctor** = chargé des relations publiques d'un parti politique

❝

And contrary to their all-controlling reputation, **spin doctors** have a handy habit of letting cats out of bags: "They're there to have direct contact with journalists and by and large they let something slip, they can't help themselves. Most **spin doctors** aren't very good at their job, they're always giving things away. Alastair Campbell's briefings, phone calls and letters reveal far more than if he had just kept his mouth shut."

🙶🙶

spine n (of book) dos m

spin-off n the book is a spin-off from the TV series le roman est tiré de la série télévisée; the TV series gave rise to a number of spin-offs la série télévisée a donné lieu à plusieurs produits dérivés

spiral n
◇ Publ **spiral binding** reliure f à spirale
◇ **spiral of silence** spirale f du silence

splash vt Press étaler; the story was splashed across the front page l'affaire était étalée à la une des journaux

splatter movie n = film violent et sanglant

🙶🙶

Kichiku represents a new sub-genre in Japanese cinema – a **splatter movie** masquerading as a political statement. Filled with every kind of dismemberment and crazed violence even beyond young Tobe Hooper's wildest dreams, this no-budget 16mm effort soon falls victim to juvenile glee, eviscerating its own shock value.

🙶🙶

splice 1 n (in tape, film) collure f
2 vt to splice (together) (tape, film) coller

splicer, splicing unit n (for tape, film) colleuse f

split screen n Cin & TV écran m divisé, multi-écran m

spoiler n Press = tactique utilisée pour s'approprier le scoop d'un journal rival

🙶🙶

OK! magazine has issued an injunction against its arch-rival, *Hello*, which is thought to have rushed out a **spoiler** issue including photographs of the wedding of Michael Douglas and Catherine Zeta Jones. *OK!* editorial director Paul Ashford confirmed that it was taking "legal action" against the magazine over the photos, which Mr Ashford said were "not very good".

🙶🙶

spokesperson n porte-parole m

sponsor Rad & TV 1 n (of programme) sponsor m, parrain m
2 vt (programme) sponsoriser, parrainer

spool n (of film) bobine f

sports adj Press, Rad & TV
◇ **sports commentary** commentaire m sportif
◇ **sports commentator** commentateur(trice) m,f sportif(ive)
◇ **sports correspondent** journaliste mf sportif(ive)
◇ **sports editor** rédacteur(trice) m,f sportif(ive)
◇ **sports journalism** journalisme m sportif
◇ **sports journalist** journaliste mf sportif(ive)
◇ **sports press** presse f sportive
◇ **sports reporter** reporter m sportif

spot 1 n (a) Rad & TV (for artist, interviewee) numéro m; (news item) brève f; (advertisement) spot m publicitaire; he got a spot on the Margie Warner show (as singer, comedian) il a fait un numéro dans le show de Margie Warner; (interview) il s'est fait interviewer ou il est passé dans le show de Margie Warner

(**b**) *Cin* spot *m*, projecteur *m*
2 *vt Phot* repiquer

◊ *Rad & TV* **spot advertisement** spot *m* publicitaire

◊ *Rad & TV* **spot announcement** flash *m*

◊ *Print* **spot colour** couleur *f* (du nuancier) Pantone®

spotlight *n Cin* spot *m*, projecteur *m*

spotting *n Phot* repiquage *m*, repique *f*

spread *n Press & Typ (two pages)* double page *f*; *(advertisement)* double page *f* publicitaire; **the event was given a good spread** l'événement a été largement couvert par la presse

◊ *Press* **spread head** titrage *m* à cheval

sprocket hole *n (for film)* perforation *f*

spy film, spy movie *n* film *m* d'espionnage

square brackets *npl Typ* crochets *mpl*

squawker *n Audio* haut-parleur *m*

squelch *n Rad* silencieux *m*

squib *n Cin & TV* pétard *m (qui simule l'explosion d'une balle d'arme à feu)*

staffer *n Press* rédacteur(trice) *m,f*, membre *m* de la rédaction

▸ **stand in** *vi Cin & TV* **to stand in for sb** doubler qn

standards *npl*

◊ **standards conversion** *(in broadcasting)* transcodage *m*

◊ **standards converter** *(in broadcasting)* transcodeur *m*

stand-in *n Cin & TV (body double, for lighting check)* doublure *f*; *(stunt person)* cascadeur(euse) *m,f*

stand microphone, stand mike *n* microphone *m* sur pied

star 1 *n* (**a**) *(celebrity)* vedette *f*, star *f*; **one movie won't make him a star** un seul film ne fera pas de lui une vedette *ou* une star (**b**) *Typ (asterisk)* astérisque *m*

2 *adj* **the star attraction of tonight's show** la principale attraction du spectacle de ce soir; **to get star billing** être en tête d'affiche; **to give sb star billing** mettre qn en tête d'affiche

3 *vt* avoir comme *ou* pour vedette; **Casablanca, starring Humphrey Bogart and Ingrid Bergman** *Casablanca*, avec Humphrey Bogart et Ingrid Bergman (dans les rôles principaux)

4 *vi* être la vedette; **who starred with Redford in *The Sting*?** qui jouait avec Redford dans *l'Arnaque*?; **Othello, with Laurence Olivier starring in the title role** *Othello*, avec Laurence Olivier dans le rôle principal; **he's starring in a new TV serial** il est la vedette d'un nouveau feuilleton télévisé; **he starred as a gangster** il avait un rôle de gangster

◊ *Cin* **star system** star-system *m*

> 66
>
> But the distinctions aren't always that clear. Brando ended up in the actor category for 1972's *The Godfather* while Al Pacino was bunched up with supporting players James Caan and Robert Duvall. Despite Brando's **star billing**, they were co-leads, in the same way as Anne Baxter and Bette Davis were in *All About Eve*.
>
> 99

starlet *n Cin* starlette *f*

starred *adj Typ (asterisked)* marqué(e) d'un astérisque

start leader *n Cin* amorce *f* de début

statement *n (to press)* communiqué *m*

static *n Rad & Tel* parasites *mpl*

station *n Rad & TV (broadcasting*

organization) station *f*; *(channel)* chaîne *f*; **to change stations** changer de chaîne

◊ *Rad* **station director** directeur(-trice) *m,f* d'antenne

◊ *TV* **station identification** habillage *m* chaîne

◊ *Rad* **station signal** indicatif *m* (de l'émetteur)

Steadicam® *n Cin & TV* Steadicam® *m*

◊ **Steadicam**® **operator** opérateur *m* Steadicam®

Steenbeck® *n Cin & TV* Steenbeck® *m*

stem *n Typ (of letter)* hampe *f*

step effect *n DTP & Typ* escalier *m*

stereo **1** *n* (a) *(sound)* stéréo *f*; **broadcast in stereo** retransmis en stéréo

(b) *(hi-fi system)* chaîne *f* (stéréo) **2** *adj (cassette, record, record player)* stéréo; *(recording, broadcast)* en stéréo

◊ **stereo signal** signal *m* stéréo

◊ **stereo sound** son *m* stéréo

◊ **stereo system** chaîne *f* stéréo

◊ **stereo transmitter** émetteur *m* stéréo

stereophonic *adj* stéréophonique

stereophony *n* stéréophonie *f*

stereotype *Print* **1** *n* cliché *m* **2** *vt* clicher

◊ **stereotype room** clicherie *f*

stereotyper *n Print* clicheur *m*

stereotyping *n Print* clichage *m*

stet *Typ* **1** *n* bon, à maintenir **2** *vt* maintenir

still *n Cin* photo *f* (de plateau)

◊ **still photographer** photographe *mf* de plateau

stitch *vt Publ* brocher

stitcher *n Publ* brocheur(euse) *m,f*

stitching *n Publ* brochage *m*, brochure *f*

stock **1** *n Publ (of books)* stock *m*; **in stock** en stock; **out of stock** épuisé(e)

2 *adj*

◊ *Cin & TV* **stock footage** séquences *fpl* d'archives

◊ *Publ* **stock list** liste *f* d'inventaire

◊ *Cin & TV* **stock shot** image *f* ou document *m* d'archives, stock shot *m*

stone sub *n Press* correcteur(trice) *m,f* de mise en pages

stop *n Phot* diaphragme *m*

◊ **stop bath** bain *m* d'arrêt

◊ **stop frame** arrêt *m* sur image

► **stop down** *Phot* **1** *vt sep* diaphragmer

2 *vi* réduire l'ouverture

stop-motion photography *n* prise *f* de vues image par image

story *n Press (article)* article *m*; *Cin & TV (narrative)* histoire *f*; **there's a front-page story about** *or* **on the riots** il y a un article en première page sur les émeutes; **the editor refused to run her story** le rédacteur en chef a refusé de publier son article; **all the papers ran** *or* **carried the story** tous les journaux en ont parlé; **have you been following this corruption story?** est-ce que vous avez suivi cette affaire de corruption?; **the story broke just after the morning papers had gone to press** on a appris la nouvelle juste après la mise sous presse des journaux du matin

(b) *Cin & TV (plot)* scénario *m*; **the story of the film is very complicated** l'intrigue du film est très compliquée

storyboard *n* story-board *m*, scénarimage *m*

storyline *n Cin & TV* intrigue *f*

straight *adj*

◊ *Cin & TV* **straight actor** acteur *m* sérieux

◊ *Cin & TV* **straight actress** actrice *f* sérieuse

◇ *straight man* (of comedian) faire-valoir m inv

◇ *straight part* rôle m sérieux

straight-to-video adj (movie) sorti(e) directement sur cassette vidéo

strap n Press sous-titre m

◇ *strap titles* sous-titres mpl

strapline n Press sous-titre m

strays npl Rad parasites mpl, friture f

stream vt (audio, video) transmettre en continu (sur l'Internet)

> The deal caps months of negotiations between the three giants, making content from two of the world's largest music companies, Vivendi Universal and Sony, available for a fee to millions of MSN users. Terms were not disclosed but officials said on Thursday that it was similar to Pressplay's affiliate deal with Yahoo! that will enable users to **stream** music and eventually download music.

streamer n Press manchette f, bandeau m

streaming n streaming m, transmission f en continu (sur l'Internet)

◇ *streaming audio* streaming m audio

◇ *streaming video* streaming m vidéo

street interview n micro-trottoir m

▶ **strike off** vt sep Print tirer

strike-off n Print tirage m

stringer n Press reporter m local, stringer m

strip 1 n Am Fam TV émission f quotidienne
2 vt Publ **to strip and rebind** relier à neuf

▶ **strip in** vt sep Publ pelliculer

stroboscope n stroboscope m

stroke n Typ (oblique dash) barre f oblique

studio n Cin, Rad & TV studio m

◇ Rad & TV **studio audience** public m (présent lors de la diffusion ou de l'enregistrement d'une émission)

◇ TV **studio monitor** écran m de contrôle studio

◇ Cin **studio system** hégémonie f des grands studios (hollywoodiens)

> Simpson's memo was a mind-blowing rejection of every ounce of Hollywood treacle and cant about higher purposes and the public good, a naked embrace of the marketplace as the raison d'être of the **studio system**. It's almost disappointing, then, that he went on to explain that what makes money is good movies – or, rather, good ideas for movies. "A powerful idea is the heart of any successful movie. The creative premise is what first attracts people to the product."

STV n Am (abbr **subscription television**) télévision f à péage

stunt Cin & TV 1 n cascade f; **to do a stunt** faire une cascade; **to do one's own stunts** (of actor, actress) ne pas se faire doubler dans les scènes dangereuses
2 vi faire des cascades

◇ *stunts coordinator* coordinateur(trice) m,f des cascades

◇ *stunt double* doublure f pour les cascades

◇ *stunt driver* conducteur(trice) m,f cascadeur(euse)

◇ *stunt man* cascadeur m

◇ *stunt performer* cascadeur(euse) m,f

◇ *stunt woman* cascadeuse f

style Press & Publ 1 n (in editing) style m

2 vt (manuscript) mettre au point (selon les précisions stylistiques de l'éditeur)

◇ **style book** manuel m ou protocole m de style

◇ **style sheet** feuille f de style

stylist n styliste mf

sub Br Fam Press **1** n (subeditor) secrétaire mf de rédaction

2 vt (article) mettre au point, corriger

3 vi (subedit) travailler comme secrétaire de rédaction

subbed adj Br Press corrigé(e)

subedit Br Press **1** vt corriger, préparer pour l'impression

2 vi travailler comme secrétaire de rédaction

subediting n Br Press mise f au point, correction f

subeditor n Br Press secrétaire mf de rédaction

subgenre n sous-genre m

subheading n intertitre m

subjective time n Cin & TV temps m subjectif

subliminal adj subliminaire, subliminal(e)

subscribe vi (to magazine, service, telephone system, ISP) (become a subscriber) s'abonner; (be a subscriber) être abonné(e)

subscriber n (to magazine, service, telephone system, ISP) abonné(e) m,f

subscript Typ **1** n indice m

2 adj en indice

subscription n (to magazine, service, telephone system, ISP) abonnement m; **to cancel a subscription** résilier un abonnement; **to take out a subscription to sth** s'abonner à qch

◇ TV **subscription channel** chaîne f payante, chaîne f à péage

◇ **subscription charges** tarifs mpl d'abonnement

◇ **subscription fee** frais mpl d'inscription

◇ **subscription renewal** réabonnement m

◇ **subscription renewal rate** taux m de réabonnement

◇ Am **subscription television** chaînes fpl à péage

subtitle Cin & Press **1** n sous-titre m

2 vt sous-titrer; **a film with English subtitles** un film sous-titré en anglais

subtitler n Cin sous-titreur(euse) m,f

subtitling n Cin sous-titrage m

subtractive adj Phot soustractif(ive)

◇ **subtractive colour** couleur f soustractive

subwoofer n Audio caisson m de graves, subwoofer m

Sunday n Fam (Sunday newspaper) journal m du dimanche

◇ **Sunday newspaper, Sunday paper** journal m du dimanche

◇ **Sunday supplement** = supplément joint à un journal du dimanche

sungun n Cin & TV sun-gun m, éclairage m sur batterie

sunlight n Cin sunlight m

Super 8 adj Cin super-8

superimpose vt Cin, Phot & TV superposer; **to superimpose sth on sth** superposer qch à qch; **superimposed photos** des photos en surimpression

superimposition n Cin, Phot & TV surimpression f

supernumerary n Cin & TV figurant(e) m,f

superior adj Typ (character) supérieur(e)

superscript Typ **1** n exposant m

2 adj en exposant

supplement n Press & Publ supplément m

support Cin **1** n (supporting actor) second rôle m
2 vt **supported by a superb cast** avec une distribution superbe

supporting adj Cin (role) secondaire, de second plan; (actor, actress) qui a un rôle secondaire ou de second plan; **with a supporting cast of thousands** avec des milliers de figurants

❝

In a year where there were few surprise hits coming from the Gallic production community, two exceptions, La Bûche and Ma petite entreprise nabbed Césars for best **supporting** actress and best **supporting** actor nods. Fourteen years after she won an award for best young actress, Charlotte Gainsbourg picked up her Cesar for La Bûche while 40-pic veteran François Berléand won for his work in Ma petite entreprise.

❞

suppress vt Rad antiparasiter

suppression n Rad antiparasitage m

suppressor n Rad dispositif m antiparasite

surrealism n Cin surréalisme m

surrealist Cin **1** n surréaliste mf
2 adj surréaliste

surround sound n Cin & TV son m 3D

surveying pan n Cin & TV panoramique m de découverte

suspension points npl Typ points mpl de suspension

sustaining program n Am Rad & TV émission f non sponsorisée

SW Rad (abbr **short wave**) OC

swashbuckler n (film) film m de cape et d'épée; (novel) roman m de cape et d'épée

swatch n Print nuancier m

switch 1 n Rad contact m
2 vt Rad & TV (circuit) commuter; **to switch channels/frequencies** changer de chaîne/de fréquence

sword and sandals epic n Fam péplum m

❝

Single-handedly reviving a long-lost genre, the **sword-and-sandals epic**, this exciting action picture boasts top-notch production values, creative and engaged (if occasionally ill-considered) direction from Ridley Scott, and at long last a star-making performance from Australian actor Russell Crowe.

❞

swung dash n Typ tilde m

sync, synch n Fam (abbr **synchronization**) synchronisation f; **out of sync** non synchro
◇ **sync editing** montage m synchrone
◇ **sync pulse** TV impulsion f de synchro; Cin signal m de synchro

synchronization n Cin & TV synchronisation f
◇ **synchronization generator** générateur m de synchronisation

synchronizing pulse generator n Cin & TV générateur m de synchronisation

synchronous adj Cin & TV synchrone
◇ **synchronous sound** son m synchrone
◇ **synchronous speed** vitesse f synchrone

synchrony mark n Cin marque f ou signal m de synchronisme

syndicate 1 n Press agence f de presse (qui vend des articles, des photos etc à plusieurs journaux pour publication simultanée)
2 vt Press publier simultanément dans plusieurs journaux; Rad & TV

syndiquer; **she writes a syndicated column** elle écrit une chronique qui est publiée dans plusieurs journaux; **the photograph was syndicated in all the local newspapers** la photographie a été publiée dans toute la presse régionale; **a syndicated TV news programme** des informations télévisées reprises par plusieurs chaînes

syndication n Press (of article) publication f simultanée dans plusieurs journaux; Rad & TV syndication f

◇ **syndication agency** agence f de presse

Media buyers and marketing ex-

perts say a number of factors are working in favor of a stronger **syndication** market. "With the high cost of network television, cable and **syndication** are both being pushed as substitutes for primetime," says Erwin Ephron … Increasingly, he says, advertisers are using **syndication** as a hedge against high primetime network costs.

"

synopsis n Cin & TV synopsis m

synthespian n acteur m virtuel

syntonization n Audio syntonisation f

syntony n Audio syntonie f

tab *Typ* **1** *n* onglet *m*
  2 *vt* mettre en colonnes, tabuler

table *n Comptr & Typ* tableau *m*
  ◇ *Publ* **table of contents** table *f* des matières

tabloid **1** *n (format)* tabloïd *m*; *(newspaper)* tabloïde *m*; **it's front-page news in all the tabloids** c'est à la une de tous les journaux à sensation
  2 *adj* **in tabloid form** condensé(e), en résumé
  ◇ **tabloid format** format *m* tabloïd
  ◇ **tabloid newspaper** tabloïde *m*
  ◇ **tabloid press** presse *f* à sensation
  ◇ **tabloid television, tabloid TV** émissions *fpl* à sensation

> **"**
> The Nineties also saw the growth of Hollywood-obsessed **tabloid TV** shows like *Access: Hollywood* and *Entertainment Tonight*, and a proliferation of web sites like Hollywood.com and Ain't It Cool News covering the same territory. Premiere has attempted to position itself amid all this clutter as the magazine for serious movie buffs, but that has meant limiting its appeal.
> **"**

tabloidization *n* tabloïdisation *f*

tabulate *vt Typ (in table form)* mettre sous forme de tableau; *(in columns)* mettre en colonnes

tabulation *n Typ (in tables)* disposition *f* en tables; *(in columns)* disposition *f* en colonnes

tag *Comptr & Typ* **1** *n* balise *f*
  2 *vt* baliser
  ◇ *Press* **tag line** chute *f*

tail *n Typ* marge *f* de pied
  ◇ *Typ* **tail band** tranchefile *f* de pied
  ◇ *Typ* **tail edge** tranche *f* de queue
  ◇ *Cin* **tail leader** amorce *f* de fin
  ◇ *Cin & TV* **tail slate** clap *m* de fin

tailpiece *n Typ* cul-de-lampe *m*

take *n Cin, Phot & TV* prise *f* de vue; *Rad* enregistrement *m*, prise *f* de son; *(of recording)* enregistrement *m*; **they did the scene in one take** ils ont tourné la scène en une prise

▸ **take back** *vt sep Typ* transférer à la ligne précédente

▸ **take over** *vt sep Typ* transférer à la ligne suivante

talent scout, talent spotter *n* dénicheur(euse) *m,f* de vedettes

talk-back *n Rad & TV* émetteur-récepteur *m*

talkie *n Cin* film *m* parlant

> **"**
> Oliver Platt and David Thewlis are being lined up to co-star in a British-backed film about Laurel and Hardy. *The Full Monty* writer Simon Beaufoy is putting the finishing touches to the script. The movie will follow the fortunes of the pre-war comedy stars, from their silent-movie success to the world of the **talkies**.
> **"**

talking *adj*
◇ *talking film* film *m* parlant
◇ TV *talking head* *(presenter)* présentateur(trice) *m,f* de télévision *(dont on ne voit que la tête et les épaules)*
◇ *talking movie, talking picture* film *m* parlant

> **❝**
>
> As the sound man threaded the microphone cord under my tie and toward my throat, I casually asked if he had ever encountered a **talking head** who had never been on TV. Both he and the cameraman, who had heard my question, instantly responded that they couldn't remember the last time they had met a video rookie. Andy Warhol's "15-minutes-of-fame" dream has come true.
>
> **❞**

talk show *n Am TV* causerie *f* télévisée, talk-show *m*

> **❝**
>
> The Independent Television Commission has upheld viewer complaints against an edition of the ITV daytime **talk show** *Trisha*, which featured a woman who fatally stabbed her partner. The ITC ruled that ITV and Anglia, which produced the programme, had been unfair to interview Diana Butler without allowing the family of the deceased, Roger Carlin, to defend him.
>
> **❞**

tape 1 *n* **(a)** *(for recording)* bande *f* (magnétique); *Comptr* bande *f* **(b)** *(cassette)* cassette *f* **(c)** *(recording)* enregistrement *m*, enregistré(e); **on tape** sur bande, enregistré(e); **to get** *or* **put sth on tape** enregistrer qch
2 *vt (record)* enregistrer
◇ *tape deck* platine *f* de magnétophone
◇ *tape drive* dérouleur *m* de bande

(magnétique), lecteur *m* de bande (magnétique)
◇ *tape head* tête *f* de lecture
◇ *tape machine* téléscripteur *m*, téléimprimeur *m*
◇ *taped music* musique *f* enregistrée
◇ *tape recorder* magnétophone *m*, lecteur *m* de cassettes
◇ *tape recording* enregistrement *m* (sur bande magnétique)
◇ *tape transport* mécanisme *m* d'entraînement *(d'une bande magnétique)*

target audience *n* audience *f* cible

TCP/IP *n Comptr (abbr* **transmission control protocol/Internet protocol)** TCP-IP

teaser *n Cin & TV* teaser *m*

technical *adj Cin & TV*
◇ *technical director* directeur(-trice) *m,f* technique
◇ *technical operator* preneur *m* de son, opérateur *m* du son

technician *n* technicien(enne) *m,f*

Technicolor® 1 *n* Technicolor® *m*; **in Technicolor®** en Technicolor®
2 *adj* en Technicolor®

teenage movie *n Cin* film *m* pour adolescents

teen pic *n Fam Cin* film *m* d'ados

telecaster *n (broadcaster)* téléaste *mf*; *(broadcasting company)* société *f* de télédiffusion

telecine *n* télécinéma *m*

telecommunications *n* télécommunications *fpl*
◇ *telecommunications link* liaison *f* de télécommunications
◇ *telecommunications media* médias *mpl* de télécommunication
◇ *telecommunications network* réseau *m* de télécommunications
◇ *telecommunications satellite* satellite *m* de télécommunications

teleconference *n* téléconférence *f*

teleconferencing n téléconférence f (procédé)

telefilm n téléfilm m, film m pour la télévision

telegenic adj télégénique

telegram n télégramme m

telegraph n télégraphe m

telejector n TV projecteur m de télévision

telematic 1 adj télématique
2 n **telematics** télématique f

Telemessage® n Br télégramme m

telephone 1 n téléphone m
2 vt téléphoner à, appeler
3 vi téléphoner, appeler

telephony n téléphonie f

telephoto lens n téléobjectif m

teleplay n TV pièce f écrite pour la télévision

teleprinter n téléimprimeur m, téléscripteur m

telescopic mast n antenne f télescopique

Teletype® n Télétype® f

teletypesetting n télécomposition f

teleview vi regarder la télévision

televiewer n téléspectateur(trice) m,f

televiewing n (watching TV) = action de regarder la télévision; (schedule of programmes) programme m de télévision

televise vt téléviser

television n (a) (system, broadcasts) télévision f; **to watch television** regarder la télévision; **we don't watch much television** on ne regarde pas souvent la télévision; **to go on television** passer à la télévision; **to work in television** travailler à la télévision; **a film made for television** un téléfilm; **it makes/doesn't make good television** ça a/n'a pas un bon impact télévisuel
(b) (set) téléviseur m, (poste m de) télévision f; **I saw her on (the) television** je l'ai vue à la télévision; **to turn the television up/down/off/on** monter le son de/baisser le son de/éteindre/allumer la télévision; **is there anything good on television tonight?** qu'est-ce qu'il y a de bien à la télévision ce soir?; **colour/black-and-white television** télévision f (en) couleur/(en) noir et blanc; **to make a television appearance** passer à la télévision

◇ *television advertisement* publicité f télévisée

◇ *television advertising* publicité f télévisée

◇ *television audience* audience f télévisuelle

◇ *television broadcaster* télédiffuseur m

◇ *television broadcasting* télédiffusion f

◇ *television broadcasting network* réseau m de télédistribution

◇ *television camera* caméra f de télévision; **it's my first time in front of the television cameras** c'est la première fois que je suis devant les caméras

◇ *television channel* chaîne f de télévision

◇ *television crew* équipe f de télévision

◇ *television drama* drame m télévisé

◇ *television engineer* réparateur m de télévisions

◇ *television guide* journal m de télévision

◇ *television interview* interview f télévisée ou à la télévision

◇ *television journalism* journalisme m de télévision

◇ *television journalist* journaliste mf de télévision

◇ Br *television licence (fee)* redevance f; (document) quittance f de télévision

◇ **television movie** téléfilm *m*, film *m* pour la télévision

◇ **television network** réseau *m* télévisuel

◇ **television news** journal *m* télévisé, JT *m*

◇ **television news reporter** reporteur *m* d'images

◇ **television personality** vedette *f* de la télévision

◇ **television picture** image *f* de télévision

◇ **television programme** émission *f* de télévision, programme *m* télévisé

◇ **television receiver** récepteur *m* de télévision

◇ **television rights** droits *mpl* de télédiffusion

◇ **television receiver** récepteur *m* de télévision

◇ **television report** reportage *m* télévisé

◇ **television reporter** téléreporter *m*

◇ **television rights** droits *mpl* de télédiffusion

◇ **television satellite** satellite *m* de télévision

◇ **television screen** écran *m* de télévision

◇ **television series** série *f* télévisée

◇ **television set** téléviseur *m*, (poste *m* de) télévision *f*

◇ **television show** spectacle *m* télévisé

◇ **television sponsoring** parrainage-télévision *m*

◇ **television station** station *f* de télévision

◇ **television studio** studio *m* de télévision

◇ **television tie-in** *(film)* = téléfilm tiré d'un livre *ou* d'un film; *(series)* = série télévisée tirée d'un livre ou d'un film; *(at conference, public event)* retransmission *f*; **there will be a television tie-in at the conference** la conférence sera retransmise à la télévision

◇ **television tube** tube *m* cathodique

◇ **television viewer** téléspectateur(trice) *m,f*

◇ **television viewing panel** panel *m* de téléspectateurs

televisual *adj* télévisuel(elle)

telewriting *n* téléécriture *f*

telex **1** *n* télex *m*; **to send sth by telex** télexer qch
2 *vt* envoyer par télex, télexer

Telnet *n* Comptr Telnet *m*

template *n* DTP *(for document)* gabarit *m*

tenpercenter *n* Am Fam *(agent)* agent *m* artistique

tenpercentery *n* Am Fam *(agency)* agence *f* artistique

tentpole movie *n* Am Fam Cin = film dont un studio attend un succès commercial de façon à compenser les échecs qui ont précédé

terminal *n* Comptr terminal *m*

terrestrial TV **1** *n* diffusion *f* hertzienne; **they're broadcasting it on terrestrial** ils le passent sur le réseau hertzien
2 *adj* hertzien(enne), terrestre

◇ **terrestrial broadcaster** diffuseur *m* hertzien

◇ **terrestrial broadcasting** diffusion *f* hertzienne *ou* terrestre

◇ **terrestrial channel** chaîne *f* hertzienne

◇ **terrestrial television** diffusion *f* hertzienne *ou* terrestre; **the Cup Final will no longer be broadcast on terrestrial television** la finale ne sera plus diffusée sur le réseau hertzien

> 🙶
>
> E4's highest-rated programmes for the week starting April 23 were *Friends* (520,000 viewers) and *ER* (250,000), with *Ally McBeal* tenth (80,000). These are fractions of their **terrestrial** audiences. "There's this

view that if you put a TV channel up, people will watch it. Well, people just don't," says Barnes bluntly. The downside of digital, according to Frank, is that the growth of media outlets will hit **terrestrial broadcasters'** advertising revenue and lead to shrinking programme budgets.

"

terrestrially adv TV (broadcast) par voie hertzienne

test n
◇ Br TV **test card** mire f (de réglage)
◇ TV **test chart** mire f (de réglage)
◇ TV **test pattern** mire f (de réglage)
◇ Cin & TV **test shot** essai m d'image
◇ Cin, Phot & TV **test strip** bout m d'essai

text 1 n texte m
   2 vt Tel (send text message to) envoyer un message texte ou un mini-message à
   3 vi Tel (send text messages) envoyer des messages texte ou des mini-messages
◇ DTP & Typ **text area** empasement m
◇ DTP & Typ **text block** empagement m
◇ DTP **text box** encadré m texte
◇ Comptr **text editor** éditeur m de texte
◇ Tel **text message** message m texte, mini-message m
◇ DTP & Typ **text wrap** habillage m

"

Hailing a cab in Dublin will soon be as easy as pressing Send on your mobile. A new fleet of 1,000 Mercedes-Benz E-Taxis — summoned by sending an SMS (short messaging service) **text message** via mobile phone — is due to hit Irish streets later this month … To hail a cab, a customer **texts** E-Taxi for a car … E-Taxi is betting that the SMS-crazy Irish will jump at the chance to **text** for a taxi.

"

text-message vt Tel envoyer un message texte ou un mini-message à

theatre, Am **theater** n (**a**) (drama) théâtre m (**b**) Am (movie) theater cinéma m
◇ Press **theatre critic** critique mf théâtral(e) ou de théâtre
◇ Press **theatre review** critique f théâtrale

theme n
◇ **theme music** Cin = thème principal de la musique d'un film; Rad & TV musique f de générique
◇ **theme song** Cin chanson f (de film); Am Rad & TV indicatif m; **the theme song from The Graduate** la chanson du film Le Lauréat
◇ **theme tune** Cin musique f (de film); Br Rad & TV indicatif m; **the theme tune from Brookside** l'indicatif de Brookside

thick space n DTP & Typ espace f forte

thin space n DTP & Typ espace f fine

Third Cinema n troisième cinéma m (cinéma des pays du tiers-monde)

third-generation adj Comptr & Tel de troisième génération, 3G

"

Finland's leading mobile phone firm Sonera is planning to switch on its **third-generation** phone service even though there will be no handsets available for it. … At the same time Spain has decided to put back the switch-on date for its 3G phone system until next year to allow technology to catch up with the ambitions of the phone companies.

"

thirty-sixmo *Publ* **1** *n* in-trente-six *m*

    2 *adj* in-trente-six

thirty-twomo *Publ* **1** *n* in-trente-deux *m*

    2 *adj* in-trente-deux

three-colour, *Am* **three-color** *adj Phot & Print* trichrome

◇ **three-colour printing** impression *f* en trois couleurs *ou* en trichromie, trichromie *f*

◇ **three-colour process** trichromie *f*

◇ **three-colour separation** séparation *f* trichromique

three-dimensional, 3-D *adj (film)* en relief; *(image)* en trois dimensions

3G *adj Comptr & Tel* 3G

three-point lighting *n* éclairage *m* en trois points

thriller *n (film)* thriller *m*, film *m* à suspense; *(book)* thriller *m*, livre *m* à suspense

thumb index *n* répertoire *m* à onglets

thumb-indexed *adj (book)* à onglets

tie-in *n (film from book)* film *m* tiré d'un livre; *(book from film)* livre *m* tiré d'un film; *(book from TV series)* livre *m* tiré d'un feuilleton; **there may be a film tie-in** on pourrait en tirer un film

tie microphone, tie mike *n* micro-cravate *m*

TIFF *n Comptr (abbr* **Tagged Image File Format)** format *m* TIFF

tight shot *n Cin & TV* plan *m* serré

tilde *n Typ* tilde *m*

tilt *n Cin & TV* panoramique *m* vertical

◇ **tilt shot** panoramique *m* vertical

tilted shot *n Cin & TV* panoramique *m* vertical

time *n Rad & TV* espace *m*; **to buy/to sell time on television** acheter/vendre de l'espace publicitaire à la télévision

◇ *Cin* **time code** base *f* de temps

◇ *Phot* **time release** déclencheur *m* automatique

◇ *Rad & TV* **time signal** signal *m* ou top *m* horaire

◇ *Rad & TV* **time slot** créneau *m* horaire

time-lapse *n* accéléré *m*

◇ **time-lapse photography** accéléré *m*

Tinseltown *n Fam* = surnom donné à Hollywood

tint *Print* **1** *n* couleur *m* de fond

    2 *vt* = présenter sur un fond grisé ou de couleur

▸ **tip in** *vt sep Publ* monter en hors-texte

tip-in *n Publ* hors-texte *m*

title *n* **(a)** *Publ* titre *m*; **they published 200 titles last year** ils ont publié 200 titres l'an dernier **(b)** *Cin & TV* **titles** *(credits)* générique *m*

◇ *Cin & TV* **title music** musique *f* de générique

◇ *Publ* **title page** page *f* de titre

◇ *Cin & TV* **title role** rôle-titre *m*; **with Vanessa Redgrave in the title role** avec Vanessa Redgrave dans le rôle-titre

◇ *Publ* **title verso** verso *m* de la page de titre

titler *n Cin* titreur(euse) *m,f*

tittle *n Typ* signe *m* diacritique, iota *m*

TiVo® *n* TiVo® *m*

tone *n* ton *m*

◇ **tone separation** séparation *f* tonale

toner *n Comptr & Phot* toner *m*, encre *m*

◇ **toner cartridge** cartouche *f* de toner

tool *n Print* fer *m* de reliure

toon n Am Fam (cartoon) dessin m animé

topline vt Cin jouer le rôle principal de

> Jim Carrey has had a change of heart and decided not to **topline** the Joel Schumacher-directed Fox 2000 drama *Phone Booth*. Negotiations were just beginning on the film. Days after deciding to do the film, Carrey mulled it over and was unable to wrap his arms around the character. He backed out June 14 in what's described as an amicable parting.

top margin n DTP & Typ marge f du haut, marge f supérieure, marge f de tête

top-up card n (for mobile phone) recharge f

▸ **touch up** vt sep Phot retoucher

touch-sensitive screen n écran m tactile

touch-up n Phot retouche f

tower n (for camera) échafaudage m

TPS n Print & Publ (abbr **trimmed page size**) format m rogné

track 1 n (**a**) (on album, tape) morceau m (**b**) Audio & Cin piste f
   2 vi Cin & TV faire un traveling ou un travelling

tracker n Cin & TV machiniste mf de traveling ou travelling

tracking (shot) n Cin & TV traveling m, travelling m

trade n Publ (bookshops) librairies fpl; **the book has sold well in the trade** le livre s'est bien vendu en librairie
◇ **trade journal** journal m professionnel
◇ **trade paperback** = livre de poche de qualité, vendu en librairie

◇ **trade press** presse f professionnelle

trailer n Cin & TV bande-annonce f

transceiver n Rad émetteur-récepteur m

transcode vt TV transcoder

transcoder n TV transcodeur m

transcoding n TV transcodage m

transcribe vt TV (record) enregistrer; (broadcast) retransmettre une émission en différé, diffuser une émission enregistrée

transducer n Audio transducteur m

transistor n transistor m
◇ **transistor radio** transistor m

transition n Cin & TV transition f

transmission n Rad & TV (action) transmission f; (broadcast) retransmission f
◇ **transmission channel** voie f de transmission

transmit Rad & TV **1** vt émettre, diffuser
   2 vi émettre, diffuser

transmitter n Rad & TV émetteur m; (in telephone) microphone m (téléphonique)
◇ Rad & TV **transmitter van** car m de transmission

transmitter-receiver n Rad émetteur-récepteur m

transmitting station n Rad station f émettrice

transparency n Print transparence f

transponder n transpondeur m

transposition n Typ transposition f; (accidental) mastic m

transverter n Rad émetteur-récepteur m additionnel

trapping n Print recouvrement m (des couleurs), prise f

trash TV n télé-poubelle f

> Passions are running high in France over *Loft Story*, a homegrown reality show that's proving the French have just as keen an appetite for **trashTV** as other nations. The cross between *Big Brother* and *Blind Date* has catapulted M6 to the top of the ratings since its April 26 debut.

travelling, *Am* **traveling** *adj*
◇ *Cin* **travelling platform** travelling *m*
◇ *Cin* **travelling shot** prise *f* de vue en travelling, plan *m* travelling

travelogue, *Am* **travelog** *n (book)* récit *m* de voyage; *(film)* film *m* de voyage

treatment *n Cin* traitement *m*

treble *Audio* **1** *n* aigus *mpl*
2 *adj* aigu(uë)

tri-band *adj Tel* tri-bande

trilogy *n Cin & TV* trilogie *f*

trim 1 *n Cin* coupe *f*
2 *vt Print* émarger, rogner
◇ *Print* **trim marks** traits *mpl* de coupe

trimmed page size *n Print & Publ* format *m* rogné

trimmer *n Rad* trimmer *m*

trimming *n Print* émargement *m*

tripod *n* trépied *m*

TrueType® font *n Print & Typ* police *f* TrueType®

T-stop *n Phot* diaphragme *m*

TTL *adj Phot (abbr* **through the lens)** TTL
◇ *TTL flash* flash *m* TTL
◇ *TTL measurement* mesure *f* à travers l'objectif *ou* TTL

tube *n TV* (a) *Fam* télé *f*; **what's on the tube tonight?** qu'est-ce qu'il y a à la télé ce soir? (b) **(cathode ray) tube** tube *m* (cathodique)

tune *vt (radio, television)* régler; the radio is tuned to Jazz FM la radio est réglée sur la Jazz FM; **we can't tune our TV to Channel 5** nous ne pouvons pas capter la chaîne 5 sur notre télé; **stay tuned!** restez à l'écoute!

▸ **tune in 1** *vt sep (radio, television)* régler sur
2 *vi* se mettre à l'écoute; **don't forget to tune in again tomorrow** n'oubliez pas de nous rejoindre *ou* de vous mettre à l'écoute demain; **I tuned in to Radio Ultra** je me suis mis à l'écoute de Radio Ultra

tuner *n Rad & TV* tuner *m*, syntonisateur *m*

tuning *n Rad & TV* réglage *m*

turned *adj*
◇ *Typ* **turned comma** ≃ guillemet *m*
◇ *Typ* **turned period** point *m* décimal, ≃ virgule *f*

turret *n (for lens)* tourelle *f*

TV *n* télé *f*; *see also* **television**

TVM *n (abbr* **television movie)** téléfilm *m*

tweeter *n Audio* tweeter *m*, haut-parleur *m* d'aigus

twelvemo *Publ* **1** *n* in-douze *m*
2 *adj* in-douze

twin-lens reflex *n* appareil *m* reflex à deux objectifs
◇ *twin-lens reflex camera* appareil *m* reflex à deux objectifs

twinning *n TV* pairage *m*

two-colour, *Am* **two-color** *adj Phot & Print* en deux couleurs
◇ *two-colour printing* impression *f* en deux couleurs *ou* en bichromie, bichromie *f*
◇ *two-colour process* dichromie *f*

2G *adj Comptr & Tel* 2G

2.5G *adj Comptr & Tel* 2.5G

two-hander *n Cin* film *m* à deux personnages

two-shot *n Cin & TV* plan *m* américain

two-up *adv Print* en deux poses

tympan *n Print* tympan *m*
◇ **tympan paper** papier *m* intercalaire
◇ **tympan sheet** marge *f*

type 1 *n (single character)* caractère *m*; *(block of print)* caractères *mpl* (d'imprimerie); **to set type** composer
  2 *vt* taper (à la machine)
  3 *vi* taper (à la machine)
◇ **type book** guide *m* de caractères
◇ **type height** hauteur *f* de caractère
◇ **type size** taille *f* des caractères, corps *m*

typecase *n Typ* casse *f*

typecast *vt (actor)* enfermer dans le rôle de; **she was being typecast as a dumb blonde** elle était cantonnée aux rôles de blondes écervelées; **he is always typecast as a villain** on lui fait toujours jouer des rôles de bandit

> 66
>
> And now with his latest film *Crouching Tiger, Hidden Dragon* (his first Chinese-language production since *Eat Drink*) Lee has taken another disconcerting sideswerve – into, of all things, the martial-arts genre. Is this constant self-reinvention part of a conscious game plan – a deliberate strategy to avoid being **typecast**?
>
> 99

typeface *n Typ (printing surface)* œil *m* du caractère; *(type family)* famille *f* de caractères; **try another typeface** essaie avec un autre caractère

typescale *n* lignomètre *m*

typescript *n* texte *m* dactylographié, tapuscrit *m*

typeset *vt* composer

typesetter *n* (**a**) *(worker)* compositeur(trice) *m,f*; *(company)* compositeur *m* (**b**) *(machine)* Linotype® *f*; *DTP* composeuse *f*

typesetting *n* composition *f*
◇ **typesetting machine** machine *f* à composer

typo *n Fam (in typescript)* faute *f* de frappe; *(in printed text)* coquille *f*

typographer *n* typographe *mf*

typographic, typographical *adj* typographique

typographically *adv* typographiquement

typography *n* typographie *f*

U *n Br Cin (abbr* **Universal***)* = désigne un film tous publics

uc *adj Typ (abbr* **upper case***)* majuscule

UCC *n Publ (abbr* **Universal Copyright Convention***)* Convention *f* universelle sur le droit d'auteur

UHF *n Rad (abbr* **ultra-high frequency***)* UHF *f*

ultrashort wave *n Rad* onde *f* ultra-courte

U-Matic *n Tel* U-Matic

umlaut *n Typ (in Germanic languages)* umlaut *m* ; *(diaeresis)* tréma *m*

UMTS *n Tel (abbr* **Universal Mobile Telecommunications Services***)* UMTS *m*

unbundle *vt Tel* dégrouper

unbundling *n Tel* dégroupage *m*

uncut version *n (of film)* version *f* longue

undamped *adj Rad (oscillation)* non amorti(e), entretenu(e)

undercrank *vt Cin & TV* faire une prise de vue en accéléré *(en faisant défiler la pellicule plus lentement)*

underdeveloped *adj Phot (film, print)* insuffisamment développé(e)

underdevelopment *n Phot* développement *m* insuffisant

underexpose *vt* (**a**) *Phot (print, film)* sous-exposer (**b**) *(underpublicize) (person, film, event)* faire insuffisamment la publicité de

underexposed *adj Phot* sous-exposé(e)

underexposure *n* (**a**) *Phot (lack of exposure)* sous-exposition *f* ; *(photo, print)* photo *f* sous-exposée (**b**) *(to publicity)* manque *m* de publicité ; **the campaign suffered from underexposure in the media** la campagne a souffert d'un manque de publicité dans les médias

underground **1** *n* underground *m*
2 *adj* clandestin(e) ; **the underground press** la presse clandestine

underscore *Typ* **1** *n* soulignage *m*, soulignement *m*
2 *vt* souligner

understudy *n TV* remplaçant(e) *m,f*

undubbed *adj Cin & TV* non doublé(e) ; **the undubbed version of the film** la version originale du film

unedited adj Cin & TV non monté(e); (speech, text) non édité(e), non révisé(e)

unexposed adj Phot (film) vierge

unglazed adj Phot mat(e)
◊ **unglazed print** épreuve f mate

unipod n Phot monopode m

unit n Cin & TV équipe f
◊ Publ **unit cost** coût m unitaire
◊ **unit photographer** photographe mf de plateau

universal adj
◊ Publ **Universal Copyright Convention** Convention f universelle sur le droit d'auteur
◊ **universal remote control** télécommande f universelle
◊ Tel & TV **universal service** service m universel

unjustified adj DTP & Typ non-justifié(e)

unprocessed adj Phot (film) non développé(e)

unpublishable adj impubliable

unpublished adj inédit(e), non publié(e)

unscramble vt TV décoder

unscrambling n TV décodage m

unsewn adj Print & Publ sans couture

unsold adj Press invendu(e); **the unsold copies** les invendus mpl

UPI n (abbr United Press International) UPI f (agence de presse)

uplink n TV liaison f ascendante

upload Comptr **1** n téléchargement m (vers le serveur)
2 vt télécharger (vers le serveur)
3 vi télécharger (vers le serveur)

upper case n Typ haut m de casse

upper-case adj Typ en haut de casse, majuscule

URL n Comptr (abbr uniform resource locator) (adresse f) URL m

USB n Comptr (abbr universal serial bus) norme f USB, port m série universel

USW n Rad (abbr ultrashort wave) OUC f

UV n (abbr ultra-violet) UV m
◊ Print **UV varnish** vernis m UV

vanity publishing n publication f à compte d'auteur

variety n TV variétés fpl
◇ **variety show** émission f de variétés, spectacle m de variétés

varnish n Publ vernis m

V-chip n TV puce f anti-violence

VCR n (abbr **video cassette recorder**) magnétoscope m

VDU n Comptr (abbr **visual display unit**) moniteur m

vellum 1 n vélin m
   2 adj de vélin
◇ **vellum paper** papier m vélin

verso n Print & Typ verso m

vertical adj
◇ TV **vertical hold** bouton m de commande de synchronisme vertical

◇ DTP & Typ **vertical justification** justification f verticale

very adv
◇ **very high frequency** très haute fréquence f
◇ **very low frequency** très basse fréquence f

VHF n (abbr **very high frequency**) VHF f

VHS n TV (abbr **video home system**) VHS m

video 1 n (a) (medium) vidéo f; **the film went straight to video** le film n'est jamais sorti en salle, il est sorti tout de suite sur cassette vidéo
   (b) (VCR) magnétoscope m; **have you set the video?** est-ce que tu as mis le magnétoscope en marche ou programmé le magnétoscope?; **they recorded the series on video** ils ont enregistré le feuilleton au magnétoscope
   (c) (cassette) vidéocassette f; (recording) vidéo f; (for song) clip m, vidéoclip m, clip m vidéo; **they rented a video for the night** ils ont loué une vidéo ou vidéocassette pour la soirée; **we've got a video of the film** on a le film en vidéocassette
   (d) Am Fam (television) télé f
   2 adj Am (on TV) télévisé(e)
   3 vt enregistrer sur magnétoscope, magnétoscoper; (using camcorder) filmer (à la caméra vidéo); **they didn't know they were being videoed** ils ne savaient pas qu'ils étaient filmés
◇ **video art** art m vidéo

◇ **video camera** caméra f vidéo
◇ **video cartridge** cartouche f vidéo
◇ **video cassette** vidéocassette f
◇ **video cassette recorder** magnétoscope m
◇ **video clip** clip m, vidéoclip m, clip m vidéo
◇ **video compact disc** disque m compact vidéo
◇ **video conference** vidéoconférence f, visioconférence f
◇ **video conferencing** vidéoconférences fpl, visioconférences fpl
◇ **video control operator** opérateur(trice) m,f de la vision
◇ **video diary** journal m vidéo
◇ **video editing** montage m vidéo
◇ **video effects** effets mpl vidéo
◇ **video film** film m vidéo
◇ **video flux** flux m vidéo
◇ **video frequency** vidéofréquence f
◇ **video game** jeu m vidéo
◇ **video installation** installation f vidéo
◇ *Fam* **video jock** présentateur(-trice) m,f de vidéoclips
◇ **video jockey** présentateur(trice) m,f de vidéoclips
◇ **video library** vidéothèque f
◇ **video link** liaison f vidéo
◇ **video machine** magnétoscope m
◇ **video monitor** moniteur m vidéo
◇ *Br Fam* **video nasty** = film vidéo à caractère violent et souvent pornographique
◇ **video operator** opérateur(trice) m,f magnétoscope ou vidéo
◇ **video piracy** duplication f pirate de cassettes vidéo
◇ **video playback** visualisation f de vidéo
◇ **video player** magnétoscope m
◇ **video projector** vidéoprojecteur m
◇ **video publisher** éditeur m de vidéo
◇ **video recorder** magnétoscope m
◇ **video recording** enregistrement m sur magnétoscope, enregistrement m vidéo

◇ **video shop** magasin m vidéo
◇ **video still** plan m fixe
◇ **video streaming** vidéostreaming m
◇ **video teleconferencing** visiophonie f
◇ **video telephone** vidéophone m
◇ **video transmission** vidéotransmission f
◇ **video wall** mur m d'écrans de télévision

videoclub n vidéoclub m

videodisc n vidéodisque m, disque m vidéo

videogram n vidéogramme m

videographic adj vidéographique

videography n vidéographie f

video-maker n vidéaste mf

video-on-demand n vidéo f à la demande; **near video-on-demand** vidéo f presque à la demande, NVOD f

> **"**
>
> The race is on between Global Crossing and Williams Communications, two of the largest private network companies, to connect everyone in the motion picture industry. A downstream consequence should be the wider implementation of **video-on-demand** (VOD). Many film studios fear losing control of their content, which is one of the major reasons they are reluctant to release films to cable operators for VOD. Cable operators, meanwhile, do not think VOD can be successful without access to the studios' top films.
>
> **"**

videophone n vidéophone m

video-record vt enregistrer sur magnétoscope, magnétoscoper

videorecorder n magnétoscope m

videotape 1 n bande f vidéo

2 *vt* enregistrer sur magnéto-scope, magnétoscoper
◇ *videotape operator* opérateur(-trice) *m,f* magnétoscope *ou* vidéo
◇ *videotape recorder* magnéto-scope *f*

Videotex® *n* vidéotex *m*, vidéogra-phie *f* interactive

vidicon *n TV* vidicon *m*

Viewdata® *n* vidéotex *m*, vidéogra-phie *f* interactive

viewer *n TV* téléspectateur(trice) *m,f* ; **the programme has** *or* **attracts a lot of female viewers/young viewers** l'émission est beaucoup regardée par les femmes/les jeunes

viewership *n Am TV* public *m*

viewfinder *n Cin & Phot* viseur *m*

viewfinding *n Cin & Phot* visée *f*

viewing *n TV* programmes *mpl*, émissions *fpl* ; **late-night viewing on BBC 2** les émissions de fin de soirée sur BBC 2 ; **his latest film makes exciting viewing** son dernier film est un spectacle passionnant ; **a good evening's viewing** une soirée passée devant de bons programmes de télévision
◇ *viewing figures* taux *m ou* indice *m* d'écoute, taux *m* d'audience
◇ *viewing hours* heures *fpl* d'écou-te ; **at peak viewing hours** aux heu-res de grande écoute

viewphone *n* vidéophone *m*

vignette 1 *n* **(a)** *Publ (illustration)* vignette *f* **(b)** *Cin & TV (role)* = courte scène d'exposition d'un per-sonnage **(c)** *DTP (shading)* dégradé *m*
2 *vt* **(a)** *Publ (book, page)* orner de vignettes **(b)** *DTP (shade)* dégrader

virgule *n Typ* barre *f* oblique

virtual *adj* virtuel(elle)
◇ *virtual image* image *f* virtuelle
◇ *virtual reality* réalité *f* virtuelle

vision *n TV* image *f*
◇ *vision mixer (equipment)* mixeur *m*, mélangeur *m* vidéo ; *(person)* opérateur(trice) *m,f* de mixage
◇ *vision mixing* mixage *m* d'images

visual 1 *n* visuals supports *mpl* vi-suels
2 *adj* visuel(elle)
◇ *Cin & TV visual effects* effets *mpl* spéciaux
◇ *Cin & TV visual effects supervi-sor* responsable *mf* des effets spé-ciaux
◇ *visual identity* identité *f* visuelle

VJ *n* (*abbr* **video jockey**) présenta-teur(trice) *m,f* de (vidéo)clips

VLF *n Audio* (*abbr* **very low fre-quency**) VLF *f*

VO *n Cin & TV* (*abbr* **voice-over**) voix *f* off

VOA *n Am Rad* (*abbr* **Voice of America**) = station de radio améri-caine émettant dans le monde en-tier

vocal frequency *n* fréquence *f* vo-cale

VOD *n TV* (*abbr* **video-on-demand**) vidéo *f* à la demande, VOD *f*

> **66**
>
> NTL is to launch video-on-demand from mid-2000. It is to use technol-ogy from DIVA although the agree-ment is conditional on certain tech-nical and commercial milestones being achieved. **VOD** will offer on-demand access to an evolving li-brary of movies and special interest material. It gives the viewer controls similar to a VCR – pause, fast-for-ward and rewind.
>
> **99**

voice *n* voix *f*
◇ *Cin & TV voice coach* répéti-teur(trice) *m,f* vocal(e)
◇ *Tel voice mail* messagerie *f* vocale
◇ *Comptr voice recognition* recon-naissance *f* de la parole, recon-naissance *f* vocale

◇ *Rad & TV* **voice test** essai *m* de voix

Voice of America *n Am Rad* = station de radio américaine émettant dans le monde entier

voice-over *n Cin & TV* voix *f* off

volume *n* (**a**) *(sound)* volume *m*; **at full volume** à fond, à plein volume (**b**) *(of book)* volume *m*, tome *m*

◇ *Rad & TV* **volume control** bouton *m* de réglage du volume

◇ *Typ* **volume numbering** tomaison *f*

vox pop *n Br Fam* micro-trottoir *m*

VSAT *n* (*abbr* **very small aperture terminal**) VSAT *m*, microstation *f* (terrienne)

VT *n* (*abbr* **videotape**) bande *f* vidéo

◇ **VT editing** montage *m* vidéo

◇ **VT operator** opérateur(trice) *m,f* magnétoscope *ou* vidéo

VTR *n* (*abbr* **videotape recorder**) magnétoscope *m*

VU meter *n* vumètre *m*

WAIS n Comptr (abbr **wide area information service system**) WAIS m

Walkman® n Walkman® m, baladeur m

walk-on adj
◇ Cin & TV **walk-on actor** figurant(e) m,f
◇ Cin & TV **walk-on part, walk-on role** bout m de rôle, rôle m muet

WAP n Tel (abbr **wireless applications protocol**) WAP m
◇ **WAP lock** WAP lock m
◇ **WAP phone** téléphone f WAP

Wapping n Press = quartier de l'Est de Londres où se trouvent les sièges de plusieurs journaux détenus par Rupert Murdoch

war n
◇ Press **war correspondent** correspondant(e) m,f de guerre
◇ **war film, war movie** film m de guerre

wardrobe n Cin **Elizabeth Taylor's wardrobe by ...** Elizabeth Taylor est habillée par ..., les costumes d'Elizabeth Taylor sont de chez ...
◇ **wardrobe department** service m costumes
◇ **wardrobe mistress** costumière f
◇ **wardrobe supervisor** chef costumier m

washing n Cin lavage m
◇ **washing tank** cuve f à laver

waste sheet n Print maculature f, macule f

watchdog n (person, organization) watchdog m, chien m de garde

water cooler show n Fam TV = émission dont tout le monde parle

> "
>
> NBC Entertainment President Garth Ancier says he's thrilled that *The West Wing* is both a critical and commercial hit. It wins the ratings at 9 p.m. Wednesday, and draws more affluent viewers ($75,000 income and up) than any other NBC show. "It's always nice when you see a show that clever, and well done, become a **water cooler show**," Mr. Ancier says, meaning that viewers discuss the program the next day at work. He's a brilliant writer.
>
> "

watermark 1 n (on paper) filigrane m

   2 vt filigraner

watermarked adj (paper) à filigrane

watershed n TV **the watershed** = l'heure après laquelle l'émission de programmes destinés aux adultes est autorisée

> "
>
> Channel 5 was slapped down again by the ITC in its annual performance review for breaching its programme code with "unsuitable" adult programmes ... *Dark Knight*, *Family Confidential* and *Movie Chart Show* were among shows deemed

> unsuitable for screening before the **watershed**.
>
> 🙶

wave n Rad (electric, magnetic) onde f

wavelength n Rad longueur f d'onde

Web n Comptr the Web le Web, la Toile
◇ *Web authoring* création f de pages Web
◇ *Web authoring program* programme m de création de pages Web
◇ *Web authoring tool* outil m de création de pages Web
◇ *Web browser* navigateur m, logiciel m de navigation
◇ *Web cam* caméra f Internet
◇ *Web design agency* société f spécialisée dans la conception de sites Web
◇ *Web designer* concepteur(trice) m,f de sites Web
◇ *Web hosting* hébergement m de sites Web
◇ *Web master* Webmaster m, Webmestre m, responsable mf de site Web
◇ *Web page* page f Web
◇ *Web radio* webradio f
◇ *Web short* = film court diffusé sur l'Internet
◇ *Web site* site m Web
◇ *Web space* espace m Web

web n Print bande f de papier continue
◇ *web press* rotative f

webcast Comptr 1 n webcast m
2 vt diffuser sur l'Internet

> 🙸
>
> Friday the 13th was lucky for basketball fans and Internet surfers. In the first-ever live **webcast** of an NBA game, those with broadband access were able to watch the Dallas Mavericks play the Sacramento Kings … The Web-only event is

> part of the NBA's plans to **webcast** a series of games by its new eight-team developmental league beginning in the fall.
>
> 🙶

webcasting n Comptr webcasting m

web-fed adj Print (press) alimenté(e) par bobine

web-offset printing n impression f continue

webzine n webzine m

weekly Press 1 n hebdomadaire m; **the weeklies** la presse hebdomadaire
2 adj hebdomadaire

weepie n Fam Cin mélo m

weight n (a) Typ (of letter, font) graisse f (b) Print (of paper) grammage m

western n Cin western m

wetting board n Print ais m

wf Typ (abbr **wrong font**) mauvaise police f de caractères

WGA n (abbr **Writers' Guild of America**) syndicat m des auteurs américains

whip pan n Cin & TV panoramique m filé

white adj
◇ Cin & TV **white balance** balance f des blancs
◇ Audio **white noise** bruit m blanc
◇ Print & Typ **white space** blanc m

white-on-black n Print & Typ noir au blanc m

whodunit, whodunnit n Fam (film) film m policier; (book) roman m policier

> 🙸
>
> In the same diary, Follett says that he dislikes the Booker "because it never goes to a popular bestseller". This is obviously untrue. *Midnight's*

Children and *The Remains of the Day* have both sold millions of copies. Roddy Doyle's *Paddy Clarke Ha Ha Ha* had sold more than 100,000 copies in hardback even before it got on the shortlist. Follett probably means that the Booker has never gone to a bestselling genre novel – a **whodunnit**, a thriller, a romance.

"

wide-angle *adj Cin & TV*
◇ **wide-angle lens** grand-angle *m*, grand-angulaire *m*
◇ **wide-angle shot** panoramique *m*

widescreen *n Cin* grand écran *m*, écran *m* panoramique
◇ **widescreen television** téléviseur *m* grand écran

wide shot *n Cin & TV* plan *m* d'ensemble

widow *n Typ* (ligne *f*) veuve *f*

width *n Typ* (of letter) chasse *f*

wild *adj Cin*
◇ **wild sound** son *m* non synchrone
◇ **wild track** piste *f* non synchrone

wind machine *n Cin & TV* ventilateur *m*

window *n Comptr* fenêtre *f*

wipe *n Cin & TV* volet *m*

▸ **wipe off** *vi Cin & TV* fermer par un volet

▸ **wipe on** *vi Cin & TV* ouvrir par un volet

WIPO *n* (*abbr* **world intellectual property organization**) OMPI *f*

wireless *adj* sans fil
◇ **wireless headset** oreillette-micro *f*

wire service *n Press* agence *f* de presse

wire-stitch *vt Publ* piquer au fil métallique

woodfree *adj Publ* (paper) sans bois

woofer *n Audio* haut-parleur *m* de graves, woofer *m*

word *n* mot *m*
◇ *DTP & Typ* **word break** césure *f*
◇ *DTP* **word count** nombre *m* des mots ; **to do a word count** compter les mots
◇ *DTP* **word count facility** fonction *f* de comptage de mots
◇ **word processing** traitement *m* de texte
◇ **word processor** logiciel *m* de traitement de texte
◇ *DTP & Typ* **word spacing** espacement *m* entre les mots
◇ *DTP* **word split** coupure *f* de mot
◇ *DTP* **word wrap** retour *m* à la ligne automatique

word-process **1** *vt* (text) réaliser par traitement de texte
2 *vi* travailler sur traitement de texte

word-processing software *n* logiciel *m* de traitement de texte

work *n Print*
◇ **work and tumble** impression *f* tête à queue
◇ **work and turn** imposition *f* en demi-feuille

working title *n Cin* titre *m* provisoire

workprint *n* copie *f* de montage

world *n*
◇ *Rad* **the World Service** = service étranger de la BBC
◇ *TV* **world television** mondovision *f*

worm's-eye view *n Fam Cin, Phot & TV* contre-plongée *f*

wow *n Audio* pleurage *m* (dans les graves)

wrangler *n Cin* animalier(ère) *m,f*

wrap *Cin* **1** *n* **it's a wrap!** c'est dans la boîte !
2 *vi* finir de tourner

write *vt* (article, screenplay) écrire ; (CD-ROM) enregistrer

▸**write out** *vt sep Rad & TV (character)* faire disparaître

▸**write up** *vt sep Press (event)* faire un compte rendu de, rendre compte de

writer *n* auteur *m*
◇ *Writers' Guild of America* syndicat *m* des auteurs américains
◇ *writer's script* scénario *m* d'auteur

writer-director *n Cin & TV* auteur-réalisateur(trice) *m,f*

writer-director-producer *n Cin & TV* auteur-réalisateur-producteur(trice) *m,f*

wrong-reading *adj Print* à l'envers

WS *n Cin & TV (abbr* **wide shot***)* plan *m* d'ensemble

WWW *n Comptr (abbr* **world wide web***)* WWW, W3

WYSIWYG *n & adj Comptr & DTP (abbr* **what you see is what you get***)* tel écran-tel écrit *m*, tel-tel *m*, Wysiwyg *m*
◇ *WYSIWYG display* affichage *m* tel écran-tel écrit *ou* tel-tel *ou* Wysiwyg

X *n Formerly Cin* = mention accompagnant les films interdits aux moins de 18 ans (remplacé par 18)

xerographic *adj* de photocopie
◇ *xerographic equipment* copieur *m*, photocopieuse *f*

xerography *n* photocopie *f*, électrocopie *f*

Xerox® *n* (a) *(machine)* copieur *m*, photocopieuse *f* (b) *(process, copy)* photocopie *f*

xerox *vt* photocopier

x-height *n Typ* hauteur *f* d'œil

XMCL *n Comptr (abbr Extensible Media Commerce Language)* XMCL *m*

XML *n Comptr (abbr Extensible Markup Language)* XML *m*

X-rated *adj Br Formerly Cin (film)* = interdit aux moins de 18 ans

xylographic *adj* xylographique

xylography *n* xylographie *f*

yearly *Press* **1** *n* publication *f* annuelle
2 *adj* annuel(elle)

yoof TV *n Br Fam* télévision *f* pour jeunes

zap *vi Fam TV* zapper

zero edition *n Press* numéro *m* zéro

zincography *n* zincographie *f*

zine *n Fam (magazine)* magazine *m*

zip pan *n Cin & TV* panoramique *m* filé

zitcom *n Am Fam TV* sitcom *m* pour adolescents

zone *n* zone *f*

zoom *n Cin & TV (lens, effect)* zoom *m*
◇ *zoom lens* zoom *m*, objectif *m* à distance focale variable
◇ *zoom shot* plan *m* avec variation de focale, plan *m* au zoom

▸**zoom in** *vi Cin & TV* faire un zoom; **the camera zoomed in on the laughing children** la caméra a fait un zoom *ou* a zoomé sur les enfants en train de rire

▸**zoom out** *vi Cin & TV* faire un zoom arrière

AOL TIME WARNER INC

Based: New York

Created: 2001

Interests: cinema, TV, music, online services, publishing

AOL Time Warner Inc was created through the merger of online services AOL (America Online) and media company Time Warner. Time Warner was itself the result of a merger in 1989 of publishing giant Time Inc. – which published, among others, *Time* magazine – and Warner Communications Inc., which owned the Warner Brothers film company. The merger – a $106 billion transaction – was one of the largest in history and united a whole media empire with the biggest online service in the world.

Warner Brothers was established in 1923; as well as being a successful film studio, it also has a film and TV production subsidiary, Warner Brothers Television, and several cable TV channels, including HBO (Home Box Office). Warner Brothers also owns DC Comics, creator of the Superman and Batman characters, and has a retail division with shops worldwide. In addition, the Warner Music Group is one of the largest music groups in the world.

In 1996 Time Warner acquired the Turner Broadcasting System company, which gave it control of several cable TV networks, including CNN. Other companies which came with the deal were two film studios, a baseball team and a basketball team.

MAJOR HOLDINGS:

TV

Warner Bros Television

Time Warner Cable

Turner Broadcasting System (includes The Cartoon Network, CNN, HBO)

Library of 25,000 TV programmes

CINEMA

Warner Bros film studio

New Line Cinema film studio

1000+ cinema screens

Library of 6,000 movies

PUBLISHING

Time Inc.

Time Warner Trade Publishing

MUSIC

Warner Music group

INTERNET

AOL

OTHER

Chain of theme parks

Baseball team

Basketball team

Retail outlets

BERTELSMANN

Based: Gütersloh, Germany

Created: 1830

Interests: TV and radio, music, online services, printing and
                    publishing

Bertelsmann was founded by Carl Bertelsmann and his descendants
still control the company, which has interests in around 60 countries
worldwide.

In 1998 Bertelsmann acquired the major publisher Random House
and the music company BMG Entertainment. BMG is based in New
York and owns more than 200 record labels in 54 countries together
with a major music distribution company and a music publishing
company.

Bertelsmann also has a major stake in the German publisher Gruner +
Jahr and publishes over 400 general magazines and specialist journals.

In 2001 the company took a controlling stake in RTL, the
Luxembourg-based broadcaster, which itself owns 24 television stations and 17 radio stations across Europe.

Also in 2001 it entered into a partnership with the beleaguered
online music service Napster, lending it $50 million. A joint subscrip-
tion-based music-swapping service is expected in 2002.

MAJOR HOLDINGS:

TV & RADIO

German TV channels RTL, RTL2, SuperRTL, Vox

Part-ownership of Premiere, Germany's largest pay-TV channel

50% ownership of CLT-Ufa (19 TV channels, 23 radio stations)

18 radio stations across Europe

PUBLISHING

Random House

Major stake in Gruner + Jahr

MUSIC

BMG Entertainment

Recording studios Arista and RCA

Partnership with Napster

DISNEY

Based:	Burnbank, California
Created:	1923
Interests:	cinema, television, merchandizing, multimedia, publishing, shipping, theme parks

The world-famous Walt Disney Company began as a small idea about a mouse and is now a worldwide entertainment provider. The brothers Roy and Walt Disney started the company – called Walt Disney Productions until 1986 – in Hollywood in 1923 as a film studio. The studio produced its first animated feature film, *Snow White*, in 1937 and *Fantasia* and *Pinocchio* in the 1940's.

In 1955 the brothers diversified into theme parks with the opening of Disneyland in Anaheim, California. This was followed by Disney World in Orlando, Florida, in 1971, Disneyland Tokyo in 1983 and Disneyland Paris in 1992.

Traditionally focused on family entertainment, Disney diversified further during the period 1984–94 into other ventures to include all audiences, establishing and purchasing several film production companies. The reason for the new direction stemmed from the fact that Hollywood's creative community of writers, directors, producers and actors refused to work for Disney. To resolve this, Disney launched the Touchstone Pictures film studio to target films for a more general audience.

In 1987 Disney moved into retail with the opening of the first Disney Store and in 1995 purchased the Capital Cities/ABC television network to ensure access to network and cable television. This included ESPN, the biggest television sports network in the US. Disney also paid the National Football League $9.2 billion for rights to broadcast games on the ABC network.

Disney continues to update and expand its theme parks in Florida and Anaheim and has launched dramatized versions of its animated films, such as *The Lion King* and *Beauty and the Beast* on Broadway.

MAJOR HOLDINGS:

TV & RADIO

ABC radio and television network

10 US television channels and 21 US radio stations

Cable channels: Disney Channel, ESPN, the History Channel

CINEMA

Disney

Miramax

Buena Vista

PUBLISHING

Magazine and newspaper publishing

Hyperion Books

Chilton Publications

MUSIC

Hollywood Records

Mammoth Records

Walt Disney Records

OTHER

Theme parks in US, France and Japan

Cruise line

Chain of amusement arcades

Retail outlets

Hockey team

Baseball team

NEWS CORPORATION

Based: Sydney

Created: 1952

Interests: cinema, newspaper and book publishing, television

News Corporation Ltd, usually called News Corp, is the world's largest newspaper publisher and also owns a variety of media enterprises around the world. It is owned by the media mogul Rupert Murdoch, who began building his empire in Australia in the early 1950s. The company expanded to the UK in the late 1960s when it bought the tabloid newspapers *The News of the World* and *The Sun*. Since 1981 the company has also owned *The Times* and *The Sunday Times*.

The company began to buy and sell many publications in the US in the early 1980s and also moved into book publishing with the acquisition of UK publisher Collins and US publisher Harper & Row, which were merged to form HarperCollins.

In recent years, News Corp has concentrated on its expansion into television. In 1985 it bought Twentieth Century Fox and a year later formed Fox Broadcasting Company, the first new US television network since 1948.

News Corp has also been at the forefront of satellite TV broadcasting. The company already owned Sky TV and proceeded to take over its chief rival BSB to become BSkyB, the most profitable satellite TV company worldwide. It also owns the Hong Kong satellite TV company Star Television. In the late 1990s it bought New World Communications Group, Heritage Media Corporation and International Family Entertainment, owner of The Family Channel cable TV network.

MAJOR HOLDINGS:

TV

Fox Broadcasting Network

22 US television stations

Fox News Channel

CINEMA

Twentieth Century Fox

Library of 2,000 films

PUBLISHING

132 newspapers

25 magazines

HarperCollins publishers

OTHER

Baseball team

SONY

Based: Tokyo

Created: 1946

Interests: electronic goods, music, cinema and television

Sony – in full, the Sony Corporation – is the only Japanese consumer electronics giant that has moved successfully into global multimedia. The group has around 1,000 subsidiaries and is listed on 16 stock exchanges.

It was founded in Tokyo and was originally called Tokyo Tsushin Kogyo Kabushiki Kaisha, but changed its name to Sony Corporation in 1958. Two years later, its US subsidiary, Sony Corporation of America, was founded in New York. In 1961 it became the first Japanese company to float its shares on the US stock market.

Sony is a leader in the development of electronic goods and has been responsible for introducing numerous products onto the world markets. In 1968 it patented the Trinitron® cathode ray tube, then in 1975 launched the Betamax® video recorder, in 1979 the Walkman® personal stereo and in the early 1980s co-developed the CD with Philips. In the early 1990s, it launched the MiniDisc®.

In 1968 Sony formed a joint venture with CBS Records, which became CBS-Sony records. In 1988 Sony bought the entire global business of CBS Records and the year after acquired Columbia

Pictures and Tri-Star Pictures. Since then it has become a major player in the recording, film and television production industries.

MAJOR HOLDINGS:

MUSIC

CBS Records

CINEMA

Columbia Pictures

Tri-Star Pictures

VIACOM

Based:	New York
Created:	1971
Interests:	cinema, television, publishing, theme parks

Viacom was originally created by the CBS television network to get around a Federal Communications Commission ruling that prohibited television networks from owning cable systems and TV stations in the same market. It then began expanding the company through the acquisition of cable systems around the United States and in 1981 formed MTV. The company was acquired by National Amusements, a cinema company, in 1987, and began to diversify into other areas.

In 1994 Viacom acquired Paramount, a major film and television studio whose credits include the feature films *Forrest Gump* and *Mission Impossible* and the TV series *Star Trek* and *Buffy the Vampire Slayer*. Paramount also owns five theme parks in North America and the Simon & Schuster publishing house. Also in 1994, Viacom bought Blockbuster Entertainment Corporation, which included Blockbuster Video, the world's leading video rental company, although this was subsequently sold off in 1998.

Viacom's cable production ventures include the MTV Networks and the Showtime Networks. MTV Networks owns and operates, among others, MTV Music Television, Nickelodeon and VH1. Viacom also partially owns a number of other cable television channels, including the Sci-Fi Channel.

United International Pictures (UIP), in which Viacom has a 33% interest, handles general distribution of Paramount Pictures' films outside North America. United Cinemas International (UCI), a joint venture between Viacom and Vivendi Universal, operates a worldwide holding of multiplex cinemas.

In 1999 Viacom acquired the CBS corporation in a $37 billion deal that has made the corporation the current second largest media group in the world.

MAJOR HOLDINGS:

CINEMA

Paramount Pictures

50% ownership of UCI

TV

13 US television stations

MTV, VH1, Nickelodeon, Showtime and Paramount cable television networks

PUBLISHING

Simon & Schuster

Scribners

Macmillan

OTHER

Theme parks

VIVENDI UNIVERSAL

Based: Paris

Created: 2000

Interests: cinema and television production, broadcasting, publishing, retailing, theme parks, mobile phones, music, online services

Vivendi began in France in 1853 as the Compagnie Générale des Eaux (CGE). By the late 1990s it was operating in over 90 countries. Its portfolio covered mainly water, waste management, transport, energy and construction. In 1983 it joined with the Havas media group, also dating from the middle of the previous century, in establishing the Canal+ group. CGE subsequently became Havas's major shareholder. In the early 1990s it established the Cegetel telephone network, the largest private telephone network in France, built joint ventures with partners such as Vodafone and bought rail and road services in Germany and Scandinavia.

In 1998 the group was renamed Vivendi and it began to focus its interests on multimedia. In 2000 it acquired Seagram, the major Canadian drinks company, and formed Vivendi Universal. Seagram had taken over Universal, the major multimedia company, in 1995 and in 1998 had acquired the EU Polygram music recording empire.

The group now extends over four continents and continues to expand. It has established a joint vernture with Vodafone in establishing an Internet portal called Vizzavi. Its publishing division, Vivendi Universal Publishing, combines the various print and digital publishing activities of the company. It is France's foremost book publisher and a leading newspaper proprietor, Europe's second largest business information publisher and the second largest games and educational software publisher worldwide. Its subsidiaries include L'Express, Laffont, Chambers Harrap, Sierra, Larousse and the portal Education.com.

Vivendi Universal continues to expand in the area of new media. In 2001 it bought MP3.com, the company which has pioneered the method of downloading music from the Internet.

MAJOR HOLDINGS:

CINEMA

Universal Studios

50% ownership of UCI

TV

Canal+

USA Networks – major prime-time cable network in the US

SciFi Channel

TELECOMS

Cegetel

Vivendi Telecom International

PUBLISHING

Chambers Harrap

Houghton Mifflin

Larousse

Nathan

Robert

INTERNET

MP3.com

Vizzavi – jointly owned with Vodafone

Scoot – interactive directory service

AOL TIME WARNER

Siège: New York

Date de création: 2001

Domaines d'activité: cinéma, télévision, musique, services en ligne, presse, édition

AOL Time Warner est le résultat de la fusion de la société de services en ligne AOL (America Online) et de Time Warner. Time Warner fut elle-même créée en 1989 à la suite de la fusion du géant de la presse et de l'édition Time Inc. – propriétaire du magazine *Time* entre autres titres – et de Warner Communications Inc., propriétaire de la Warner Brothers. La fusion, à la suite d'une transaction qui porta sur une somme de 106 milliards de dollars, fut l'une des plus importantes jamais effectuées et aboutit à la création d'un véritable empire médiatique comprenant entre autres la plus grande entreprise de services en ligne du monde.

La société Warner Brothers fut fondée en 1923. Outre les fameux studios de cinéma, elle comprend aujourd'hui une filiale production pour la télévision et le cinéma (la Warner Brothers Television) et plusieurs chaînes de télévision par câble, dont HBO. Warner Brothers est également propriétaire de DC Comics (créateurs de Superman et de Batman), et dispose de magasins dans le monde entier. Par ailleurs, la filiale Warner Music Group est l'une des premières maisons de disques au monde.

En 1996, Time Warner fit l'acquisition de la société Turner Broadcasting System, se retrouvant ainsi à la tête de plusieurs réseaux de télévision par câble, dont CNN. Grâce à cette acquisition, Time Warner hérita également de deux studios de cinéma, d'une équipe de base-ball et d'une équipe de basket-ball.

PRINCIPALES SOCIÉTÉS:

TÉLÉVISION

Warner Bros Television

Time Warner Cable

Turner Broadcasting System (y compris The Cartoon Network, CNN, HBO)

Catalogue de 25 000 émissions de télévision

CINÉMA

Les studios Warner Bros

Les studios New Line Cinema

Parc de plus de 1000 salles de cinéma

Catalogue de 6000 films

PRESSE ET ÉDITION

Time Inc.

Time Warner Trade Publishing

MUSIQUE

Warner Music Group

INTERNET

AOL (America Online)

DIVERS

Une chaîne de parcs d'attractions

Une équipe de base-ball

Une équipe de basket-ball

Une chaîne de magasins

BERTELSMANN

Siège: Gütersloh, Germany

Date de création: 1830

Domaines d'activité: télévision et radio, musique, services en ligne, impression et édition

La société Bertelsman fut fondée par Carl Bertelsmann, et ses descendants sont toujours à la tête du groupe, aujourd'hui présent dans soixante pays.

En 1998 Bertelsmann a acheté la maison d'édition Random House et la maison de disques BMG Entertainment. BMG est basée à New York et contrôle plus de 200 labels dans 54 pays, ainsi qu'une importante société de distribution de musique et une société d'édition musicale.

Berteslmann est le principal actionnaire du groupe de presse Gruner + Jahr et publie plus de 400 magazines généralistes et revues spécialisées.

En 2001, Bertelsmann est également devenu le principal actionnaire de RTL (Radio-Télé-Luxembourg), se retrouvant ainsi à la tête de 24 stations de télévision et de 17 stations de radio en Europe.

La même année, Bertelsmann a formé une alliance avec le service de musique en ligne Napster alors en proie à de graves difficultés, et lui accorda un prêt de 50 millions de dollars. Un service de musique en ligne payant est prévu pour 2002.

PRINCIPALES SOCIÉTÉS:

TÉLÉVISION ET RADIO

Les chaînes de télévision en langue allemande RTL, RTL2, SuperRTL, Vox

Participation de 50% à Premiere, la plus grande chaîne de télévision payante d'Allemagne

Participation de 50% à CLT-Ufa (19 chaînes de télévision, 23 stations de radio)

18 stations de radio en Europe

PRESSE ET ÉDITION

Random House

Principal actionnaire de Gruner + Jahr

MUSIQUE

BMG Entertainment

Arista et RCA

Alliance avec Napster

DISNEY

Siège:	Burbank, California
Date de création:	1923
Domaines d'activité:	cinéma, télévision, marchandisage, multimédia, édition, presse, parcs d'attractions

La Walt Disney Company, qui débuta avec une petite souris, est aujourd'hui un géant de l'industrie du divertissement, présent dans le monde entier. Ses fondateurs, les frères Roy et Walt Disney, créèrent leur premier studio à Hollywood en 1923: la Walt Disney Company (dont le nom resterait inchangé jusqu'en 1986) était née. Le premier long métrage d'animation *Blanche-Neige et les sept nains* sortit en 1937, suivi dans les années 1940 de *Fantasia* et de *Pinocchio*.

1955 vit l'ouverture du parc d'attractions de Disneyland à Anaheim, en Californie. Il fut suivi en 1971 par Disney World à Orlando en Floride, par Disneyland Tokyo en 1983 puis par Disneyland Paris en 1992.

Disney est longtemps resté spécialisé dans le divertissement familial, et fut longtemps boudé par les scénaristes, les metteurs en scène, les producteurs et les acteurs les plus en vue d'Hollywood, en raison de son image. La société a cependant élargi son domaine d'activité dans les années 1984–94 en créant et en achetant des sociétés de production de cinéma (notamment Touchstone Pictures) afin d'atteindre un public plus large.

En 1987, Disney ouvrit sa première boutique (Disney Store). En 1995, l'entreprise fit l'acquisition du réseau de télévision Capital

Cities/ABC afin d'avoir accès à des réseaux de télévision hertzienne et par câble sur tout le territoire américain. La société devint propriétaire de ESPN, le plus grand réseau de télévision consacré au sport aux États-Unis. Disney versa également plus de 9 milliards de dollars à la National Football League afin de pouvoir diffuser les matchs de football américain nationaux sur le réseau ABC.

Disney continue d'agrandir et de moderniser ses parcs d'attractions en Floride et en Californie et a adapté pour le théâtre plusieurs de ses dessins animés tels que *Le Roi lion* et *La Belle et la bête*, représentés à Broadway.

PRINCIPALES SOCIÉTÉS:

TÉLÉVISION ET RADIO

ABC (réseau de télévision et de radio)

10 chaînes de télévision et 21 stations de radio aux États-Unis

Chaînes de télévison par câble: Disney Channel, ESPN, History Channel

CINÉMA

Disney

Miramax

Buena Vista

PRESSE ET ÉDITION

Magazines et journaux

Hyperion Books

Chilton Publications

MUSIQUE

Hollywood Records

Mammoth Records

Walt Disney Records

DIVERS

Parcs d'attractions aux États-Unis, en France et au Japon

Une ligne de croisière

Une chaîne de salles de jeux électroniques

Une chaîne de magasins

Une équipe de hockey sur glace

Une équipe de base-ball

NEWS CORPORATION

Siège:	Sydney
Date de création:	1952
Domaines d'activité:	cinéma, presse et édition, télévision

News Corporation Ltd, ou News Corp, est le premier groupe de presse du monde et possède de nombreux groupes de médias dans le monde entier. Le propriétaire en est Rupert Murdoch, qui commença à bâtir son empire en Australie au début des années 1950. À la fin des années 1960, News Corp fit son entrée sur le marché britannique en faisant l'acquisition de deux titres de la presse tabloïde, *The News of the World* et *The Sun*. Depuis 1981, News Corp est également propriétaire du *Times* et du *Sunday Times*.

Au début des années 1980, l'entreprise étendit ses activités aux États-Unis. Elle se lança également dans l'édition en achetant les sociétés Collins et Harper & Row (respectivement britannique et américaine), qu'elle fusionna pour former HarperCollins.

Au cours des dernières années, News Corp a concentré ses efforts sur le développement de son empire télévisuel. L'année 1985 est marquée par l'acquisition de la Twentieth Century Fox, et l'année suivante par la création de la Fox Broadcasting Company, premier réseau de télévision hertzienne créé aux États-Unis depuis 1948.

News Corp est le géant mondial de la télévision par satellite. Déjà propriétaire de Sky TV, la société a ensuite fait l'acquisition de sa principale rivale, BSB, créant ainsi l'entreprise de télévision par satellite la plus rentable du monde, BSkyB. News Corp est également propriétaire de la société de télévision par satellite de Hong-Kong, Star Television. À la fin des années 1990, News Corp a acheté New World

Communications Group, Heritage Media Corporation et International Family Entertainment, propriétaire du réseau de télévision par câble The Family Channel.

PRINCIPALES SOCIÉTÉS:

TÉLÉVISION

Fox Broadcasting Network

22 stations de télévision aux États-Unis

Fox News Channel

CINÉMA

Twentieth Century Fox

Catalogue de 2000 films

PRESSE ET ÉDITION

132 journaux

25 magazines

HarperCollins Publishers

DIVERS

Une équipe de base-ball

SONY

Siège:	Tokyo
Date de création:	1946
Domaines d'activité:	électronique, musique, cinéma, télévision

Sony (Sony Corporation) est le seul géant de l'électronique japonais à avoir réussi à s'imposer dans le multimédia. Le groupe possède environ mille filiales et est coté en Bourse en 16 endroits différents.

Fondée à Tokyo, la societé Tokyo Tsushin Kogyo Kabushiki Kaisha prit en 1958 le nom de Sony Corporation. Deux ans plus tard, sa filiale américaine, Sony Corporation of America, fut fondée à New York. En 1961, Sony devint la première entreprise japonaise à être cotée en Bourse aux États-Unis.

Sony est l'un des leaders mondiaux de l'électronique de consommation et est à l'origine de nombreux produits diffusés dans le monde entier. En 1968, Sony fit breveter le système des tubes cathodiques Trinitron®, en 1975 ce fut le tour du magnétoscope Betamax®, en 1979 le Walkman® fit son apparition et au début des années 1980, Sony inventa le disque compact en collaboration avec Philips. Au début des années 1990, l'entreprise lança le MiniDisc®.

En 1968, Sony fonda une entreprise en participation avec CBS Records, baptisée CBS-Sony records. En 1988, elle acheta la totalité de CBS Records et fit l'année suivante l'acquisition de Columbia Pictures et de Tri-Star Pictures. Depuis, l'entreprise joue un rôle de premier plan dans l'industrie du cinéma, de la musique et de la télévision.

PRINCIPALES SOCIÉTÉS:

MUSIQUE

CBS Records

CINÉMA

Columbia Pictures

Tri-Star Pictures

VIACOM

Siège:	New York
Date de création:	1971
Domaines d'activité:	cinéma, télévision, presse et édition, parcs d'attractions

À l'origine, Viacom est une création du réseau de télévision hertzienne CBS, qui fonda cette entreprise afin de contourner une décision de la Federal Communications Commission (sorte de conseil supérieur de l'audiovisuel aux États-Unis) selon laquelle un réseau de télévision ne pouvait contrôler à la fois des chaînes de télévision hertziennes et par câble dans une même zone géographique. Viacom fit l'acquisition de nombreuses chaînes de télévision par câble aux États-Unis et fonda MTV en 1981. En 1987, l'entreprise fut reprise par National Amusements, et commença à étendre le champ de ses activités.

En 1994, Viacom racheta Paramount, l'un des principaux studios de cinéma et de télévision, qui produisit entre autres *Forrest Gump* et *Mission Impossible* et les séries télévisées *Star Trek* et *Buffy contre les vampires*. Paramount possède cinq parcs d'attraction en Amérique du Nord et la maison d'édition Simon & Schuster. En 1994, la société a racheté Blockbuster Entertainment Corporation, propriétaire du leader mondial de la location de cassettes vidéo Blockbuster Video, qu'elle revendit en 1998.

Parmi les sociétés lancées par Viacom dans le domaine de la télévision par câble, citons MTV Networks et Showtime Networks. MTV Networks est à la tête, notamment, de MTV Music Television, Nickelodeon et VH1. Viacom a aussi des participations dans d'autres chaînes de télévision par câble, parmi lesquelles Sci-Fi Channel.

United International Pictures (UIP), dont Viacom détient 33% du capital, s'occupe de la distribution des films de la Paramount Pictures en dehors de l'Amérique du Nord. United Cinemas International (UCI), société en participation formée par Viacom et Vivendi Universal, exploite une chaîne de complexes multisalles présente dans le monde entier.

En 1999 Viacom a fait l'acquisition de CBS au terme d'une transaction portant sur une somme de 37 milliards de dollars et est devenu du même coup le deuxième groupe de médias du monde.

PRINCIPALES SOCIÉTÉS:

CINÉMA

Paramount Pictures

Participation de 50% au capital de UCI (United Cinemas International)

TÉLÉVISION

13 stations de télévision aux États-Unis

MTV, VH1, Nickelodeon, et les réseaux de télévision par câble Showtime et Paramount

PRESSE ET ÉDITION

Simon & Schuster

Scribners

Macmillan

DIVERS

Parcs d'attractions

VIVENDI UNIVERSAL

Siège:	Paris
Date de création:	2000
Domaines d'activité:	cinéma et télévision, diffusion, presse et édition, vente, parcs d'attraction, télécoms, musique, services en ligne

L'origine de Vivendi remonte à la création de la Compagnie Générale des Eaux (CGE), en 1853. Vers la fin des années 1990, le groupe était présent dans 90 pays. Parmi ses activités principales figurent le traitement et la distribution de l'eau, le traitement des déchets, les transports, l'énergie et la construction. En 1983, la CGE s'allia avec le groupe de médias Havas, fondé en 1835, pour former le groupe Canal+. La CGE devint par la suite le principal actionnaire de Havas. Au début des années 1990, la CGE mit en place le réseau de télécommunications Cegetel, la plus grande entreprise de télécommunications privée en France, s'associa avec Vodafone pour certains projets et s'implanta dans les domaines routier et ferroviaire en Allemagne et en Scandinavie.

Rebaptisé Vivendi en 1998, le groupe se concentre désormais sur le multimédia. En 2000 il fit l'acquisition de Seagram – le groupe canadien de vins et spiritueux – pour former Vivendi Universal. Seagram avait lui-même repris le groupe multimédia Universal en 1995 et la maison de disques EU Polygram en 1998.

Vivendi Universal est présent sur quatre continents et poursuit son expansion. Il a établi le portail Internet Vizzavi conjointement avec Vodafone. Sa branche presse et édition, Vivendi Universal Publishing, regroupe toutes les activités du groupe dans le domaine de l'édition sur papier et sur support électronique. C'est le leader de l'édition en France, le deuxième groupe de presse des affaires d'Europe et le deuxième éditeur de logiciels ludiques et éducatifs du monde. Parmi ses nombreuses filiales, citons L'Express, Laffont, Chambers Harrap, Sierra, Larousse et le portail Education.com.

Vivendi Universal continue de s'élargir dans le domaine des nouveaux médias. En 2001, le groupe a repris MP3.com, l'entreprise qui a mis au point la technologie permettant de télécharger de la musique depuis l'Internet.

PRINCIPALES SOCIÉTÉS:

CINÉMA

Studios Universal

Participation de 50% au capital de UCI (United Cinemas International)

TÉLÉVISION

Canal+

USA Networks – très grand réseau de télévision par câble aux États-Unis

SciFi Channel

TÉLÉCOMS

Cegetel

Vivendi Telecom International

PRESSE ET ÉDITION

Chambers Harrap

Houghton Mifflin

Larousse

Nathan

Robert

INTERNET

MP3.com

Vizzavi – conjointement avec Vodafone

Scoot – annuaire électronique interactif

CAMERA SHOTS AND ANGLES
PRISES DE VUE ET ANGLES DE PRISE DE VUE

detail shot
plan de détail

face shot
plan de visage

big close-up
très gros plan

close-up
gros plan

medium close-up
plan rapproché

medium shot
plan moyen

knee-length shot
plan genoux

full-length shot
plan général

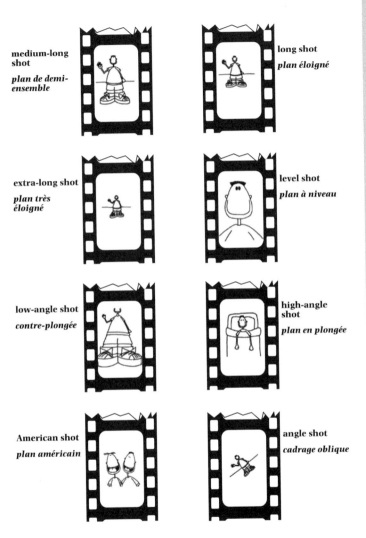

medium-long shot

plan de demi-ensemble

long shot

plan éloigné

extra-long shot

plan très éloigné

level shot

plan à niveau

low-angle shot

contre-plongée

high-angle shot

plan en plongée

American shot

plan américain

angle shot

cadrage oblique

abonné, -e *nmf* subscriber
◊ *abonné numérique* digital subscriber

abonnement *nm* subscription; **prendre un abonnement à qch** to subscribe to sth; **sur abonnement** on subscription; **abonnement à un service en ligne** online subscription

abonner 1 *vt* **être abonné (à qch)** to have a subscription (to sth)
2 s'abonner *vpr* **s'abonner (à qch)** to take out a subscription (to sth), to subscribe (to sth)

above the line *adj (coûts, dépenses)* above-the-line

accéléré *nm Cin & TV* accelerated motion, time lapse

> L'univers de Queneau, parfaitement rendu, inspire au réalisateur "un ballet burlesque, une comédie tout à fait folle, tout à fait absurde", alternant gags et dialogues décousus, **accélérés** vertigineux et situations loufoques, "en insistant beaucoup sur une réalité qui se dégrade".

accent *nm Typ* accent
◊ *accent aigu* acute (accent)
◊ *accent circonflexe* circumflex (accent)
◊ *accent grave* grave (accent)

Acces *nf (abrév* **association des chaînes du câble et du satellite)** = association of French cable and satellite channels

accès *nm Ordinat* access; *(à une page Web)* hit
◊ *accès commuté* dial-up access
◊ *accès par ligne commutée* dial-up access

accessoire *nm Cin & TV* prop
◊ *accessoire cassable* breakaway

accessoiriste *nmf Cin & TV* props person; *(au générique)* props

access prime time *nm TV* early prime time

> La bataille de l'avant-soirée, le fameux **access prime time**, est devenue l'un des enjeux stratégiques majeurs pour les chaînes. Entre 19 heures et 20 heures, M6 diffusait des séries. Elle a décidé d'entrer dans la compétition en lançant une nouvelle émission, *Unisexe*, qui fera ses grands débuts, lundi 4 octobre, à 19 h 20.

accolade *nf Typ* brace

accréditation *nf Presse* accreditation

accrédité, -e *Presse* **1** *adj* accredited **2** *nmf* accredited journalist

accréditer *vt Presse* to accredit

accroche *nf* slogan; *Édition* catchline

accrocher *vt Rad* **accrocher une station** to tune in to a station

accrocheux, -euse *adj* catchy

acétate *nm Imprim* acetate

achat *nm*
◇ *achat de droits* rights buying
◇ *achat d'espace* media buying

achrome *adj Phot* achromous, achromatous

acousticien, -enne *nm,f* acoustic engineer

acoustique 1 *adj* acoustic
2 *nf* acoustics; **avoir une bonne/ mauvaise acoustique** to have good/ bad acoustics

acteur, -trice *nm,f Cin & TV* actor; *(femme)* actress
◇ *acteur de cinéma* screen actor, movie *or Br* film actor
◇ *acteur comique* comic actor
◇ *acteur de composition* feature player
◇ *acteur enfant* child actor
◇ *acteur de genre* character actor
◇ *acteur sérieux* straight actor
◇ *acteur virtuel* virtual-reality actor, synthespian

action *nf Cin & TV* action, plot; **l'action se situe dans un restaurant** the action takes place in a restaurant; **action!** action!

actualité *nf* (a) **l'actualité, les questions d'actualité** current affairs (b) *TV* **les actualités** the news; **les actualités télévisées** the television news; **il est passé aux actualités** he was on the news

adaptateur, -trice 1 *nm,f Cin & TV* adapter, adaptor
2 *nm*
◇ *Phot adaptateur graphique couleur* colour graphics adapter

adaptation *nf Cin & TV* adaptation, adapted version
◇ *adaptation cinématographique* screen adaptation
◇ *adaptation à l'écran* screen adaptation

adapter *vt Cin & TV* to adapt; **adapter une pièce pour la télévision** to adapt a play for television; **adapté d'une nouvelle de …** adapted from a short story by …; **adapter qch en feuilleton** to serialize sth

addendum *nm Édition* addendum

administrateur, -trice *nm,f*
◇ *administrateur de production* production accountant

adresse *nf*
◇ *Édition adresse bibliographique* imprint
◇ *Ordinat adresse électronique* e-mail address
◇ *Ordinat adresse Internet* Internet address

ADSL *nf Ordinat & Tél (abrév Asynchronous Digital Subscriber Line)* ADSL

advertorial *nm Presse* advertorial

aérographe *nm* airbrush; **retoucher qch à l'aérographe** to airbrush sth; **ajouter/effacer qch à l'aérographe** to airbrush sth in/out

affaiblir *vt Phot* to reduce

affaiblisseur *nm Phot* reducer

affichage *nm* (a) *Ordinat* display (b) *Cin* billing
◇ *affichage digital* digital display
◇ *affichage numérique* digital display
◇ *affichage plasma* plasma display
◇ *affichage tel écran-tel écrit* WYSIWYG display
◇ *affichage tel-tel* WYSIWYG display
◇ *affichage Wysiwyg* WYSIWYG display

affiche *nf (image publicitaire)* poster; *Cin* **il y a une belle affiche en ce moment à l'Odéon** there are some really interesting things on at the Odéon at the moment; **en tête d'affiche, en haut de l'affiche** at the top of the bill; **tenir l'affiche, rester à l'affiche** to run; **quitter l'affiche** to close; **être à l'affiche** to be on; **qu'est-ce qui est à l'affiche en ce moment?** what's on at the moment?; **tête d'affiche** top of the bill; **être en tête d'affiche** to top the bill

> **❝**
>
> Les films **à l'affiche** de la 17e édition de la Fête du Cinéma devraient vous donner envie de fréquenter les salles obscures. Programmé du 1er au 3 juillet, l'événement permet d'acheter votre première place à tarif plein et de payer 10 francs chaque séance suivante.
>
> **❞**

afficher *vt Cin (annoncer)* to bill, to have on the bill

AFP *nf Presse (abrév* **Agence France-Presse***)* Agence France-Presse *(French national news agency)*

AGC *nm Phot (abrév* **adaptateur graphique couleur***)* CGA

agence *nf* agency
◇ **agence de coupures de presse** press cuttings agency
◇ **Agence France-Presse** Agence France-Presse *(French national news agency)*
◇ **agence photographique** photographic agency
◇ **agence de presse** press *or* news agency
◇ **agence de publicité** advertising agency

agencier *nm Presse* freelance journalist *(working for a press agency)*

agenda *nm* agenda
◇ **agenda électronique de poche** personal digital assistant
◇ **agenda numérique de poche** personal digital assistant

agent *nm* agent
◇ **agent littéraire** literary agent
◇ **agent publicitaire** publicist

agrandir *vt Imprim & Phot (cliché, copie)* to enlarge, to blow up; *(sur écran)* to magnify

agrandissement *nm Imprim & Phot* enlargement, blow-up

agrandisseur *nm Phot* enlarger

aide-électricien *nm Cin & TV* best boy

aide-monteur, -euse *nm,f Cin & TV* assistant film editor

aide-opérateur, -trice *nm,f Cin & TV (homme)* assistant cameraman; *(femme)* assistant camerawoman

aigu, -uë *Audio* **1** *adj* treble **2** *nm* **les aigus** treble

ais *nm Imprim* wetting board; *(en reliure)* press board

album *nm* album, LP
◇ **album hybride** crossover album

aldin, -e *adj Typ (édition, caractère)* Aldine

alignement *nm PAO & Typ* alignment

aligner *vt PAO & Typ* to align

alimenté, -e *adj Imprim* **alimenté par bobine** web-fed

alinéa *nm PAO & Typ (espace)* indent; *(paragraphe)* paragraph; **faire un alinéa** to indent; **sans alinéa** full-out

alphabet *nm* alphabet

alphabétique *adj* alphabetical; **par ordre** *ou* **dans l'ordre alphabétique** in alphabetical order; **classer qch par ordre alphabétique** to put sth in alphabetical order, to alphabetize sth

alphanumérique *adj* alphanumeric

AM *(abrév* **amplitude modulation***)* AM

ambiance *nf Cin* room tone

ambiant, -e *adj Cin* ambient

amorce *nf Cin (film)* leader, Academy leader; *Audio* leader
◇ **amorce de début** start leader, head leader
◇ **amorce de fin** tail leader

ampli *nm Fam* amp

amplificateur *nm Audio* amplifier
◇ **amplificateur de puissance** power amplifier

amplification *nf* amplification

amplificatrice *nf Phot* amplifier

amplifier *vt* to amplify

ampoule de flash *nf Phot* flash-bulb, flashlight

analogique 1 *adj* analogue
2 *nf* analogue (broadcasting)

analyse des médias *nf* media analysis

analyste des médias *nmf* media analyst

anamorphique *adj Cin & TV* anamorphic

Anastasie *nf Fam* censorship

> **"**
>
> Les conseillers d'État restés à Paris ont également la possibilité, comme les cinéphiles, de profiter de la période pour s'offrir une cure de relativisme au cinéma le Saint-Germain-des-Prés. Il affiche, pour deux semaines, un festival "Censure et Cinéma": 12 films qui, en leur temps (de 1955 aux années 80), eurent maille à partir avec **Anastasie** ou firent, plus simplement, scandale.
>
> **"**

anchorman *nm TV* anchorman, anchor

angle *nm Presse (aspect)* angle
◇ *Cin & TV* **angle de prise de vue** camera angle
◇ *Cin & TV* **angle du regard** point of view

animalier, -ère *nm,f Cin & TV* wrangler

animateur, -trice *nm,f* **(a)** *Rad & TV* presenter; *(de jeux, de variétés)* host **(b)** *Cin* animator

animation *nf Cin* animation
◇ *animation de cellos* cel animation
◇ *animation d'objets* object animation
◇ *animation par ordinateur* computer animation

animatique *nf* board test

animé, -e *adj Cin* animated

animer *vt* **(a)** *Rad & TV (débat)* to chair; *(émission d'actualité)* to pre-sent; *(émission de variétés)* to host **(b)** *Cin* to animate; **animé électroniquement** animatronic

annexe *nf (supplément)* annexe, appendix
◇ *Édition & Imprim* **annexes en fin d'ouvrage** back matter

annonce *nf* **(a)** *(texte) (d'information)* notice; *(pour une transaction)* advert, ad **(b)** *Can (publicité)* advert, ad
◇ *annonces classées* classified advertisements *or* ads, *Br* small ads
◇ *Rad & TV* **annonce de continuité** continuity announcement
◇ *annonce publicitaire* advertisement

annonceur, -euse 1 *nm,f (présentateur)* announcer
2 *nm* **annonceur (publicitaire)** advertiser

annoncier, -ère *Presse* **1** *nm,f (personne)* publicity editor
2 *nm Can (feuille d'annonces)* advertisements page

annoter *vt Édition (épreuves)* to mark up

annuaire *nm (liste d'adresses)* directory; **annuaire (téléphonique)** telephone directory *or* book
◇ *annuaire électronique* = telephone directory available on Minitel®

annuel, -elle 1 *adj* annual
2 *nm* annual publication

ANP *nm (abrév* **assistant numérique personnel)** PDA

antenne *nf Rad & TV Br* aerial, *Am* antenna; **à vous l'antenne** over to you; **être à l'antenne** to be on (the air); **passer à l'antenne** to go on the air; **garder l'antenne** to stay on the air; **prendre l'antenne** to come on the air; **rendre l'antenne** to hand back to the studio; **sur notre antenne** *Rad* on this frequency *or* station; *TV* on this channel; **hors an-**

tenne off the air, off-air ; **temps d'antenne** airtime

◇ **antenne cadre** loop *Br* aerial *or Am* antenna

◇ **antenne collective** shared *Br* aerial *or Am* antenna

◇ **antenne directive** beam *Br* aerial *or Am* antenna

◇ **antenne musicale** music station

◇ **antenne parabolique** satellite dish, *Br* dish aerial, *Am* dish antenna

◇ **antenne télescopique** telescopic mast

> Pour l'instant les diffusions sont prévues le samedi et le dimanche, mais la grille de rentrée de TF1 n'est pas encore déterminée. Si le rythme de diffusion est suivi régulièrement, la dernière émission devrait **être à l'antenne** le samedi 15 septembre.

antenniste *nmf* aerial engineer

antifading *nm Rad* automatic gain control, automatic volume control

antihalo *Phot* **1** *adj inv* antihalation
2 *nm* antihalation

Antiope® *nm Tél* (*abrév* **acquisition numérique et télévisualisation d'images organisées en pages d'écriture**) = information system available via the French television network, *Br* ≃ Teletext®

antiparasitage *nm Rad* suppression

antiparasiter *vt Rad* to suppress

antiréalisme *nm Cin* anti-realism

antiréaliste *adj Cin* anti-realist

AP *nf Presse* (*abrév* **Associated Press**) AP

aplanat *nm* aplanat, aplanatic lens

aplat *nm Imprim* flat tint, solid colour

appareil *nm*

◇ *Tél* **appareil mains libres** hands-free device

◇ **appareil photo** camera

◇ **appareil photo APS** APS camera

◇ **appareil photo autofocus** autofocus camera

◇ **appareil photo compact** compact camera

◇ **appareil photo à instantanés** candid camera

◇ **appareil photo jetable** disposable camera

◇ **appareil photo monoculaire** single-lens camera

◇ **appareil photo numérique** digital camera

◇ **appareil photo reflex** reflex camera

◇ **appareil photo reflex à deux objectifs** twin-lens reflex camera

◇ **appareil de projection** film projector

apparition graduelle *nf TV* fade-in

appel de note *nm Typ* reference mark

applaudimètre *nm* applause meter

applaudissements *nmpl* applause

apprenti imprimeur *nm* printer's devil

approche *nf Typ* (*espacement*) spacing ; (*erreur*) spacing error ; (*signe*) close-up mark

APS *Phot* (*abrév* **advanced photo system**) **1** *adj* APS
2 *nm (système)* APS

archétype *nm Cin* archetype

archivage *nm* archiving

archiver *vt* to archive

archives *nfpl* archives, records

◇ **archives audiovisuelles** audiovisual archives

◇ **archives cinématographiques** movie *or Br* film archives

◇ **archives sonores** sound archives

ARP *nmf Cin* (*abrév* **auteur-**

réalisateur-producteur) writer-director-producer

arrachage nm Imprim picking

arrêt sur image nm Cin & TV freeze frame; **faire un arrêt sur image** to freeze a frame

ART nf (abrév **autorité de régulation des télécommunications**) = French telecommunications watchdog, Br ≃ Oftel

art nm art; Cin **d'art et d'essai** art-house
◇ **art graphique** graphics
◇ **art vidéo** video art

Arte nf TV = Franco-German cultural TV channel created in 1992

article nm Presse article
◇ **article de fond** feature article, feature story
◇ **article de journal** newspaper article
◇ **article spécial** special
◇ **article de tête** leading article, leader

articulet nm Fam Presse short article

artiste nmf Cin (interprète) performer; (comédien) actor
◇ **artiste comique** comedian
◇ **artiste dramatique** (homme) actor; (femme) actress

artiste-interprète nmf performer

ASA, Asa nm inv Phot (abrév **American Standards Association**) ASA, Asa; **une pellicule 100 ASA** 100 ASA film

assemblage nm Imprim gathering

assembler vt Imprim to gather

assembleuse nf Imprim gathering machine

assistant, -e nm,f assistant
◇ Cin & TV **assistant du directeur artistique** assistant artistic director
◇ Ordina **assistant numérique personnel** personal digital assistant

◇ Cin & TV **assistant de plateau** floor assistant
◇ Cin & TV **assistant du producteur** assistant producer
◇ Cin & TV **assistant de production** production assistant
◇ Cin & TV **assistant du régisseur de plateau** assistant floor manager
◇ Cin & TV **assistant de réalisation** assistant director

assistant-réalisateur nm Cin & TV assistant director

assisté, -e adj **assisté par ordinateur** computer-aided, computer-assisted

astérisque nm Typ asterisk

ATM nm (abrév **asynchronous transfer mode**) ATM

attaché, -e nm,f
◇ **attaché de presse** press agent, press attaché

attribution des rôles nf Cin & TV casting

audience nf Rad listeners, audience; TV viewers, audience; (chiffres) ratings
◇ **audience cible** target audience
◇ **audience télévisuelle** television audience

Audimat®, audimat nm TV (appareil) = device used for calculating viewing figures for French television, installed for a period of time in selected households; (résultats) audience ratings, audience viewing figures; **la dictature de l'Audimat®** the pressure to get good ratings

❝

Depuis la création des chaînes privées, la guerre de l'audience fait rage. L'**audimat** attire les annonceurs publicitaires, qui peuvent ainsi toucher un maximum de téléspectateurs. Et qui dit pub, dit profits.

❞

audimètre nm TV audience rating

device; **une victime de l'audimètre** a victim of the ratings

audimétrie *nf TV* = calculation of audience ratings

audio *adj* audio

audiocassette *nf* (audio) cassette

audioconférence *nf* audioconference

audiodisque *nm* record

audioélectronique 1 *adj* audioelectronic
    2 *nf* **l'audioélectronique** audioelectronics

audiofréquence *nf* audio frequency

audionumérique *adj* digital audio

Audiotex® *nm Tél* Audiotex®, audiotext

audiovisuel, -elle 1 *adj* audiovisual, broadcasting
    2 *nm* **l'audiovisuel** *(matériel)* audiovisual equipment; *(médias)* broadcasting; *(techniques)* media techniques

audiphone *nm Tél* pre-recorded telephone message service

auditeur, -trice *nm,f Rad* listener; **les auditeurs** the listeners, the audience

audition *nf Cin & TV* audition; **passer une audition** to audition; **faire passer une audition à qn** to audition sb

auditorium *nm* auditorium; *Rad & TV* recording studio, sound studio

auteur *nm* writer, author
◇ *auteur de gags* gagman
◇ *auteur à sensation* sensationalist writer

auteur-compositeur, -trice *nm,f* songwriter

auteur-réalisateur, -trice *nm,f* writer-director

auteur-réalisateur-producteur, -trice *nm,f* writer-director-producer

autobiographe *nmf Édition* autobiographer

autobiographie *nf Édition* autobiography

autocensure *nf* self-censorship

autocopiant, -e *adj Imprim* carbonless

autofocus *Phot* **1** *adj* autofocus
    2 *nm* **(a)** *(système)* autofocus system **(b)** *(appareil)* autofocus camera

autoradio *nf* car radio

autorégulation *nf* self-regulation

autorisé, -e *adj Presse* official; **de source autorisée, le président aurait déjà signé l'accord** sources close to the President say that he's already signed the agreement; **les milieux autorisés** official circles

autorité de régulation *nf* regulating body

autoroute de l'information *nf Ordinat* information superhighway, infohighway

à-valoir *nm inv Cin* advance (payment) *(from distributor to producer)*

avance rapide *nf (d'une cassette, d'une vidéo)* fast forward

avant-garde 1 *adj* avant-garde
    2 *nf* avant-garde

avant-gardiste *adj* avant-garde

avant-papier *nm Presse* advance story

avant-première *nf Cin* preview; **présenter qch en avant-première** to preview sth

avant-programme *nm (d'un événement)* synopsis of events

avant-propos *nm Édition* foreword

avant-soirée *nf TV* early evening television

avis éditorial *nm Presse* editorial opinion

Avoriaz *nf* **le festival d'Avoriaz** = former festival of science-fiction and horror films held annually at Avoriaz in the French Alps

B2B *adj* (*abrév* **business to business**) B2B

B2C *adj* (*abrév* **business to consumer**) B2C

baby spot *nm* *Cin & TV* baby spot

backbone *nm* *Ordinat* backbone

baffle *nm* *Audio* (*enceinte*) speaker; (*dans une enceinte*) baffle

bain *nm* *Phot* bath
⬦ *bain d'arrêt* stop bath
⬦ *bain de fixateur* fixing bath

baladeur *nm* Walkman®, personal stereo

balance des blancs *nf* *Cin & TV* white balance

balayage *nm* scan; (*procédé*) scanning
⬦ *balayage télévision* raster scan
⬦ *balayage de trame* raster scan

balayer *vt* to scan; (*caméra*) to pan across

banc de montage *nm* *Cin & TV* editing desk

banc-titre *nm* *Cin & TV* rostrum camera

bande *nf* (**a**) *Cin* reel (**b**) (*pour enregistrer*) tape (**c**) *Rad* band; **sur la bande FM** on FM; **à larges bandes** broadband (**d**) *Ordinat* tape
⬦ *bande amorce* (film) leader
⬦ *bande audionumérique* digital audio tape, DAT
⬦ *bande démo* demo tape
⬦ *bande dessinée* (*dans un magazine*) comic strip, *Br* strip cartoon; (*livre*) comic book; **la bande dessinée** (*genre*) comic strips
⬦ *bande de fréquence* frequency band
⬦ *Rad* *bande latérale* sideband
⬦ *bande magnétique* magnetic tape
⬦ *bande magnétique audio* audio tape
⬦ *bande mère* master tape
⬦ *bande originale* soundtrack
⬦ *bande parole* dialogue track
⬦ *bande passante* bandwidth
⬦ *bande son magnétique* magnetic soundtrack
⬦ *bande sonore* soundtrack
⬦ *bande vidéo* videotape

bande-annonce *nf Cin* trailer, *Am* preview

bandeau, -x *nm Presse (titre)* streamer

◇ *Ordinat* **bandeau publicitaire** banner advertisement

bannière publicitaire *nf Ordinat* banner advertisement

banque de programmes *nf Rad & TV* programme library, programme archives

barre oblique *nf Typ* slash, oblique

◇ *Ordinat & Typ* **barre oblique inversée** backslash

barter, bartering *nm Rad & TV* bartering

bas, basse 1 *adj Audio* bass

2 *nm*

◇ *Typ* **bas de page** footer

bas-de-casse *nm Typ* lower case; **en bas-de-casse** lower-case, in lower case; **mettre qch en bas-de-casse** to put sth into lower case

base de temps *nf Cin & TV* time code

bas-relief *nm* bas-relief

bassin d'audience *nm* audience pool

> Plus de six millions de foyers canadiens sont raccordés à TV5 Québec Canada via le câble, un **bassin d'audience** dont le monde de la télévision francophone ne voudra certainement pas se passer.

BAT *nm Édition (abrév* **bon à tirer**) press proof, final corrected proof; **donner le BAT** to pass for press

battage *nm Fam* hype; **faire du battage autour de qch** to hype sth (up); **ils font tout un battage pour son film** his film is getting a lot of hype

◇ *battage médiatique* media hype

◇ *battage publicitaire* hype

baud *nm Ordinat & Tél* baud; **à (une vitesse de) 28 800 bauds** at 28,800 baud

bavardoir *nm Can Ordinat* chat room

baveux *nm Fam (journal)* newspaper, rag

bavocheux, -euse *adj Imprim* mackled

BD *nf (abrév* **bande dessinée**) *(dans un magazine)* comic strip, *Br* strip cartoon; *(livre)* comic book; **la BD** *(genre)* comic strips

bdc *nm Typ (abrév* **bas-de-casse**) lc

becquet *nm Typ* paste-on

Belga *nf Presse* = Belgian press agency

belle page *nf Imprim & Typ* right-hand page, recto (page); **chaque chapitre commence en belle page** each chapter starts on the right-hand page

below the line *nm* below-the-line costs

béquet *nm Typ* paste-on

best-seller *nm* bestseller

bêtisier *nm TV* = collection of humorous outtakes; *Presse* **le bêtisier de la semaine** gaffes of the week

> Je m'interroge depuis longtemps sur le média télé – son impact, sa manière de représenter les choses, de créer une mémoire. Je pense donc qu'il existe d'autres modes d'utilisation des archives audiovisuelles que le **bêtisier** ou la nostalgie.

bibande *Tél* **1** *adj* dual-band

2 *nm (téléphone portable)* dual-band mobile phone

bibliographie *nf Édition* bibliography

bibliothèque *nf* library

Bi-bop® *nm Tél* = mobile telephone system run by France Télécom

bichromie *nf Imprim* two-colour printing

bidonnage *nm Fam* creating false news

> Au téléphone, elle suit pas à pas la progression de leurs enquêtes. Discute avec eux de l'angle du papier, des clichés à prendre, des gens à contacter. Leur interdit les méthodes de voyou. Pas de photos volées sur les cheminées, pas de portes forcées, pas de **bidonnage**. Catherine Nemo tente de rendre sa crédibilité au journal.

bidonner *vi Fam* to create false news

bidouilleur, -euse *nm,f Ordinat* hacker, expert user

biennal, -e *adj* biennial, every two years

Big Five *nfpl Cin* **les Big Five** the Big Five

bihebdomadaire *Presse* **1** *adj* bi-weekly, twice-weekly
  2 *nm* biweekly *or* twice-weekly publication

bilboquet *nm Imprim* small job

billet *nm Presse* = short, humorous article

billettiste *nmf Presse* columnist

bi-média *adj* bi-media

bimensuel, -elle *Presse* **1** *adj Br* fortnightly, *Am* semimonthly
  2 *nm Br* fortnightly *or Am* semi-monthly magazine

bimestriel, -elle *Presse* **1** *adj* bi-monthly
  2 *nm* bimonthly magazine

biographe *nmf Édition* biographer

biographie *nf Édition* biography

◇ *biographie officielle* authorized biography

◇ *biographie romancée* biographical novel

bip *nm (signal sonore)* beep; **parlez après le bip (sonore)** *(message de répondeur)* speak after the tone
◇ *bip de censure* censor bleep

bisannuel, -elle *adj* biennial

bistandard *adj TV* dual-standard

bit *nm Ordinat* bit

bitmap *Ordinat* **1** *adj* bitmap
  2 *nm* bitmap

black-out *nm Rad & TV* blackout

blad *nm Édition* blad

blanc *nm PAO & Typ* (white) space
◇ *blanc de grand fond* gutter, fore-edge
◇ *blanc de petit fond* gutter, back margin

blanchet *nm Imprim* blanket

blanchir *vt* **(a)** *Imprim & Typ (texte, page)* to space, to space out **(b)** *Phot* to bleach out

blockbuster *nm Cin* blockbuster

Bluetooth *adj* Bluetooth

> Place au GPRS, le nouveau standard des mobiles. Avec lui, l'Internet devient enfin une réalité. Ce modèle tri-bande, également équipé de la technologie hertzienne **Bluetooth**, remplace le modem et transfert, sans fil, vos fichiers, répertoires et agenda à tout PDA, ordinateur ou autres portable, s'il est aussi à la norme **Bluetooth**.

BO *nf Cin* **(a)** *(abrév* **bande originale)** *(d'un film)* (original) soundtrack **(b)** *(abrév* **box office)** box-office takings

> Le joueur de trombone … figure

essentielle du label Blue Note et notoirement connu pour ses collaborations avec Stan Getz et Miles Davis, exécuta quelques **BO** dans les 70's, notamment Meurtre dans la 110e rue avec Bobby Womack.

"

Réunissant 1 037 879 spectateurs en deux jours, le film établit le nouveau record au Japon et détrône ainsi The Phantom Menace, cumulant un **BO** de 1,3 millions de yens (13, 281 millions d'euros).

"

bobard nm Fam Presse hoax

bobine nf Cin & Phot reel; **une bobine de pellicule** a roll of film; **à bobines** reel-to-reel

bobineau, bobinot nm Cin & TV reel

boîte nf Fam Cin **c'est dans la boîte!** it's in the can!
◊ Ordinat **boîte aux lettres électronique** electronic mailbox
◊ Tél **boîte vocale** voice mail

bon à tirer nm Édition press proof, final corrected proof; **donner le bon à tirer** to pass for press

bonnes feuilles nfpl Édition press proofs, final corrected proofs

bonnette nf Cin & TV close-up lens

book nm (d'un artiste, d'un mannequin) portfolio

bookmark nm Ordinat bookmark

booster nm Audio booster

bordure nf PAO & Typ (d'un paragraphe, d'une cellule) border

bouche-trou nm Presse, Rad & TV filler

bouclage nm (**a**) Presse (d'un article) finishing off; (d'un journal) putting to bed; **c'est mardi le bouclage** the paper goes to bed or to

press on Tuesday (**b**) Cin & TV looping
◊ Audio **bouclage acoustique** acoustic feedback

boucle nf Cin & TV loop
◊ Tél **boucle locale** local loop

boucler vt Presse **boucler un journal/ une édition** to put a paper/an edition to bed

bouillon nm Presse unsold copies

bouillonner vi Presse to have unsold copies

bouquet nm TV (de chaînes) package
◊ **bouquet numérique** digital package
◊ **bouquet de programmes** multichannel package
◊ **bouquet satellitaire, bouquet satellite** satellite package

"

Réserver un billet d'avion depuis son téléviseur, consulter son compte en banque ou programmer son menu télévisuel des jours à venir : pour les abonnés du câble et des **bouquets numériques** par satellite, la télévision interactive est une réalité depuis plusieurs années.

"

bourdon nm Imprim & Typ omission, out

bout nm Cin
◊ **bout d'essai** screen test
◊ **bout de rôle** walk-on or bit part

bout-à-bout nm Cin & TV rough cut, rough edit

bouton nm Rad & TV button
◊ TV **bouton de commande de synchronisme vertical** vertical hold
◊ **bouton de contraste** contrast button
◊ **bouton de réglage du volume** volume control

box-office nm box-office; *(recettes)* box-office takings

> **"**
>
> S'il n'a pas eu de César, le film de Mathieu Kassovitz voyage avec succès. Pour sa sortie en Corée sur 69 écrans, une large combinaison pour ce pays qui ne dispose que de 707 cinémas, le thriller français, exploité en version sous-titrée a dominé le **box-office** local avec 180 000 entrées en première semaine.
>
> **"**

brancher *se brancher* vpr **se brancher sur** *Rad* to tune into; *(canalisation)* to connect up to; **se brancher sur les grandes ondes** to tune in to long wave

brève nf *Presse, Rad & TV* brief news item

> **"**
>
> Cet hebdomadaire est devenu l'un des leaders dans sa catégorie, avec une diffusion supérieure à 20 000 exemplaires (abonnements compris) en mêlant astucieusement des chroniques impertinentes, des conseils indépendants et une série de **brèves** et d'interviews sur la nouvelle économie.
>
> **"**

brillant, -e *Édition & Imprim* **1** adj *(papier)* gloss, glossy
   2 nm *(de papier)* gloss

bristol nm *Édition* Bristol board

brochage nm *Imprim* stitching, sewing

brocher vt *Imprim* to stitch, to sew

brocheur, -euse *Imprim* nm,f stitcher, sewer

brocheuse nf *Imprim* binding machine
◇ **brocheuse automatique sans couture** perfect binder

brochure nf *Imprim* stitching, sewing

bromure nm *Imprim* bromide

brouillage nm *Rad (accidentel)* interference; *(intentionnel) (du signal)* scrambling; *(de la transmission, du circuit)* jamming

brouiller vt *Rad (accidentellement)* to cause interference to; *(intentionnellement) (signal)* to scramble; *(transmission, circuit)* to jam

brouilleur nm *Rad (de signal)* scrambler; *(de transmission, de circuit)* jammer

brouillon nm *Édition* rough

bruit nm *Audio & Rad* noise
◇ **bruit blanc** white noise
◇ **bruits parasites** interference

bruitage nm *Rad & TV* sound effects; *Cin* Foley

bruiter vt *Rad & TV* to do the sound effects for; *Cin* to do the Foley for

bruiteur, -euse nm,f *Rad & TV* sound effects engineer; *Cin* Foley artist

budget nm budget
◇ *Édition* **budget de fabrication** production budget
◇ *Cin & TV* **budget de production** production budget

bulle nf *(de bande dessinée)* balloon, speech bubble

bulletin nm *Rad & TV (communiqué)* bulletin, report; *(d'entreprise)* newsletter
◇ **bulletin d'informations** news bulletin, news report
◇ **bulletin météorologique** weather report
◇ **bulletin spécial** newsflash

bureau nm *(lieu de travail)* office; *(service interne)* desk, department; *Presse* office (abroad)
◇ **bureau des illustrations** picture desk
◇ *Cin* **bureau de location** box office

◇ *Bureau de vérification de la publicité* = French advertising standards authority, *Br* ≃ Advertising Standards Authority

bus *nm Ordinat* bus
◇ *bus multimédia* multimedia bus

buzz *nm* buzz; **leur nouvel album génère un bon buzz** their new album is causing a stir

❝

Le titre de meilleure pub télé de l'année en Angleterre a été décerné à la marque de saumon en boîte John West pour un spot délirant qui montre un combat de kung-fu entre un pêcheur et un ours brun … l'agence Leo Burnett Londres a bien compris qu'une pub n'a pas toujours besoin d'effets spéciaux grandioses pour générer un gros **buzz**.

❞

BVP *nm* (*abrév* **Bureau de vérification de la publicité**) = French advertising standards authority, *Br* ≃ ASA

byte *nm Ordinat* byte

cabine *nf Cin, Rad & TV*
◇ *cabine de projection* projection room
◇ *cabine de régie* control room

cabinet d'estampes *nm* print room

câblage *nm TV (pose du réseau)* cable (TV) installation, cabling; **le câblage d'une rue/ville** putting in *or* installing cable (TV) in a street/a town

câble *nm* (a) *(fil)* cable (b) *TV* **le câble** cable (TV); **avoir le câble** to have cable (TV); **transmettre par câble** to cablecast, to broadcast on cable (TV)
◇ *câble coaxial* coaxial cable
◇ *câble en fibres optiques* fibre-optic cable
◇ *câble optique* fibre-optic cable
◇ *câble péritel*® SCART cable

câblé, -e *adj TV* (a) *(ville, région)* with cable (TV); **l'immeuble est câblé** the building is wired for cable (TV); **réseau câblé** cable (TV) network (b) *(à fonctionnement fixe)* cabled

câbler *vt TV (ville, région)* to install cable (TV) in; *(émission)* to cablecast

câbliste *nmf TV (personne)* cable man, cable operator

câblo *nm Fam TV* cable operator, cable company

câblo-distributeur *nm TV* cable operator, cable company

câblo-distribution *nf TV* cable television, cablevision

câblo-opérateur *nm TV* cable operator, cable company

cache *nm Cin, PAO & Phot* mask
◇ *cache d'avant-plan* foreground matte
◇ *cache latéral* slide matte

cacher *vt Cin, PAO & Phot* to mask out

cadrage *nm* (a) *Cin & Phot* centring; *(du plan)* framing (b) *Imprim & PAO (des dimensions)* cropping; *(des couleurs)* masking
◇ *Cin & TV cadrage oblique* canted shot, (Dutch) angle shot

cadrat *nm Typ* quadrat, quad

cadratin *nm Typ* em space

cadre *nm* (a) *PAO* box; *Ordinat (d'une page Web)* frame (b) *Rad* loop *Br* aerial *or Am* antenna

cadrer *vt* (a) *Cin & Phot* to centre; *(plan)* to frame (b) *Imprim & PAO (dimensions)* to crop; *(couleurs)* to mask

cadreur, -euse *nm,f Cin & TV (homme)* cameraman; *(femme)* camerawoman

cahier *nm* (a) *Presse (d'un journal)* section (b) *Édition & Imprim* signature; *(en reliure)* quire (c) *Presse* **cahiers** review, journal

caisson *nm*
◇ *Audio caisson de graves* subwoofer

◊ *Cin & TV* **caisson d'insonorisation** blimp

calage *nm Imprim* setting

calandrage *nm Imprim* calendering

calandre *nf Imprim* calender

calandré, -e *adj Imprim* calendered

calandrer *vt Imprim* to calender

calendrier de campagne *nm* media schedule

calibrage *nm Imprim* cast-off

calibrer *vt Imprim* to cast off

caméra *nf Cin & TV* movie *or Br* film camera; **il s'est expliqué devant les caméras** he gave an explanation in front of the television cameras
◊ *caméra asservie esclave* slave camera
◊ *caméra cachée* hidden camera
◊ *caméra à l'épaule* hand-held camera
◊ *caméra fixe* fixed camera
◊ *caméra Internet* Web cam, live cam
◊ *caméra invisible* hidden camera
◊ *Caméra d'or* = important prize awarded at the Cannes Film Festival to a director's debut full-length film
◊ *caméra portative* press camera
◊ *caméra sans film* filmless camera
◊ *caméra sonore* sound camera
◊ *caméra super-8* super 8 camera
◊ *caméra de télévision* television camera
◊ *caméra vidéo* video camera
◊ *caméra vidéo numérique* digital video camera

cameraman *nm Cin & TV* cameraman, camera operator

Caméscope® *nm* camcorder
◊ *Caméscope*® *numérique* digital camcorder

camion d'enregistrement (du son) *nm* sound van

campagne *nf* campaign
◊ *campagne de diffamation* smear campaign

◊ *campagne de presse* press campaign

CAN *nm* (*abrév* **convertisseur analogue-numérique**) ADC

canal *nm Ordinat & Tél* channel; *Can TV (chaîne)* (TV) channel
◊ *canal d'accès* access channel
◊ *canal de dialogue en direct* IRC channel
◊ *canal IRC* IRC channel
◊ *canal mosaïque* multiscreen channel

canard *nm Fam Presse (journal)* paper, rag

> Au milieu des années 90, les techniciens, cadres et employés spécialisés attirés par le nouveau bassin d'emploi que constitue l'agglomération toulousaine ne prêtent aucune attention à une ***Dépêche*** qu'ils considèrent n'être qu'un vulgaire "**canard** de province", plus intéressé par le rendez-vous des boulistes ou le résultat du concours de pêche que par l'actualité politique, économique ou internationale qu'ils vont chercher ailleurs.

Cannes *nf Cin* **le festival de Cannes** the Cannes Film Festival

CAO *nf* (*abrév* **conception assistée par ordinateur**) CAD

capitale *nf Typ* capital (letter); **petite capitale** small capital

captage *nm Rad* picking up, receiving

capter *vt Rad* to pick up, to receive

car *nm*
◊ *TV* **car monocaméra** single-camera unit
◊ *TV* **car multicaméra** multicamera unit
◊ *Rad & TV* **car régie** mobile unit, *Br* outside broadcasting van, OB van
◊ *Rad & TV* **car de reportage** mobile

unit, *Br* outside broadcasting van, OB van

◊ *Rad & TV* **car de transmission** transmitter van

caractère *nm Typ* character; **en gros/petits caractères** in large/small characters *or* print

◊ *caractères gras* bold, bold type; **en caractères gras** in bold, in bold type

◊ *caractères d'imprimerie* block letters, type

◊ *caractère en indice* inferior character, subscript character

◊ *caractères italiques* italics, italic type; **en caractères italiques** in italic, in italics

◊ *caractères italiques gras* bold italics, bold italic type; **en caractères italiques gras** in bold italic, in bold italics

◊ *caractère majuscule* capital letter, upper-case character

◊ *caractères romains* roman, roman characters; **en caractères romains** in roman, in roman type;

◊ *caractère spécial* special character

caricature *nf (dessin)* caricature

carnet *nm Presse (rubrique)* column

◊ *carnet blanc* marriages column

◊ *Rad carnet d'écoute* = questionnaire in which a radio listener notes the programmes he or she has listened to

◊ *carnet mondain* society column

◊ *carnet rose* births column

carte *nf* card; *TV* **à la carte** pay-per-view

◊ *carte à mémoire* smart card

◊ *carte modem* modem card

◊ *carte de presse* press pass

◊ *carte à puce* smart card

◊ *carte RNIS* ISDN card

◊ *Tél carte SIM* SIM card

carton *nm Édition* board, card

◊ *Cin & TV carton aide-mémoire* cue card

◊ *Édition* **carton pour montage** mounting board

cartonnage *nm Édition (reliure)* board binding, hard cover

◊ *cartonnage pleine toile (couverture)* cloth boards

cartonné, -e *adj Édition* casebound, hardback

cartonner *vt Édition (livre)* to bind in boards

cartoon *nm (dessin, film)* cartoon; *(bande dessinée)* (strip) cartoon, comic strip

cartouche **1** *nf* (**a**) *Phot* cartridge, cassette, magazine (**b**) *(pour lecteur de cassettes)* cartridge **2** *nm PAO (sur un plan)* box

◊ *Audio cartouche DAT* DAT cartridge

◊ *PAO & Typ cartouche de polices* font cartridge

◊ *Presse cartouche de titre* masthead

◊ *Imprim & Ordinat cartouche de toner* toner cartridge

◊ *cartouche vidéo* video cartridge

cascade *nf Cin* stunt; **faire de la cascade** to do stunts

cascadeur, -euse *nm,f Cin (homme)* stunt man; *(femme)* stunt woman

case *nf Rad & TV* slot

casque *nm* **casque (à écouteurs)** headphones, headset, earphones; **écouter un disque au casque** to listen to a record on headphones

casse *nf Imprim & Typ* case, typecase

casseau, -x *nm Imprim & Typ* halfcase

casserole *nf Cin* spot (light)

cassetin *nm Imprim & Typ* box

cassette *nf* cassette, tape; **enregistrer qch sur cassette** to tape sth

◊ *cassette audio* audio cassette *or* tape

◇ *cassette compacte numérique* digital compact cassette
◇ *cassette de démonstration* demo (tape)
◇ *Typ cassette de fontes* font cassette
◇ *cassette numérique* digital audio tape
◇ *cassette pirate* pirate tape
◇ *Typ cassette de polices de caractères* font cassette
◇ *cassette vidéo* video (cassette)

cassettothèque *nf* cassette library

casting *nm Cin* casting; **passer un casting** to go to a casting

catalogue *nm* catalogue
◇ *Cin catalogue de droits* film library

cathodique *adj TV* **l'univers cathodique** the world of television

caviar *nm* blue pencil; **passer au caviar** to blue-pencil, to censor

caviardage *nm* blue-pencilling, censoring; **après un bon caviardage** after a thorough going-over with the blue pencil

caviarder *vt* to blue-pencil, to censor

> **"**
>
> L'AAP, société qui assure la pose des affichettes promotionnelles chez les kiosquiers, a **caviardé** ce message, ainsi qu'une autre photo, une paire de fesses jugée trop provocante. *Le Figaro* lui a emboîté le pas, ne tolérant qu'un troisième visuel présentant les pieds d'un mort à la morgue.
>
> **"**

CB *nf Rad* (*abrév* **citizen's band, canaux banalisés**) CB

CD *nm* (*abrév* **Compact Disc**) CD
◇ *CD réinscriptible* CD-RW
◇ *CD vidéo* CD video, CDV

CD-I *nm* (*abrév* **Compact Disc interactif**) CDI, interactive CD

CD-Photo *nm* photo CD

CD-R *nm* (*abrév* **compact disc recordable**) CD-R

CD-ROM, CD-Rom *nm* (*abrév* **Compact Disc read-only memory**) CD-ROM
◇ *CD-ROM d'installation* installation CD-ROM

CD-RW *nm* (*abrév* **Compact Disc Rewritable**) CD-RW

CDthèque *nf* CD library

CDV *nm* (*abrév* **compact disc video**) CDV

cédérom *nm* CD-ROM

cédille *nf Typ* cedilla

cello *nm Cin* cel

celloïdin, -e *adj Phot* collodion-coated

cellulaire *nm Can Tél* mobile (phone), cellphone

cellule *nf* (**a**) *Audio (tête de lecture)* cartridge (**b**) *Ordinat (dans un tableur)* cell

cellulo *nm Cin* cel

celluloïd® *nm* celluloid®

censeur *nm* censor

censorat *nm* censorship *(office)*

censure *nf* censorship *(act, practice)*; **la censure** *(commission)* the censors

censurer *vt* to censor

centimètre-colonne *nm Presse* ≃ column inch

centrage *nm PAO & Typ (de texte)* centring

centre optique *nm* optical centre

centrer *vt PAO & Typ (texte)* to centre

centre-répéteur *nm Rad & TV* relay station

César *nm Cin* = French cinema award

césure *nf PAO & Typ* break, hyphen-ation

◇ **césure automatique** soft hyphen

◇ **césure imposée** hard hyphen

chaîne *nf* (a) *TV* channel, station (b) *(stéréo)* hi-fi (system) (c) *(de sociétés)* chain, group

◇ *TV* **chaîne à la carte** pay-per-view channel

◇ *TV* **chaîne de cinéma** cinema channel, movie channel

◇ *TV* **chaîne commerciale** commercial channel

◇ *TV* **chaîne généraliste** general-interest channel

◇ *TV* **chaîne hertzienne** terrestrial channel

◇ **chaîne hi-fi** hi-fi (system)

◇ *TV* **chaîne d'information continue** news channel

◇ **chaîne de journaux** newspaper group

◇ **chaîne laser** CD system

◇ *TV* **chaîne musicale** music channel

◇ *TV* **chaîne numérique** digital channel

◇ *TV* **chaîne payante** subscription *or* pay channel

◇ *TV* **chaîne à péage** subscription *or* pay channel

◇ *TV* **chaîne publique** public *or* state-owned channel

◇ *TV* **chaîne par satellite** satellite channel

◇ **chaîne stéréo** stereo

◇ *TV* **chaîne de télé-achat** shopping channel

◇ *TV* **chaîne de télévision** television channel

◇ *TV* **chaîne thématique** special-interest channel

> 　　**❝**
>
> Les deux nouvelles grilles apparaîtront comme "la juxtaposition de cinq **chaînes thématiques** consacrées respectivement à l'information, à la fiction, aux enfants, au sport et, pendant le week-end, aux loisirs et à la découverte", affirme TV5 Monde.
>
> 　　　　　　　　　**❞**

chambre noire *nf Phot* darkroom

chambrier *nm Presse* = journalist who reports on events in the French National Assembly, *Br* ≃ Parliamentary correpondent

champ *nm Cin & Phot* **être dans le champ** to be in shot; **sortir du champ** to go out of shot; **hors champ, en dehors du champ** off camera, out of shot

chandelle *nf Presse & Typ* full column

changement de plan *nm Cin & TV* cutaway shot, cutaway

changeur de fréquence *nm Rad* frequency changer

chanter *vt & vi* to sing; **chanter en play-back** to lip-sync(h)

chapeau *nm (de texte, d'article)* introductory paragraph; *Rad & TV* introduction

chanson *nf* song

chargeur *nm Phot* cartridge, magazine

chariot *nm Cin & TV* dolly

◇ **chariot omnidirectionnel** crab dolly, crabbing dolly

chariot-crabe *nm Cin & TV* crab dolly, crabbing dolly

charte *nf*

◇ *Édition & Presse* **charte graphique** style sheet

◇ *Édition & Presse* **charte rédactionnelle** style sheet

chasse *nf Typ (épaisseur de la lettre)* width; *(d'une page)* overrun

chasser *vi Typ (caractères)* to drive out, to space out; *(texte)* to overrun

châssis *nm Imprim* **châssis (d'imprimerie)** chase

chat *nm Ordinat (sur l'Internet)* chat

chef *nm (responsable)* head
◇ *Cin & TV* **chef costumier** wardrobe supervisor, costume supervisor
◇ *Cin & TV* **chef électricien** gaffer
◇ *Cin & TV* **chef opérateur** cinematographer, head of cameras
◇ *Cin & TV* **chef opérateur cadreur** lighting cameraman
◇ *TV* **chef de plateau** floor manager
◇ *Presse* **chef de rubrique** editor

chemin de fer *nm Imprim & Typ* page plan

chevauchement *nm Typ* falling *or* dropping out of place

chevaucher *vi Typ* to fall *or* drop out of place

chien *nm*
◇ **chien de garde** *(personne, organisation)* watchdog
◇ *Presse* **chiens écrasés** minor news items

> **❝**
> Il a commencé sa carrière de journaliste dans les années 1930 en traitant des **chiens écrasés** à *Paris-Soir*, avant d'entrer en 1938 au prestigieux *Corriere della sera*. Emprisonné par les Allemands de 1943 à 1945, cet ami de Raymond Aron, mais aussi de François Fejtö et de Jean-François Revel, aura ferraillé toute sa vie contre la bonne conscience de gauche.
> **❞**

chiffre de vente *nm Édition* sales figures

chorégraphe *nmf* choreographer

chorégraphie *nf* choreography

chorégraphique *adj* choreographic

chromatique *adj Imprim* chromatic

chrominance *nf TV* chrominance

chronique *nf Presse (rubrique)* (regular) column; **tenir la chronique sportive** to write the sports column
◇ **chronique boursière** markets column
◇ **chronique financière** financial news
◇ **chronique judiciaire** court column
◇ **chronique littéraire** book reviews
◇ **chronique mondaine** society column
◇ **chronique des spectacles** (entertainments) listings

chroniquer *vi Presse* **(a)** *(pour un journal)* to write newspaper reports **(b)** *(écrire les nouvelles du jour)* to write up the news of the day

chroniqueur, -euse *nm,f Presse* columnist
◇ **chroniqueur boursier** market commentator
◇ **chroniqueur financier** financial columnist
◇ **chroniqueur judiciaire** court reporter
◇ **chroniqueur littéraire** book editor, book reviewer
◇ **chroniqueur mondain** gossip columnist

chronologie *nf Cin & TV* chronology, time sequence

chute *nf* **(a)** *Cin & TV* waste film **(b)** *Presse (d'un article)* last line, tag line

cibiste *nmf Rad* CB user

cible *nf* target
◇ **cible média** media target

> **❝**
> Double bingo pour M6. À 19 heures, plus encore qu'à 18h 15, *Loft Story* est un fantasme d'annonceur. L'émission touche ses **cibles** rêvées: les femmes et les jeunes. Plus de 55% des fameuses "ménagères de moins de 50 ans" qui regardaient la télé lundi à 19 heures étaient devant la six.
> **❞**

cicéro *nm Typ* em

ciné *nm Fam* (**a**) *(spectacle)* **le ciné** the cinema, the movies; **se faire un ciné** to go and see a movie *or Br* film (**b**) *(édifice) Br* cinema, *Am* movie theater

cinéaste *nmf Cin* movie-maker, *Br* film-maker

◇ **cinéaste indépendant** independent movie-maker *or Br* film-maker

ciné-club *nm Cin Br* film club *or* society, *Am* movie club

cinéma *nm* (**a**) *(édifice) Br* cinema, *Am* movie theater; **aller au cinéma** to go to the movies *or Br* the cinema (**b**) *(spectacle, genre)* **le cinéma** the movies, the cinema; **des effets encore jamais vus au cinéma** effects never before seen on screen; **le cinéma de Pasolini** Pasolini's movies *or Br* films (**c**) *(métier)* **le cinéma** *Br* film-making, *Am* movie-making; **faire du cinéma** *(technicien)* to work in *Br* films *or Am* the movies; *(acteur)* to be a screen actor, *Br* to act in films (**d**) *(industrie)* **le cinéma** the movie *or Br* film industry

◇ **cinéma d'animation** cartoons, animation

◇ **cinéma d'art et d'essai** arthouse cinema

◇ **cinéma d'auteur** independent film-making

◇ **cinéma direct** direct cinema

◇ **cinéma à domicile** home cinema

◇ **cinéma Imax** IMAX cinema

◇ **cinéma indépendant** independent cinema

◇ **cinéma multisalle** multiplex, multiscreen cinema

◇ **cinéma muet** silent movies *or Br* films

◇ **cinéma novo** Cinema Nôvo

◇ **cinéma parlant** talking pictures, talkies

◇ **cinéma en plein air** open-air cinema; *(aux États-Unis)* drive-in (movie theater)

◇ **cinéma réaliste** realist cinema

◇ **cinéma en relief** three-dimensional *or* 3-D movies *or Br* films

Cinémascope® *nm* Cinemascope®

cinémathèque *nf* movie *or Br* film library

◇ **la Cinémathèque française** = the French film institute

cinématographe *nm* cinematograph

cinématographie *nf* cinematography

cinématographique *adj* cinematographic, movie, *Br* film; **les techniques cinématographiques** cinematic techniques; **une grande carrière cinématographique** a great career in the cinema

cinématographiquement *adv* cinematographically

cinéma-vérité *nm* cinéma vérité

ciné-parc *nm Can Br* drive-in cinema, *Am* drive-in (movie theater)

cinéphage 1 *nmf* avid moviegoer *or Br* cinemagoer
2 *adj* **être cinéphage** to enjoy going to the movies *or Br* cinema

> L'ensemble affiche des taux d'occupation impressionnants: les 2524 écrans japonais totalisaient 135 millions de spectateurs en 2000 . . . Et le nombre d'écrans croît à un rythme supérieur à 10%. Dans un pays peu **cinéphage** (1,06 spectateurs par habitant et par an, contre 2,8 en France), les cinémas marchent bien.

cinéphile 1 *nmf* movie buff, *Br* film buff, *Am* cinephile
2 *adj* **être cinéphile** to be a movie buff, *Br* to be a film buff, *Am* to be a cinephile

cinéphilie *nf* love of movies *or Br* films

cinéphilique *adj* movie-going, *Br* cinema-going

> **❝**
>
> Les cinémas asiatiques tiennent aujourd'hui une place prépondérante sur nos écrans. Ils offrent richesse et diversité, mais s'expose au traditionnel retour de bâton du critique qui, le premier, poussera un soupir de lassitude. En attendant, la Corée reste un champ **cinéphilique** encore peu exploré, que six films inédits chex nous permettront de parcourir.
>
> **❞**

Cinérama® *nm* Cinerama®

cinoche *nm Fam* (a) *(bâtiment) Br* cinema, *Am* movie theater; **aller au cinoche** to go to the movies *or Br* cinema (b) *(art)* movies, cinema

circuit *nm Cin* network; **le film est fait pour le circuit commercial** it's a mainstream movie; *TV* **en circuit fermé** closed-circuit
◇ *Rad* **circuit de cryptage** scrambling circuit
◇ *Audio* **circuit de recoupement** crossover network

cirque médiatique *nm* media circus

citation *nf (extrait)* quotation; **fin de citation** unquote

citer *vt* to cite, to quote; *(publication)* to quote from; **je vous ai cité dans mon article** I quoted you in my article

clair *nm TV* **diffuser en clair** to broadcast unscrambled programmes; **en clair jusqu'à 20 heures** can be watched by non-subscribers until 8 o'clock

clandestin, -e *adj* underground

clap *nm Cin* clapperboard, slate
◇ *clap de fin* tail slate

clapman *nm Cin* clapper boy

claquette *nf Cin* clapperboard, slate

claquoir *nm Cin* clapperboard, slate

clause de conscience *nf Presse* conscience clause

clavier *nm (d'un ordinateur)* keyboard; *(d'un téléphone)* keypad

claviste *nmf Édition* typesetter; *Ordinat* keyboard operator, keyboarder

clichage *nm Imprim* stereotyping

cliché *nm* (a) *Phot (pellicule)* negative; *(photo)* photograph, shot (b) *Imprim* stereotype; *(de caractères)* plate; *(d'illustration)* block
◇ *Imprim* **cliché au trait** line block

clicher *vt Imprim* to plate, to stereotype

clicherie *nf Imprim (endroit)* stereotype room

clicheur *nm Imprim* stereotyper

clip *nm (film)* video (clip)
◇ *clip vidéo* video (clip)

clipart *nm Ordinat* clip art

clippeur *nm Fam* video director

> **❝**
>
> On attendait le meilleur du scénariste Charlie Kaufman (*Being John Malkovich*, déjà réalisé par le **clippeur** Spike Jonze) tout en redoutant le phagocytage du script par l'univers si foisonnant de Gondry.
>
> **❞**

CLT *nf (abrév* **Compagnie luxembourgeoise de télévision**) = Luxembourg TV company

CMJN *nm (abrév* **cyan, magenta, jaune, noir**) CMYK

CNA *nm Audio (abrév* **convertisseur numérique-analogique**) DAC

CNC *nm (abrév* **Centre national de la cinématographie, Centre national du cinéma**) = French national cinematographic organization

CNCL *nf (abrév* **Commission nationale de la communication et des libertés**)

= former French TV and radio supervisory body

coauteur *nm* coauthor, joint author

code *nm*
◇ *Imprim & Typ* **code des coupures** exception dictionary
◇ *Cin* **code Hays** Hays Code

coffret *nm Édition* slipcase

coiffeur, -euse *nm,f Cin & TV* hairstylist

collaborateur, -trice *nm,f Presse* contributor

collaborer *vi Presse* **collaborer à** to write for, to contribute to, to be a contributor to

collage *nm Édition* **collage et endossage** forwarding

collationner *vt Édition (feuilles, sections)* to collate

collecte d'information *nf* news gathering

collecteur d'ondes *nm Rad* aerial

coller *vt* (a) *Cin & TV* to splice (b) *Édition* **coller et endosser** to forward

colleuse *nf Cin & TV* splicer, splicing unit

collodion *nm Phot* collodion

collure *nf Cin & TV* splice

colonnage *nm Presse & Typ* column space

colonne *nf* (a) *Presse* column; **écrire une colonne** to write *or* have a column; **dans les colonnes de votre quotidien** in your daily paper; **comme je l'écrivais hier dans ces colonnes** as I wrote yesterday in these pages; **cinq colonnes à la une** a banner headline (b) *PAO & Typ* column; **à une colonne/deux colonnes** single-/double-column
◇ *Presse* **colonne rédactionnelle** editorial column

colophon *nm Édition* colophon

coloration *nf Audio* coloration

colorisation *nf Cin* colourization

coloriser *vt Cin* to colourize

coloriste *nmf* colourist

combiné *nm Tél* handset

comédie *nf (œuvre, genre)* comedy
◇ **comédie de caractères** character comedy
◇ **comédie dramatique** comedy drama
◇ **comédie de mœurs** comedy of manners
◇ **comédie musicale** musical
◇ **comédie de situation** situation comedy

comédien, -enne *nm,f (acteur)* actor; *(actrice)* actress; *(comique) (acteur)* comic actor, comedian; *(actrice)* comic actress, comedienne

comique 1 *adj* comic, comedy; *(acteur, auteur, rôle)* comic; **le genre comique** comedy
2 *nmf* (a) *(artiste) (homme)* comic, comedian; *(femme)* comic, comedienne; **c'est un grand comique** he's a great comic actor (b) *(auteur)* comic author, writer of comedies *or* comedy
3 *nm (genre)* comedy; **le comique de caractères/situation** character/situation comedy

commentaire *nm (d'une cérémonie, d'un match)* commentary; *(d'un documentaire)* narration, commentary; **commentaire de notre envoyé permanent à Bonn** the commentary is by our correspondent in Bonn;

commentaire de la rencontre, Pierre Pastriot with live commentary from the stadium, Pierre Pastriot

◊ *commentaire en direct* live commentary, running commentary

◊ *commentaire sur image* voice-over, voice-over narration

◊ *commentaire sportif* sports commentary

◊ *commentaire en voix off* off-screen narration

commentateur, -trice *nm,f* (a) *Presse* commentator, reviewer, critic (b) *Cin, Rad & TV (d'une cérémonie, d'un match)* commentator; *(d'un documentaire)* narrator

◊ *commentateur sportif* sports commentator

commenter *vt (cérémonie, match)* to cover, to do the commentary of or for; *(documentaire)* to narrate

commerce électronique *nm Ordinat* e-commerce

commercial, -e, -aux, -ales *adj* commercial

Commission du film France *nf Cin* = French organization which aims to promote France as an international film production centre and to encourage the use of French locations and personnel etc

communication *nf* (a) *Presse* statement (b) *(échange entre personnes)* communication (c) *(diffusion d'informations)* **les techniques de la communication** media techniques; **études de communication** media studies

◊ *la communication de masse* the mass media

communiqué *nm Presse* statement

◊ *communiqué de presse* press release

commuter *vt Rad & TV (circuit)* to switch

compact, -e 1 *adj* compact
2 *nm* (a) *(disque)* compact disc,

CD; **disponible en compact** available on CD (b) *(appareil photo)* compact (camera)

complexe multisalles *nm* multiplex (cinema), multiscreen cinema

composer *vt* (a) *Typ* to set, to typeset (b) *Cin & TV (bande originale)* to compose

composeuse *nf Typ* typesetter *(machine)*

compositeur, -trice 1 *nm,f* (a) *Typ* compositor, typesetter (b) *Cin & TV (de la bande originale)* composer **2** *nm (société)* typesetter, typesetting company

composition *nf Typ* typesetting, composition

◊ *composition automatique* automatic typesetting

◊ *composition par ordinateur* computer typesetting

◊ *composition programmée* automatic typesetting

composteur *nm Typ* composing stick

compresseur *nm Audio* compressor

compression *nf Audio* compression

compte *nm* account

◊ *Ordinat* **compte d'accès par ligne commutée** dial-up account

◊ *Ordinat* **compte Internet** Internet account

compte-fils *nm Édition* linen tester

compte rendu, compte-rendu *nm (d'une séance, d'un match, d'une visite professionnelle)* report; *(d'un livre, d'un spectacle)* review; **faire le compte rendu de qch** to report on sth, to write a report on sth; **faire le compte rendu d'un livre** to review a book

compteur d'images *nm Cin & TV* frame counter

concepteur, -trice *nm,f* designer

◇ *concepteur graphiste* graphic designer

◇ *concepteur multimédia* multi-media designer

◇ *concepteur de sites Web* Web designer

concession *nf* franchise

conducteur *nm Rad & TV* running sheet

conférence *nf* conference

◇ *Édition & Presse* *conférence éditoriale* editorial conference

◇ *conférence de presse* press conference

◇ *Édition & Presse* *conférence de rédaction* editorial conference

conseil *nm* (personne) consultant

◇ *conseil en communication* media consultant

◇ *conseil de presse* press consultant

console *nf Audio & Ordinat* console

◇ *console de jeux* games console

◇ *console de mixage* sound mixer, mixing desk

consumer magazine *nm* = free leaflet advertising the products of a shop or other company, usually promoting particular products and/or special offers

> 〝
> Le Royaume-Uni et les Pays-Bas devraient emboîter le pas à la rentrée. Pour la France, IciCampus a repris sa campagne de promotion, via le réseau OFUP et les stands de ses 3.000 vendeurs OFUP installés dans les universités. Un **consumer magazine** papier dédié au portail vient de faire son apparition, dont le tirage s'élève à 700.000 exemplaires.
> 〟

contact *nm* (a) *Rad* contact, switch (b) *Phot* contact (print)

continuité *nf Cin & TV* continuity

contraste *nm Phot & TV* contrast

contrasté, -e *adj Phot & TV* contrasty

contrechamp *nm Cin & TV* reverse cut, reverse shot

contre-culture *nf* counterculture

contre-épreuve *nf Typ* counterproof, reproduction proof

contre-jour *nm* (a) *Cin & TV* (éclairage) backlighting; **un effet de contre-jour** a backlit *or* contre-jour effect

(b) *Phot* (photo) backlit shot, contre-jour shot; **à contre-jour, en contre-jour** (personne) with one's back to the light; (objet) against the light *or* sunlight; **prendre une photo à contre-jour** to take a photograph against the light; **une photo prise à contre-jour** a backlit *or* contre-jour shot

(c) *Cin & TV* (lampe) kicker (light)

contre-plongée *nf Cin, Phot & TV* low-angle shot, *Fam* worm's-eye view

contre-programmation *nf* = broadcasting strategy consisting of televising programmes in unconventional time slots or types of programme ignored by rival channels

> 〝
> M6, qui fête aujourd'hui le dixième anniversaire de sa première émission, s'est construit patiemment sur le principe de la **contre-programmation**, mêlant séries américaines souvent de secondes zones et magazines d'information respectés, forte composante musicale et films légers.
> 〟

convertisseur *nm TV* converter

◇ *convertisseur d'images* image converter

◇ *convertisseur numérique de graphiques* graphics digitizer

cookie *nm Ordinat* cookie

copie *nf* (a) *Cin & TV* print, copy (b)

Édition & Presse copy; **être en mal de copie** to be short of copy; **des journalistes en mal de copie** journalists short of copy *or* desperate for something to write about

◊ *copie antenne* broadcasting copy, broadcasting print

◊ *copie d'exploitation* release print

◊ *copie de film* (film) print

◊ *copie de montage* first answer print, cutting copy, workprint

◊ *copie négative* negative print

◊ *copie positive* positive print

◊ *Imprim & Typ copie prête pour la reproduction* camera-ready copy, CRC

◊ *copie standard* composite print

copieur *nm (photocopieuse)* copier

copiste *nmf Imprim* platemaker

coprésentateur, -trice *nm,f* co-presenter

coprésenter *vt* to co-present

coproducteur, -trice *nm,f* co-producer

coproduction *nf* co-production; **ce film est une coproduction des télévisions française et italienne** this film has been co-produced by French and Italian television

coproduire *vt* to co-produce, to produce jointly

copyright *nm* copyright

copyrighter *vt* to copyright

coquille *nf Typ (en composition)* misprint; *(d'une seule lettre)* literal

corps *nm Typ (de police de caractères)* point size, type size; *(d'une lettre)* shank

correcteur, -trice *nm,f Presse* copyreader; *Édition* proofreader

◊ *Audio correcteur automatique de fréquence* automatic frequency control

◊ *Édition correcteur d'épreuves* proofreader

◊ *correcteur d'images* image enhancer

◊ *Presse correcteur de mise en page* stone sub

◊ *Ordinat correcteur orthographique, correcteur d'orthographe* spellchecker

correction *nf Édition* **la correction** *(lieu)* the proofreading department; *(personnel)* proofreaders, the proofreading department

◊ *Typ correction d'auteur* author's correction

◊ *Imprim correction des couleurs* colour correction

◊ *Édition correction des épreuves* proofreading, proofing

◊ *correction de l'image* image enhancement

◊ *Ordinat correction orthographique, correction d'orthographe* spellchecking

correspondance *nf Presse* correspondence

correspondant, -e *nm,f Presse* correspondent; **notre correspondant à Moscou** our Moscow correspondent

◊ *correspondant à l'étranger* foreign correspondent

◊ *correspondant financier* business correspondent

◊ *correspondant de guerre* war correspondent

◊ *correspondant permanent* permanent *or* resident correspondent

◊ *correspondant de presse* press correspondent

corriger *vt Édition* to proofread; *Presse (article)* to sub-edit, to sub

coscénariste *nmf* co-scriptwriter

costume *nm Cin & TV* costume

costumier, -ère *nm,f Cin & TV* costume designer, wardrobe designer

couche *nf Édition & Imprim* layer

couché, -e *adj (papier)* coated

couleur *nf* colour; **en couleur** *(photo, télévision, pellicule)* colour; *(film)* in colour

◇ *Imprim* **couleur chromatique** chromatic colour

◇ *Imprim* **couleur de fond** tint

◇ *Imprim* **couleurs primaires** primary colours

◇ *Imprim* **couleur soustractive** subtractive colour

couloiriste *nm Presse* lobby correspondent

coupe *nf Cin & TV* cut

◇ **coupe sèche** jump cut

couper *vt (film, texte)* to cut; *(remarque, séquence)* to cut (out), to edit out; **garde l'introduction mais coupe les citations latines** keep the introduction but edit *or* cut *or* take out the Latin quotations; *Cin* **coupez!** cut!

coupleur acoustique *nm Audio* acoustic coupler

coupure *nf* **(a)** *(dans un texte)* deletion; *(article)* cutting, *Am* clip **(b)** *Cin & TV* outtake

◇ *PAO & Typ* **coupure automatique de fin de ligne** automatic line break *or* wrap

◇ **coupure de journal** newspaper cutting

◇ *PAO & Typ* **coupure de mot** word split

◇ *PAO & Typ* **coupure de page** page break

◇ **coupure de presse** press cutting

◇ *TV* **coupure publicitaire** commercial break

courbe *nf*

◇ *PAO* **courbe de Bézier** Bézier curve

◇ *PAO* **courbe en escalier** jaggy

courriel *nm Can Ordinat* e-mail

courrier *nm* **(a)** *(correspondance)* mail, *Br* post **(b)** *Presse (chronique)* column

◇ *Presse* **courrier du cœur** agony column, problem page

◇ *Ordinat* **courrier électronique** e-mail; **envoyer un courrier électronique à qn** to e-mail sb; **envoyer qch par courrier électronique** to send sth by e-mail, to e-mail sth; **contacter qn par courrier électronique** to contact sb by e-mail

◇ *Presse* **courrier des lecteurs** letters (to the editor)

courriériste *nmf Presse* columnist

◇ **courriériste du cœur** agony aunt

course à l'Audimat®, course à l'audience *nf TV* ratings battle, ratings war

court, -e **1** *adj Rad (onde)* short **2** *nm Fam Cin (court-métrage)* short

court-métrage *nm Cin* short film, short

coût *nm* cost, price

◇ *Édition* **coût de fabrication** production cost

◇ *Imprim* **coût d'impression** print price

◇ *Édition* **coût unitaire** unit cost

couverture *nf Édition & Presse* **(a)** *(activité)* coverage; **assurer** *ou* **faire la couverture d'un événement** to give coverage of *or* to cover an event **(b)** *(page)* cover, front page; *(d'un livre)* cover; **mettre un sujet en couverture** to put a story on the front page, to make a story front-page news

◇ **couverture maximum** saturation coverage

◇ **couverture médiatique** media coverage

◇ **couverture presse** press coverage

couvre-objectif *nm Phot* lens cap

couvrir *vt Presse* to cover; **couvrir entièrement un événement** to give full coverage to an event

cover-girl *nf* cover girl

cpl *PAO & Typ (abrév* **caractères par ligne**) cpl

cpp *PAO & Typ (abrév* **caractères par pouce**) cpi

crayonné *nm Typ (avant-projet, maquette)* rough, rough layout

crénage *nm PAO* kerning

créneau, -x nm Rad & TV (temps d'antenne) slot; **l'émission occupera le créneau 20–22 heures** the programme will occupy the 8 p.m. to 10 p.m. slot
◇ **créneau horaire** time slot
◇ **créneau publicitaire** advertising slot

❝
Le Conseil supérieur de l'Audiovisuel n'a pas satisfait la demande du directeur général délégué de Canal S.A. Michel Denisot, qui souhaitait obtenir six à sept **créneaux** de diffusion en clair dans l'année pour retransmettre des courses hippiques. L'organisme de tutelle a justifié sa décision par le nombre trop élevé de dérogations qu'il aurait à accorder.
❞

créner vt PAO to kern

critique Presse **1** nf review; **je ne lis jamais les critiques** I never read reviews or what the critics write
   2 nmf (commentateur) critic, reviewer
◇ **critique d'art** (personne) art critic
◇ **critique de cinéma** (personne) movie or Br film critic; (article) movie or Br film review
◇ **critique cinématographique** (article) movie or Br film review
◇ **critique gastronomique** (personne) food (and wine) critic
◇ **critique littéraire** (personne) book reviewer, literary critic; (article) literary or book review
◇ **critique musical(e)** (personne) music critic; (article) music review
◇ **critique théâtral(e)** (personne) theatre critic; (article) theatre review

critiquer vt Presse to review

crochet nm Typ square bracket; **entre crochets** in square brackets

croix nf Typ dagger

Cromalin® nm Imprim Cromalin®

cryptage nm TV scrambling, encrypting

crypté, -e adj TV scrambled, encrypted

crypter vt TV to scramble, to encrypt

cryptographie nf cryptography

CSA nm (abrév **Conseil supérieur de l'audiovisuel**) = French broadcasting supervisory body

❝
À la différence de la plupart des pays industrialisés il n'existe en Autriche aucune instance de régulation de l'audiovisuel, comparable au Conseil supérieur de l'audiovisuel (**CSA**) français, ni de loi anti-cartel digne de ce nom.
❞

cul-de-lampe nm Typ tailpiece

culture nf culture
◇ **culture de masse** mass culture
◇ **culture populaire** popular culture

cursif, -ive adj Typ cursive

cursive nf Typ cursive

cut nm Cin & TV cut

cuve nf Phot tank
◇ **cuve à développement** developing tank
◇ **cuve à laver** washing tank

cuvette de fixage nf Phot fixing bath

cyan Ordinat & PAO **1** adj cyan
   2 nm cyan

cybercafé nm Ordinat cybercafé

cyberculture nf Ordinat cyberculture

cyberespace nm Ordinat cyberspace; **dans le cyberespace** in cyberspace

cyberjargon nm Ordinat netspeak

cyberlibraire nm Internet bookshop

> BOL.fr aurait réalisé l'an dernier un chiffre d'affaires d'à peine 1,5 millions d'euros. Bertelsmann, qui détient désormais 100% de France Loisirs (avec le rachat des 50% de Vivendi), mise sur le numéro 1 français des clubs de livres (370 millions d'euros de chiffre d'affaires) pour rester actif dans la bataille des **cyberlibraires**.

cyberlibrairie *nf* Internet bookshop

cybermonde *nm Ordinat* cyber-space; **dans le cybermonde** in cyberspace

cybernaute *nm Ordinat* Internet surfer, cybernaut

cyberpunk *nm Cin* cyberpunk

cybersquatting *nm Ordinat* cybersquatting

cycle *nm Cin, Rad & TV* season, cycle; **un cycle Truffaut** a Truffaut season

cyclorama *nm Cin* cyclorama

cylindre blanchet *nm Imprim* blanket cylinder

DAB *nf* (*abrév* **digital audio broadcasting**) DAB

DARC *nf* (*abrév* **data radio channel**) DARC

DAT *nm* (*abrév* **digital audio tape**) DAT

date *nf* date
◊ *Édition & Presse* **date limite** deadline
◊ *Édition* **date de parution** publication date
◊ *Édition* **date de publication** publication date
◊ *Presse* **date de rédaction** dateline

day time *Rad & TV* **1** *nm* daytime programming; **transmettre une émission en day time** to broadcast a programme as part of the daytime schedule
2 *adj* daytime; **l'audience day time** the daytime audience

DBS *nm* (*abrév* **direct broadcasting satellite**) DBS

DCC *nm* (*abrév* **digital compact cassette**) DCC

DEA *nf Rad* (*abrév* **durée d'écoute par auditeur**) average listening time

deadline *nm* deadline

débit *nm Ordinat & Tél* rate; **(à) haut débit** broadband
◊ *Ordinat* **débit en bauds** baud rate
◊ *Ordinat* **débit binaire** bit rate

décadrage *nm Cin* off-centring

décadré, -e *adj Cin* off-centre

décentrement *nm Phot*
◊ *décentrement horizontal* horizontal movement of the lens
◊ *décentrement vertical* vertical movement of the lens

décharge *nf Imprim* set-off sheet, offset sheet

déclaration *nf* declaration, statement
◊ *déclaration commune* agreed statement

déclencheur *nm Phot* shutter release
◊ *déclencheur automatique* time release, self-timer

décodage *nm TV* decoding

décoder *vt TV* to decode

décodeur *nm TV* decoder
◊ *décodeur numérique* set-top box

décor *nm Cin & TV* scenery, set; *(toile peinte)* backdrop, backcloth; **tourné en décors naturels** shot on location
◊ *décor de cinéma* movie *or Br* film set
◊ *décor en extérieur* outdoor set

> **"**
>
> Si une scène se tourne, par exemple, dans une maison d'édition, cela implique la présence d'une grande quantité de livres, de manuscrits. On peut imaginer contacter un éditeur qui soit prêt à nous prêter trois tonnes de bouquins, mais cela ne se trouve pas en un jour. Durant cette période, je consacre mon temps à des pré-repérages pour les scènes extérieures et intérieures qui se tourneront **en décors naturels**.
>
> **"**

décorateur, -trice *nm,f Cin & TV* (set) designer

découpage *nm Cin* shooting script, découpage, breakdown

découpe *nf Imprim & Typ* cut-out

découpeur, -euse *nm,f Cin* cutter

découverte *nf TV* backcloth, backdrop

décrochage *nm* (a) *Rad* break in transmission; **le décrochage a lieu à 19 heures** regional programming begins at 7 p.m.; **émettre en décrochage** *(station)* to broadcast its own programmes (b) *Cin & TV (éclairage)* backlight

décryptage *nm Tél & TV* descrambling

décrypter *vt Tél & TV* to descramble

DECT *nf Tél* (*abrév* **digital enhanced cordless telecommunications**) DECT

défet *nm Imprim* waste sheets

définition *nf Cin, Phot & TV* definition

déformation *nf TV* distortion

déformé, -e *adj TV* distorted

déformer *TV* **1** *vt* to distort
   2 se déformer *vpr* to distort

dégradé *nm Imprim & PAO* blend, vignette

dégrader *vt Imprim & PAO* to blend, to vignette

dégroupage *nm Tél* unbundling

déléatur *nm Typ* delete (mark)

délit de presse *nm* press offence

> **"**
>
> La Cour d'Appel de Paris a rendu un important arrêt en considérant que le délai de prescription en matière de **délit de presse** sur Internet ne courait qu'à compter de la fin de la publication en ligne. Les juges ont établi ce principe à l'occasion de poursuites engagées par le ministère public et des associations antiracistes contre un auteur de chansons violentes et racistes qui avait publié ses textes en ligne.
>
> **"**

démarquage *nm* copying, plagiarizing

démarquer *vt* to copy, to plagiarize

démassification *nf (des médias)* demassification

démassifier **1** *vt (médias)* to demassify
   2 se démassifier *vpr* to demassify

démenti *nm Presse* disclaimer; **publier un démenti** to publish a disclaimer

demi-cadratin *nm Typ* en; *(space)* en-space

demi-gras, -grasse **1** *adj* semibold
   2 *nm* semi-bold (type)

demi-teinte *nf Imprim* half-tone; **en demi-teinte** half-tone

démodulateur *nm Rad* demodulator

démodulation *nf Rad* demodulation

démoduler *vt Rad* to demodulate

démographique *adj* demographic; **statistiques démographiques** demographics

dénicheur, -euse *nm,f*

◇ **dénicheur de vedettes** talent scout, talent spotter

densité *nf Phot (de négatif)* density
◇ **densité par réflexion** specular density

déparasiter *vt Rad* **(a)** *(débarrasser des parasites)* to eliminate the interference in **(b)** *(munir d'un dispositif antiparasite)* to fit with a suppressor

dépêche *nf (nouvelle)* news item *(sent through an agency)*; **une dépêche vient de nous arriver** some news has just reached us
◇ **dépêche d'agence** agency copy

déphasé, -e *adj Cin & TV* out-of-phase

dépliant *nm Édition* foldout (page)

dépointer *TV* **1** *vt* to point away from its best reception position
2 se dépointer *vpr* to move away from its best reception position

dépoli *nm Phot* focusing screen

déposé, -e *adj (livre)* copyrighted

dépositaire *nmf* **dépositaire (de journaux)** newsagent

dépôt légal *nm* copyright deposit *(in France, copies of published or recorded documents have to be deposited at the Bibliothèque nationale)*; **numéro de dépôt légal** book number

déprogrammation *nf Rad & TV (d'une émission)* withdrawal *or* removal (from the schedule)

déprogrammer *vt Rad & TV* to withdraw *or* to remove from the schedule

dérayage *nm Cin & TV* polishing out

dérayer *vt Cin & TV* to polish out

déréglage *nm Rad & TV* detuning

dérégler *vt Rad & TV* to detune

dernier, -ère *adj*
◇ *Presse* **dernière édition** last edition

◇ *Édition* **dernière épreuve** press proof
◇ *Presse* **dernière page** back page

dernière *nf Presse (édition)* last edition; *(page)* back page

dérouleur de bande *nm Audio* tape drive

dérushage *nm Cin & TV* film editing

dérusher *vt Cin & TV* to edit

descendre *vi TV (image)* to slip

design *nm* design

designer *nm* designer

désinformation *nf* disinformation

"

Une recherche rapide sur l'Internet permet d'y constater la présence de milliers de sites consacrés à la magie, à la sorcellerie, au paganisme et à d'autres thèmes, de Witches' Voice à celui de la Witches' League for Public Awareness (WLPA), qui se présente comme "un réseau éducatif de lutte contre la **désinformation** au sujet de la sorcellerie et des sorciers", conformément à "la vision d'un monde libéré de toute forme de persécution religieuse".

"

desk *nm Presse* desk

deskman *nm Presse* deskman

dessin *nm*
◇ *Cin & TV* **dessin animé** cartoon
◇ *Édition* **dessin de couverture** cover design
◇ **dessin humoristique** cartoon
◇ **dessin par ordinateur** computer art

dessinateur, -trice *nm,f* designer
◇ **dessinateur de bandes dessinées** cartoonist
◇ **dessinateur de dessins animés** cartoonist
◇ **dessinateur humoristique** cartoonist

DET *nf TV* (*abrév* **durée d'écoute par téléspectateur**) average viewing time

détachable *Édition* **1** *adj* pull-out **2** *nm* pull-out

détourage *nm Cin* cropping

deuxième *adj*
◊ *Cin & TV* **deuxième assistant opérateur** second assistant camera
◊ *Cin & TV* **deuxième assistant-réalisateur** second assistant director
◊ *Édition* **deuxième de couverture** inside front cover, IFC
◊ *Presse* **deuxième édition spéciale** extra-special
◊ *Édition* **deuxième épreuve** revise proof
◊ *Cin & TV* **deuxième équipe** second unit

deux-points *nm Typ* colon

développement *nm Phot* (*traitement complet*) processing, developing; (*étape du traitement*) developing

développer *vt Phot* (*traiter*) to process; (*révéler*) to develop; **faire développer une pellicule** to have a film developed *or* processed; **faire développer des photos** to have photos developed

diachromie *nf Phot* screen-plate colour photography

diagramme polaire *nm Audio* polar diagram

dialogue *nm Cin & TV* dialogue; **écrire les dialogues d'un film** to write the dialogue for a movie *or Br* film; **le dialogue est de Valérie Morales** dialogue by Valérie Morales
◊ *Ordinat* **dialogue en direct** Internet Relay Chat, IRC

dialoguiste *nmf Cin* dialogue writer

"
Ce qui compte alors c'est l'écriture filmique, avec l'idée sous-jacente que le réalisateur est nécessairement scénariste. Depuis une période récente, on assiste à une revalorisation du rôle du scénariste mais sous un mode différent. Pour moi, l'idée d'être un pur **dialoguiste**, comme Audiard a pu l'être, est une conception extrêmement lointaine de la mienne.
"

diamant *nm Imprim* gem

diaphonie *nf Rad & Tél* diaphony, cross-talk

diaphragme *nm Phot* T-stop, diaphragm, iris; *Cin & TV* diaphragm

diaphragmer *vt & vi Phot* to stop down; **diaphragmez à 11** stop down to 11, use stop number 11

diapo *nf Fam Phot Br* slide, *Am* diapositive

diapositive *nf Phot Br* slide, *Am* diapositive

diazocopie *nf Imprim* diazocopy

dichromie *nf Imprim* two-colour process

didacthèque *nf Ordinat* set of educational software *or Am* teachware

didacticiel *nm Ordinat* piece of educational software *or Am* teachware

didot *nm Typ* modern (face)

diégèse *nf* diegesis

diégétique *adj* diegetic

diésis *nm Typ* double dagger

diffamateur, -trice **1** *adj* (*texte*) defamatory, libellous **2** *nm,f* (*par écrit*) libeller

diffamation *nf* (**a**) (*accusation*) defamation; (*par un texte*) libel; **procès en diffamation** libel suit; **intenter un procès en diffamation à qn** to bring an action for libel against sb

diffamatoire *adj* (*texte*) defamatory, libellous

diffamer *vt* to defame, to libel

différé, -e *Rad & TV* **1** *adj* prerecorded

   2 *nm (émission)* prerecording, prerecorded programme; **en différé** prerecorded

diffuser *vt* (**a**) *Rad & TV* to broadcast, *Am* to air; **une émission diffusée en direct/différé** a live/prerecorded broadcast; *Ordinat* **diffuser qch sur (l')Internet** to webcast sth (**b**) *Presse* to circulate, to distribute

diffuseur *nm* (**a**) *Rad & TV* broadcaster (**b**) *Presse* distributor (**c**) *Cin & TV* diffuser, scrim

⋄ **diffuseur hertzien** terrestrial broadcaster

⋄ **diffuseur public** public broadcaster

diffusion *nf* (**a**) *Rad & TV* broadcasting, *Am* airing; *Cin* screening; **en deuxième diffusion, en seconde diffusion** repeated

   (**b**) *Presse (exemplaires vendus)* number of copies sold, circulation (**c**) *Édition* distribution

⋄ *TV* **diffusion audionumérique** digital audio broadcasting

⋄ *TV* **diffusion directe par satellite** direct satellite broadcasting, DSB

⋄ *TV* **diffusion hertzienne** terrestrial broadcasting

⋄ *TV* **diffusion des informations** news broadcasting

⋄ *Presse* **diffusion de masse** mass circulation

⋄ *TV* **diffusion numérique** digital (video) broadcasting

⋄ *TV* **diffusion satellite** satellite broadcasting

⋄ *TV* **diffusion simultanée** simulcasting

⋄ *TV* **diffusion terrestre** terrestrial broadcasting

> 〟
>
> Les habitants de la Savoie ne verront pas *Roberto Succo*, le film de Cédric Kahn, présenté en compétition au Festival de Cannes, mercredi 16 mai, et sorti sur les écrans le même jour dans toute la France. La **diffusion** du long-métrage revenant sur la folle cavale de ce jeune Italien, auteur de plusieurs meurtres en France en 1986 et 1987, dont ceux de deux policiers, a été suspendue dans tout le département sous la pression des élus de droite comme de gauche.
>
> 〟

digital, -e *adj (numérique)* digital

digitalisation *nf* digitization

digitaliser *vt* to digitize

digitaliseur *nm* digitizer

direct *nm Rad & TV* live broadcast; **il préfère le direct au play-back** he prefers performing live to miming; **en direct** live

directeur, -trice *nm,f Cin & TV* director

⋄ *Rad* **directeur d'antenne** station director

⋄ *Cin & TV* **directeur artistique** artistic director, production designer

⋄ *Cin & TV* **directeur de casting** casting director

⋄ *Édition* **directeur éditorial** publishing manager

⋄ *Cin & TV* **directeur des effets spéciaux** special effects supervisor

⋄ *Édition* **directeur de la fabrication** production manager

⋄ **directeur musical** musical director

⋄ *Cin* **directeur de la photographie** cinematographer, director of photography

⋄ *Cin* **directeur de production** production manager, production director

⋄ *TV* **directeur des programmes** director of programming, programme controller

⋄ *Presse* **directeur de (la) rédaction** managing editor

⋄ **directeur du son** sound director

◊ **directeur technique** technical director

direction nf (a) Cin & TV directing, direction (b) (sens) direction
◊ **direction du regard** eyeline

director's cut nm Cin director's cut

diriger vt Cin & TV to direct

disc-jockey nmf Rad disc jockey

discographie nf discography

discontinuité nf Cin & TV discontinuity

discothèque nf record library

disparaître vi Cin & TV **disparaître en fondu** to fade out

disparition nf Cin & TV
◊ **disparition en fondu** fade
◊ **disparition graduelle** fade-away, fade-out

dispositif nm
◊ Rad **dispositif antiparasite** suppressor
◊ Cin & TV **dispositif de marche avant-arrière synchronisé** rock-and-roll facility
◊ Cin & TV **dispositif scénique** set

disquaire nmf (commerçant) record dealer; **tu trouveras ça chez un disquaire** you'll find this in a record shop

disque nm (a) (enregistrement) record, disc (b) Ordinat disk
◊ **disque audionumérique** compact disc
◊ **disque compact** compact disc
◊ **disque compact audionumérique** digital compact disc
◊ **disque compact interactif** interactive CD, CD-I
◊ **disque compact vidéo** video compact disc
◊ **disque de démonstration** demo (record)
◊ Ordinat **disque dur** hard disk
◊ **disque laser** laser disc
◊ **disque optique** optical disk
◊ **disque optique compact** CD-ROM

◊ **disque optique numérique** digital optical disk
◊ **disque vidéo** videodisc
◊ **disque vidéo numérique** digital versatile disk, digital video disk

disquette nf Ordinat floppy (disk), diskette

distance focale nf focal distance, focal length

distorsion nf (déformation) distortion
◊ TV **distorsion géométrique** geometric distortion
◊ TV **distorsion de l'image, distorsion d'image** image or picture distortion

distribuable adj Cin distributable

distribuer vt (a) Cin (rôle) to cast (b) (film, livre) to distribute

distributeur nm Cin (film) distributor

distribution nf (a) Cin (des rôles) (choix) casting; (liste) cast; **une brillante distribution** an all-star cast; **c'est elle qui s'occupe de la distribution** she's in charge of casting; **distribution par ordre d'entrée en scène** (au générique) characters in order of appearance (b) (d'un film, d'un livre) distribution
◊ Audio **distribution des fréquences** frequency distribution
◊ Cin **distribution massive** saturation release

DIVX nm (abrév **digital video express**) DIVX

Dix d'Hollywood nmpl Cin **les Dix d'Hollywood** the Hollywood Ten

DJ nm (abrév **disc jockey**) DJ

docu nm Fam Cin & TV documentary

docudrame nm TV docudrama, dramadoc, drama documentary

> 〞
>
> Il suggère ainsi que les banlieues ont droit à d'autres traitements que

le **docudrame** apitoyé, le pamphlet rageur ou l'utilisation spectaculaire choc. Le droit à la fiction, le droit à devenir histoire racontée, avec laquelle on peut jouer, est une revendication démocratique dont on aurait tort de mésestimer les enjeux. **"**

document *nm* document; *Édition* **documents** *(illustrations)* artwork
◇ *document d'archives* library document
◇ *Phot* **document holographique** holograph

documentaire *nm Cin & TV* documentary

documentaliste *nmf* archivist
◇ *documentaliste iconographique* picture researcher

documentariste *nmf Cin & TV* documentarist, documentary maker

documentation *nf* **(a)** *(publicités)* literature, information, documentation; **voulez-vous recevoir notre documentation?** would you like us to send you our brochure? **(b)** *(technique)* documentation (technique)
◇ *documentation iconographique* picture research
◇ *documentation de presse* press kit

docusoap *nm TV* docusoap

Dolby® *nm* Dolby®; **en Dolby**® **stéréo** in Dolby® stereo

domaine public *nm* public ownership (of rights); **être dans le domaine public** to be out of copyright, to be in the public domain; **tomber dans le domaine public** to come into the public domain

domotique *nf* home automation

donnée *nf Ordinat* piece of data; **données** data

dope sheet *nm Cin & TV* dope sheet

dorure industrielle *nf Imprim* foil blocking, gold blocking

dos *nm (d'un livre)* spine

dossier *nm Presse, Rad & TV* special report; **numéro spécial avec un dossier sur le Brésil** special issue with an extended report on Brazil
◇ *dossier de presse* press kit, press pack

doublage *nm Cin (d'un film)* dubbing; **il n'y a pas de doublage pour les cascades** there's no stand-in for the stunts

doublant, -e *nm,f Cin* double, stand-in

double *adj*
◇ *Typ* **double croix** diesis
◇ *Imprim & Presse* **double page** (double-page) spread
◇ *Cin* **double programme** double bill

doublé, -e *adj Cin* dubbed

doubler *vt Cin (voix)* to dub; *(acteur)* to stand in for, to double; **il se fait doubler pour les cascades** he's got a stand-in for his stunts

doublon *nm Typ* doublet

doublure *nf Cin* stand-in, body double

dpi *(abrév* **dots per inch)** dpi

dramatique *nf TV* television play *or* drama; *Rad* radio play *or* drama

drame *nm Cin, Rad & TV* drama
◇ *drame judiciaire* courtroom drama
◇ *drame télévisé* television drama

drive-in *nm Cin* drive-in

DRM *nm (abrév* **digital right management)** DRM

droit *nm* right
◇ *Cin* **droits d'adaptation cinématographique** film rights
◇ *Cin* **droits d'adaptation à l'écran** screen rights
◇ *Rad & TV* **droit à l'antenne** broadcasting right

◇ *Édition* **droits d'auteur** *(préroga-tive)* copyright; *(somme)* royalties

◇ *Cin* **droits cinématographiques** film rights

◇ *Édition* **droit de citation** fair deal-ing, fair use

◇ *Cin* **droits dérivés** ancillary rights

◇ *Cin* **droits de distribution** distri-bution rights

◇ *Presse, Rad & TV* **droit à l'infor-mation** freedom of information

◇ *Presse* **droit de rectification** right of rectification

◇ *Presse* **droit de réponse** right to reply

◇ *Édition* **droits de reproduction** reproduction rights; **tous droits de reproduction réservés pour tous pays** all rights of reproduction reserved for all countries

◇ *Édition* **droits de reproduction en feuilleton** serial rights

◇ *Cin & TV* **droits de seconde dif-fusion** residuals, repeat fees

◇ *TV* **droits de télédiffusion** television rights

"

Les vrais journaux à sensation sont plutôt à chercher du côté de *Voici* (Prisma Presse, classé dans les journaux "féminins") ou d'*Entrevue* (Hachette, classé dans les "mascu-lins"). Ils sont truffés de **droits de réponses** envahissants et con-sacrent une bonne partie de leurs recettes aux amendes de plus en plus lourds que leur infligent les tri-bunaux.

"

DSL *nm Ordinat* (*abrév* **Digital Subscriber Line**) DSL

dual-band *adj Tél* dual-band

duplex *nm Tél & TV* duplex, diplex; **une émission en duplex** a link-up

◇ **duplex bidirectionnel** duplex, di-plex

durée *nf (d'un film, d'une émission)* running time, screen time

◇ **durée d'écoute** *Rad* listening time; *TV* viewing time

DVB *nf* (*abrév* **Digital Video Broad-casting**) DVB

DVD *nm* (*abrév* **Digital Versatile Disk, Digital Video Disk**) DVD

DVD-ROM, DVD-Rom *nm* (*abrév* **Digital Versatile Disk read only memory**) DVD-ROM

eau-forte *nf Imprim* etching

ébauche *nf* rough

e-book *nm* e-book

échafaudage *nm (pour caméra)* tower

échantillon *nm* sample

échantillonner *vt & vi* to sample

échantillonneur, -euse *nm,f (personne)* sampler

échantillonneuse *nf (équipement)* sampler

échelle *nf*
◇ *Phot* **échelle des diaphragmes** f-stop scale
◇ *Imprim & PAO* **échelle des gris** levels of grey
◇ *Phot* **échelle d'ouverture** f-number

écho *nm TV* ghosting; *Rad* echo

échotier, -ère *nm,f Presse* gossip columnist

éclairage *nm* (a) *Cin & TV (installation)* **l'éclairage, les éclairages** the lighting (b) *Phot* light
◇ *éclairage d'appoint* fill light
◇ *éclairage sur batterie* sungun
◇ *éclairage en contre-jour* backlighting
◇ *éclairage de faible intensité* low-key lighting
◇ *éclairage frisant* rimming
◇ *éclairage de plateau* set lighting
◇ *éclairage aux projecteurs* floodlighting
◇ *éclairage rasant* rim light

◇ *éclairage en trois points* three-point lighting

éclairagiste *nmf Cin & TV* lighting technician, lighting engineer

éclairer *vt Cin, Phot & TV* to light

école de cinéma *nf* film school

e-commerce *nm* e-commerce

écoute *nf Rad* listening; *(audience)* listeners; **se mettre** *ou* **se porter à l'écoute, prendre l'écoute** to listen in, to tune in; **heure** *ou* **période de grande écoute** *Rad* peak listening time; *TV* peak viewing time, prime time; **aux heures de grande écoute** *Rad* during peak listening time; *TV* during prime time; **émission programmée à une heure de grande écoute** *Rad* programme broadcast during peak listening time; *TV* prime-time programme; **cette émission bénéficie d'une grande écoute** the programme has a large audience *or* stands high in the ratings; *Rad* **être à l'écoute (de)** to be listening (to); *Rad* **restez à l'écoute de nos programmes de nuit** stay tuned to our late-night programmes

> **"**
>
> Même si la trithérapie tient ses promesses . . . le sida ne peut être dédramatisé du jour au lendemain: en incarnant encore l'une des figures les plus saisissantes de la mort, il nous rappelle la vulnérabilité de la vie. C'est pourquoi il est si difficile, **aux heures de grande écoute**

où s'engrangent les recettes publicitaires, de le montrer à la télévision.

🙿

écouteur nm (a) *Tél* earpiece; **prendre l'écouteur** to listen in (b) *(pour écouter de la musique)* earphone; **écouteurs** earphones, headphones
◊ *Rad & TV* **écouteur auriculaire** earpiece

écran nm (a) *Cin* (cinema) screen; **porter un roman à l'écran** to adapt a novel for the screen; **à l'écran** ou **sur les écrans, cette semaine** what's on this week (at the movies or *Br* cinema); **Bourvil crève l'écran dans ce film** Bourvil gives a riveting performance in this film
(b) *TV* screen; **passer qch à l'écran** to screen sth; **passage à l'écran** screening
(c) *(d'une console, d'un ordinateur)* screen, monitor
◊ *écran acoustique* acoustic screen
◊ *écran cathodique* cathode ray tube screen
◊ *écran de cinéma* cinema or movie screen
◊ *écran de contrôle* control monitor
◊ *écran de contrôle de l'image* picture monitor
◊ *écran de contrôle studio* studio monitor
◊ *écran divisé* split screen
◊ *écran gris neutre* neutral density filter
◊ *écran panoramique* widescreen, panoramic screen
◊ *écran (à) plasma* plasma screen
◊ *écran plat* flat screen
◊ *écran de prévisualisation* preview monitor
◊ *écran de projection* screen
◊ *écran publicitaire, écran de publicité, Fam écran de pub* commercial break
◊ *écran sans scintillement* flicker-free screen
◊ *écran tactile* touch-sensitive screen

◊ *écran de télévision* television screen
◊ *écran de vision* review screen
◊ *écran de visualisation* display screen

écran-mosaïque nm *TV* multi-screen

écrire vt *(article, livre, scénario)* to write

écrit nm *(document)* document; *(œuvre)* written work
◊ *Presse* **écrit diffamatoire** libel

écriture nf (a) *Typ (type de caractère)* script (b) *(création, style)* writing
◊ *Typ* **écriture cursive** cursive
◊ *Typ* **écriture droite** upright script
◊ *Typ* **écriture grasse** bold typeface, boldface
◊ *Typ* **écriture en italique** italic script
◊ *Cin & TV* **écriture de scénarios** scriptwriting, screenwriting

écrivaillon nm *Fam* hack

❝

Oh, il est sûrement coupable de ce carnage: il n'a pas su exprimer, faire sentir ce qu'il portait en lui depuis tant d'années et il restera un **écrivaillon** ne cherchant qu'à gagner de l'argent avec ses livres … À cet égard, pourquoi donc reprocher à un auteur de gagner de l'argent grâce au succès de ses écrits? D'autres ne le font-ils pas en travaillant dans un bureau, une usine, voire en se livrant à des activités beaucoup moins honorables.

🙿

écrivain nm writer

éditer vt (a) *(livre)* to publish; *(disque)* to produce, to release (b) *(texte)* to edit

éditeur, -trice 1 adj publishing
2 nm,f (a) *(d'une maison d'édition)* publisher, editor (b) *(commentateur)* editor

3 *nm* (**a**) *(maison d'édition)* publisher (**b**) *Ordinat (logiciel)* editor
◊ *éditeur de disques* record producer
◊ *Cin* *éditeur de film* film editor
◊ *Ordinat* *éditeur HTML* HTML editor
◊ *Ordinat* *éditeur de logiciels* software producer
◊ *éditeur de presse* newspaper publisher
◊ *Ordinat* *éditeur de texte* text editor
◊ *éditeur de vidéo* video publisher

édition *nf* (**a**) *(activité, profession)* publishing; *(de disques)* production; **le monde de l'édition** the publishing world; **travailler dans l'édition** to be in publishing *or* in the publishing business
(**b**) *Presse* edition; **l'édition du matin/soir** the morning/evening edition; **dernière édition** final edition
(**c**) *Rad & TV (d'une émission)* edition; **l'édition du journal télévisé** the (television) news bulletin; **dans la dernière édition de notre journal** in our late news bulletin; **édition spéciale en direct de Budapest** special report live from Budapest
(**d**) *(d'un livre) (texte commenté)* edition; *(exemplaire)* edition, impression
◊ *édition augmentée (d'un livre)* enlarged edition
◊ *édition de luxe (d'un livre)* library edition
◊ *édition électronique* electronic publishing
◊ *Presse* *édition exceptionelle* extra
◊ *Presse* *édition locale* local edition
◊ *édition musicale* music publishing
◊ *édition originale (d'un livre)* first edition
◊ *édition pirate* pirate edition
◊ *édition de poche (d'un livre)* paperback edition
◊ *édition revue et corrigée (d'un livre)* revised edition
◊ *édition entièrement revue et corrigée (d'un livre)* major new edition
◊ *Presse* *édition spéciale* special edition

éditique *nf* electronic publishing

édit-list *nf Cin & TV* edit list

édito *nm Fam Presse* editorial, *Br* leader

éditorial, -e, -aux, -ales *Presse* **1** *adj* editorial
2 *nm (de journal)* editorial, *Br* leader

éditorialiste *nmf Presse* editorial *or Br* leader writer, *Am* editorialist

edutainment *nm* edutainment

effet *nm (procédé)* effect
◊ *Cin & TV* *effets d'éclairage* lighting effects
◊ *Audio* *effet Larsen* (acoustic) feedback
◊ *Cin & TV* *effets de lumière* lighting effects
◊ *Cin & TV* *effets optiques* camera effects
◊ *Cin, Rad & TV* *effets sonores* sound effects
◊ *Cin* *effets spéciaux* special effects
◊ *TV* *effets vidéo* video effects
◊ *Cin & TV* *effets visuels* visual effects

EGA *nm Ordinat (abrév* **enhanced graphics adapter***)* EGA

électricien, -enne *nm,f Cin & TV* electrician

électrocopie *nf* xerography

électronique *adj* electronic

e-mail, email *nm Ordinat* e-mail

émargement *nm Imprim (de pages)* trimming

émarger *vt Imprim (pages)* to trim

embargo *nm Presse* embargo

émetteur, -trice *Rad* **1** *adj* transmitting; **poste émetteur** transmitter; **station émettrice** transmitting

or broadcasting station
 2 *nm (appareil)* transmitter

◇ **émetteur mono** mono transmitter

◇ **émetteur stéréo** stereo transmitter

◇ **émetteur terrestre** ground transmitter

émetteur-récepteur *nm Rad* transmitter-receiver, transceiver

◇ **émetteur-récepteur additionnel** transverter

émettre *vt Rad & TV* to broadcast, to transmit; *(onde, signal)* to send out

émission *nf Rad & TV (transmission de sons, d'images)* transmission, broadcasting; *(programme)* programme; **l'émission de nos programmes sera interrompue à 22 heures** transmission of our programmes will be interrupted at 10 p.m.; **émission réalisée en dehors des studios** outside broadcast, OB

◇ **émission d'actualités** current affairs programme

◇ **émission en différé** prerecorded programme

◇ **émission diffusée simultanément** simultaneous broadcast

◇ **émission en direct** live broadcast

◇ *Rad* **émission de disques à la demande** request programme, request show

◇ **émissions pour enfants** children's television

◇ **émission d'expression directe** live debate programme

◇ **émission magazine** magazine programme

◇ **émission du matin** breakfast programme

◇ **émission pilote** pilot

◇ **émission en public** programme recorded before a live audience

◇ **émission de radio** radio programme

◇ **émission radiotélévisée** simulcast

◇ **émission relayée** relay

◇ **émissions scolaires** schools broadcasting

◇ **émissions à sensation** tabloid television, tabloid TV

◇ **émissions de service public** public-service broadcasting

◇ **émission spéciale** special programme

◇ **émission de télévision** television programme

◇ **émission de variétés** variety show

émoticon *nm Ordinat* smiley, emoticon

empagement *nm PAO & Typ* text area, text block

empattement *nm Typ* serif; **sans empattement** sans serif

empreinte *nf (d'un satellite)* footprint

émulsion *nf Cin & Phot* emulsion

encadré, -e *PAO & Typ* **1** *adj* boxed
 2 *nm* box; *(dans la presse écrite)* boxed article; *(petite annonce)* display advertisement

◇ **encadré graphique** graphics box

◇ **encadré texte** text box

encart *nm Presse* slip sheet, press insert

◇ *Édition* **encart dépliant** gatefold

◇ **encart presse** press insert

◇ **encart publicitaire** advertising insert; *Rad & TV* commercial break

encartage *nm Presse & Typ* inserting, insetting

encarter *vt Presse & Typ* to insert, to inset

enceinte *nf Audio* speaker

enchaîné, enchaînement *nm Cin & TV* dissolve

enchaîner *vi Cin & TV* to dissolve

encollage *nm Imprim* perfect binding

encrage *nm Imprim* inking

encre *nf Imprim* ink

◇ *encre d'imprimerie* printing ink, printer's ink

encrer *vt Imprim* to ink

enquête *nf Presse* (investigative) report, exposé

enquêteur, -euse *ou* **-trice** *nm,f Presse* interviewer

enregistrement *nm Rad & TV* recording

◇ *enregistrement haute fidélité* hi-fi recording

◇ *enregistrement laser* *(procédé)* laser recording; *(disque)* laser disc

◇ *enregistrement sur magnétoscope* video recording

◇ *enregistrement numérique* digital recording

◇ *enregistrement son* audio *or* sound recording

◇ *enregistrement sonore* audio *or* sound recording

◇ *enregistrement vidéo* video recording

◇ *enregistrement vocal* voice recording

enregistrer *vt (sur cassette audio, disque)* to record, to tape; *(sur cassette vidéo)* to record, to video, to videotape; *(CD-ROM)* to write

enrichi, -e *adj (texte)* enriched

enrichir *vt (texte)* to enrich

enrichissement *nm (de texte)* enriching

ensemblier *nm Cin & TV* props person

en-tête *nm Presse & Typ* head, header

◇ *Presse en-tête de colonnes* column header

entracte *nm Cin Br* interval, *Am* intermission

entrée de poste *nf Rad* lead-in

entrefilet *nm Presse* short piece, paragraph; **l'affaire a eu droit à un entrefilet** there was a paragraph *or* there were a few lines in the newspaper about it

entretien *nm Presse, Rad & TV* interview

envoyé, -e *nm,f Presse* correspondent; **de notre envoyé permanent à New York** from our New York correspondent

◇ *envoyé spécial* special correspondent; **de notre envoyé spécial à Londres** from our special correspondent in London

épigraphe *nm Édition (dans un livre)* motto

épine dorsale *nf Ordinat* backbone

épisode *nm Rad & TV* episode; **un feuilleton en six épisodes** a six-part serial

épreuve *nf* (a) *Édition* proof; **corriger** *ou* **revoir les épreuves d'un livre** to proofread a book; **dernière/première épreuve** final/first proof (b) *Phot* print

◇ *Édition* **épreuve bonne à filmer** camera-ready copy, CRC

◇ *Édition* **épreuve de calage** machine proof

◇ *Phot* **épreuve par contact** contact (print)

◇ *Phot* **épreuve glacée** glossy print

◇ *Édition* **épreuves d'imprimerie** printer's proofs

◇ *Phot* **épreuve mate** matt print

◇ *Phot* **épreuve négative** negative print

◇ *Édition* **épreuve Ozalide**® Ozalid®

◇ *Édition* **épreuves en page** page proofs

◇ *Édition* **épreuve en placard** galley (proof)

◇ *Phot* **épreuve positive** positive print

◇ *Édition* **épreuve repro** repro

◇ *Cin* **épreuves de tournage** rushes

EPS *Ordinat (abrév* **encapsulated PostScript**®) EPS

épuisé, -e *adj Édition* out of print

équilibre des couleurs *nm Cin & TV* colour balance

équipe *nf* team; *Cin & TV* crew
◊ *équipe caméra* camera crew
◊ *équipe de cinéma* film crew
◊ *Presse* *équipe d'investigation* investigative team
◊ *équipe de prise de vue* camera crew
◊ *équipe de production* production team
◊ *équipe du son* sound crew
◊ *équipe de télévision* television crew
◊ *équipe de tournage* camera crew, film crew

équipement *nm* equipment
◊ *équipement acoustique* audio equipment
◊ *équipement audiovisuel* audiovisual equipment

erratum *nm Presse* erratum

erreur *nf* error, mistake
◊ *Imprim & Typ* *erreur typographique* printing error

escalier *nm PAO & Typ (de titres)* step effect

espace *nf* (a) *PAO & Typ* space (b) *Rad & TV* time
◊ *espace fine* hair(line) space, thin space
◊ *espace fixe* fixed space
◊ *espace forte* thick space
◊ *espace moyenne* medium-sized space
◊ *espace Web* Web space

espacement *nm PAO & Typ (entre deux lettres)* space; *(interligne)* space (between the lines), spacing
◊ *espacement des caractères* character spacing
◊ *espacement des colonnes* column spacing
◊ *espacement fixe* fixed spacing
◊ *espacement des lignes* line spacing
◊ *espacement proportionnel* proportional spacing

espacer *vt PAO & Typ* to interspace, to space

esperluette *nf Typ* ampersand

esquisse *nf PAO & Typ (de page)* rough (layout)

essai *nm Cin & TV* audition; **faire faire un essai à qn** to audition sb
◊ *Cin & TV* *essai de caméra* screen test
◊ *Cin & TV* *essai image* test shot
◊ *Rad & TV* *essai de voix* voice test

étalage publicitaire *nm Presse* display advertising

étaler *vt Imprim* to splash

étalonnage *nm Cin & TV* calibration, grading

étalonner *vt Cin & TV* to calibrate, to grade

étalonneur *nm Cin & TV* grader

ETSI *nm* (*abrév* **European Telecommunications Standards Institute**) ETSI

étude *nf*
◊ *étude d'audience* audience research
◊ *études de communication* media studies

étui *nm Édition* slipcase
◊ *étui de cassette* cassette case

europudding *nm Cin* europudding

> 66
>
> Danis Tanovic a su transformer avec habileté l'**europudding** attendu en délicieuse tarte à la crème qu'il balance à la face du monde, en ayant bien pris soin qu'elle laisse un arrière-goût amer.
>
> 99

évanouissement *nm Rad* fadeaway

événement médiatique *nm* media event

> 66
>
> C'est une première française. La conférence de presse du Premier ministre est diffusée en direct sur le Web. Pour vivre cet **événement**

médiatique, indique le communiqué de presse, il suffit de disposer d'un ordinateur "communiquant" (avec carte son et haut-parleurs) et d'installer le logiciel Realplayer. Rien de plus simple.

77

exception culturelle *nf* cultural exception

66

"Il faut nous préserver, collectivement, de la menace de l'uniformité et de l'envahissement de produits culturels émanant d'une source unique. C'est là un enjeu de civilisation fondamentale." Cette défense "artistique" du cinéma ne propose rien de très original sous le soleil de **l'exception culturelle.**

77

exclusif, -ive *adj Presse, Rad & TV* exclusive; **une interview exclusive** an exclusive interview

exclusivité *nf* (a) *Cin & TV (de film)* first showing; *Cin (film)* movie *or Br* film on general release; *Cin* **un film en exclusivité** a movie *or Br* film on general release; **un film en première exclusivité** a movie *or Br* film receiving its first showing (b) *Presse (article)* exclusive (article); *(interview)* exclusive (interview), scoop

exemplaire *nm* copy; **le livre a été tiré à 10 000 exemplaires** 10,000 copies of the book were published, the book had a print run of 10,000 copies; **le journal tire à 150 000 exem-**

plaires the newspaper has a circulation of 150,000

◇ *exemplaire gratuit* presentation copy

◇ *exemplaire de lancement* advance copy

◇ *exemplaires de passe* overs

◇ *exemplaire de service de presse* press copy

exploitant, -e *nm,f Cin (propriétaire)* owner; *(directeur) Br* manager, *Am* exhibitor

exposant *nm Typ (chiffre, lettre)* superscript; **3 en exposant** superscript 3

exposer *vt Phot* to expose

exposition *nf Phot* exposure

◇ *Imprim* **exposition directe des plaques** computer to plate, CTP

expressionnisme *nm Cin* expressionism

expressionniste *adj & nmf Cin* expressionist

extérieur *nm Cin* location shot, exterior (shot); **extérieurs tournés à Rueil** shot on location in Rueil; **il tourne en extérieur** he's on location; *TV* **émission en extérieur** outside broadcast, OB

extrait *nm* (a) *(d'un livre)* extract; *(d'un film, d'une émission)* extract, clip (b) *Audio* grab

◇ *extraits d'archives* archive footage

◇ *extrait de film* movie *or Br* film clip

e-zine, ezine *nm* e-zine, ezine

fabrication *nf Édition* production

façonnage *nm Édition* forwarding

façonner *vt Édition* to forward

fading *nm Rad* fading, fade-away

FAI *nm Ordinat* (*abrév* **fournisseur d'accès à l'Internet**) IAP

faire-valoir *nm inv* (*de comique*) straight man

faisceau, -x *nm Rad* beam
◊ *faisceau hertzien* radio beam

faiseur, -euse *nm,f*
◊ *Rad & TV faiseur d'audimat* = television/radio personality guaranteed to boost the ratings

fait divers, fait-divers *nm Presse* news in brief; **tenir la rubrique des faits divers** to cover short news items

fait-diversier *nm Presse* = journalist who covers short news items

> ❝
>
> Un réseau de correspondants, **faits-diversiers** de la presse locale, a fait remonter de bonnes histoires, qui sont sélectionnés "en fonction de leur sens". La patronne expédie ses reporters sur le lieu du crime. Au téléphone, elle suit pas à pas la progression de leurs enquêtes.
>
> ❞

famille de caractères *nf Typ* typeface

fantôme *nm Cin & TV* ghost, ghosting

fanzine *nm Presse* fanzine

fascicule *nm* (*partie d'un ouvrage*) instalment, part, section; **publié par fascicules** published in instalments

faute *nf* error, mistake
◊ *faute de frappe* keying error, *Fam* typo
◊ *faute d'impression* misprint

faux raccord *nm Cin & TV* jump cut

faux-titre *nm Imprim* half-title

fax *nm* (a) (*machine*) fax (machine) (b) (*message*) fax; **par fax** by fax; **envoyer qch par fax** to send sth by fax, to fax sth
◊ *Ordinat fax modem* fax modem

feature *nm Presse* feature

femme fatale *nf Cin* femme fatale

fenêtre d'observation *nf TV* observation window

fer *nm Typ* **au fer** full-out
◊ *Imprim fer à dorer* brass
◊ *Imprim fer de reliure* tool

fermeture *nf Cin & TV* fade
◊ *fermeture en fondu* fade-away, fade-out
◊ *fermeture au noir* fade-to-black

festival *nm Cin* festival
◊ *festival du cinéma* film festival
◊ *festival cinématographique* film festival

feu, -x *nm Cin* **les feux de la rampe** the footlights; **être sous le feu des projecteurs** to be in front of the spotlights; **il est sous les feux de**

Major film festivals

Berlin

Internationale Filmfestspiele Berlin
depuis: 1956
a lieu en: février
récompense principale: Goldener Berliner Bär

Le Caire

Cairo International Film Festival
depuis: 1976
a lieu en: novembre/décembre
récompense principale: Golden Pyramid

Cannes

Festival international du film de Cannes
depuis: 1946
a lieu en: mai
récompense principale: Palme d'Or

La Havane

Festival Internacional del Nuevo Cine Latinoamericano
depuis: 1979
a lieu en: décembre
récompense principale: Coral Award

Londres

London Film Festival
depuis: 1957
a lieu en: novembre
récompense principale: Sutherland Trophy

Melbourne

Melbourne International Film Festival
depuis: 1951
a lieu en: juillet/août
récompense principale: City of Melbourne Award

Montréal

Montréal World Film Festival
Festival des films du monde de Montréal
depuis: 1977
a lieu en: août/septembre
récompense principale: Grand Prix des Amériques

Moscou

Moscow International Film Festival
depuis: 1938 (tous les ans depuis 1995)
a lieu en: juillet
récompense principale: Golden St George

New York

New York Film Festival
depuis: 1962
a lieu en: septembre/octobre
récompense principale: non-compétitif

Rotterdam

International Film Festival Rotterdam
depuis: 1972
a lieu en: janvier/février
récompense principale: VPRO Tiger Award

Shanghai

Shanghai International Film Festival
depuis: 1993
a lieu en: juin
récompense principale: Jin Jue Award

Stockholm

Stockholm filmfestivals
depuis: 1990
a lieu en: novembre
récompense principale: Bronshästen

Sundance (Salt Lake City)

Sundance Film Festival
depuis: 1985
a lieu en: janvier
récompense principale: Grand Jury Prize

Sydney

Sydney Film Festival
depuis: 1954
a lieu en: juin
récompense principale: Dendy (meilleur court-métrage)

Toronto

Toronto International Film Festival
depuis: 1976
a lieu en: septembre
récompense principale: People's Choice Award

Venise

Mostra Internazionale d'Arte Cinematografica
depuis: 1932
a lieu en: août/septembre
récompense principale: Leone d'Oro

l'actualité he's very much in the news at the moment

feuille nf (morceau de papier) sheet; à feuilles mobiles ou volantes loose-leaved

◊ Imprim **feuille d'acétate** acetate foil

◊ Fam Presse **feuille de chou** rag

◊ TV **feuille de conducteur** cue sheet

◊ Cin & TV **feuille d'exposition** exposure sheet

◊ Imprim **feuille intercalaire** slip sheet

◊ Presse **feuille locale** local paper

◊ TV **feuille de mixage** cue sheet

◊ Imprim **feuille d'or** gold leaf

◊ Rad & TV **feuille d'ordre de passage à l'antenne** rundown sheet

◊ Fam Presse **feuille à sensations** gossip sheet

◊ **feuille de service** call sheet

feuille-à-feuille adj Ordinat (imprimante) sheet-fed

feuillet nm page, leaf, folio

feuilleton nm Rad & TV serial; Presse book column; TV **feuilleton (télévisé)** (sur plusieurs semaines) TV serial; (sur plusieurs années) soap opera

feuilletoniste nmf Rad & TV serial writer; Presse book reviewer

feuilleton-réalité nm TV docusoap

> Endemol a doté *Starmaker*, le petit frère de *Big Brother*, de ce qui manquait à *Popstars*: une maison, le temps réel et l'interactivité. L'action de ce **feuilleton-réalité** ... se déroule dans le loft de *Big Brother*, le vrai ...

fibre optique nf fibre optics; **fibres optiques** optical fibres

fichier nm file

◊ Presse **fichier de coupures** cuttings file

◊ Ordinat **fichier son** sound file

fiction nf (a) (domaine de l'imaginaire) la fiction fiction; **un livre de fiction** a work of fiction, a fictional book (b) (histoire) story, (piece of) fiction

fidèle 1 adj TV (téléspectateur) regular, loyal; Édition & Presse (lecteur) regular

2 nmf TV regular or loyal viewer; Édition & Presse regular reader

> En access prime time, le jeu *Le Maillon faible*, nouvel exemple étonnant de télé-réalité à la sauce TF1, fait des étincelles avec 4 millions de **fidèles**, soit autant que les scores du *Bigdill* d'avant *Loft*.

fidélisation nf = building up of loyal readership, viewership etc

FIF nf (abrév **Fédération internationale du film**) FIF

figurant, -e nm,f Cin & TV extra; **rôle de figurant** bit part

figuration nf Cin & TV la figuration (figurants) extras; (métier) being an or working as an extra; **faire de la figuration** to work as an extra

figurer vi Cin & TV to be an extra

fil nm sans fil (téléphone, souris) cordless

filet nm Typ rule, fillet

◊ **filet maigre** hairline (rule)

filigrane nm watermark; à filigrane (papier) watermarked

filigraner vt to watermark

film nm (a) Cin (pellicule) film; (œuvre) movie, Br film; **tourner un film** to shoot a movie or Br film; **film en noir et blanc/en couleur** black-and-white/colour film (b) Édition & Imprim piece of film; **films** film

◇ **film d'action** action(-adventure) movie *or Br* film

◇ **film d'actualités** newsreel, news film

◇ **film d'animation** animated film, cartoon

◇ **film d'anthologie** anthology movie *or Br* film

◇ **film d'archives** library film

◇ **film d'art et d'essai** arthouse movie *or Br* film

◇ **film d'auteur** film d'auteur

◇ **film d'aventures** adventure movie *or Br* film

◇ **film biographique** biopic

◇ **film burlesque** slapstick comedy

◇ **film de cape et d'épée** swashbuckler

◇ **film catastrophe** disaster movie *or Br* film

◇ **film à clef** film based on real characters *(whose identity is disguised)*

◇ **film de cow-boys** cowboy movie *or Br* film

◇ **film culte** cult movie *or Br* film

◇ *Édition & Imprim* **films définitifs** final film

◇ **film documentaire** documentary (film)

◇ **film dramatique** drama

◇ **film d'entreprise** corporate film, corporate video

◇ **film d'espionnage** spy movie *or Br* film

◇ **film d'épouvante** horror movie *or Br* film

◇ **film ethnographique** ethnographic movie *or Br* film

◇ **film de fiction** fictional movie *or Br* film

◇ **film à faible budget** low-budget movie *or Br* film

◇ **film fantastique** supernatural thriller

◇ **film à grand spectacle** epic movie *or Br* film

◇ **film de genre** genre movie *or Br* film

◇ **film à grand spectacle** epic

◇ **film à gros succès** blockbuster

◇ **film de guerre** war movie *or Br* film

◇ **film d'horreur** horror movie *or Br* film

◇ **film institutionnel** corporate film, corporate video

◇ *Phot* **film inversible** reversal film

◇ **film long-métrage** feature-length movie, *Br* feature film

◇ **film de montage** film montage, compilation movie *or Br* film

◇ **film muet** silent movie *or Br* film

◇ **film noir** film noir

◇ **film parlant** talkie, talking movie *or Br* film

◇ **film policier** detective movie *or Br* film

◇ *Fam* **film porno** blue movie, skin flick

◇ **film pornographique** pornographic movie *or Br* film

◇ **film de poursuite** chase movie *or Br* film

◇ **film publicitaire** *TV* commercial; *Cin* cinema advertisement

◇ **film en relief** 3-D movie *or Br* film

◇ **film de science-fiction** science-fiction movie *or Br* film

◇ **film semi-documentaire** docu-drama

◇ **film de série B** B-movie, B-feature

◇ **film sonore** sound film

◇ **film à succès** box-office hit

◇ **film à suspense** thriller

◇ **film télévisé** television movie *or Br* film, TV movie *or Br* film

◇ **film en 3D** 3D film

◇ **film vidéo** video film

◇ **film de voyage** travelogue

◇ **film (classé) X** adults-only movie *or Br* film, *Br* X-rated movie *or* film

filmage *nm Cin* filming

filmer *vt (scène, événement)* to film, to shoot; *(personnage)* to film

filmographie *nf* filmography

filmologie *nf* cinema *or Br* film studies

filtre *nm* filter

◇ *Rad & TV* **filtre anti-parasites** interference filter *or* suppressor

◇ *Phot* **filtre coloré** colour filter

◇ *Phot* **filtre de couleur** colour filter

◇ *Cin & TV* **filtre polarisant** polarizing filter

◇ *Audio* **filtre séparateur** crossover

fin *nf*

◇ *PAO & Typ* **fin de ligne** line end

◇ *PAO & Typ* **fin de page obligatoire** hard page break

final cut *nm Cin* final cut

fish-eye *nm Cin & Phot* fish-eye lens

fixage *nm Phot* fixing

fixateur *nm Phot* fixer, fixative

fixation *nf Phot* fixing

fixer *vt Phot* to fix

flan *nm Typ* flong

flash *nm* (a) *Cin & TV* flash (b) *Phot (éclair)* flash; *(ampoule)* flash bulb; **prendre une photo au flash** to take a picture using a flash

◇ *Phot* **flash asservi** slave flash unit

◇ *Phot* **flash électronique** electronic flash

◇ *Rad & TV* **flash d'informations** newsflash

◇ *Rad & TV* **flash spécial** (special) newsflash

◇ *Cin & TV* **flash publicitaire** commercial

◇ *Phot* **flash TTL** TTL flash

> ❝
>
> Un dispositif identique permet, peu après, à CBS de retransmettre, grâce à sa chaîne locale, les mêmes plans de la tour en feu, pris depuis le nord de Manhattan. La chaîne a alors déjà interrompu son émission du matin, *Early Show*, réalisée en direct, pour laisser place à un **flash spécial** annonçant l'explosion.
>
> ❞

flashage *nm PAO & Typ* imagesetting

flash-back *nm Cin & TV* flashback

flasheuse *nf PAO & Typ* imagesetter

flexographie *nf Imprim* flexography

flottant, -e *adj Typ (accent)* floating

flou, -e *Cin & Phot* **1** *adj* out of focus, blurred, fuzzy
2 *nm* blurredness, fuzziness; **passer au flou** to defocus

◇ **flou artistique** soft-focus effect

flux *nm* flux

◇ **flux vidéo** video flux

FM *nf (abrév* **frequency modulation***)* FM

FMP *nm Cin (abrév* **full motion picture***)* FMP

FMV *nm Cin (abrév* **full motion vision***)* FMV

focal, -e, -aux, -ales *adj Phot* focal

focale *nf Phot* focal distance *or* length

◇ **focale fixe** fixed focus lens

focimètre *nm Phot* focimeter

folio *nm Imprim* folio

foliotage *nm Imprim* foliation

folioter *vt Imprim* to folio, to foliate; *(par page)* to paginate

folioteur *nm Imprim* page-numbering machine

fonction *nf*

◇ **fonction d'agenda** agenda setting

◇ *Ordinat* **fonction de comptage de mots** word count facility

fond *nm* **(blanc de) petit fond** back margin, gutter; **(blanc de) grand fond** fore-edge, gutter

◇ *Imprim* **fond perdu** bleed; **à fond perdu** bleeding; **déborder en fond perdu** to bleed

◇ *Cin & TV* **fond sonore** background music

fondre *vt Cin & TV* to fade

fondu *nm Cin & TV* dissolve; **faire un fondu** to fade; **faire un fondu au noir** to fade to black; **s'ouvrir** *ou* **apparaître en fondu** to fade in; **ouverture en fondu** fade-in; **se fermer en fondu** to fade out; **fermeture en fondu** fade-out; **les personnages apparaissent/disparaissent en fondu** the characters fade in/out
◊ *fondu enchaîné* (lap-)dissolve, fade-in-fade-out; **faire un fondu enchaîné** to (lap-)dissolve, to fade-in-fade-out
◊ *fondu enchaîné automatique* auto-dissolve
◊ *Rad fondu enchaîné sonore* cross-fade
◊ *fondu en ouverture* fade-in
◊ *fondu en fermeture* fade-out
◊ *fondu par ondulation* ripple dissolve
◊ *fondu par passage au flou* defocus dissolve
◊ *Rad fondu sonore* sound fade

fonte *nf PAO & Typ* font
◊ *fonte de caractère* character font
◊ *fonte écran* screen font
◊ *fonte imprimante* printer font
◊ *fonte reconnue optiquement* OCR font
◊ *fonte vectorielle* outline font

force de corps *nf Typ* body size

formalisme *nm Cin* formalism

formaliste *Cin* **1** *adj* formalist
2 *nmf* formalist

format *nm Phot & Typ* format; **livre en format de poche** paperback (book); **papier format A4/A3** A4/A3 paper
◊ *format berlinois* = paper format measuring 32 x 47 cm
◊ *Ordinat format de fichier* file format
◊ *Cin format de l'image* aspect ratio
◊ *format d'impression* print format
◊ *format in-folio* folio
◊ *Phot format normal* enprint
◊ *format oblong* oblong format

◊ *format de page* page format
◊ *format de papier* paper format
◊ *TV format de présentation* show format
◊ *Édition & Imprim format rogné* trimmed page size, TPS
◊ *format tabloid* tabloid format
◊ *Ordinat format TIFF* TIFF

formater *vt* to format

forme *nf Imprim* forme

forum populaire *nm Rad* vox pop

foulage *nm (impression)* impression

fournisseur *nm*
◊ *Ordinat fournisseur d'accès (à l'Internet)* (Internet) access provider
◊ *Ordinat fournisseur de contenu* content provider

foyer *nm Phot* focus, focal point

frais d'inscription *nmpl* subscription fee

française *nf Imprim* à la française portrait; **imprimer qch à la française** to print sth in portrait

free-lance 1 *adj inv* freelance
2 *nmf* freelance, freelancer
3 *nm* freelancing, freelance work; **travailler** *ou* **être en free-lance, faire du free-lance** to work on a freelance basis *or* as a freelancer

freeware *nm Ordinat* freeware

fréquence *nf Audio* frequency; *(de son)* tone; **basse/moyenne/haute fréquence** low/middle/high frequency; **très basse fréquence** very low frequency; **très haute fréquence** very high frequency
◊ *fréquence cumulée* cumulative frequency
◊ *fréquence porteuse* carrier frequency
◊ *fréquence radio* radio frequency
◊ *fréquence radioélectrique* radio frequency
◊ *fréquence réglée* adjusted frequency

◇ *fréquence relative* relative frequency

◇ *fréquence du signal* signal frequency

◇ *fréquence sonore* audio frequency

◇ *fréquence vocale* vocal frequency

fréquentation *nf (d'un lieu)* attendance ; **la fréquentation des cinémas a baissé** movie-going *or Br* cinema-going has decreased

frigo *nm Presse, Rad & TV* = articles or news reports held in reserve for future publication or broadcast

friture *nf Rad* strays

frontispice *nm Édition* frontispiece

FTP *nm Ordinat* (*abrév* **File Transfer Protocol**) FTP

gabarit *nm PAO* template
◇ *gabarit de mise en page* master page

gaffer *nm Cin & TV* gaffer

gaffeur grip *nm Cin & TV* alligator clip

gagman *nm Cin & TV* gag writer, *Am* gagman

galée *nf Imprim* galley

garniture *nf Imprim* furniture

gatekeeper *nm TV* gatekeeper

gateway *nm* gateway

gaufrage *nm Imprim* embossing, blocking
◇ *gaufrage à froid* blind embossing

gaufré, -e *adj Imprim* embossed

gaufrer *vt Imprim* to emboss, to block

gazetier, -ère *nm,f Presse* hack

généraliste *adj Rad & TV (chaîne, station)* general-interest

générateur *nm* generator
◇ *Cin & TV générateur de couleur* colour synthesizer
◇ *générateur d'effets spéciaux* (special) effects generator, SEG
◇ *générateur de signaux* signal generator
◇ *générateur de synchronisation* synchronization generator, synchronizing pulse generator
◇ *générateur de titres graphiques* graphic titler

génération *nf (de film, de bande vidéo)* generation

générique *nm Cin & TV* credits, cast list; **figurer au générique** to appear in the credits
◇ *générique de début* opening credits
◇ *générique déroulant* rolling credits, rolling titles
◇ *générique de fin* closing credits, end titles

> Il nous a demandé, à Ben et à moi, de collaborer au scénario. À partir de ce moment-là, on a porté le projet et maintenant on y est impliqué et on va le porter tous les trois jusqu'au bout, d'où ma présence sur le plateau. Au **générique**, outre scénariste, on m'a baptisé conseiller artistique, mais ça ne veut rien dire. On s'en fout un peu !

genre *nm* genre; **le genre policier** *(livres)* the detective genre, detective stories; *(films)* the detective genre, detective movies *or Br* films

GFU *nm Tél (abrév* **groupe fermé d'utilisateurs***)* CUG

GIF *Ordinat (abrév* **Graphics Interchange Format***)* GIF

girafe *nf Fam Cin & TV* boom, giraffe

globalisation *nf* globalization

globaliser *vt* to globalize

GO *Rad (abrév* **grandes ondes***)* LW

gondolage, gondolement *nm Imprim* cockling

Le générique
Credits

Accessoiriste	Props
Aide-électricien	Best Boy
Aide-monteur	Assistant Editor
Aide-opérateur	Assistant Cameraman
Animalier	Wrangler
Assistant du directeur artistique	Assistant Artistic Director
Assistant du producteur	Assistant Producer
Assistant-réalisateur	Assistant Director
Bruiteur	Foley Artist
Cameraman	Cameraman
Chef costumier	Wardrobe Supervisor
Chef électricien	Gaffer
Chef opérateur	Cinematographer
Chef opérateur de la deuxième équipe	Second Unit Director of Photography
Chorégraphe	Choreographer
Coiffeur	Hair Stylist
Compositeur	Composer
Concepteur sonore	Sound Designer
Coordinateur des cascades	Stunts Coordinator
Coproducteur	Co-producer
Costumier	Costume Designer
Décorateur	Set Decorator
Directeur artistique	Artistic Director
Directeur de casting	Casting Director
Directeur d'effets spéciaux	Special Effects Supervisor
Directeur de production	Production Manager
Directeur du son	Sound Director
Éclairagistes	Lighting Crew
Électricien	Electrician
Ensemblier	Set Designer
Machiniste	Grip
Maquilleur	Make-up Artist
Monteur	Editor
Perchiste	Boom Operator
Premier assistant-réalisateur	First Assistant Director
Producteur	Producer
Producteur associé	Associate Producer
Producteur délégué	Line Producer
Producteur exécutif	Executive Producer
Réalisateur	Director
Réalisateur de la deuxième équipe	Second Unit Director
Responsable des effets spéciaux	Visual Effects Supervisor
Scénariste	Screenwriter
Scripte	Continuity
Son	Sound

gondoler vt & vi Imprim to cockle

gonflage nm Cin & TV enlargement

gonfler vt Cin & TV to blow up, to enlarge

gothique adj Typ Gothic

gouttière nf PAO & Typ gutter

GPRS nm Tél (abrév **General Packet Radio Service**) GPRS

GPS nm Tél (abrév **global positioning system**) GPS

gradation nf Phot gradation

grain nm Phot grain; **la photo a du grain** the photo looks grainy

graissage nm Typ emboldening

graisse nf Typ thickness, boldness; (de caractère) weight

graisser vt Typ to embolden

grammage nm Imprim grammage

grand, -e adj
◇ Cin & TV **grand écran** widescreen
◇ Cin **le grand écran** the big screen, the silver screen
◇ Typ **grand fond** gutter, fore-edge
◇ **grands médias** major media
◇ Rad **grandes ondes** long wave; **sur grandes ondes** on long wave
◇ Phot **grande profondeur de champ** deep focus
◇ **le grand public** the general public, the public at large; **une émission grand public** a programme designed to appeal to a wide audience; **un livre grand public** a mass-market book; **un film grand public** a mainstream movie or Br film; **musique grand public** middle-of-the-road music
◇ **grand titre** Typ full title; Rad & TV news summary

grand-angle, grand-angulaire nm Cin wide-angle lens

granulation nf Phot grain, graininess

grapheur nm Ordinat graphics package

graphiques nfpl graphics

graphismes nmpl graphics

graphiste nmf graphic artist

gras, grasse Typ **1** adj (caractère) bold, bold-faced
2 nm bold, bold type; **en gras** in bold (type)

gratuit nm Presse free magazine

grave Audio **1** adj bass
2 nm bass

graver vt (disque compact) to burn

graveur nm
◇ **graveur de CD** CD burner, CD writer
◇ **graveur de CD-ROM** CD-ROM burner

gravure nf (action) gravure, imprinting; (image) engraving; (dans une publication) plate
◇ **gravure en couleurs** colour print
◇ **gravure hors texte** full-page plate
◇ **gravure avant la lettre** proof before letters

griffe du flash nf Phot hot shoe

grille nf (a) Rad & TV schedule (b) PAO grid
◇ Rad & TV **grille généraliste** general-interest programmes
◇ Rad & TV **grille de programmes** programme schedule, programme grid

événements sportifs (Championnat du Monde des rallyes, DTM, Enduro, Supercross français, Rallye du Maroc . . .), propose également des essais, des reportages sur les salons, différents magazines et documents, tous axés sur le service et l'information au consommateur. **"**

gros, grosse *adj*

◇ *PAO & Typ* **gros corps** headings type, headline type, display type

◇ *Cin & TV* **gros plan** close-up, close-shot

◇ *Cin & TV* **gros plan de tête** head shot

◇ *Presse* **gros titre** banner headline; **en gros titres** in banner headlines

grouillot *nm Cin, Rad & TV* runner

groupe *nm* group

◇ *groupe de médias* media group

◇ *groupe multimédia* multimedia group

grue *nf Cin & TV* crane

◇ *grue hydraulique* simon crane

◇ *grue de prise de vue* camera crane

GSM *nm Tél* (*abrév* **global system for mobile communications**) (**a**) *(système)* GSM; **réseau GSM** GSM network (**b**) *Belg (téléphone portable)* mobile (phone), cellphone

guest star *nf Rad & TV* guest star

guide *nm*

◇ *Édition & Imprim* **guide de caractères** type book

◇ *Édition* **guide du style maison** style book, style guide

guillemet *nm Typ* quotation mark, *Br* inverted comma; **ouvrir/fermer les guillemets** to open/to close the quotation marks *or Br* inverted commas; **entre guillemets** in quotation marks, in quotes, *Br* in inverted commas

◇ *guillemets fermants* closing quotes

◇ *guillemets ouvrants* opening quotes

◇ *guillemets simples* single quotes

habillage *nm PAO* text wrap, runaround
◇ *Rad & TV* **habillage chaîne** station identification *(including on-air promos, transitions and titles)*

habilleur, -euse *nm,f Cin & TV* dresser

hacker *nm Ordinat* hacker

halo *nm Phot* halo, halation

hampe *nf Typ (d'une lettre)* stem
◇ *hampe montante* ascender

happy end *nm* happy ending

"

Car, point commun ou différence avec un acteur professionnel, les lofteurs n'ont qu'une seule ambition: réussir. Être célèbre. Et c'est le public, qui non seulement décidera qui jouera dans le **happy end** programmé, mais c'est le même public qui les compensera de cette reconnaissance démesurée qu'ils recherchent tous.

"

haut de casse *nm Typ* upper case; **en haut de casse** upper-case, in upper case

haute définition *nf* high definition

haute-fidélité *nf* high fidelity, hi-fi

hauteur *nf Typ*
◇ *hauteur de caractère* type height
◇ *hauteur d'œil* x-height
◇ *hauteur de page* page depth

haut-parleur *nm* loudspeaker, speaker

◇ *haut-parleur d'aigus* tweeter
◇ *haut-parleur de graves* woofer

HD MAC *nm (abrév* **High Definition Multiplexed Analogue Components)** HD MAC

hebdo *nm Fam Presse* weekly (publication)

hebdomadaire *Presse* **1** *adj* weekly **2** *nm* weekly (publication)

hébergement *nm Ordinat (de site Web)* hosting

héberger *vt Ordinat (site Web)* to host

"

Les 5 principaux sites musicaux français, qui **hébergent** plusieurs milliers de morceaux, font surtout office de vitrine. France MP3 et peoplesound, tous deux rachetés par Vitaminic, affichent 60 000 artistes à leur catalogue, mp3.fr en a 600 et Balanceleson, filiale d'Universal, 400.

"

hébergeur *nm Ordinat (de site Web)* host

héliographie *nf Imprim* heliography

héliograveur, -euse *nm,f Imprim* photoengraver

héliogravure *nf Imprim* photogravure, heliogravure

hertz *nm Audio* hertz

hertzien, -enne **1** *adj TV* terrestrial; *Rad* hertzian; *TV* **par voie hert-**

zienne terrestrially
   2 *nm TV* le **hertzien** terrestrial
(broadcasting)

heure *nf*
◇ *heures d'écoute Rad* listening
   time; *TV* viewing hours
◇ *heures de grande écoute Rad*
   peak listening time; *TV* peak
   viewing time, prime time
◇ *heure limite* deadline

HF *nf* (*abrév* **haute fréquence**) HF

hi-fi *nf inv* hi-fi

high-8 *adj* high-8

histoire *nf Cin & TV* story, narrative

hit *nm* (*succès*) hit song

hit-parade *nm* charts; **ils sont premiers** *ou* **numéro un au hit-parade**
they're (at the) top of *or* they're
number one in the charts

Hollywood *nm* Hollywood

hollywoodien, -enne *adj* Hollywood

> ❝
> Le cinéma, toujours à la recherche
> de financements, est de plus en
> plus ouvert aux placements de produits. Cette technique publicitaire
> séduit les gros annonceurs qui sont
> évidemment tentés de mettre en valeur leurs marques dans les grands
> films **hollywoodiens**. Si cette technique est encore en France embryonnaire, aux États-Unis le placement de produits est devenu un
> métier à part entière.
> ❞

hologramme *nm Phot* hologram

holographe *adj Phot* holograph

holographie *nf Phot* holography

holographique *adj Phot* holographic

HomeCam® *nf* HomeCam®

home cinéma *nm* home cinema

> ❝
> LG lance une nouvelle gamme
> complète de lecteur DVD pour répondre à tous les besoins du
> marché en termes de qualité
> d'image, de son et design: de quoi
> satisfaire les plus exigeants mais
> aussi les novices en matière de
> **home cinéma**!
> ❞

hommage *nm Cin* homage

> ❝
> 1997. Quentin Tarantino réalise *Jackie Brown*, **hommage** à la blaxploitation (cinéma afro-américain des
> années 70), et plus particulièrement
> à *Foxy Brown*, un film de Jack Hill
> qui mettait déjà en scène, en 1974,
> la plantureuse Pam Grier. Depuis,
> Hollywood redécouvre volontiers
> ces polars teintés de "pattes d'eph",
> de coiffures afros et de musique
> "funkysantes".
> ❞

hors-média *adj* below-the-line

hors-micro *adj Rad* off-mike

hors-série *Presse* **1** *adj* special
   2 *nm* special edition

hors texte *adj Édition* pull-out

hors-texte *nm Édition* tip-in, pull-out

hot metal *nm Imprim* hot metal

HTML *nm Ordinat* (*abrév* **Hyper Text Markup Language**) HTML

HTTP *nm Ordinat* (*abrév* **Hyper Text Transfer Protocol**) HTTP

hybride *adj* (*style de musique*) cross-over

hyperfréquence *nf Audio* ultra-high frequency

hyperlien *nm Ordinat* hyperlink

hypermédia *nm Ordinat* hyper-media

hypertexte *nm Ordinat* hypertext

icône *nf Ordinat & PAO* icon

iconographe *nmf Édition* art or picture editor

iconographie *nf Édition & PAO* artwork; *Cin* iconography

iconoscope *nm TV* iconoscope

identification *nf Rad & TV* ident
◇ **identification d'intro** intro-ident

identité visuelle *nf* visual identity

illustrateur, -trice *nm,f* illustrator

illustration *nf (image, activité)* illustration; *(ensemble d'images)* illustrations; **texte et illustrations de …** text and illustrations by …; **l'illustration de cette édition est somptueuse** this book is lavishly illustrated

illustré, -e *Presse* **1** *adj* illustrated
2 *nm* pictorial, illustrated magazine; *(pour enfants)* comic

illustrer *vt* to illustrate

image *nf* picture, image; *Cin & TV* **à l'image** on camera
◇ **image d'archives** library picture
◇ **images d'archives** library footage, found footage
◇ **image à l'écran** screen image
◇ *TV* **image fantôme** ghosting
◇ **image multiple** multiple image
◇ *Phot* **image de solarisation** solarized image
◇ **images de synthèse** computer-generated images, CGI
◇ **image de télévision** television picture
◇ **image tramée** raster image

◇ *image virtuelle* virtual image

> Au début, *Shrek* étonne: pour ce second film d'animation en **images de synthèse** les studios Dreamworks ont choisi de prendre à rebours le conte de fées, de faire du méchant ogre un héros, de la quête de la princesse une simple formalité pour récupérer un morceau de terrain, et du domaine du roi une sorte de Disneyland suisse chloroformé.

imageur *nm Ordinat* imager
◇ *imageur documentaire* document imager

Imax *nm Cin* IMAX

imbriqué, -e *adj Imprim* nested

imbriquer *vt Imprim* to nest

impartial, -e *adj Presse & TV (émission, reportage)* balanced

imposer *vt Typ* to impose

imposeur *nm Typ* imposer

imposition *nf Typ* imposition
◇ *imposition en demi-feuille* work and turn

impression *nf* **(a)** *Imprim* printing; **envoyer un manuscrit à l'impression** to send a manuscript off to press *or* the printer's; **le livre est à l'impression** the book is at the printer's; **la troisième impression d'un livre** the third impression *or* printing of a book

(**b**) *Ordinat* printing
(**c**) *Phot* exposure

◇ *impression en bichromie* two-colour printing

◇ *impression bidirectionnelle* bidirectional printing

◇ *impression en colonnes* column printing

◇ *impression continue* web-offset printing

◇ *impression couleur* colour printing

◇ *impression à la demande* print on demand

◇ *impression en deux couleurs* two-colour printing

◇ *impression numérique* digital printing

◇ *impression ombrée* shadow printing

◇ *impression polychrome* chromatic printing

◇ *impression en quadrichromie* four-colour printing

◇ *impression en relief* relief printing

◇ *impression en retiration* backing up

◇ *impression sans presse* plateless printing

◇ *impression en surcharge* overprinting

◇ *impression en taille-douce* intaglio printing

◇ *impression tête à queue* work and tumble

◇ *impression tremblée* slurring

◇ *impression au verso* backing up

> **"**
>
> Certains penchent pour des solutions comme celle de Cytale, qui garantit une protection contre le piratage. D'autres adoptent une politique beaucoup plus ouverte, comme Vivendi Universal, avec la création de Bookpole, service d'**impression numérique** pour le fonds du groupe Havas.
>
> **"**

impressionner *vt Phot* to expose

imprimabilité *nf* printability

imprimable *adj* printable

imprimante *nf Ordinat* printer

◇ *imprimante couleur* colour printer

◇ *imprimante laser* laser printer

◇ *imprimante PostScript*® Postscript® printer

imprimatur *nm Édition* imprimatur

imprimé *nm* printed book *or* booklet

imprimer 1 *vt* (**a**) *(fabriquer)* to print (out); *(publier)* to print, to publish; **imprimer en offset** to offset; **imprimer en retiration, imprimer au verso** to back up, to perfect; **imprimer en surcharge** to overprint (**b**) *Ordinat* to print (out)

2 s'imprimer *vpr* (**a**) *(ouvrage)* to be printed (**b**) *Ordinat (document)* to print

imprimerie *nf* (**a**) *(technique)* printing (**b**) *(établissement)* printing works, printer's; *(atelier)* printing office *or* house; *Presse* print room; **le livre est parti à l'imprimerie** the book has gone to the printer's (**c**) *(matériel)* printing press (**d**) *(industrie)* **l'imprimerie** the printing industry

◇ *imprimerie intégrée* in-house printing office

◇ *l'Imprimerie Nationale* = the French government stationery office, *Br* ≃ HMSO, *Am* ≃ the Government Printing Office

imprimeur *nm (industriel)* printer; *(ouvrier)* printer, print worker

impubliable *adj* unpublishable

impulsion de synchro *nf TV* sync pulse

INA *nm TV (abrév* **Institut national de l'audiovisuel)** = national television archive

incrustation *nf TV* inlay, inset

incruster *vt TV* to inlay

indentation *nf Typ* indent
◇ *indentation à droite* right indent
◇ *indentation à gauche* left indent

indépendant, -e *adj (groupe, hit-parade, label)* indie; *(maison de disques, télévision)* independent

indicateur de crête *nm Audio* peak programme meter

indicatif *nm* (a) *Rad & TV (musique)* signature *or Br* theme tune (b) *Rad (pour identification)* station signal
◇ *indicatif d'appel* ident
◇ *indicatif musical* signature *or Br* theme tune

indice *nm* (a) *Typ* subscript; **b indice 3** b subscript *or* inferior 3; **3 en indice** subscript 3 (b) *(chiffre indicateur)* rating, index
◇ *Rad & TV* **indice d'écoute** audience rating, ratings; **avoir un mauvais indice d'écoute** to have a low (audience) rating, to get bad ratings

indie-rock *nm (musique)* indie (music)

in-dix-huit *Édition* **1** *adj* octodecimo, eighteenmo
2 *nm* octodecimo, eighteenmo

in-douze *Édition* **1** *adj* duodecimo, twelvemo
2 *nm* duodecimo, twelvemo

industrie *nf* industry
◇ *l'industrie du cinéma* the cinema *or* movie *or Br* film industry
◇ *l'industrie cinématographique* the cinema *or* movie *or Br* film industry
◇ *industries culturelles* cultural industries
◇ *l'industrie du disque* the record industry

inédit, -e **1** *adj (correspondance, auteur)* (hitherto) unpublished; **ce film est inédit en France** this film has never been released in France
2 *nm (œuvre)* unpublished work

infini *nm Phot* infinity; **faire la mise au point sur l'infini** to focus to infinity

inflight *nm Presse* inflight magazine

infographe *nmf Ordinat* graphics artist

infographie *nf Ordinat* computer graphics

infographique *adj Ordinat* graphics

infographiste *nmf Ordinat* graphics artist

in-folio *Imprim* **1** *adj* folio
2 *nm* folio

infomercial, -aux *nm TV* infomercial

informateur, -trice *nm,f Presse* informer, *Fam* deep throat

information *nf* (a) *Presse, Rad & TV (nouvelle)* news item, piece of news; **voici une information de dernière minute** here is some news just in; **des informations de dernière minute semblent indiquer que le couvre-feu est intervenu** latest reports seem to indicate that there has been a ceasefire; **des informations économiques** economic news, news about the economy; **l'information financière de la journée** the day's financial news; **pour finir, je rappelle l'information la plus importante de notre journal** finally, here is our main story *or* main news item once again
(b) *Presse, Rad & TV (actualités)* **l'information** the news; **place à l'information** priority to current affairs; **qui fait l'information?** who decides what goes into the news?; **les informations** *(émission)* the news (bulletin); **c'est passé aux informations** it was on the news
(c) *(communication, données)* information
◇ *information exclusive* exclusive information
◇ *informations radiodiffusées* radio news

◇ *informations régionales* local news

◇ *informations télévisées* television news

informatique 1 *adj* computer
2 *nf (science)* computer science, information technology; *(traitement des données)* data processing

inforoute *nf Can Ordinat* information superhighway, infohighway

infos *nfpl Fam* **les infos** the news

infospectacle *nf* infotainment

infotainment *nm* infotainment

> 66
>
> En lançant le projet il y a huit mois, MCM a voulu positionner son web comme le premier portail thématique musical français. Surfant sur la vague de l'"**infotainment**" (information et divertissement), MCM table sur un trafic de 3 à 4 millions de pages vues par mois à la fin de l'année, soit l'équivalent de l'audience du site de Canal Plus aujourd'hui.
>
> 99

ingénieur du son *nm* sound engineer, recording engineer

ingérence rédactionnelle *nf Presse* editorial interference

in-octavo *Édition* 1 *adj* octavo, eightvo
2 *nm* octavo, eightvo

in-plano *Édition* 1 *adj* full sheet, broadsheet
2 *nm* full sheet, broadsheet; **des in-plano** books printed on full sheets

in-quarto *Édition* 1 *adj* quarto
2 *nm* quarto

in-seize *Édition* 1 *adj* sextodecimo, sixteenmo
2 *nm* sextodecimo, sixteenmo

insérer *vt Cin & TV* to insert, to intercut

insert *nm Cin & TV* cut-in, insert

insertion *nf* (**a**) *Presse* advertisement (**b**) *Typ* insert

◇ *Presse* **insertion publicitaire** advertisement

in-soixante-quatre *Édition* 1 *adj* sixty-fourmo
2 *nm* sixty-fourmo

installation vidéo *nf* video installation

intensité *nf*
◇ *Cin & TV* **intensité lumineuse** candlepower
◇ *Rad, Tél & TV* **intensité du signal** signal strength

interactif, -ive *adj* interactive

interactivité *nf* interactivity

intercaler *vt Typ* to insert, to inset

interdit, -e *adj Cin* **interdit aux moins de 18 ans** adults only, *Br* ≃ 18, *Am* ≃ NC-17; **interdit aux moins de 13 ans** *Br* ≃ PG, *Am* ≃ PG-13

interface *nf Ordinat* interface
◇ *interface commune de passerelle* common gateway interface
◇ *interface vidéo numérique* digital video interface

interférence *nf Rad* interference

intérieur *nm Cin* interior (shot); **entièrement tourné en intérieur** shot entirely indoors

interlettrage *nm PAO & Typ* interletter spacing, letter spacing

interlettrer *vt PAO & Typ* to letterspace

interlignage *nm Imprim & Typ* leading, line spacing
◇ *interlignage double* double spacing
◇ *interlignage simple* single spacing

interligne 1 *nm Imprim & Typ* line spacing; **interligne simple/double** single/double spacing; **à interligne simple/double** single-/double-spaced
2 *nf Imprim* lead
◇ *interligne réglable* adjustable line space

interligner *vt Typ* to interline

interlinéaire *adj Typ (texte)* interlinear

interlude *nm TV* interlude

internaute *nmf Ordinat* Internet user

> 〞
>
> Le cabinet d'études Net Value vient d'analyser le profil des "gros utilisateurs de l'Internet en France". Pour réaliser ce rapport, Net Value a considéré les 30% d'**internautes** connectés le plus fréquemment … Les catégories sociales occupées de ces **internautes** révèlent un profil moyen constitué essentiellement par des professions intermédiaires et des employés.
>
> 〞

interne *adj (journal, publication)* in-house

internégatif *nm Cin & TV* dupe

Internet *nm Ordinat* Internet; **sur (l')Internet** on the Internet; **naviguer sur (l')Internet** to surf the Internet

interprétation *nf* acting

interprète *nmf (acteur)* performer, player; *(chanteur)* singer; *(danseur)* dancer; **les interprètes** *(d'un film)* the cast; **l'interprète de Cyrano n'était pas à la hauteur** the actor playing Cyrano wasn't up to the part

interpréter *vt* to perform; **interpréter un rôle** to play a part; **elle interprète Juliette** she plays (the part of) Juliet

intertextualité *nf* intertextuality

intertextuel, -elle *adj* intertextual

intertitre *nm* **(a)** *Presse* subheading **(b)** *Cin* intertitle

intervention *nf* personal appearance, PA

interview *nf ou nm Presse & TV* interview
◊ *interview exclusive* exclusive (interview)
◊ *interview télévisée* television interview
◊ *interview à la télévision* television interview

interviewé, -e *Presse & TV* **1** *adj* interviewed
2 *nm,f* interviewee

interviewer[1] *vt Presse & TV* to interview

interviewer[2] *nm Presse & TV* interviewer

intervieweur, -euse *nm,f Presse & TV* interviewer

intitulé *nm Presse* catchline

intituler *vt* to call, to entitle; **un film intitulé *M*** a film called *or* entitled *M*; **un article intitulé "Le Retour du nucléaire"** an article entitled *or* with the heading "The Return of Nuclear Power"

Intranet *nm Ordinat* Intranet

in-trente-deux *Édition* **1** *adj* thirty-twomo
2 *nm* thirty-twomo

in-trente-six *Édition* **1** *adj* thirty-sixmo
2 *nm* thirty-sixmo

intrigue *nf Cin & TV* storyline, plot

invendu, -e 1 *adj (journal)* unsold; *(livre)* unsold, remaindered
2 *nm (journal)* unsold copy; *(livre)* unsold *or* remaindered copy; **les invendus** *(journaux)* (the) unsold copies; *(livres)* (the) unsold copies, (the) remainders

inversé, -e *adj Imprim & Phot* reversed out

inverser *vt Imprim & Phot* to reverse out

inversible *adj Phot (film)* reversible

inversion *nf Phot* reversal

invité, -e *nm,f Rad & TV* guest; **les**

invités *(dans un jeu radiophonique ou télévisé)* the panel

iota *nm Typ* tittle

IRC *nm Ordinat* (*abrév* **Internet Relay Chat**) IRC

iris *nm Phot* iris

irradiation *nf Phot* halation

ISBN *nm Édition & Presse* (*abrév* **International Standard Book Number**) ISBN

ISO *nf Phot* (*abrév* **International Standards Organization**) ISO

ISSN *nm Édition & Presse* (*abrév* **International Standard Serial Number**) ISSN

italienne *adj Imprim* à l'italienne landscape; **imprimer qch à l'italienne** to print sth in landscape

italique *Typ* **1** *adj* italic
2 *nm* italics; **écrire un mot en italique** to write a word in italics, to italicize a word; **mettre un mot en italique** to put a word in italics, to italicize a word

itération *nf Imprim* iteration

itinérer *vi Tél* to roam

jambage *nm Typ (d'une lettre)* descender

jaquette *nf* (dust) jacket, book jacket

jargon *nm* jargon

◊ *jargon journalistique* journalistic jargon, journalese

Java® *nm Ordinat* Java®

Javascript® *nm Ordinat* Java® script

jeu *nm*
◊ *Typ jeu de caractères* character set
◊ *jeu informatique* computer game
◊ *jeu interactif* interactive game
◊ *jeu radiophonique* game show *(on radio)*
◊ *jeu télévisé* game show *(on TV)*
◊ *jeu vidéo* video game

jingle *nm Rad & TV* jingle

jouer *vi (acteur)* to act; **jouer dans un film** to be in a film; **bien/mal jouer** to be a good/bad actor; *(dans un film)* to give a good/bad performance

journal, -aux *nm* **(a)** *(publication)* newspaper, paper; *(spécialisé)* journal; **journal du matin/soir/dimanche** morning/evening/Sunday paper *or* newspaper; **c'est dans** *ou* **sur le journal** it's in the paper
(b) *(bureau)* office, paper; *(équipe)* newspaper (staff)
(c) *Rad & TV (informations)* news; **ce journal est présenté par ...** the news is presented *or Br* read by ...

◊ *journal d'annonces* free-ad newspaper
◊ *journal sur CD-ROM* CD-ROM newspaper
◊ *journal électronique* electronic newspaper
◊ *journal d'entreprise* staff magazine, company magazine
◊ *journal grand format* broadsheet
◊ *journal gratuit* free paper, giveaway paper
◊ *journal d'information* quality newspaper
◊ *journal interne* staff magazine, in-house magazine
◊ *Can journal jaune* scandal sheet
◊ *journal en ligne* online newspaper
◊ *journal local* local newspaper
◊ *journal d'opinion* quality newspaper
◊ *journal parlé* radio news
◊ *journal plein format* broadsheet
◊ *journal professionnel* trade journal
◊ *journal radiophonique* radio news
◊ *journal à scandale* scandal sheet
◊ *journal à sensation* scandal sheet
◊ *journal télévisé* television news
◊ *journal de télévision* television guide
◊ *Rad & TV journal vidéo* video diary

> ❞
> Officiellement, il n'existe que trois **journaux à sensation** en France, classés comme tels par Diffusion Contrôle (un organisme qui mesure les ventes de journaux): *France-Dimanche*, *Ici Paris* et *le Nouveau*

Principaux journaux français

Major French newspapers

quotidiens nationaux
national daily newspapers

	créé en first published	diffusion (2001) daily circulation (2001)
Aujourd'hui	1994	492,518
Le Monde	1944	402,444
L'Équipe	1946	401,051
Le Figaro	1854	367,595
Libération	1973	171,336
Les Échos (finance)	1908	153,968
France Soir	1944	125,462
Paris-Turf	1946	106,629
La Tribune (finance)	1985	104,359
La Croix	1883	90,232
L'Humanité	1904	55,113

quotidiens régionaux
regional daily newspapers

	créé en first published	diffusion (2001) daily circulation (2001)
Ouest-France	1944	790,043
Le Progrès	1859	405,476
Le Parisien	1944	361,026
Sud Ouest	1944	345,431
La Voix du Nord	1944	330,925
Le Dauphiné Libéré	1945	263,966
La Nouvelle République du Centre-Ouest	1944	254,640
L'Est Républicain	1889	218,436
La Montagne	1919	218,194
La Dépêche du Midi	1870	212,233

Détective. Tous trois affichent des ventes en augmentation.

              77

journaleux, -euse *nm,f Fam* hack, journo

journalisme *nm* journalism; **faire du journalisme** to be a journalist; **il a 30 ans de journalisme politique derrière lui** he's been a political journalist for 30 years
◇ *journalisme électronique* electronic news gathering
◇ *journalisme d'enquête* investigative journalism
◇ *journalisme d'investigation* investigative journalism
◇ *journalisme de radio* radio journalism
◇ *journalisme sportif* sports journalism
◇ *journalisme de télévision* television journalism

journaliste *nmf* journalist; **elle est journaliste au** *Monde* she's a journalist for *or* with *Le Monde*; **les journalistes de la rédaction** the editorial staff
◇ *journaliste économique* economics correspondent *or* journalist
◇ *journaliste d'enquête* investigative journalist
◇ *journaliste d'investigation* investigative journalist
◇ *journaliste politique* political correspondent *or* journalist
◇ *journaliste de la presse écrite* print journalist
◇ *journaliste reporter d'images* reporter-cameraman
◇ *journaliste sportif* sports correspondent *or* journalist
◇ *journaliste de télévision* television journalist

journalistique *adj* journalistic

JPEG *nm Ordinat* (*abrév* **Joint Photographic Experts Group**) JPEG

JRI *nmf Presse* (*abrév* **journaliste reporter d'images**) reporter-cameraman

JT *nm* (*abrév* **journal télévisé**) television news

justificateur *nm PAO & Typ* justifier

justificatif *nm Presse* free copy *(of newspaper, sent to those who have an advertisement or a review etc in it)*

justification *nf PAO & Typ* justification
◇ *justification à droite* right justification
◇ *justification à gauche* left justification
◇ *justification de tirage* limitation notice
◇ *justification verticale* vertical justification

justifié, -e *adj PAO & Typ* justified; **le paragraphe est justifié à gauche/droite** the paragraph is left-/right-justified

justifier *vt PAO & Typ* to justify

K7 *nf* (*abrév* **cassette**) cassette; **radio-K7** radiocassette

kHz *nm* (*abrév* **kilohertz**) kHz

kilohertz *nm* kilohertz

kinéscopage *nm* kinescope transfer, kinescope recording

kinéscope *nf* kinescope

Kiosque® *nm Tél* (*d'un Minitel*®) ≃ (telephone) viewdata service

kiosque à journaux *nm* newspaper kiosk *or* stand, news-stand

kiosquier, -ère *nm,f* newspaper seller, newsvendor

label *nm (maison de disques)* label
◇ *label indépendant* independent or indie record label

laboratoire de film *nm* film laboratory

laize *nf Imprim* reel width

laminoir *nm Imprim* calender

lampe *nf* light
◇ *Cin & TV lampe à arc* arc light, *Am* klieg light
◇ *Phot lampe inactinique* safelight

lanterne *nf Cin* projector
◇ *lanterne magique* magic lantern

largeur *nf Typ* breadth, set, width
◇ *Ordinat largeur de bande* bandwidth
◇ *Typ largeur de la colonne* column width

larrons *nmpl Imprim* hickeys

laser *nm* laser

lavage *nm Cin* washing

lead *nm Presse (d'un article)* introductory paragraph

leader *nm Presse* leader, leading article

lecteur, -trice 1 *nm,f* (a) *(de livre, de magazine, de journal)* reader (b) *Édition* proofreader
2 *nm* (a) *(de sons, de disques)* player (b) *Ordinat* reader; *(de disque, de disquettes)* drive
◇ *lecteur de bande* tape drive
◇ *lecteur de bande audionumérique* DAT drive
◇ *lecteur de cartes magnétiques* magnetic card reader
◇ *lecteur de cassettes* cassette deck, cassette player
◇ *lecteur de CD* CD player
◇ *lecteur de CD-ROM* CD-ROM drive, CD-ROM reader
◇ *lecteur DAT* DAT drive
◇ *lecteur de disques compacts* CD player
◇ *lecteur de disque optique* CD-ROM drive, CD-ROM reader
◇ *lecteur de DVD* DVD player
◇ *lecteur de laser* CD player
◇ *lecteur de MiniDiscs®* MiniDisc® player
◇ *lecteur MP3* MP3 player
◇ *lecteur OCR* OCR reader
◇ *lecteur optique* optical reader
◇ *lecteur optique de caractères* optical character reader

lectorat *nm Presse* readership, readers

lecture *nf* reading
◇ *Édition lecture des épreuves* proofreading
◇ *PAO lecture au scanner* scan

légende *nf PAO & Typ (d'un dessin,*

d'une photo) caption; *(inscription)* legend

lettre *nf* letter
◇ *lettre circulaire* form letter

lettrine *nf PAO & Typ* drop cap

lézarde *nf Imprim* alley

liaison *nf* link
◇ *TV liaison ascendante* uplink
◇ *TV liaison descendante* downlink
◇ *TV liaison montante* uplink
◇ *TV liaison par satellite* satellite link
◇ *Tél liaison spécialisée* dedicated line
◇ *Tél liaison de télécommunications* telecommunications link
◇ *TV liaison vidéo* video link

liberté *nf* freedom
◇ *liberté de communication* freedom of communication
◇ *liberté d'émission* freedom of broadcasting
◇ *liberté d'expression* freedom of expression
◇ *liberté d'information* freedom of information
◇ *liberté de la presse* freedom of the press
◇ *liberté des rédacteurs* editorial freedom

> **"**
> L'association a décidé cette année de consacrer un rapport spécifique au réseau car elle estime que le média, en étendant la **liberté d'expression**, fait aussi de l'internaute une cible de choix pour les régimes actuellement hostiles aux journalistes.
> **"**

libre opinion *nf Presse* editorial

lien *nm Ordinat* link
◇ *lien hypertexte* hypertext link

lieu de tournage *nm Cin* location

ligature *nf Typ* ligature

ligaturer *vt Typ* to ligature

lignage *nm Imprim* linage, lineage

lignard *nm Fam Presse* penny-a-liner

ligne *nf* (**a**) *(de texte)* line; *Presse* **tirer à la ligne** to pad (out) an article *(because it is being paid by the line)* (**b**) *TV* line (**c**) *Tél* line (**d**) *Ordinat* **en ligne** online; **hors ligne** off line
◇ *Ordinat* **ligne d'abonné numérique** digital subscriber line, DSL
◇ *PAO & Typ* **ligne de base** baseline
◇ *Ordinat & Tél* **ligne commutée** dial-up line
◇ *Édition & Presse* **ligne éditoriale** editorial policy, editorial line
◇ *Ordinat* **ligne orpheline** orphan
◇ *Ordinat* **ligne RNIS** ISDN line
◇ *Tél* **ligne terrestre** land line
◇ *Typ* **ligne veuve** widow

ligne-bloc *nf Imprim* slug

lignomètre *nm Imprim* typescale

linéature *nf TV* line system

lingot *nm Imprim* space, slug

Linotype® *nf* Linotype®

linotypie *nf* Linotype® setting

linotypiste *nmf* linotypist

liste *nf* list
◇ *Cin & TV* **liste des décisions de montage** edit decision list
◇ *Édition* **liste d'inventaire** stock list
◇ *Cin* **liste de montage** edit list
◇ *Cin* **liste noire** blacklist; **mettre qn sur la liste noire** to blacklist sb
◇ *Cin & TV* **liste des prises de vue** shot list
◇ *Ordinat, PAO & Typ* **liste à puces** bulleted list
◇ *Presse* **liste des spectacles** listings

lithographe *nm* lithographer

lithographie *nf* (**a**) *(procédé)* lithography (**b**) *(estampe)* lithograph

lithographier *vt* to lithograph

lithographique *adj* lithographic

littéraire *adj* literary

littérature *nf* literature

livre *nm* (**a**) *(œuvre, partie d'une*

œuvre) book **(b) le livre** *(l'édition)* the book trade

◇ *livre cartonné* hardback (book)
◇ *livre électronique* e-book
◇ *livre in-folio* folio (book)
◇ *livre numérique* e-book
◇ *livre de poche* paperback (book)
◇ *livre relié* hardback (book)

> **"**
> Le seul eBook européen du marché est français et est disponible depuis le mois de janvier dernier. Le Cybook possède un écran tactile couleur, un modem intégré qui permet d'acheter des **livres numériques** sur Internet sans ordinateur.
> **"**

LMDS *nm (abrév* **local multipoint distribution system)** LMDS

LNPA *nf Can Ordinat & Tél (abrév* **ligne numérique à paire asymétrique)** ADSL

lobby *nm* lobby, pressure group; **le lobby antinucléaire** the antinuclear lobby

lobbying *nm* lobbying

lobbyist *nmf* lobbyist

lobbysme *nm* lobbying

lobe *nm Rad* lobe

locale *nf* local news

localier, -ère *nm,f* local news journalist

location en bloc *nf Cin* block booking

logiciel *nm Ordinat* software
◇ *logiciel graphique* illustration software
◇ *logiciel de mise en page* desktop publishing package
◇ *logiciel de navigation* (Web) browser
◇ *logiciel de PAO* DTP software
◇ *logiciel pirate* pirate software
◇ *logiciel de traitement de texte* word-processing software

logo *nm* logo

logotype *nm* logotype

loi de censure *nf Presse & TV* censorship law

long-métrage *nm Cin* full-length movie *or Br* film, feature-length movie *or Br* film
◇ *long-métrage d'animation* feature-length cartoon

longueur *nf*
◇ *Typ longueur de ligne* line width
◇ *Rad longueur d'onde* wavelength
◇ *Typ longeur de page* page length

ludiciel *nm Ordinat* computer game

ludo-éducatif, -ive *adj* edutainment

lumière *nf* light
◇ *Cin & TV lumière ambiante* ambient light
◇ *Cin & TV lumière de base* key light
◇ *Cin & TV lumière diffuse* scattered light
◇ *Cin & TV lumière naturelle* available light
◇ *Cin & TV lumière parasite* spill light, flare

luminance *nf* brightness

luminosité *nf* brightness; *Phot (de l'objectif)* speed

Lumitype® *nf Imprim* Lumitype®

lynchage médiatique *nm* media lynching

> **"**
> Mᵉ Vaillant note que la vindicte de celui-ci a commencé à se manifester à ce moment, alors que Michel Charasse quittait le ministère du Budget . . . Il rappelle enfin le **lynchage médiatique** subi par Gérard Colé en raison de sa proximité avec François Mitterrand, visé à travers lui, avant de demander la relaxe ainsi que la restitution de "l'honneur que des chiens lui ont volé".
> **"**

macaron de presse *nm Presse* press badge

MacGuffin *nm Cin* MacGuffin

machine *nf Imprim* machine
◇ *machine à composer* typesetting machine
◇ *machine à retiration* perfecting machine, perfector

machiniste *nmf Cin & TV* grip
◇ *machiniste caméra* dolly operator
◇ *machiniste de plateau* grip
◇ *machiniste de travelling* tracker

mâchurer *vt Imprim* to mackle, to blur

macron *nm Imprim* macron

maculage *nm Imprim* mackle

maculature *nf Imprim (pour l'emballage)* waste sheet; *(feuille tachée)* smudged *or* mackled sheet; *(feuille intercalaire)* interleaf

macule *nf Imprim (pour l'emballage)* waste sheet; *(feuille tachée)* smudged *or* mackled sheet; *(tache)* mackle, smudge; *(feuille intercalaire)* interleaf

maculer *vt Imprim* to mackle

magalogue *nm Édition* magalogue

magasin *nm* (a) *(boutique)* shop (b) *Phot* magazine
◇ *TV magasin de décors* scene dock
◇ *magasin vidéo* video shop

magazine *nm* (a) *Presse* magazine; **elle est dans tous les magazines en ce moment** her photo is in all the magazines at the moment (b) *Rad & TV* magazine programme (c) *Phot* magazine
◇ *magazine d'actualités* Rad & TV news programme; *Presse* current affairs magazine
◇ *Presse magazine d'art de vivre* lifestyle magazine
◇ *Presse magazine de bandes dessinées* comic book
◇ *Fam Presse magazine de cul* porn mag
◇ *Rad & TV magazine culturel* arts programme
◇ *Ordinat magazine électronique* ezine, e-zine
◇ *Presse magazine féminin* women's magazine
◇ *Presse magazine inflight* inflight magazine
◇ *magazine d'information* Rad & TV current affairs programme; *Presse* news magazine
◇ *Presse magazine littéraire* literary magazine *or* review
◇ *Presse magazine médical* medical journal
◇ *Presse magazine people* celebrity magazine
◇ *Presse magazine à sensation* trashy magazine
◇ *magazine de spectacles* listings magazine
◇ *TV magazine télé, magazine télévisé, magazine télévision* magazine programme

Magazines hebdomadaires français réalisant les meilleures ventes

Best-selling French weekly magazines

d'information générale general-interest	diffusion (2001) circulation (2001)
Paris-Match	770,426
L'Express	554,996
Le Figaro Magazine	515,668
Le Nouvel Observateur	501,494
Le Pèlerin Magazine	309,782
Le Journal du Dimanche	280,133
V.S.D.	235,909
Le Point	323,915
La Vie	219,481
Marianne	194,396
Le Monde Diplomatique	193,804

spécialisé special-interest	diffusion (2001) circulation (2001)
Télé 7 Jours	2,402,191
Télé Z	2,299,352
Télé Loisirs	1,966,418
Télé-Star	1,850,776
Femina Hebdo	1,665,988
Femme Actuelle	1,648,128
Pleine Vie	1,055,916
Télé-Poche	1,079,801
Notre Temps	923,201
Prima	845,661

> *lu!*, le premier **magazine télé** de la presse écrite. Entre les journaux qui lui sont consacrés et les émissions de plus en plus nombreuses que lui voue la radio, on a fini par tout savoir de la télévision: son fonctionnement, des jeux de chaises musicales, ses salaires faramineux – ou miteux.
>
> **"**

magenta *Imprim & PAO* **1** *adj* magenta
   2 *nm* magenta

magnard *nm Fam Presse* editorial

magnat *nm* magnate, tycoon
◇ *Presse* **magnat des médias** media mogul *or* magnate *or* tycoon
◇ **magnat de la presse** press baron, press lord

magnétique *adj* magnetic

magnétophone *nm* tape recorder
◇ **magnétophone à bande** audio tape recorder
◇ **magnétophone à bobines** reel-to-reel tape recorder
◇ **magnétophone à cassettes** cassette recorder

magnétoscope *nm* video, video recorder, *Am* VCR; **enregistrer qch au magnétoscope** to video sth, to record sth on video
◇ **magnétoscope à cassette** video cassette recorder, *Am* VCR
◇ **magnétoscope à cassette vidéo numérique** digital video recorder
◇ **magnétoscope d'enregistrement** recording deck
◇ **magnétoscope de lecture** playback deck
◇ **magnétoscope de standard professionnel** videotape recorder, VTR

magnétoscoper *vt* to videotape, to video, to record on video

maigre *Typ* **1** *adj* light, light-face; **caractères maigres** light-face type
   2 *nm* light *or* light-face type

main *nf (de papier)* quire
◇ *Imprim* **main de passe** overs

mains libres *adj Tél* hands-free

maison *nf (entreprise)* company
◇ **maison de disques** record company
◇ **maison d'édition** publisher
◇ **maison de la presse** newsagent's

majors *nmpl* **les (grands) majors** *Cin* the Majors; *(dans l'industrie de la musique)* major music conglomerates

> **"**
>
> D'abord déconcertées par le raz de marée provoqué par le site pirate Napster, qui permettait un téléchargement gratuit de titres sur Internet, les cinq **majors** (Vivendi Universal, Sony, BMG, EMI et AOL Time Warner) s'étaient contentées d'intenter des procès pour violation de droits d'auteur. Désormais, les géants de la musique attaquent.
>
> **"**

majuscule **1** *adj* capital; *Typ* uppercase; **les lettres majuscules** capital letters; *Typ* upper-case letters
   2 *nf* capital, block letter; *Typ* upper case, upper-case letter
◇ *Typ* **majuscules d'imprimerie** block letters, block capitals

making of *nm Cin* "making of" film/video/etc

> **"**
>
> Bill Plympton, son vit, son œuvre: le plus méchant des illustrateurs américains, primé à Annecy pour son long-métrage *Mutant Aliens*, est à l'honneur sur le site éponyme français: bande-annonce, interview et **making of** de cette histoire de vengeance à réaction d'un astronaute "perdu" dans l'espace.
>
> **"**

manchette *nf* (**a**) *Presse* (front-page) headline; **la nouvelle a fait la manchette de tous les journaux** the news made the headlines *or* the story was headline news in all the papers **(b)** *Édition (note)* side note

mandarine *nf Cin & TV (éclairage)* redhead

manière *nf Cin* manner, style; **un Truffaut première/dernière manière** an early/late Truffaut

manuel de style *nm Édition* style book

manuscrit, -e 1 *adj (page, texte)* manuscript
 2 *nm (texte à publier)* manuscript; **sous forme de manuscrit** in manuscript (form)
◊ *manuscrit dactylographié* manuscript, typescript

maquette *nf* **(a)** *Imprim & PAO (de pages)* paste-up, layout; *(de livre)* dummy **(b)** *Cin* miniature

maquettiste *nmf Imprim & PAO* layout artist, layout compositor

maquilleur, -euse *nm,f Cin & TV* make-up artist

marbre *nm* **(a)** *Presse* reserve feature; **mettre un journal sur le marbre** to put a paper to bed **(b)** *Imprim (forme)* bed; *Fam* **avoir du marbre** to have copy over; **rester sur le marbre** to be excess copy

marchand, -e *nm,f*
◊ *marchand de journaux (en boutique)* newsagent; *(en kiosque)* newsstand man, newsvendor

marchandisage *nm Cin* merchandizing

marchandiser *vt Cin* to merchandize

marche arrière *nm Cin & TV* reverse motion

marge *nf Typ* margin; **laisser une grande/petite marge** to leave a wide/narrow margin; **laissez une marge de trois centimètres** leave a margin of three centimetres
◊ *marge du bas* bottom margin

◊ *marge de droite* right-hand margin, right margin
◊ *marge extérieure* outside margin
◊ *marge de fond* inner margin
◊ *marge de gauche* left-hand margin, left margin
◊ *marge de gouttière* gutter margin
◊ *marge du haut* top margin
◊ *marge inférieure* bottom margin
◊ *marge intérieure* back *or* inside *or* inner margin
◊ *marge de pied* tail
◊ *marge de reliure* back *or* inside *or* inner margin
◊ *marge supérieure* top margin
◊ *marge de tête* top margin

marger 1 *vt* **(a)** *Typ* to feed in, to lay on **(b)** *Ordinat & PAO* **marger une page** to set the page margins
 2 *vi* to set the margin(s); **marger à droite/à gauche** to set the right/left margin

margeur *nm Imprim* (paper) feed

marque *nf Cin & TV* mark; **prendre ses marques** *(acteur, caméra)* to block
◊ *Imprim* **marque d'imprimeur** printer's mark
◊ *Cin* **marque de synchronisme** synchrony mark

marronnier *nm Presse* = article on an event which occurs annually, such as the beginning of the new school year

"

V'là le printemps. Le doute n'est pas permis. Tous les magazines féminins, un simple coup d'œil à l'éventaire des kiosques à journaux le prouve, mettent la minceur à la une. Comment perdre six kilos en une semaine, comment faire fondre les cuisses, le ventre … Et que mettre en ces tièdes soirées qui s'annoncent? C'est saisonnier. Dans la presse on appelle ça un **marronnier**. Cette fois il est en fleur. Ah ! les beaux jours.

"

masquage *nm PAO & Phot* masking

masque *nm PAO & Phot* mask

masquer *vt PAO & Phot* to mask

massicot *nm Imprim* guillotine

mass média, mass-média(s) *nmpl* mass media

mastic *nm Imprim & Typ* transposition; **faire un mastic** to (accidentally) transpose characters

mat, -e *adj* matt

matériel *nm* **(a)** *(équipement)* equipment **(b)** *(documentation)* material **(c)** *Ordinat* hardware
◇ **matériel d'archives** archive material
◇ **matériel d'enregistrement** recording equipment
◇ **matériel hi-fi** hi-fi equipment

matinée *nf Cin* matinee, afternoon performance; **y a-t-il une séance en matinée?** is there an afternoon performance *or* a matinee performance?; **on joue ce film en matinée** there's an afternoon performance *or* a matinee performance of this film

matraquage *nm Fam* hype; *(d'un disque)* plugging; **tu as vu le matraquage qu'ils font pour le bouquin/le concert?** have you seen all the hype about the book/the concert?
◇ **matraquage publicitaire** hype

matraquer *vt Fam (auditeur, consommateur)* to bombard; *(disque)* to plug

McLuhanisme *nm* McLuhanism

m-commerce *nm* m-commerce

mécanisme d'entraînement *nm Audio* tape transport

médaillon *nm Cin, Presse & TV* inset

média *nm* medium; **les médias** the media; **la télévision est un média privilégié** television is the most efficient medium; **faire campagne dans tous les médias** to carry out a media-wide advertising campaign
◇ **médias électroniques** electronic media
◇ **média de masse** mass media
◇ **médias numériques** digital media
◇ **médias numériques interactifs** interactive digital media
◇ **média planner** media planner
◇ **média planning** media planning
◇ **médias de télécommunication** telecommunications media

médiacratie *nf* mediacracy

> "
> Pourtant le mythe de la **médiacratie** survit. Les gens de médias y trouvent la satisfaction de se croire puissants. Et à tous les insatisfaits de la société, le mythe offre un bouc émissaire commode: tout ce qui ne va pas, c'est la faute aux médias. Pas vrai, bien sûr.
> "

médialogie *nf* media research

médiaplaneur, médiaplanneur *nm* media planner

médiaplanning *nm* media planning

médiathèque *nf* media library

médiatique *adj* media; **un événement médiatique** a media *or* a media-staged event; **c'est un sport très médiatique** it's a sport well suited to the media; **il est très médiatique** *(il passe bien à la télévision)* he comes over well on television, he's very mediagenic; *(il exploite les médias)* he uses the media very successfully, he's very media-conscious; **d'un intérêt médiatique** newsworthy

médiatisation *nf (popularisation)* media coverage; **la médiatisation d'un événement** the media coverage *or* attention given to an event; **on assiste à une médiatisation croissante de la production littéraire** literary works are getting more and more media exposure; **nous déplorons la médiatisation de la politique** it's regrettable that politics is being turned into a media event

médiatisé, -e *adj* **il est très médiatisé** he's got a high media profile

médiatiser *vt (populariser)* to popularize through the (mass) media; *(événement)* to give media coverage to; **médiatiser les élections/la guerre** to turn elections/the war into a media event

> 66
>
> Le festival de Cannes étant une des manifestations les plus **médiatisées** dans le monde, on comprend que les marques aient cherché et cherchent encore à s'y faire une place de choix.
>
> 99

médiologie *nf* mediology

médium *nm (support)* medium

mégahertz *nm* megahertz

mél, mel *nm Ordinat (adresse électronique)* e-mail address; *(courrier électronique)* e-mail; **envoyer un mél à qn** to e-mail sb

mélangeur *nm Cin & TV* mixer
◇ *mélangeur numérique* digital mixer
◇ *mélangeur de postproduction* postproduction mixer
◇ *mélangeur de production* production mixer
◇ *mélangeur de signaux* mixer
◇ *mélangeur de son* dubbing *or* sound mixer
◇ *mélangeur vidéo* vision mixer

mélo *nm Fam Cin & TV* melodrama

> 66
>
> Autre intérêt du feuilleton, le mélange des genres: de la comédie au **mélo** en passant par l'aventure. Les cinq épisodes de *Méditerrannée* sont ainsi très différents les uns

des autres car les auteurs ont chaque fois privilégié un personnage et sa ligne dramatique.

> 99

mélodrame *nm Cin & TV* melodrama

mélomane 1 *adj* music-loving
2 *nmf* music lover

mélomanie *nf* love of music, melomania

mensuel, -elle *Presse* 1 *adj* monthly
2 *nm* monthly (magazine)

mention de réserve *nf* copyright notice

merchandising *nm Cin* merchandizing

message *nm* message
◇ *Ordinat message électronique* e-mail; **envoyer un message électronique à qn** to e-mail sb
◇ *Tél message texte* text message; **envoyer un message texte à qn** to text sb, to text-message sb

messagerie *nf*
◇ *Ordinat messagerie électronique* e-mail
◇ *messagerie de presse* newspaper distribution service
◇ *les messageries roses* = interactive Minitel® services enabling individuals seeking companionship to make contact
◇ *Tél messagerie vocale* voice mail

mesure *nf Typ* measure
◇ *Rad & TV mesure d'audience* audience measurement
◇ *Phot mesure à travers l'objectif* TTL measurement
◇ *Phot mesure TTL* TTL measurement

méthode Stanislavski *nf Cin* Method acting

métrage *nm Cin* footage

métreuse *nf Cin* footage meter

metteur *nm*

◇ *Typ* **metteur en pages** layout artist

◇ **metteur en scène** *Cin* director; *Rad* producer

mettre *vt* (**a**) *Typ* **mettre qch en pages** to make sth up (**b**) *Cin & TV* **mettre en scène** to direct

MF *nf Rad* (*abrév* **modulation de fréquence**) FM

MHz *nm* (*abrév* **megahertz**) MHz

micro *nm (microphone)* mike; **parler dans le micro** to speak into the mike

◇ **micro d'ambiance** effects mike

◇ **micro bidirectionnel** bidirectional mike

◇ **micro caché** concealed mike

◇ **micro canon** rifle *or* gun mike

◇ **micro cardioïde** cardioid mike

◇ **micro sur casque** wireless headset

◇ **micro à condensateur** condenser mike

◇ **micro directionnel** directional mike

◇ **micro électrodynamique** dynamic mike

◇ **micro électrostatique** condenser mike

◇ **micro sans fil** radio mike

◇ **micro sur girafe** boom mike

◇ **micro sur perche** boom mike

◇ **micro sur pied** stand mike

◇ **micro portatif** hand mike

◇ **micro à ruban** ribbon mike

◇ **micro suspendu** hanging *or* slung mike

◇ **micro de table** desk mike

micro-cravate *nm* tie mike

micro-émetteur *nm* radio mike

micromètre *nm Imprim* micrometer, caliper gauge

microphone *nm* microphone

microsite *nm Ordinat* microsite

microstation *nf* **microstation (terrienne)** VSAT

micro-trottoir *nm* interview, *Br* vox pop

> Le site dispose donc des inévitables forums dans lesquels les lectrices peuvent réagir aux articles, mais également des rubriques beaucoup plus originales comme le **micro-trottoir** dans lequel les journalistes du site interrogent les gens sur des sujets de société.

MIDEM, Midem *nm* (*abrév* **Marché international du disque et de l'édition musicale**) = trade fair for the music industry which takes place annually in Cannes

MIDI *nm* (*abrév* **musical instrument digital interface**) MIDI

mini-chaîne *nf* mini system

MiniDisc® *nm* MiniDisc®

mini-feuilleton *nm TV* mini-series

mini-major *nm Cin* mini-major

mini-message *nm Tél* text message; **envoyer un mini-message à qn** to text sb, to send sb a text message

> Orange propose aux annonceurs une offre packagée leur permettant de piloter eux-mêmes l'envoi de SMS . . . aux abonnés d'Orange qui le souhaitent. La marque propose à ses 15 millions d'abonnés de choisir, via un questionnaire, les centres d'intérêt pour lesquels ils vont recevoir des **mini-messages** sur leur téléphone mobile, ainsi que la fréquence d'envoi autorisée.

mini-série *nf TV* mini-series

Minitel® *nm* viewdata service, *Br* ≃ Prestel®, *Am* ≃ Minitel®; **sur Minitel**® on viewdata, *Br* ≃ on Prestel®, *Am* ≃ on Minitel®

◇ **Minitel**® **rose** erotic viewdata service

minitéliste *nmf* Minitel® user

minuscule 1 *adj* small; *Typ* lower-case; **les lettres minuscules** small letters; *Typ* lower-case letters
   2 *nf* small letter; *Typ* lower-case letter

MIP-TV *nf* (*abrév* **marché international des programmes de télévision**) = trade fair for the television industry which takes place annually in Cannes

mire *nf TV* test pattern, *Br* test card
◇ *mire de réglage* test pattern, *Br* test card

mise *nf*
◇ *Cin* **mise en abîme, mise en abyme** mise-en-abîme
◇ *Cin & Rad* **mise en boîte** editing
◇ *Presse* **mise en demeure** injunction
◇ *Imprim* **mise en forme** imposition
◇ *Typ* **mise en italique** italicization
◇ *Rad* **mise en ondes** production
◇ *Typ* **mise en pages** (page) make-up *or* design *or* layout
◇ *Cin* **mise en place** scene-set
◇ *mise au point* *Phot* focusing; *Édition* sub-editing
◇ *Imprim* **mise en presse** nipping
◇ *Imprim* **mise sous presse** dry pressing
◇ *Typ* **mise en retrait** indent
◇ *Cin* **mise en scène** production
◇ *Typ* **mise en train** make-ready

mixage *nm Audio, Cin, Rad & TV* (*procédé*) mixing; (*résultat*) (sound) mix
◇ *mixage final* master soundtrack
◇ *mixage d'images* vision mixing
◇ *mixage sonore* sound mixing

mixer *vt Audio, Cin, Rad & TV* to mix

mixeur *nm Audio, Cin, Rad & TV* vision mixer

mix média *nm* media mix

MJPEG *nm Ordinat* (*abrév* **Moving Joint Photographic Expert Group**) MJPEG

mode *nm Imprim* mode

◇ *mode à la française* portrait mode
◇ *mode à l'italienne* landscape mode
◇ *mode paysage* landscape mode
◇ *mode portrait* portrait mode
◇ *mode de prévisualisation* preview mode

modem *nm Ordinat* modem
◇ *modem Numéris* ISDN modem
◇ *modem réseau commuté* dial-up modem
◇ *modem RNIS* ISDN modem

modulateur *nm Audio* modulator
◇ *modulateur de fréquence* converter

modulation *nf Audio* modulation
◇ *modulation d'amplitude* amplitude modulation
◇ *modulation de fréquence* frequency modulation

module d'extension *nf Ordinat* plug-in

moirage *nm Imprim* moiré pattern

mondanités *nfpl Presse* society news, gossip column

mondovision *nm TV* world television

moniteur *nm TV* monitor; *Ordinat* display unit, monitor
◇ *moniteur vidéo* video monitor

mono 1 *adj inv* mono
   2 *nf inv* mono; **en mono** in mono

monologue intérieur *nm* interior monologue

monopode *nm Phot* unipod

Monotype® *nf Imprim* (*machine*) Monotype®

montage *nm* (a) *Cin & TV* (*processus*) editing; (*avec effets spéciaux*) montage; (*résultat*) montage; **montage réalisé par ...** (*d'un film*) film editing by ...; (*du son*) sound editing by ...; **couper qch au montage** to edit sth out; **la réplique a été coupée au montage** the line was edited out
   (b) *Typ* (page) make-up, pasting up

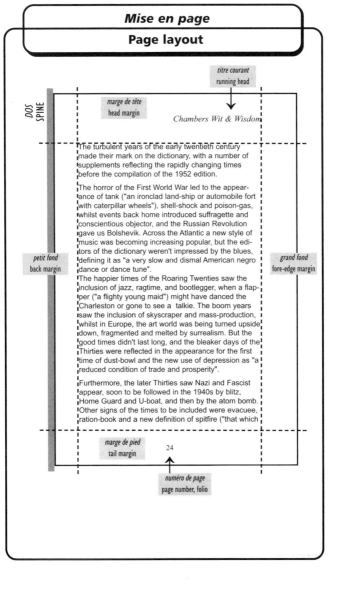

Mise en page

Page layout

titre courant
running head

DOS
SPINE

marge de tête
head margin

Chambers Wit & Wisdom

petit fond
back margin

The turbulent years of the early twentieth century made their mark on the dictionary, with a number of supplements reflecting the rapidly changing times before the compilation of the 1952 edition.

The horror of the First World War led to the appearance of tank ("an ironclad land-ship or automobile fort with caterpillar wheels"), shell-shock and poison-gas, whilst events back home introduced suffragette and conscientious objector, and the Russian Revolution gave us Bolshevik. Across the Atlantic a new style of music was becoming increasing popular, but the editors of the dictionary weren't impressed by the blues, defining it as "a very slow and dismal American negro dance or dance tune".

The happier times of the Roaring Twenties saw the inclusion of jazz, ragtime, and bootlegger, when a flapper ("a flighty young maid") might have danced the Charleston or gone to see a talkie. The boom years saw the inclusion of skyscraper and mass-production, whilst in Europe, the art world was being turned upside down, fragmented and melted by surrealism. But the good times didn't last long, and the bleaker days of the Thirties were reflected in the appearance for the first time of dust-bowl and the new use of depression as "a reduced condition of trade and prosperity".

Furthermore, the later Thirties saw Nazi and Fascist appear, soon to be followed in the 1940s by blitz, Home Guard and U-boat, and then by the atom bomb. Other signs of the times to be included were evacuee, ration-book and a new definition of spitfire ("that which

grand fond
fore-edge margin

marge de pied
tail margin

24

numéro de page
page number, folio

(c) *Phot* mounting; *(image truquée)* montage

◇ **montage alterné** *(processus)* cross-cutting; *(résultat)* cross-cut
◇ **montage audiovisuel** sound slide show
◇ **montage bout à bout** rough cut
◇ **montage en continuité** continuity editing
◇ **montage définitif** final cut
◇ **montage discontinu** discontinuity editing
◇ **montage fin** fine cut
◇ **montage linéaire** linear editing
◇ **montage négatif** negative cutting
◇ **montage non linéaire** non-linear editing
◇ **montage offline** offline editing
◇ **montage on line** online editing
◇ **montage original** edited master
◇ **montage en parallèle** parallel editing
◇ **montage à la prise de vues** direct camera editing
◇ **montage de postproduction** postproduction editing
◇ **montage sonore** sound editing; *(avec truquage)* sound montage
◇ **montage sonorisé** sound slide show
◇ **montage synchrone** sync editing
◇ **montage vidéo** video(tape) editing, VT editing

monter *vt* (a) *Cin & TV (bobine)* to mount; *(film, émission, bande)* to edit (b) *Rad (son)* to fade in (c) *Typ (page)* to make up, to paste up, to lay out

monteur, -euse *nm,f Cin & TV* (film) editor
◇ **monteur négatif** negative cutter
◇ **monteur son** sound editor

morasse *nf Presse* final *or* press proof

morceau *nm (chanson)* track

morgue *nf* archives

morphing *nm Cin & Ordinat* morphing; **transformer qch par morphing** to morph sth

mort kilométrique *nm* **(la règle du) mort kilométrique** = rule whereby important events occurring in one's home country – particularly those involving deaths – will take journalistic precedence over events occurring elsewhere

> À la RTBF, il y a une tendance générale à ne plus prendre l'information des ONG que vraiment lorsque c'est quelque chose qui respecte **la règle du mort kilométrique** et que cela touche des belges. Si on peut donner l'info ponctuelle à ce moment-là, pas de problème, on risque de passer à l'antenne. Par contre, si vous essayez de parler d'un pays dont personne ne parle jamais, mais où la situation est dramatique, il y a peu de chance que cela soit repris.

mosaïquage *nm TV* pixellization
mosaïquer *vt TV* to pixellize
moteur *nm Cin* **moteur!** action!
◇ *Ordinat* **moteur de recherche** search engine
mot-vedette *nm PAO & Typ* catchword
mouche *nf* (a) *Cin & TV* spill light (b) *Imprim* **mouches** hickeys
mouture *nf Presse* = article using material from different sources, such as reporters, news agencies etc
Moviola® *nf Cin* Moviola®
moyen-métrage *nm Cin* medium-length film
MP3 *nm Ordinat* MP3
MPEG *nm Ordinat (abrév* **Moving Pictures Expert Group)** MPEG
ms *Édition (abrév* **manuscrit)** MS
MSO *nm TV (abrév* **multiple system operator)** MSO
muet, -ette *adj Cin (film, cinéma)*

silent; *(rôle, acteur)* non-speaking, walk-on

multicanal *adj* multichannel

multicast *adj* multicast

multicasting *nm* multicasting

multidiffusé, -e *adj TV* broadcast by several networks

multidiffusion *nf TV* multidiffusion

multi-écran *nm TV* multiscreen, split screen

multigraphie *nf Imprim* multigraphy

multimédia **1** *adj* multimedia, mixed-media
   2 *nm* **le multimédia** multimedia

multiplex *Rad, Tél & TV* **1** *adj* multiplex
   2 *nm* multiplex; **une émission en multiplex** a multiplex programme
◇ *multiplex numérique* digital multiplex

multiplexage *nm Rad, Tél & TV* multiplexing

multiplexe *nm Cin* multiplex (cinema)

multiplexer *vt Rad, Tél & TV* to multiplex

multiplexeur *nm Rad, Tél & TV* multiplexer

multistandard *adj* multistandard, multisystem

mur d'écrans de télévision *nm* video wall

musicien, -enne *nm,f* musician

musique *nf* music; **il a composé beaucoup de musiques de film** he has composed a lot of *Br* film *or Am* movie scores; **il veut acheter la musique du film** he wants to buy the soundtrack of the film
◇ *Cin & TV* **musique d'archives** library music
◇ *musique enregistrée* taped music
◇ *musique en enregistrement numérique* digital music
◇ *Cin & TV* **musique de fond** background music
◇ *Cin & TV* **musique de générique** title music
◇ *Cin & TV* **musique de générique de fin** closing theme tune
◇ *Ordinat* **musique en ligne** online music
◇ *Cin & TV* **musique de scène** incidental music

❝

Les protagonistes multiplient ainsi les fiançailles, avec les portails grand public comme avec les sites spécialisés dans la musique . . . PressPlay signe un accord de commercialisation avec Yahoo!, et Vivendi Universal débourse 372 millions de dollars pour contrôler MP3.com, site pionnier de la **musique en ligne**.

❞

must carry rule *nf TV* must carry rule

n

narrateur, -trice *nm,f Cin & TV* narrator

Natel *nm Suisse* (*abrév* **national Telefon**) mobile (phone), cellphone

navigateur *nm Ordinat* (Web) browser

navigation *nf Ordinat* **navigation sur (l')Internet** Internet surfing, browsing the Web

naviguer *vi Ordinat* **naviguer sur (l')Internet** to surf the Net, to browse the Web

NDLR *nf Édition* (*abrév* **note de la rédaction**) Ed

nécro *nf Fam Presse* (rubrique) obits

nécrologie *nf Presse* (rubrique) obituary column

négatif *Imprim & Phot* **1** *adj* negative
  2 *nm* negative

nègre *nm* (écrivain) ghost (writer); **être le nègre de qn** to ghost for sb

neige *nf TV* snow

néo-réalisme *nm Cin* neo-realism

nerfs *nmpl Imprim* raised bands

Net *nm Ordinat* **le Net** the Net, the Internet

netiquette *nf Ordinat* netiquette

news and talk = news-talk

newsgroup *nm Ordinat* newsgroup

news magazine *nm Presse* news magazine, current affairs magazine

news-talk *adj Rad* news and talk

NICAM *nm TV* (*abrév* **near instantaneously companded audio multiplex**) NICAM, Nicam

night time *Rad & TV* **1** *nm* night time programming; **transmettre une émission en night time** to broadcast a programme as part of the night time schedule
  2 *adj* night time; **l'audience night time** the night time audience

niveau de gris *nm Imprim & PAO* greyscale

nodal *nm TV* master control room

noir *nm* (a) **le noir et blanc** *Cin* black and white; *Phot* black and white photography; *TV* black and white television (b) *Imprim & Typ* **noir au blanc** reverse printing, white-on-black; **noir au gris** black-on-tone

nomade *nmf Ordinat & Tél* road warrior

nombre *nm*
◇ *PAO & Typ* **nombre de caractères** character count

◇ *Presse* **nombre de lecteurs** readership

◇ *PAO & Typ* **nombre de mots** word count

◇ *Édition & Imprim* **nombre de pages** extent

nomination *nf* nomination

nominer *vt* to nominate

non-justifié, -e *adj Typ* ragged, unjustified; **non-justifié à droite** ragged right; **non-justifié à gauche** ragged left

non-synchrone *adj Cin & TV* non-synchronous

norme USB *nf Ordinat* USB, universal serial bus

note *nf* note

◇ *Typ* **note de bas de page** footnote

◇ *Presse* **note de la rédaction** editor's note

◇ *Cin & TV* **note de tournage** dope sheet

nouveaux médias *nmpl* les nouveaux médias new media

nouvelle *nf* news item, piece *or* item of news

◇ *Cin* **nouvelle vague** New Wave, Nouvelle Vague

nouvelles *nfpl Rad & TV* news; **les dernières nouvelles** the latest news; **à quelle heure sont les nouvelles?** when's the news on?

nouvelliste *nmf* short story writer

novélisation *nf (d'un film)* novelization

NTSC *nm TV (abrév* **National Television System Committee)** NTSC

nuancier *nm Imprim* swatch

nuit américaine *nf Cin* day for night; **tourné en nuit américaine** shot in day for night

numérique 1 *adj* digital **2** *nm* digital (broadcasting)

◇ *numérique hertzien* digital terrestrial (broadcasting)

◇ *numérique terrestre* digital terrestrial (broadcasting)

numériquement *adv* digitally

numérisation *nf* digitization

◇ *numérisation en lots* batch capture

numérisé, -e *adj* digitized

numériser *vt* to digitize

numériseur *nm* digitizer

◇ *numériseur d'image* image digitizer

numéro *nm* (a) *Presse (exemplaire)* issue; **le numéro du jour/de la semaine/du mois** the current issue; **deux numéros en un** double issue; **ancien numéro, numéro déjà paru** back issue *or* number; **acheter un magazine au numéro** to buy a magazine as it appears; **il faudra chercher dans de vieux numéros** we'll have to look through some back issues (b) *TV (d'émission)* edition; *(d'artiste)* spot

◇ *Cin* **numéros de bord** edge numbers

◇ *Presse* **numéro spécial** special issue

◇ *numéro de page* page number; *Imprim & Typ* folio

◇ *Imprim* **numéro de Pantone®** Pantone® number

◇ *Presse* **numéro zéro** zero edition

numérotage de pages *nm Imprim & Typ* page numbering, pagination

NVOD *nm (abrév* **near video-on-demand)** NVOD

obel, obèle, obelus nm Typ obelus, obelisk

objectif¹ nm Cin, Phot & TV lens; **braquer son objectif sur qch** to train one's camera on sth; **fixer l'objectif** to look into the camera; **régler l'objectif** to adjust the focus; **elle est très naturelle devant l'objectif** she's very natural in front of the camera
◇ **objectif anamorphoseur** anamorphic lens
◇ **objectif aplanat** aplanatic lens
◇ **objectif à courte focale** short-focus lens
◇ **objectif à distance focale fixe** prime lens
◇ **objectif à distance focale variable** zoom lens
◇ **objectif fish-eye** fish-eye lens
◇ **objectif à focale fixe** prime lens
◇ **objectif grand angle** wide-angle lens
◇ **objectif normal** normal-angle lens
◇ **objectif ultra grand angle** fish-eye lens
◇ **objectif zoom** zoom lens

objectif², -ive adj (rapport, journaliste) objective

objectivité nf (d'un rapport, d'un journaliste) objectivity

oblique nf Typ slash

obturateur nm Phot shutter; **armer/déclencher l'obturateur** to set/to release the shutter
◇ **obturateur au diaphragme** diaphragm shutter
◇ **obturateur focal** focal plane shutter
◇ **obturateur d'objectif** between-lens shutter
◇ **obturateur de plaque** focal-plane shutter
◇ **obturateur à rideau** rollerblind shutter

OC Rad (abrév **ondes courtes**) SW

OCR nf (abrév **optical character recognition**) OCR

oculaire nm Phot viewfinder

œil nm Typ typeface
◇ **œil du caractère** typeface

œuvre nf (film, livre etc) work
◇ **œuvre composite** composite work

off adj Cin off-screen

offset Imprim **1** adj offset
2 nm offset (process)
3 nf offset (printing) press

OIRT nf Anciennement (abrév **organisation internationale de radio-télévision**) = broadcasting organization of Eastern European countries merged in 1993 with the European Broadcasting Union

omnidirectionnel, -elle adj (microphone, antenne, transmetteur) omnidirectional

OMPI nf (abrév **organisation mondiale de la propriété intellectuelle**) WIPO

onde nf Rad wave; **mettre en ondes** to produce; **sur les ondes** on (the) air; **passer sur les ondes** (émission) to be broadcast; *(personne)* to be on (the) air

◇ *ondes courtes* short wave; **sur ondes courtes** on short wave

◇ *ondes entretenues* continuous waves

◇ *ondes hertziennes* airwaves, hertzian waves, radio waves

◇ *ondes longues* long wave; **sur ondes longues** on long wave;

◇ *ondes moyennes* medium wave; **sur ondes moyennes** on medium wave

◇ *onde porteuse* carrier wave

◇ *ondes radio* radio waves

◇ *ondes ultra-courtes* ultrashort waves

ondulation de l'image *nf TV* picture weave

onglet *nm Typ (béquet)* tab; *(d'un livre)* guard; **à onglets** thumb-indexed

opacité *nf Imprim (de papier)* opacity

opaque *adj Imprim (papier)* opaque

opérateur, -trice *nm,f* (a) *Imprim & PAO* operator (b) *Cin & TV (homme)* cameraman; *(femme)* camerawoman (c) *Presse* copytaker

◇ *opérateur banc-titre (homme)* rostrum cameraman; *(femme)* rostrum camerawoman

◇ *Tél opérateur historique* ILEC, incumbent local exchange carrier

◇ *TV opérateur magnétoscope* videotape operator, VT operator

◇ *Cin & TV opérateur de mixage* vision mixer

◇ *opérateur de PAO* DTP operator

◇ *Cin & TV opérateur de prises de vues (homme)* cameraman; *(femme)* camerawoman

◇ *Cin & TV opérateur du son* sound technician

◇ *Cin & TV opérateur Steadicam®* Steadicam® operator

◇ *TV opérateur vidéo* video operator, VT operator

◇ *Cin & TV opérateur de la vision* video control operator

opinion publique *nf* public opinion

option *nf Cin* option; **prendre une option sur les droits d'un livre** to option a book

optique *adj* optical

orbite géostationnaire *nf* geostationary orbit

ordinateur *nm* computer

◇ *ordinateur portable* laptop (computer), portable (computer)

ordre de passage *nm TV* running order

oreille *nf Presse* = position to right or left of headline

oreillette *nf* earpiece

oreillette-micro *nf* wireless headset

original *nm (d'une œuvre)* original; *(d'un document, d'une disquette)* original (copy), master (copy); *(d'un texte)* top copy, original (copy)

orpheline *nf Typ* orphan

ORTF *nf Anciennement (abrév* **office de la radio-télévision française)** = publicly owned broadcasting organization, divided into seven autonomous organizations in 1974

Oscar *nm Cin* Oscar; **elle a reçu l'oscar du meilleur second rôle** she won the Oscar for best supporting actress

oscarisé, -e *adj Cin* Oscar-winning; **l'acteur oscarisé pour** *Gladiator* the actor who won an Oscar for *Gladiator*

> 🙰
>
> C'est la troisième réalisation de Sean Penn, et sans doute la plus importante de par son budget et son casting. L'acteur, par ailleurs déjà primé à Cannes pour son interprétation dans *She's so lovely*, retrouve donc son acteur de *The Indian Runner*, Jack Nicholson. L'acteur, l'un des plus **oscarisé** de l'histoire du ci-

néma, a lui aussi remporté un Prix d'interprétation sur la Croisette pour *The Last Detail* en 73.

77

OUC *nf Rad* (*abrév* **ondes ultra-courtes**) USW

ours *nm Édition & Presse* credits page *(where contributors to a book or newspaper are acknowledged)*

ouverture *nf* (**a**) *Presse* front-page

article (**b**) *Phot* aperture, f-stop; **réduire l'ouverture** to stop down
◊ *Phot* **ouverture du diaphragme** aperture, f-stop
◊ *Phot* **ouverture relative de l'objectif** relative aperture

ouvrage *nm (livre)* book, work
◊ **ouvrages de fonds** backlist titles
◊ **ouvrage de référence** reference work *or* book

Ozalid® *nm Imprim* Ozalid ®

P2P *adj* (*abrév* **peer to peer**) P2P

packageur *nm* Édition packager

pack shot *nm* Cin & TV pack shot

PAF *nm* Rad & TV (*abrév* **paysage audiovisuel français**) French broadcasting

page *nf* (*d'un journal, d'un livre, d'un site Web*) page
◊ Imprim **pages de départ** prelims
◊ Édition **page d'essai** sample page
◊ Imprim **page de garde** endpaper
◊ **pages intérieures** (*d'un journal*) inside pages
◊ Imprim **pages préliminaires** prelims
◊ Rad & TV **page de publicité** commercial break
◊ Édition **page spécimen** specimen page
◊ Édition & Imprim **page de titre** title page
◊ Ordinat **page Web** Web page

pagination *nf* Imprim & Typ pagination, page numbering; **il y a une erreur de pagination** the pages have been numbered wrongly

paginer *vt* Imprim & Typ to paginate, to number the pages of

paiement *nm* payment
◊ TV **paiement à la consommation** pay per view
◊ TV **paiement au programme** pay-per-view
◊ TV **paiement à la séance** pay-per-view

pairage *nm* TV twinning

PAL, Pal *adj* TV (*abrév* **Phase Alternation Line**) PAL

palmarès *nm* (*de chansons*) charts; **être** *ou* **figurer au palmarès** to be in the charts; **être premier au palmarès** to be number one, to top the charts

Palme d'or *nm* Palme d'or, = top prize awarded to a film at the Cannes Film Festival

pamphlet *nm* lampoon, pamphlet

pamphlétaire 1 *adj* lampooning,

pamphleteering
2 *nmf* lampoonist, pamphleteer

panel *nm* panel
◊ *panel de téléspectateurs* television viewing panel

panier *nm Phot* magazine

pano *nm Fam Cin & TV* pan

panoramique *nm Cin & TV* pan (shot); **faire un panoramique** to pan
◊ *panoramique filé* zip pan, whip pan
◊ *panoramique horizontal* pan (shot); **faire un panoramique horizontal** to pan
◊ *panoramique de poursuite* following pan
◊ *panoramique vertical* tilt, tilted shot; **faire un panoramique vertical** to tilt

Pantone® *nm Imprim* Pantone®

PAO *nf* (*abrév* **publication assistée par ordinateur**) DTP

paparazzi *nmpl Presse* paparazzi

papelard *nm Fam Presse* article, piece; **écrire un papelard sur qn/qch** to write a piece on sb/sth

papeterie *nf* **(a)** *(boutique)* stationer's **(b)** *(matériel)* stationery **(c)** *(usine)* paper mill **(d)** *(fabrication)* paper-making

papier *nm* **(a)** *(matière)* paper **(b)** *Presse* article, piece; **faire un papier sur qn/qch** to do a piece *or* an article on sb/sth
◊ *papier sans bois* woodfree paper
◊ *papier à cartouche* cartridge paper
◊ *papier contact* contact paper
◊ *papier couché classique* art paper
◊ *Imprim papier de décharge* set-off sheet, offset sheet
◊ *papier d'impression* printer paper
◊ *papier intercalaire* tympan paper
◊ *papier journal* newsprint
◊ *papier kraft* manila paper
◊ *papier mat* matt art

◊ *Édition papier de mise en train* overlay
◊ *papier vélin* vellum paper

papillotage *nm Imprim* mackling, slurring

papillotement *nm Cin & TV* flicker

parabole *nf TV* (*antenne*) satellite dish, dish aerial, *Am* dish antenna

parangonnage *nm PAO & Typ* justification

parangonner *vt PAO & Typ* to justify

parasiter *vt Rad & TV* to cause interference in

parasites *nmpl Rad & TV* interference, static, *Br* atmospherics

parc *nm* (*unités d'équipement*) **parc de téléviseurs** total number of television sets; **parc de cinémas** total number of cinemas

> ❝
>
> Il aura suffi de dix ans pour renouveler le **parc de cinémas** de la région. En 1990, l'UGC-Lille jouait les pionniers. Depuis c'est le déferlement. Désormais, le Nord-Pas-de-Calais compte dix multiplexes, pour 141 salles neuves et équipées dernier cri. La moitié de ces équipements ont ouvert ces deux dernières années.
>
> ❞

parenthèse *nf Typ* (*signe*) parenthesis, *Br* bracket; **ouvrir/fermer la parenthèse** to open/to close the parentheses *or Br* brackets; **entre parenthèses** in parentheses; **mettre qch entre parenthèses** to put sth in parentheses *or Br* brackets
◊ *parenthèse fermante* closing parenthesis *or Br* bracket
◊ *parenthèse ouvrante* opening parenthesis *or Br* bracket

pare-soleil *nm inv Phot* lens hood

parlant *nm Cin* **le parlant** talking pictures, talkies

parodie *nf* parody

parodier *vt* to parody

paroles *nfpl* (d'une chanson) words, lyrics; (d'une illustration) words

parolier, -ère *nm,f Cin & TV* songwriter

parrain *nm* sponsor

parrainage *nm* sponsoring

parrainage-télévision *nm* television sponsoring

parrainer *vt* to sponsor

parraineur *nm* sponsor

part-antenne *nf* = advance purchase of broadcasting rights

part d'audience *nf* audience share

> Cette progression de l'audience des titres nationaux a été mesurée par l'enquête annuelle EUROPQN publiée vendredi. *L'Equipe* comptabilise en l'an 2000 2 647 000 lecteurs (5,6% de **part d'audience**). Derrière se trouvent le *Parisien-Aujourd'hui* qui totalise 2 059 000 lecteurs (4,3%) et *Le Monde* avec 1 905 000 lecteurs.

partenaire *nmf Cin & TV* co-star

parties annexes *nfpl Édition & Imprim* end matter

passe *nf Imprim* overs, overplus

passer 1 *vi Cin* to be on, to be showing; *Rad & TV* to be on; **mon documentaire n'est jamais passé** my documentary was never shown; **les informations passent à 20 heures** the news is on at 8 o'clock; **passer à la radio** (émission, personne) to be on the radio; **passer à la télévision** (personne) to be *or* to appear on television; (film) to be on television
2 *vt Cin & TV* (film) to show, to screen; *Rad* (émission) to broadcast

passerelle *nf Ordinat* gateway

pastiche *nf* parody

pasticher *vt* to parody

pâte *nf Typ* pie
◊ *Imprim* **pâte à papier** pulp

patron de presse *nm* publisher (newspaper owner)

pavé *nm Presse* (encart) block (of text); (publicité) (large) display advertisement

pay-per-view *adj TV* pay-per-view

paysage *nm Imprim & Ordinat* **(mode** *ou* **format) paysage** landscape (mode); **imprimer qch en paysage** to print sth in landscape

PDA *nf* (abrév **part d'audience**) audience share

PDF *nm Ordinat* (abrév **portable document format**) PDF

peak time *nm TV* peak time, prime time

peintre de caches *nm Cin & TV* matt artist

pellicule *nf Cin, Phot & TV* film; **une pellicule** (bobine) a reel (of film); (chargeur) a (roll of) film
◊ **pellicule en bobine** roll film
◊ **pellicule (en) couleur** colour film
◊ **pellicule rapide** fast film
◊ **pellicule sensible** fast film
◊ **pellicule vierge** film stock

pelliculer *vt* (a) *Imprim* to laminate (b) *Typ* to strip in

péplum *nm Cin* sword and sandals epic

> Un mois après son triomphe aux Oscars où il remportait cinq statuettes dont celles de Meilleur film et de Meilleur comédien, *Gladiator* poursuit son parcours triomphal. Le **péplum** de Ridley Scott (*Hannibal*) a reçu cinq nominations pour la dixième cérémonie des MTV Movie

> Awards qui se tiendra le 7 juin prochain.
>
> **"**

perche nf Cin & TV boom

perchiste nmf Cin & TV boom operator or swinger, dolly grip or operator

perforation nf (pour film, pellicule) sprocket hole

périodicité nf (d'un périodique) frequency of publication; (d'une émission) frequency of broadcast

périodique nm Presse periodical

périodiquement adv Presse periodically, serially

péritel® adj SCART

péritéléphonie nf Tél peripheral telephone equipment

péritélévision nf TV video and computer technology

permanent adj Cin continuous, non-stop; **cinéma permanent** continuous showing; **(cinéma permanent de 14 heures à 22 heures)** continuous showing from 2 p.m. to 10 p.m.

persistance rétinienne nf Cin & TV persistence of vision

personnage nm Cin, Rad & TV character
◇ **personnage de bande dessiné** cartoon character
◇ **personnage de dessin animé** cartoon character

personnalité nf Rad & TV personality

personnel nm staff; Cin & TV crew
◇ TV **personnel de plateau** floor crew

perturbation nf Rad interference

petit, -e adj
◇ Presse **petite annonce** classified ad, classified advertisement
◇ Typ **petites capitales** small capitals, small caps
◇ Typ **petit corps** small type

◇ TV **le petit écran** television, the small screen; **les programmes du petit écran pour ce soir** what's on television tonight
◇ PAO & Typ **petit fond** gutter, back margin
◇ Cin & TV **petit rôle** walk-on part, bit part
◇ Cin & TV **petit spot** baby spot

> **"**
>
> En effet, Pascal Légitimus, interprète de *Crimes en série* sur France 2, avait été le premier à ouvrir la voie des "minorités visibles" au **petit écran**. Mais il bénéficiait déjà d'une très forte notoriété grâce aux *Inconnus*.
>
> **"**

phonothèque nf sound archives, audio library

photo nf (a) (cliché) photo, shot; **prendre qn en photo, prendre une photo de qn** to take sb's photo, to take a photo of sb; **prendre qch en photo, prendre une photo de qch** to take a photo of sth; **il est bien en photo** he photographs well (b) (activité) photography; **faire de la photo** (professionnel) to be a photographer; (amateur) to be an amateur photographer

photocomposer vt to photocompose, to photoset, Br to filmset

photocomposeuse nf (machine) photocomposer, photosetter, Br filmsetter

photocompositeur, -trice nm,f photocomposer, photosetter, Br filmsetter

photocomposition nf photocomposition, photosetting, Br filmsetting

photocopie nf photocopy; (action) photocopying

photocopier vt to photocopy

photocopieur nm photocopier

photocopieuse *nf* photocopier

photocopillage *nm* = infringement of copyright through excessive photocopying

photogénique *adj* photogenic

photogramme *nm Cin* frame

photographe *nmf (artiste)* photographer; **ils ont posé sur le perron pour les photographes** they had a photocall on the steps
◇ *photographe en chef* chief photographer
◇ *photographe de mode* fashion photographer
◇ *Cin photographe de plateau* still photographer, unit photographer
◇ *photographe de presse* press photographer

photographie *nf* (a) *(cliché)* photo, shot; **prendre qn en photographie, prendre une photographie de qn** to take sb's photo, to take a photo of sb; **prendre qch en photographie, prendre une photographie de qch** to take a photo of sth; **il est bien en photographie** he photographs well (b) *(activité)* photography; **faire de la photographie** *(professionnel)* to be a photographer; *(amateur)* to be an amateur photographer
◇ *photographie aérienne* aerial photography
◇ *photographie en couleurs* colour photography
◇ *photographie au flash* flash photography
◇ *photographie de mode* fashion photography
◇ *photographie de plateau* still
◇ *photographie publicitaire* publicity still
◇ *photographie satellite* satellite photograph
◇ *photographie du tournage* shooting still

photographier *vt* (a) *Phot* to photograph, to take a photograph/photographs of; **se faire photographier** to have one's photograph taken (b) *Imprim* to shoot

photographique *adj* photographic

photograveur *nm* photoengraver

photogravure *nf* photoengraving, photogravure

photojournalisme *nm* photojournalism

photojournaliste *nmf* photojournalist

photomécanique *adj* photomechanical

photoreportage *nm* (a) *(discipline)* photojournalism (b) *(article)* report *(consisting mainly of photographs)*

photo-roman *n* photonovel

photothèque *nf* photo library

phototype *nm* phototype; **faire un phototype de qch** to phototype sth

phototypie *nf* phototype (process)

phylactère *nm (dans une bande dessinée)* bubble, balloon

pica *nm Imprim & Typ* pica

pied *nm Typ (d'une lettre)* foot
◇ *Typ pied de mouche* paragraph mark
◇ *Typ pied de page* footer
◇ *Cin & TV pied de sol* high-hat

pied-sabot *nm Phot* hot shoe

pige *nf Fam Presse* **travailler à la pige, faire des piges** to work freelance; **être payé à la pige** to be paid piece rate *or* by the line

pigiste *nmf Presse* freelance journalist, freelancer

pilon *nm* **mettre un livre au pilon** to pulp a book; **tous ces livres iront au pilon** all these books will be pulped; **on a eu plus de 2000 pilons** we had to pulp more than 2,000 copies

pilonnage *nm* pulping

pilonner *vt* to pulp

pilote *nm TV* pilot

pince pour projecteur *nf Cin & TV* gaffer grip

piratage *nm* piracy
◇ *piratage informatique* (computer) hacking
◇ *piratage de logiciels* software piracy
◇ *piratage musical* music piracy

pirate *nm* pirate
◇ *pirate informatique* cracker, hacker
◇ *pirate du téléphone* phreaker

pirater *vt* to pirate; *Ordinat* to hack; **pirater un film/une cassette** to make a pirate copy of a film/a cassette

piraterie *nf* piracy, pirating; *Ordinat* hacking
◇ *piraterie audiovisuelle* unauthorized copying *or* reproduction
◇ *piraterie informatique* hacking

pisse-copie *nmf inv Fam Presse* hack

piste *nf Audio, Cin & TV* track
◇ *piste de localisation* buzz track
◇ *piste métronome* click track
◇ *piste non synchrone* wild track

pitch *nm Cin* pitch

> **"**
>
> Pour les Américains, pitcher fait partie du business. C'est un art, ou en tout cas une technique, de vente, de marketing, de présentation qu'il faut maîtriser, que l'on soit scénariste ou producteur. Toutefois, l'achat d'un projet sur **pitch** est réservé aux scénaristes établis, de préférence auteurs de blockbusters. Seulement 10% des films sont achetés sur **pitch** et 90% sur scénario.
>
> **"**

pitcher *vt Cin* to pitch

pixel *nm Ordinat* pixel

pixélisé, -e *adj Ordinat (image)* pixellated

pixillation *nf Cin & TV* pixillation

placard *nm Imprim* (a) *(épreuve)* galley (proof) (b) *(format)* broadsheet

placarder *vt Imprim* to set in galleys

placement de produits *nm Cin & TV* product placement

plaçure *nf Édition* collation

plage horaire *nf Rad & TV* (time) slot

plan *nm* (a) *Cin & TV* shot; **hors plan** off-shot (b) *(structure)* plan (c) *(planning)* plan, schedule
◇ *Cin & TV plan américain* American shot
◇ *Cin & TV plan de coupe* reaction shot, cutaway shot
◇ *Cin & TV plan de demi-ensemble* medium-long shot
◇ *Cin & TV plan de détail* detail shot
◇ *Cin & TV plan éloigné* long shot
◇ *Cin & TV plan d'ensemble* wide shot
◇ *Cin & TV plan d'extérieur* exterior (shot)
◇ *Cin & TV plan focal* focal plane
◇ *Cin & TV plan général* full-length shot, long shot
◇ *Cin & TV plan genoux* knee-length shot
◇ *Cin & TV plan de grand ensemble* full shot
◇ *Cin & TV plan de groupe* group shot
◇ *Imprim & PAO plan de maquette* layout card
◇ *plan média(s)* media plan
◇ *Imprim & Typ plan de mise en page(s)* page plan
◇ *Cin & TV plan de mise en place* establishing shot
◇ *Cin & TV plan moyen* medium shot
◇ *Cin & TV plan à niveau* level shot
◇ *Cin & TV plan en plongée* high-angle shot, overhead shot, bird's-eye shot
◇ *Cin & TV plan de production* production schedule

◇ *Cin & TV* **plan rapproché** medium close-up
◇ *Cin & TV* **plan de secours** cover shot
◇ *Cin & TV* **plan de sécurité** cover shot
◇ *Cin & TV* **plan serré** close-up, tight shot
◇ *Cin & TV* **plan de situation** establishing shot
◇ *Cin & TV* **plan subjectif** point-of-view shot
◇ *Cin & TV* **plan de tournage** shooting schedule
◇ *Cin & TV* **plan de transition** bridging shot, neutral shot
◇ *Cin & TV* **plan de travail** production schedule
◇ *Cin & TV* **plan travelling** travelling shot
◇ *Cin & TV* **plan très éloigné** extreme long shot, extra-long shot
◇ *Cin & TV* **plan très rapproché** extreme close-up
◇ *Cin & TV* **plan de visage** face shot

planche *nf Imprim* plate
◇ *Phot* **planche contact** contact print
◇ **planche en couleur** colour plate

planning *nm* schedule

plan-séquence *nm Cin & TV* sequence shot

plaque *nf Phot* plate
◇ *Imprim* **plaque gravée** gravure
◇ *Imprim* **plaque offset** offset plate

plaquette *nf* booklet

plat couverture *nm Édition* case cover

plateau, -x *nm* (**a**) *Cin* set; **sur le plateau** on set (**b**) *TV* floor, set; **nous avons un beau plateau ce soir** we have a wonderful line-up for you in the studio tonight
◇ **plateau fermé** closed set
◇ **plateau de tournage** film set

Une fois que le scénario était terminé, il prenait des feuilles de papier et dessinait chaque plan. Puis il étudiait ce story-board avec le directeur de la photographie. Quand il arrivait **sur le plateau**, il savait à quoi le film ressemblerait. Il ne lui restait plus qu'à s'occuper des acteurs.

🙾

plate-forme *nf (support)* platform
◇ **plate-forme numérique** digital platform
◇ **plate-forme satellite** satellite platform

platine *nf* (**a**) *Imprim* platen (**b**) *Audio* turntable; *(tourne-disque)* record deck, record player
◇ **platine cassette** cassette deck
◇ **platine CD** CD player
◇ **platine disque** record deck
◇ **platine double cassette** twin cassette deck
◇ **platine de magnétophone** tape deck
◇ **platine tourne-disque** record deck

plats *nmpl Édition* boards

play-back *nm inv* (**a**) *(interprétation mimée)* miming, lip-synching; **il chante en play-back** he's miming *or* lip-synching (**b**) *TV* foldback

playlist *nm Rad* playlist

pleurage *nm Audio (basse fréquence)* wow; *(haute fréquence)* flutter

plieuse *nf Imprim* folder, folding machine *or* unit

pliure *nf Édition & Imprim* fold
◇ **pliure en accordéon** accordion fold, concertina fold
◇ **pliure à la française** French fold
◇ **pliure parallèle** parallel fold

plomb *nm Imprim* type, metal; **lire sur le plomb** to read from the metal

plongée *nf Cin* high-angle shot, elevated shot, overhead shot

plug-and-play *Ordinat* **1** *n* plug-and-play
2 *adj* plug-and-play

plugiciel *nm Can Ordinat* plug-in

plumitif *nm (journaliste)* hack; *(écrivain)* bad writer

plurihebdomadaire 1 *adj* published several times weekly
2 *nm* = publication appearing several times weekly

PO *Rad (abrév* **petites ondes)** MW

poche *nm Édition (livre)* paperback (book); **de poche** *(collection, édition)* pocket, paperback; **sortir en poche** to come out in paperback

pochette de disque *nf* album cover

poignée de panoramique *nf Cin & TV* panning handle

point *nm* (a) *Typ (en fin de phrase) Br* full stop, *Am* period; *(unité de mesure)* point
(b) *Phot* **au point** in focus; **mettre au point** *(appareil photo)* to focus
(c) *Ordinat* **en mode point** bitmap, bitmapped
◊ *Cin & TV* **point diffus** soft focus
◊ **point d'entrée** *(sur bande, film)* in-point
◊ *Typ* **point d'exclamation** exclamation *Br* mark *or Am* point
◊ *Typ* **point d'insertion** insertion point
◊ *Typ* **point d'interrogation** *Br* question mark, *Am* query mark
◊ *Cin & TV* **points de repère au sol** location marks
◊ *Typ* **points de suspension** ellipsis, suspension points
◊ *Typ* **point typographique** point

pointeur, -euse *nm,f Cin & TV* focus puller

polar *nm Fam (livre, film)* whodunnit

Polaroid® *nm Phot* (a) *(appareil)* Polaroid® (camera) (b) *(photographie)* Polaroid® (photo)

police *nf Ordinat, PAO & Typ* font
◊ **police bitmap** bitmap font
◊ **police de caractères** font
◊ **police par défaut** default font
◊ **police pixélisée** bitmap font
◊ **police Monotype**® Monotype® font
◊ **police PostScript**® PostScript® font
◊ **police Truetype**® TrueType® font

politique *nf*
◊ *Cin* **politique des auteurs** politique des auteurs, auteur theory
◊ *Édition & Presse* **politique éditoriale** editorial policy

polychromie *nf* polychromy

ponctuation *nf Typ* punctuation

pont sonore *nm Cin & TV (musique)* bridge

pornographie *nf* pornography

pornographique *adj* pornographic

port *nm Ordinat* port; *(pour Internet)* socket
◊ **port série universel** USB, universal serial bus

portable 1 *adj (télévision, ordinateur)* portable; *(téléphone)* mobile
2 *nm (ordinateur)* laptop, portable; *(téléphone)* mobile

portage *nm Presse* home delivery

portail *nm Ordinat* portal

cinq ambitions du groupe : "rester le premier studio de cinéma, le premier producteur de chaînes et distributeur en Europe, et devenir le premier fournisseur de contrôles d'accès et de services interactifs, et le premier **portail** de cinéma et de sports sur le web en Europe".

🙶

portée *nf Rad & TV* reach

porte-journaux *nm* newspaper rack

porte-parole *nm inv* (**a**) *(personne)* spokesperson; **se faire le porte-parole de qn** to speak on sb's behalf (**b**) *(périodique)* mouthpiece, organ

porteuse *nf Tél* carrier

portrait *nm Imprim & Ordinat* (**mode** *ou* **format**) **portrait** portrait (mode); **imprimer qch en portrait** to print sth in portrait

portrait-interview *nm (émission)* close-up

🙶

Ce soir, Arte diffuse le documentaire que Françoise Etchegaray consacre à l'"artiste" Garrel. Françoise Etchegaray est productrice (de *Rohmer* notamment) et cinéaste (*La Règle du jeu*, *Sept en attente*). À propos de ce **portrait-interview** de Garrel, elle cite Beckett: "S'il n'y avait que l'obscurité, tout serait clair. C'est parce qu'il y a non seulement l'obscurité mais aussi la clarté que notre situation devient inexplicable."

🙶

pose *nf Phot (cliché, durée)* exposure; **une pellicule de 24/36 poses** a 24-/36-exposure film

posemètre *nm Phot* light meter

positif, -ive *Imprim & Phot* **1** *adj* positive
2 *nm* positive
◊ *Imprim* **positif en couleur** colour positive

poste *nm Rad & TV* set
◊ *poste émetteur* transmitter
◊ *poste émetteur pirate* pirate station
◊ *poste d'émission* transmitter
◊ *poste (de) radio* radio set
◊ *poste récepteur* receiver
◊ *poste (de) télévision* television set

postmoderne *adj* postmodern

postmodernisme *nm* postmodernism

postmoderniste *adj & nmf* postmodernist

postprod *nf Fam Cin & TV* postproduction

postproduction *nf Cin & TV* postproduction

PostScript® *nm Ordinat* PostScript®

postsynchronisation *nf Cin & TV* postsynchronization, ADR

potentiomètre *nm Cin & TV* fader
◊ *potentiomètre général* group fader

pp *(abrév* **pages***)* pp

ppp *(abrév* **points par pouce***)* dpi

praticable *nm Cin & TV* dolly

préachat *nm Rad & TV* = advance purchase of broadcasting rights

préampli *nm Fam Audio* preamp

préamplificateur *nm Audio* preamplifier

préenregistré, -e *adj* prerecorded

préenregistrement *nm* prerecording

préenregistrer *vt* to prerecord

préfecturier *nm Presse* = journalist who reports on events relating to the "préfecture"

préfinancement *nm Cin* advance funding, prefinancing

pré-fondu *nm Cin & TV* prefade

premier, -ère **1** *nm,f Cin & TV* jeune **premier** young male lead; **jeune première** young female lead

2 *adj*

◇ *Cin & TV* **premier assistant-réalisateur** first assistant director

◇ *Cin* **première exclusivité** first showing

◇ *Typ* **première ligne** cap line

◇ *Cin & TV* **première mise au point** rough focus

◇ *Cin & TV* **premier montage** rough cut

◇ *Presse* **première page** front page; **sa photo est en première page** his photo is on the front page

◇ *Cin & TV* **première prise** first take *or* shot

◇ *Cin & TV* **premier plan** foreground; **au premier plan** in the foreground

◇ *Cin & TV* **premier rôle** leading part

◇ *Cin & TV* **premier rôle féminin** female lead

◇ *Cin & TV* **premier rôle masculin** male lead

première *nf* (a) *Cin* (movie *or Br* film) premiere (b) *Édition (épreuve)* first proof; *(d'un livre)* first edition; *Presse (d'un journal)* early edition

◇ *Cin* **première mondiale** world première

premium TV *nf* premium channel

preneur, -euse *nm,f*

◇ **preneur de son** sound engineer, sound technician

prépresse *nm Édition* prepress

préproduction *nf Cin & TV* preproduction

prépublication *nf* prepublication

présentateur, -trice *nm,f Rad & TV (d'une émission)* presenter; *(des informations)* newscaster, *Am (homme)* anchor(man); *(femme)* anchor(woman); *(de variétés, d'un jeu)* host

◇ **présentateur de talk-show** *Br* chat show *or Am* talk show host

◇ **présentateur de télévision** television presenter

◇ **présentateur de (vidéo)clips** video jockey, VJ

présentation *nf Rad & TV (d'une émission)* presentation; *(des informations)* reading; *(des variétés, d'un jeu)* hosting; **assurer la présentation d'une séquence** to present a news story

présenter *vt Rad & TV (émission)* to present; *(informations)* to present, to read; *(variétés, jeu)* to host; **les informations vous sont présentées par Claude Mart** the news is presented *or* read (to you) by Claude Mart; **l'émission de ce soir est présentée par Dominique Dupont** your host for tonight's programme is Dominique Dupont

press-book *nm* press book

presse *nf* (a) *(journaux, magazines etc)* **la presse (écrite)** the press; **que dit la presse?** what do the papers say?; **la grande presse** large-circulation newspapers and magazines

(b) *Imprim* press; **sous presse** in the press; **être mis sous presse** to go to press; **au moment où nous mettons sous presse** at the time of going to press; **sortir de presse** to come out

◇ **presse de bas étage** popular press, gutter press, ≃ tabloids

◇ **presse de charme** soft-porn magazines

◇ **presse féminine** women's magazines

◇ **presse financière** financial press

◇ **presse généraliste** general-interest press

◇ **presse gratuite** free press

◇ *Imprim* **presse d'imprimerie** printing press

◇ **presse magazine** news magazines

◇ **presse masculine** men's magazines

◇ **presse musicale** music press

◇ **presse nationale** national press

◇ **presse d'opinion** quality press

◇ *presse people* celebrity magazines

◇ *presse périodique* periodical press

◇ *presse professionnelle* trade press

◇ *presse de qualité* quality press

◇ *presse quotidienne* daily press

◇ *presse régionale* regional press

◇ *Imprim* **presse à retiration** perfecting machine

◇ *Imprim* **presse à rogner** plough

◇ *Imprim* **presse rotative** rotary press

◇ *presse à scandale* popular press, gutter press, ≃ tabloids

◇ *presse à sensation* popular press, gutter press, ≃ tabloids

◇ *presse du soir* evening newspapers

◇ *presse spécialisée* specialist press

◇ *presse sportive* sports press

◇ *Imprim* **presse typographique** printing press *or* machine

presse-poubelle *nf* gutter press

❝

"Il a eu le culot de raconter qu'il avait fait *France-Dimanche*", denonce-t-il. "En fait, il qualifiait l'hebdomadaire de **presse-poubelle** avant d'en revendiquer la paternité quand le succès est venu."

❞

pressier *nm* pressman

prime time *nm TV* peak time, prime time

❝

Diplômé de l'UCLA et de l'université de Santa Barbara . . . ce Franco-Américain a fait le choix de l'animation: "Cela me change des **prime time** de flics qui sont le pain quotidien des chaînes. Les serial killers, y'en a marre!"

❞

priorité à la vitesse *nf Phot* shutter priority

prise *nf Cin & TV* take; **mauvaise prise** NG take

◇ *Cin & TV* **prise longue** long take

◇ *Cin & TV* **prise des marques** blocking

◇ *Cin & TV* **prise panoramique** panning shot

◇ *prise péritel*® SCART plug; *(qui reçoit)* SCART socket

◇ *Rad* **prise de son** take

◇ *Cin & TV* **prise de vue** *(technique)* shooting; *(cliché)* (camera) shot; *(de tournage)* take; **prise de vues: Sophie Aubenas** *(au générique)* camera: Sophie Aubenas

◇ *Cin & TV* **prise de vue aérienne** aerial shot

◇ *Cin & TV* **prise de vue sur grue** crane shot

◇ *Cin & TV* **prise de vues image par image** stop-motion photography

◇ *Cin & TV* **prise de vue en mouvement** running shot

◇ *Cin & TV* **prise de vue par transparence** process shot

◇ *Cin & TV* **prise de vue en travelling** travelling shot

❝

La **prise de vues** est assurée par vingt-six caméras différentes, qui convergent vers une grille de commutation. Neuf d'entre elles sont montées sur des supports télécommandables à distance, quatre sont opérées manuellement par des cadreurs et les autres sont fixes.

❞

prix *nm* (a) *(tarif fixe)* price, cost; *(d'un magazine)* cover price

(b) *(dans un concours artistique, un festival)* prize, award; **elle a eu le prix de la meilleure interprétation** she got the award for best actress

(c) *(œuvre primée) (livre)* award-winning book *or* title; *(disque)* award-winning record; *(film)* award-winning movie *or Br* film

(d) *(lauréat)* prizewinner; **Cannes rend hommage à ses Prix d'interprétation féminine** Cannes salutes its award-winning actresses

Major French awards
Principaux prix et récompenses en France

Prix Goncourt

awarded to: novel
began: 1903
jury: 10 members of the Académie Goncourt
ⓘ winners receive a nominal 50 francs (7.62 euros)

Prix Femina

awarded to: novel
began: 1904
jury: 12 women writers
ⓘ the Prix Femina étranger has been awarded annually since 1986; previous winners include Julian Barnes and Ian McEwan

Prix Médicis

awarded to: novel, short story or essay
began: 1958
jury: 11 members, including writers, journalists and academics
ⓘ established to reward new writers or writers whose work, in the opinion of the judges, has not received sufficient acclaim

Prix Renaudot

awarded to: novel
began: 1925
jury: 10 journalists and critics
ⓘ founded by journalists too impatient to wait for the anouncement of who has won the Prix Goncourt; no writer can win both in the same year

Césars

awarded to: 18 categories in film
began: 1976
jury: 2975 members of the Académie des Arts et Techniques du Cinéma
ⓘ named after César, the sculptor who designed the statuette

Prix Louis-Delluc

awarded to: French feature-length film
began: 1937
jury: 20 critics and film-makers
ⓘ awarded in memory of Louis Delluc (1890–1924), first French film critic

Les Sept d'or

awarded to: 25 categories of TV programme
began: 1985
jury: 17 awards voted for by television viewers; the remainder by professionals in the TV industry
ⓘ the awards are organized by the TV listings magazine *Télé 7 Jours*

Les Victoires de la musique

awarded to: 15 categories of classical, jazz and popular music
began: 1985 (popular music); 1993 (classical and jazz)
jury: the 24 members of the association Les Victoires de la musique. 3 of the awards are voted for by the public

◇ *prix cinématographique* movie or Br film award

◇ *prix littéraire* literary prize

procès en diffamation nm libel case, libel suit

processeur d'image tramée nm Imprim & Ordinat raster image processor

producteur, -trice Cin, Rad & TV
  1 nm,f producer
  2 nm (société) production company

◇ *producteur associé* associate producer

◇ *producteur de cinéma* movie or Br film producer

◇ *producteur délégué* line producer

◇ *producteur de disques* record producer

◇ *producteur d'émissions de radio* radio producer

◇ *producteur exécutif* executive producer

production nf (a) Cin, Rad & TV production; **assurer la production de qch** to produce sth (b) Édition production

◇ *production audiovisuelle* audiovisual production

produire vt (a) Cin, Rad & TV to produce, to be the producer of (b) Édition (livre) to produce

profondeur nf Phot

◇ *profondeur de champ* depth of field

◇ *profondeur de foyer* depth of focus

programmateur, -trice nm,f Rad & TV programme scheduler

programmation nf Rad & TV programme scheduling; **un changement de programmation** a change to the advertised or scheduled programme

programme nm (a) Rad & TV (contenu) programme (b) (de cinéma, de télévision) listings, guide (c)

Ordinat program (d) (emploi du temps) programme, schedule

◇ *Rad programme des auditeurs* request programme, request show

◇ *Rad & TV programme en boucle* loop programme

◇ *Ordinat programme de création de pages Web* Web authoring program

◇ *TV programmes d'été* summer schedule or programmes

◇ *Rad & TV programme minimum* minimum programme schedule (provided during strike action by journalists and technicians)

◇ *programme de publication* publishing programme

programmer vt (a) Cin, Rad & TV to programme, to bill; **le débat n'a jamais été programmé** the debate was never shown or screened; **les deux chaînes programment la même émission** both channels are running the same programme (b) Ordinat to program

projecteur nm Cin & TV (d'images) projector; (pour illuminer) spotlight; (plus puissant) floodlight

◇ *projecteur de cinéma* cine-projector

◇ *projecteur de décrochement* kicker (light)

◇ *projecteur de diapositives* slide projector

◇ *projecteur ponctuel* spotlight

projection nf Cin, Phot & TV (action) projection; (séance) screening, showing; **appareil de projection** projector

◇ *Cin & TV projection en avant* flashforward

◇ *Cin & TV projection frontale* front projection

◇ *Cin projection privée* private showing

◇ *Cin & TV projection en transparence* rear projection

projectionniste nmf Cin projectionist

projeter *vt Cin & Phot* to show, to project

promo *nf Fam TV* promotional video

promotion *nf* promotion; **faire la promotion de qch** to promote sth

promotionnel, -elle *adj* promotional

promouvoir *vt* to promote

prompteur *nm TV* Teleprompter®, Autocue®
◇ **prompteur déroulant** roller prompter

propagande *nf* (a) *(politique)* propaganda (b) *(publicité)* publicity; **faire de la propagande pour qn/qch** to advertise sb/sth

propriété *nf*
◇ **propriété intellectuelle** intellectual property
◇ **propriété littéraire et artistique** copyright

protagoniste *nmf Cin & TV* protagonist, main character

protocole *nm Édition & Imprim* style sheet
◇ *Ordinat* **protocole HTTP** HTTP protocol
◇ *Ordinat* **protocole Internet** Internet protocol
◇ *Édition & Imprim* **protocole de style** style sheet

pseudonyme *nm (d'écrivain)* pen name, pseudonym; *(d'acteur)* stage name

pub *nf Fam (annonce commerciale)* advert, ad; *(action)* advertising

publiable *adj* publishable

public *nm* audience, *Am* viewership; *Cin* **tous publics** *Br* ≃ U, *Am* ≃ G-rated

publication *nf* (a) *(d'un livre, d'un journal)* publication, publishing; **le journal a dû cesser sa publication** the paper had to cease publication; **j'attends la publication pour consulter mon avocat** I'm waiting for publication or for the book to be published before I consult my lawyer; **interdire la publication de qch** to stop sth coming out or being published
(b) *(document, ouvrage)* publication
◇ **publication assistée par ordinateur** desktop publishing
◇ **publication à compte d'auteur** vanity publishing
◇ **publication périodique** periodical
◇ **publication scientifique** scientific publication
◇ **publication en série** serial publication
◇ **publication spécialisée** specialist publication

publiciste, publicitaire 1 *adj* advertising, promotional
2 *nmf (homme)* advertising man; *(femme)* advertising woman; **c'est un/une publicitaire** he/she works in advertising

publicité *nf (annonce commerciale)* advertisement, advert, commercial; *(action)* advertising; **passer une publicité à la télévision** to advertise on television
◇ **publicité ambiante** ambient advertising
◇ **publicité au cinéma** cinema advertisement; *(action)* cinema advertising
◇ **publicité média** media advertising
◇ **publicité presse** newspaper advertisement, print advertisement; *(action)* newspaper advertising, print advertising
◇ **publicité au prime time** peak-time or prime-time advertisement; *(action)* peak-time or prime-time advertising
◇ **publicité rédactionnelle** advertorial
◇ **publicité télévisée** television advertisement; *(action)* television advertising

publier *vt* (a) *(éditer) (auteur, texte)* to publish; **elle a été publiée aux États-Unis** she's been published in the United States; **dans un article**

qui n'a jamais été publié in an unpublished article (**b**) *(rendre public)* *(communiqué)* to make public, to release ; *(brochure)* to publish, to issue ; *(article)* to print

publi-information *nf* special advertising section, advertorial

publiphobe 1 *adj* anti-advertising
  2 *nmf* = person who is against advertising

▲▲

Je pense que globalement notre consommation média va évoluer vers davantage de picorage et de consultation différée. Avec des systèmes de types TiVo . . . on va même pouvoir éviter la publicité. On commence d'ailleurs à voir les **pu-**

bliphobes se réjouir en imaginant qu'ils pourront enfin se débarrasser de la pub y compris sur Internet.

▼▼

publireportage *nm* special advertising section, advertorial

puce *nf Typ* bullet (point)
  ◇ *TV* **puce anti-violence** V-chip

pulpe *nf (pour papier)* pulp

pupitre *nm Audio, Rad & TV* console
  ◇ **pupitre de mélange** mixing desk, mixing console
  ◇ **pupitre de mixage** mixing desk, mixing console

pylône *nm (pour antenne, téléphone portable)* mast

quadri *nf Fam Édition* four-colour processing *or* printing

quadrichromie *nf Édition* four-colour processing *or* printing

quadrimestriel, -elle **1** *adj* four-monthly
  2 *nm* = publication appearing every four months

qualité *nf* quality
◇ *qualité d'image* picture quality
◇ *qualité d'impression* print quality
◇ *qualité du son* sound quality
◇ *qualité sonore* sound quality

queue *nf Typ (d'une lettre)* stem, descender; *(d'une page)* tail, foot

Quinzaine des réalisateurs *nf Cin* = competition forming part of the Cannes film festival which frequently gives awards to less mainstream films and less well-known directors

quota *nm* quota

> Le Conseil supérieur de l'audiovisuel a renouvelé l'autorisation d'émettre de M6 pour une période de cinq ans. Les sages ont refusé les demandes de la deuxième chaîne privée d'augmenter ses plages publicitaires et de modifier ses **quotas** de programmation musicale, mais il a choisi de maintenir le régime dérogatoire de M6 sur les **quotas** de diffusion aux heures de grande écoute.

quotidien, -enne **1** *adj* daily
  2 *nm* daily (paper *or* newspaper); **un grand quotidien** a (major) national daily
◇ *quotidien du septième jour* Sunday paper *or* newspaper

raccord *nm Cin & TV (liaison de scènes)* continuity; *(plan)* link shot, match cut
◇ **raccord sur le regard** eyeline match

raccorder *vt Cin & TV (scènes)* to link up

radio *nf* (**a**) *(récepteur)* radio
(**b**) *(diffusion)* **la radio** radio (broadcasting); **faire de la radio** to be *or* work as a radio presenter; **à la radio** on the radio; **passer à la radio** *(personne)* to be on the radio; *(chanson)* to be played on the radio; *(jeu, concert)* to be broadcast (on the radio)
(**c**) *(station)* radio station; **sur toutes les radios** on all stations; **écoutez radio TSW!** tune in to TSW!
◇ **radio commerciale** commercial radio; *(station)* commercial radio station
◇ **radio communautaire** *(diffusion)* community radio; *(station)* community radio station
◇ **Radio France** = broadcasting company established in 1974
◇ **radio locale** *(diffusion)* local radio; *(station)* local radio station
◇ **radio locale libre** *(station)* independent local radio station
◇ **radio locale privée** *(station)* independent local radio station
◇ **radio musicale** *(diffusion)* music radio; *(station)* music station
◇ **radio numérique** digital radio
◇ **radio périphérique** *(station)* = radio station broadcasting from outside national territory

◇ **radio pirate** *(diffusion)* pirate radio; *(station)* pirate radio station
◇ **radio privée** *(diffusion)* independent *or* commercial radio; *(station)* independent *or* commercial radio station

radiocommunication *nf* radiocommunication

radiodiffusé, -e *adj* radio, broadcast on radio

radiodiffuser *vt* to broadcast (on radio)

radiodiffusion *nf* radio broadcasting

radiogénique *adj* **avoir une voix radiogénique** to have a good broadcasting voice; **elle est très radiogénique** she has a good voice for radio, she's very radiogenic

radiomessagerie *nf* radio paging

radiophonie *nf* broadcasting, radiotelephony

radiophonique *adj (émission, feuilleton)* radio; *(studio)* broadcasting

radioreportage *nm (émission)* (radio) report; *(commentaire)* (radio) commentary

radioreporter *nm* (radio) reporter *or* correspondent

radiotéléphone *nm* radiotelephone

radiotéléphonie *nf* radiotelephony, radiocommunication

◇ *radiotéléphonie cellulaire* cellular radio

radiotélévisé, -e *adj* broadcast simultaneously on radio and TV, simulcast

radiotélévision *nf* radio and television

ralenti *nm Cin & TV* slow motion; **passer une scène au ralenti** to show a scene in slow motion

rame *nf (de papier)* ream

rampe *nf Cin (de projecteurs)* bank

rapide *adj Phot (film)* fast

rapidité *nf Phot (de film)* speed

rapport hauteur/largeur *nm Cin* aspect ratio

rapprocher *vt Typ* to close up; **à rapprocher** close up

rastériser *vt TV* to rasterize

RDS *nm (abrév* **radio data system)** RDS

réabonnement *nm* subscription renewal

réabonner 1 *vt* **être réabonné (à qch)** to have renewed one's subscription (to sth), to have resubscribed (to sth)
  2 se réabonner *vpr* **se réabonner (à qch)** to renew one's subscription (to sth), to resubscribe (to sth)

réalisateur, -trice *nm,f Cin* director; *Rad & TV* producer

réalisation *nf* (a) *Cin (mise en scène)* direction, directing; *(film)* production, movie, *Br* film; **réalisation (de) George Cukor** *(au générique)* directed by George Cukor; **beaucoup de comédiens se lancent dans la réalisation (de films)** many actors are taking up movie *or Br* film directing; **la réalisation de ce film coûterait trop cher** making this film would cost too much
  (b) *Rad & TV (processus)* production; *(enregistrement)* recording; **à la réalisation, Christophe Valloire** *(au*

générique) sound engineer, Christophe Valloire

réaliser *vt Cin* to direct; *Rad & TV* to produce

réalisme *nm* realism

réalité virtuelle *nf* virtual reality

reality-show *nm TV* reality show

❝

> Depuis plusieurs mois déjà, les **reality-shows** se multiplient en Suède, aux Pays-Bas, en Allemagne, et depuis peu aux États-Unis, avec un succès croissant. La recette? Prenez plusieurs candidats, enfermez-les pour un temps dans une maison, une île déserte ou tout autre lieu hostile, truffez-le de dizaines de caméras, et laissez faire la nature. A la clé, beaucoup d'argent pour le "survivant" …

❞

recadrage *nm Phot* cropping; *Cin* framing

recadrer *vt Phot* to crop; *Cin* to frame; **un film recadré pour la télévision** a movie *or Br* film in letterbox format

récepteur, -trice *Rad & TV* **1** *adj* receiving, receiver
  2 *nm* (receiving) set, receiver
◇ *TV récepteur de contrôle (final)* (master) monitor
◇ *récepteur de radio* radio receiver
◇ *récepteur de télévision* television receiver

réception *nf Rad & TV* reception
◇ *réception multiple* multiple reception

recette *nf Cin* takings, receipts
◇ *recette brute* gross receipts
◇ *recette guichet* box-office receipts
◇ *recette en salles* box-office receipts

recevoir *vt Rad & TV* to receive, to get

recharge *nf Tél (pour téléphone portable)* top-up card

recherchiste *nmf Rad & TV (programme)* researcher

récitant, -e *nm,f Cin* narrator

récit de voyage *nm* travelogue

réclame *nf Imprim & Typ (en bas de page)* catchword

recomposer *vt Typ* to reset

reconnaissance *nf Ordinat*
◊ *reconnaissance optique des caractères* optical character recognition
◊ *reconnaissance de la parole* speech recognition
◊ *reconnaissance vocale* speech recognition

recouvrement *nm Imprim* **recouvrement (des couleurs)** trapping

recto *nm* first side of a page, recto; **n'écrivez qu'au recto** write on this side only; **voir au recto** see over; **recto verso** on both sides

rédac'chef *nmf Fam (d'une revue)* (chief) editor, editor-in-chief; *(du journal télévisé)* television news editor

rédacteur, -trice *nm,f* editor
◊ *rédacteur d'actualités* news editor
◊ *rédacteur artistique* art editor
◊ *rédacteur associé* associate editor
◊ *rédacteur en chef (d'une revue)* (chief) editor, editor-in-chief; *(du journal télévisé)* television news editor
◊ *rédacteur en chef des actualités* news editor
◊ *rédacteur en chef technique* production editor
◊ *rédacteur politique* political editor
◊ *rédacteur publicitaire* copywriter
◊ *rédacteur sportif* sports editor

rédaction *nf* **(a)** *Presse (lieu)* editorial office; *(équipe)* editorial staff; *TV (lieu)* newsdesk, newsroom; *(équipe)* news team **(b)** *Édition (activité)* editing; *(fonction)* editorship
◊ *rédaction électronique* on-line publishing
◊ *rédaction publicitaire* copywriting

rédactionnel, -elle *adj* editorial

redevance *nf TV* licence fee

rediffuser *vt Rad & TV* to repeat

rediffusion *nf Rad & TV* repeating; *(programme rediffusé)* repeat

réécrire *vt Cin & TV* to rewrite

réécriture *nf Cin & TV* rewrite

rééditer *vt* to republish, to reissue; **son livre a été réédité chez Faber** his book has been republished by Faber *or* brought out again by Faber

réédition *nf (nouvelle édition)* new edition; *(action)* republication, reissue

réémetteur *nm* relay (transmitter)

refaire *vt (film)* to remake

reflet *nm Cin & TV* flare

reflex *Phot* **1** *adj inv* reflex **2** *nm inv* reflex (camera)
◊ *reflex mono-objectif* single-lens reflex

refus d'insertion *nm Presse* refusal to publish

régie *nf Rad* control room; *TV* control room, gallery
◊ *régie centrale* master control room
◊ *régie mobile* mobile control room

régisseur *nm Cin & TV* **(a)** *(personne)* assistant director **(b)** *(chaise)* director's chair
◊ *régisseur d'extérieurs* location manager
◊ *régisseur de plateau* floor manager
◊ *régisseur de plateau adjoint* assistant floor manager

registre *nm Imprim* register; **être/**

ne pas être en **registre** to be in/out of register; **mettre en registre** to register; **être en registre** to register

réglage *nm Rad & TV* tuning
◇ *réglage du contraste* contrast control
◇ *réglage de la luminosité* brightness control

règle *nf* (a) *PAO (instrument)* ruler (b) *(principe, code)* rule
◇ *Cin & TV* **règle des 180 degrés** 180° rule
◇ *Presse* **règle des 5 W** what, when, why, where and how rule
◇ *Presse* **règle de la pyramide inversée** inversed pyramid rule

régler *vt (radio, télévision)* to tune; **régler sur une station** to tune into a station

réglette *nf Typ* lead, reglet

régulation *nf* regulation

rehaut *nm Phot* highlight

réimpression *nf (processus)* reprinting; *(résultat)* reprint; **ce livre est en cours de réimpression** this book is being reprinted

réimprimer *vt* to reprint

ré-injection *nf TV* foldback

relais *nm Rad & TV* relay (station)
◇ *relais temporaire* hook-up

relations *nfpl*
◇ *relations presse* press relations
◇ *relations publiques* public relations

relayer *vt Rad & TV* to relay

release *nm Presse* embargo

relevé de compte d'auteur *nm Édition* rights statement

relief *nm* en relief three-dimensional, 3D

relier *vt Édition (livre)* to bind; **relier à neuf** to strip and rebind

relieur, -euse *nm,f Édition* binder, bookbinder

reliure *nf Édition* binding, bookbinding
◇ *reliure demi-toile* half-cloth binding
◇ *reliure pleine toile* cloth binding
◇ *reliure à spirale* spiral binding

remake *nm Cin* remake

> **"**
>
> Après *Traffic*, Catherine Zeta-Jones et Michael Douglas vont jouer ensemble dans un **remake** de *La Nuit de l'iguane*. Ce film, réalisé en 1964 par John Huston, met en scène un prêtre alcoolique reconverti en guide touristique séduit par les femmes.
>
> **"**

rémanence *nf Cin & TV* persistence of vision
◇ *rémanence à l'extinction* afterimage

remasteriser *vt* to remaster

remix *nm* remix

remixer *vt* to remix

remplaçant, -e *nm,f TV* understudy

rendu *nm Typ* rendering

renfoncement *nm Typ* indent, indentation

renfoncer *vt Typ* to indent

renforçateur *nm Phot* intensifier

renforcement *nm* (a) *Phot* intensification (b) *Typ (de caractère)* emboldening

renforcer *vt Typ (caractère)* to embolden

renvoi *nm Typ* index

repasser *Cin & TV* **1** *vt* to show again
2 *vi* to be on *or* to be shown again

repérage *nm Cin* être en repérage to be looking for locations

repère *nm* mark

◇ *Cin* **repères de changement** changeover marks

◇ *Imprim* **repères de coupe** corner marks

répertoire à onglets *nm Édition* thumb index

répétiteur, -trice *nm,f*
◇ **répétiteur de dialogues** dialogue coach

repiquage *nm Phot* spotting

repique *nf Phot* spotting

repiquer *vt Phot* to spot

répondeur *nm Tél* answering machine
◇ **répondeur enregistreur** answering machine
◇ **répondeur interrogeable à distance** answering machine with remote-access facility
◇ **répondeur téléphonique** telephone answering machine

réponse *nf Rad & TV* response
◇ **reponse acoustique** audio response
◇ **réponse en fréquence** frequency response

report *nm Imprim & Typ* overrun

reportage *nm* (a) *(récit, émission)* (news) report; **faire un reportage sur qch** to do a report on sth; **j'ai fait mon premier grand reportage pour *Nice-Matin*** I covered my first big story for *Nice-Matin* (b) *(métier)* (news) reporting, reportage; **faire du reportage** to be a news reporter; **être en reportage** to be on an assignment; **faire du grand reportage** to do international reporting, to cover stories from all over the world
◇ **reportage en direct** live coverage
◇ **reportage en exclusivité** scoop, exclusive (report)
◇ **reportage filmé** film report; *(métier)* film reporting
◇ **reportage d'investigation** investigative report; *(métier)* investigative reporting

◇ **reportage photo** photo report
◇ **reportage publicitaire** special advertising feature, advertorial
◇ **reportage télévisé** television report; *(métier)* telelvision reporting

reporter *nm* (news) reporter
◇ **reporter en chef** chief reporter
◇ **reporter local** local reporter, stringer
◇ **reporter photographe** photojournalist
◇ **reporter de la presse écrite** newspaper reporter, press reporter
◇ **reporter sportif** sports reporter

reporteur d'images *nm Presse* television news reporter

reprise *nf Rad & TV* repeat, rerun; *Cin* rerelease

reproduction *nf* (a) *Édition (d'un texte)* reprinting, reissuing; *(d'un livre)* reprinting (b) *(reprographie)* reproduction, duplication; *(service)* reprographic department; **reproduction interdite** *(sur vidéocassette, disque)* all rights reserved
◇ **reproduction en couleurs** colour print

reproduire *vt* (a) *Édition (texte)* to reprint, to reissue; *(livre)* to reprint (b) *(reprographier)* to reproduce, to duplicate

reprogrammer *vt Cin & TV* to reschedule

reprographie *nf* reprography, repro

reprographier *vt (polycopier)* to duplicate; *(photocopier)* to photocopy

reprographique *nf* reprographic

réseau, -x *nm Tél & TV* network
◇ **réseau analogique** analogue network
◇ **réseau câblé** cable (television) network
◇ **réseau de distribution** distribution network
◇ *Rad* **réseau hertzien** radio relay network

◇ *réseau à large bande* broadband network

◇ *réseau national d'intercon-nexion* backbone

◇ *réseau numérique* digital net-work

◇ *réseau numérique à intégration de services* integrated services digital network

◇ *réseau satellitaire* satellite net-work

◇ *réseau satellite* satellite network

◇ *réseau de télécommunications* telecommunications network

◇ *réseau de télédistribution* televi-sion broadcasting network

◇ *réseau de téléphonie mobile* mo-bile phone network

◇ *réseau de télévision* television network

◇ *réseau télévisuel* television net-work

réserve *nf Phot* resist

résolution *nf PAO & TV* resolution

responsable *nmf*

◇ *Cin & TV responsable des achats* production buyer

◇ *Édition responsable des droits* rights manager

◇ *Cin & TV responsable des effets spéciaux* visual effects supervisor

◇ *responsable des relations avec la presse* press officer

ressortir *Cin* **1** *vt* to rerelease **2** *vi* to be rereleased

reste *nm Cin & TV* outtakes

retardateur *nm Phot* self-timer

retiration *nf Imprim* perfecting; **im-primer une feuille en retiration** to perfect a sheet

retirer *vt Imprim* to reprint

retouche *nf Phot (procédé)* touch-ing up, retouching; *(résultat)* touch-up, retouch; **l'agrandissement de-mande quelques retouches** the en-largement needs a little touching up

retoucher *vt Phot* to touch up, to

retouch; **retoucher qch à l'aéro-graphe** to airbrush sth

retour *nm TV* foldback

◇ *Cin retour en arrière* flashback; **faire un retour en arrière** to flash back

◇ *PAO retour à la ligne automa-tique* word wrap

◇ *PAO & Typ retour à la ligne forcé* hard return

retourne *nf Presse (d'un article)* continuation

retrait *nm Typ* **en retrait** indented; **mettre qch en retrait** to indent sth

retransmettre *vt Rad & TV* to broadcast, to transmit; **un concert retransmis en direct** a live concert; **retransmettre une émission en di-rect/différé** to broadcast a pro-gramme live/a recorded pro-gramme

retransmission *nf Rad & TV* broadcast, transmission; *(action)* broadcasting; **la retransmission du match est prévue pour 14h 45** *TV* the match will be shown *or* broad-cast at 2.45 p.m.; *Rad* the match will be broadcast at 2.45 p.m.

◇ *retransmission différé* prerecor-ded broadcast

◇ *retransmission en direct* live broadcast; *(action)* live broad-casting

◇ *retransmission par satellite* sa-tellite broadcast; *(action)* satellite broadcasting

rétroaction *nf* feedback

◇ *rétroaction acoustique* acoustic feedback

rétroprojection *nf Cin & TV* back projection

rétrospective *nf Cin* season, retrospective; **une rétrospective Ri-chard Burton** a Richard Burton sea-son; **une rétrospective de l'année 1944** a look back at the events of 1944

> "
>
> En marge de la projection de *A.I.* de Steven Spielberg (basé sur un scénario original de Kubrick) ... le 27e festival du film américain proposera une **rétrospective** consacrée au réalisateur de *2001, l'Odysée de l'espace* ... La **rétrospective** sera complétée par la présentation du documentaire réalisé par le beau-frère de Kubrick, Jan Harlan: *Stanley Kubrick: A Life in Pictures*.
>
> "

révélateur *nm Phot* developer

révéler *vt Phot* to develop

revenir *vi Cin & TV* **revenir en arrière** to cut back

réviser *vt Édition (épreuves)* to revise, to check

réviseur, -euse *nm,f Édition (d'épreuves)* reviser, checker; *(correcteur)* proofreader

révision *nf Édition (d'épreuves)* revision, checking; *(correction)* proofreading

revue *nf (publication)* magazine; *(spécialisée)* journal
◇ *revue économique* economic journal
◇ *revue financière* financial journal
◇ *revue littéraire* literary journal
◇ *revue de mode* fashion magazine
◇ *Fam revue porno* porno *or* porn magazine
◇ *revue de presse* review of the press *or* of what the papers say
◇ *revue scientifique* scientific journal
◇ *revue spécialisée* trade paper, journal

rewriter[1] *nm Presse* rewriter

rewriter[2] *vt Presse* to rewrite

rewriting *nm Presse* rewriting

RFI *nf (abrév* **Radio France Internationale)** = French world service radio station

RFO *nf (abrév* **radio-télévision française d'outre-mer)** = French overseas broadcasting service

rideau *nm*
◇ *Rad rideau d'antennes* aerial curtain
◇ *Phot rideau de fer* shutter
◇ *TV rideau de fond* sky cloth

rires *nmpl Cin & TV*
◇ *Fam Rad & TV rires en boîte* prerecorded *or* canned laughter
◇ *Rad & TV rires préenregistrés* canned laughter

RNIS *nm Ordinat (abrév* **réseau numérique à intégration de services)** ISDN; **envoyer qch par RNIS** to ISDN sth, to send sth by ISDN

road-movie *nm* road movie

roaming *nm Ordinat & Tél* roaming

rockumentaire *nm Cin* rockumentary

rognage *nm Imprim & PAO* cropping

rogner *vt Imprim & PAO* to crop

rôle *nm Cin & TV* role, part; **apprendre son rôle** to learn one's part *or* lines; **il joue le rôle d'un espion** he plays (the part of) a spy; **distribuer les rôles** to do the casting; **il a toujours des rôles de névropathe** he's always cast as a neurotic, he always gets to play neurotics; **avec Jean Dumay dans le rôle du Grand Inquisiteur** *(au générique)* starring Jean Dumay as the Inquisitor General
◇ *rôle de composition* character part, character role
◇ *rôle muet* non-speaking part, walk-on part
◇ *rôle parlant* speaking part, speaking role
◇ *rôle principal* leading role, starring role, lead
◇ *rôle secondaire* supporting role
◇ *rôle sérieux* straight part

rôle-titre *nm Cin & TV* title role; **avec Vanessa Redgrave dans le rôle-**

titre with Vanessa Redgrave in the title role

romain, -e *Typ* **1** *adj* roman
  2 *nm* roman

roman *nm* novel
◊ *roman de cape et d'épée* swashbuckler
◊ *roman de gare* airport *or Am* dime novel
◊ *roman noir* thriller
◊ *roman policier* detective novel

romancier, -ère *nm,f* novelist

roman-feuilleton *nm* serialized novel, serial

ronflement *nm Audio* hum

ronronnement *nm Audio* hum

rotative *nf Imprim* rotary press

rotativiste *nmf Imprim* rotary printer

roto *nf Fam Imprim* rotary press

routage *nm Ordinat* routing

routeur *nm Ordinat* router

ruban *nm* tape
◊ *ruban adhésif en toile* gaffer tape
◊ *ruban d'enregistrement* recording tape

rubricard, -e *nm,f Presse* columnist

rubrique *nf Presse (article)* column; *(page)* page; *(cahier)* section; **elle tient la rubrique cinéma** she writes the movie *or Br* film reviews
◊ *rubrique scientifique* science column/page/section
◊ *rubrique littéraire* book column/page/section
◊ *rubrique mondaine* society column
◊ *rubrique nécrologique* obituaries
◊ *rubrique pratique* advice column

rushes *nmpl Cin* rushes

RVB *nm Imprim & PAO (abrév* **rouge, vert et bleu)** RGB

sabrer vt Presse (texte) to make drastic cuts in; (paragraphe, phrases) to cut, to axe

SACD nf (abrév **Société des auteurs et compositeurs dramatiques**) = association of writers and performers founded by Beaumarchais in 1777 which protects copyright and ensures royalties are paid

SACEM, Sacem nf (abrév **Société des auteurs, compositeurs et éditeurs de musique**) = body responsible for collecting and distributing royalties, Br ≃ Performing Rights Society, Am ≃ Copyright Royalty Tribunal

saisie nf Ordinat & PAO keyboarding, keying

saisir vt Ordinat & PAO to key

salle nf Cin (lieu) theatre, auditorium; (spectateurs) audience; **le cinéma a cinq salles** the Br cinema or Am movie theater has five screens; **sa dernière production sort en salle en septembre** her latest production will be released or out in September; **dans les salles d'art et d'essai** ou **les petites salles** in arthouse Br cinemas or Am movie theaters; **dans les salles obscures** in the Br cinemas or Am movie theaters

◊ **salle de cinéma** theatre, auditorium

◊ Imprim **salle de composition** composing room

◊ TV **salle de contrôle de production** production control room

◊ TV **salle de détente** (pour invités) green room

◊ TV **salle de maquillage** make-up room

◊ Cin **salle de montage** cutting room

◊ Cin **salle de projection** screening room

◊ Presse & TV **salle de rédaction** newsroom

◊ TV **salle de rédaction télévision** television news centre, television newsroom

> **"**
>
> Par exemple, les "habitués cinéma", à savoir ceux qui ont fréquenté au moins une fois les **salles obscures** au cours des trente derniers jours, sont des lecteurs beaucoup plus réguliers de la presse quotidienne que les autres.
>
> **"**

salonnier nm Presse society columnist

sample nm sample

sampling nm sampling

satellite nm satellite; **en direct par satellite** live via satellite; **une émission retransmise par satellite** a satellite broadcast

◊ **satellite de diffusion directe** direct broadcast satellite, DBS

◊ **satellite de distribution** distribution satellite

◊ **satellite géostationnaire** geostationary satellite

◇ *satellite de radiodiffusion* broadcast satellite

◇ *satellite de télécommunication* telecommunications satellite

◇ *satellite de téledétection* spy satellite

◇ *satellite de télédiffusion* broadcast satellite

◇ *satellite de télédiffusion directe* direct broadcast satellite

◇ *satellite de télévision* television satellite

satinage *nm Imprim* calendering

satiné, -e *adj Imprim* calendered

satiner *vt Imprim* to calender

satire *nf* satire

saturation *nf TV* chroma

◇ *Rad & TV* **saturation acoustique** popping

saut *nm*

◇ *Cin & TV* **saut en avant** flash forward; **faire un saut en avant** to flash forward

◇ *PAO & Typ* **saut de ligne** line break

◇ *PAO & Typ* **saut de ligne manuel** hard return

◇ *Cin & TV* **saut de montage** jump cut

◇ *PAO & Typ* **saut de page** page break

scanner¹ *nm Ordinat* scanner; **insérer qch par scanner, capturer qch au scanner** to scan sth in; **passer qch au scanner** to scan sth; **passage au scanner** scanning

◇ *scanner à main* hand-held scanner

◇ *scanner optique* optical scanner

◇ *scanner à plat* flatbed scanner

scanner² *vt* to scan

scannérisation *nf* scanning

scanneur = **scanner¹**

scénarimage *nm Cin & TV* storyboard

scénario *nm* (a) *Cin & TV (histoire, trame)* screenplay, scenario; *(texte)* screenplay, (movie *or Br* film) script

(b) *(d'une bande dessinée)* story, storyboard, scenario

◇ *Cin* **scénario d'auteur** writer's script

◇ *Cin* **scénario dialogué** continuity script

◇ *Cin* **scénario de répétition** rehearsal script

scénario-maquette *nm Cin & TV* storyboard

scénariser *vt* (a) *(écrire le scénario de)* to script, to write the screenplay for (b) *(adapter pour l'écran)* to adapt for the screen

scénariste *nmf* scriptwriter, screenwriter

◇ *scénariste de réécriture* script editor

scène *nf Cin & TV (séquence)* scene; **la première scène** the first *or* opening scene; **la scène finale** the last *or* closing scene; **la scène se passe à Montréal** the scene is set in Montreal

◇ *scène de foule* crowd scene

◇ *scène de poursuite* chase scene

◇ *scène de transparence* glass shot

scène-raccord *nf Cin & TV* link scene

science-fiction *nf* science fiction

scintillement *nm Cin & TV* flicker, flickering

scintiller *vi Cin & TV* to flicker

scoop *nm Presse (exclusivité)* scoop; **faire un scoop** to get a scoop

scratch vidéo *nm* scratch video

script *nm Cin, Rad & TV* script

◇ *script girl* script girl

scripte *nmf Cin, Rad & TV (homme)* continuity man; *(femme)* continuity girl, script girl

séance *nf* (a) *Cin* showing, performance; **séance à 19h10, film à 19h30** programme 7.10, film starts 7.30; **je vais à la séance de 20 heures** I'm going to the 8 o'clock showing; **la**

dernière séance the last showing (**b**) *TV* **à la séance** pay-per-view
◇ *séance d'essai* audition
◇ *séance d'enregistrement* recording session
◇ *séance photo* (photo) shoot
◇ *séance privée* private showing

SECAM, Secam *adj & nm TV* (*abrév* **séquentiel couleur à mémoire**) SECAM

second, -e 1 *nm Édition* seconds
second proofs
2 *adj*
◇ *Cin & TV* **second assistant** best boy
◇ *second rôle* secondary *or* supporting role; **meilleur second rôle masculin/féminin** best supporting actor/actress

secondaire *nm Rad* (*du transformateur*) secondary

secrétaire *nmf*
◇ *secrétaire d'édition* *Édition* assistant editor; *Presse* subeditor
◇ *Cin & TV* **secrétaire de plateau** script supervisor
◇ *secrétaire de production* production secretary
◇ *secrétaire de rédaction* *Édition* assistant editor; *Presse* subeditor

sécrétariat de rédaction *nm Presse* copy desk

secret professionnel *nm Presse* = obligation to respect the confidentiality of sources; **enfreindre le secret professionnel** to betray a confidential source

sélecteur *nm Rad* selector
◇ *sélecteur de programmes* programme selector

sélection cannoise, sélection officielle *nf Cin* = films selected for nomination for the Palme d'or prize in the Cannes film festival

"
La sélection américaine fut dominée cette année par Lynch et les

frères Coen, bien que ceux-ci aient déjà été systématiquement sélectionnés depuis leurs Palmes d'or *Sailor et Lula* et *Barton Fink* … *Même Un Certain Regard* accueillait des rétrogradés de la **sélection officielle**.

"

sélectionner *vt Cin* (*pour un prix*) to nominate

sélectivité *nf Rad* selectivity

self-média *nm* self-media

"

On a beaucoup tendance à opposer média de masse (radio, télévision, presse écrite), et **self-média** (dans lequel chacun serait producteur de ses propres informations livrées sur le réseau). Je crois qu'il faut lutter contre le fantasme du "un média = un individu". Le **self-média**, bien sûr, renvoie à quelque chose de fascinant, on cherche à rassembler autour d'un même thème des gens du monde entier, on cherche ailleurs quelqu'un qui nous ressemble. Mais à mon avis, cela débouche sur un Internet dénué de relations sociales.

"

semestriel, -elle 1 *adj* biannually
2 *nm* biannual publication

semi-conducteur *nm* semiconductor

sémiologie *nf* semiology

sémiologique *adj* semiological

sémioticien, -enne *nm,f* semiotician

sémiotique 1 *adj* semiotic
2 *nf* semiotics

sensation *nf* **à sensation** (*article, style, titre*) sensationalist; **un reportage à sensation** a shock *or* sensation-seeking report

sensibilité *nf* (**a**) *Rad* sensitivity (**b**) *Phot* (*de film*) speed

sensible *adj* (**a**) *Rad* sensitive (**b**) *Phot (film)* fast

séparateur de faisceau *nm TV* beam splitter

séparation *nf Imprim & Phot* separation
◊ *séparation des couleurs* colour separation
◊ *séparation quadrichromique* four-colour separation
◊ *séparation tonale* tone separation
◊ *séparation trichromique* three-colour separation

Sept d'or *nmpl TV* les Sept d'or = annual television awards, *Br* ≃ BAFTAs, *Am* ≃ Emmys

septième art *nm* le septième art cinema, the seventh art

> **"**
>
> À l'heure où la terre entière, du vidéaste au grand studio hollywoodien, court après *Matrix*, on avait hâte de constater de visu les dernières tendances formelles du **septième art** au cœur même de la fantasia cannoise.
>
> **"**

séquence *nf Cin* sequence, scene
◊ *séquence d'archives* stock scene
◊ *séquence filmique* film sequence
◊ *séquence onirique* dream sequence

série *nf TV* series
◊ *série dramatique* drama series
◊ *série policière* crime series
◊ *série télévisée* television series

sérigraphie *nf* screen printing

serpent de mer *nm Presse* silly-season story

serveur *nm Ordinat* server
◊ *serveur Web* HTTP server

service *nm Presse* desk
◊ *Ordinat service de bavardage Internet* Internet Relay Chat, IRC
◊ *Rad service d'écoute* monitoring

◊ *Presse service gratuit* complimentary copy *(of newspaper, magazine etc, given to collaborators)*
◊ *Presse service de presse* press office
◊ *service de publicité* publicity department
◊ *Presse service de la rédaction* editorial department
◊ *Ordinat & Tél service de télétraitement* dial-up service
◊ *Tél & TV service universel* universal service

SET® *nf Ordinat* (*abrév* **secure electronic transaction**) SET®

SF *nf* (*abrév* **science fiction**) sci-fi, SF

SFP *nf TV* (*abrév* **Société française de production**) = former state-owned television production company

SFS *nm TV* (*abrév* **service fixe par satellite**) SFS

SGML *nm Ordinat* (*abrév* **Standard Generated Markup Language**) SGML

show-biz *nm Fam* showbiz

show-business *nm* showbusiness

shunter *vt Cin & TV* to fade

signal, -aux *nm* (**a**) *Audio, Rad & Tél* (*électronique*) signal (**b**) *Cin, Rad & TV* cue ; **donner le signal à qn** to cue sb
◊ *signal acoustique* acoustic signal
◊ *signal audio* audio signal
◊ *signal de chrominance* chrominance signal
◊ *signal codé* coded signal
◊ *Rad & TV signal de départ* in-cue
◊ *signal horaire* time signal
◊ *TV signal d'image* picture signal
◊ *signal lumineux* light cue
◊ *signal numérique* digital signal
◊ *signal radiophonique* radio signal
◊ *signal son* audio signal
◊ *Rad & TV signal de sortie* out-cue
◊ *signal stéréo* stereo signal
◊ *signal de synchronisme* synchrony mark

signature *nf* (**a**) *Édition & Imprim* signature (**b**) *Presse (signe)* by-line

signe *nm Imprim & Typ* character
◇ *signe de correction* proofreading mark
◇ *signe diacritique* tittle
◇ *signe d'insertion* insert mark
◇ *signe de paragraphe* section mark
◇ *signe de ponctuation* punctuation mark

signet *nm Ordinat* bookmark

silencieux *nm Rad (pour supprimer les bruits de fond)* squelch

similigravure *nf* (**a**) *Édition & Phot (procédé)* half-tone process (**b**) *Édition (cliché)* half-tone engraving

simplex *Ordinat & Tél* **1** *adj* simplex **2** *nm* simplex

simulcasting *nm Rad & TV* simulcasting

sitcom *nf TV* sitcom

site *nm Ordinat* site
◇ *site Web* Web site, website

slogan *nm* slogan

smiley *nm Ordinat* smiley, emoticon

SMS *nm Tél* (*abrév* **short message service**) SMS

SNG *nm* (*abrév* **satellite news gathering**) SNG

soap (opera) *nm Rad & TV* soap (opera)

société *nf* company
◇ *société productrice, société de production* production company
◇ *société de télédiffusion* broadcasting company, telecaster

soirée *nf Cin* evening performance

solarisation *nf Phot* solarization

solariser *Phot* **1** *vt* to solarize **2 se solariser** *vpr* to solarize

solution de fixage *nf Phot* fixing solution

sommaire *nm* summary

son *nm* sound; *(volume)* sound, volume; **baisser/monter le son** to turn the sound up/down; **le niveau du son** the sound level; **au son, Éric Davin** *(au générique)* sound (engineer), Éric Davin
◇ *son ambiant* ambient sound
◇ *son asynchrone* wild sound, asynchronous sound
◇ *son direct* actual sound
◇ *son naturel* natural sound
◇ *son non synchrone* wild sound, asynchronous sound
◇ *son numérique* digital sound
◇ *son optique* optical sound
◇ *son stéréo* stereo sound
◇ *son synchrone* synchronous sound
◇ *son 3D* surround sound

sonal, -als *nm* jingle

sonorisation *nf Cin (d'un film)* dubbing

sonoriser *vt Cin (film)* to dub, to add the soundtrack to

sonothèque *nf* sound (effects) library

sortie *nf (d'un disque, d'un film)* release; *(d'un livre)* publication; **au moment de sa sortie dans les salles parisiennes** when released in Paris cinemas
◇ *sortie générale* general release

sortir **1** *vt* **sortir un disque/film** *(auteur)* to bring out a record/film; *(distributeur)* to release a record/film; **sortir un livre** to bring out *or* to publish a book
2 *vi (disque, film)* to be released, to come out; *(livre)* to be published, to come out; **le film sortira (sur les écrans) en septembre** the film will be released *or* will be out in September; **à l'heure où les journaux sortent** when the papers come off the presses

soulignage *nm Typ* underscore

souligner *vt Typ* to underscore

soundcheck *nm* sound check

source *nf Presse* source; **tenir ses renseignements de bonne source** *ou* **de source sûre** *ou* **de source bien informée** to have information on good authority; **nous savons** *ou* **tenons de source sûre que …** we have it on good authority that …, we are reliably informed that …; **de source officielle/officieuse, on apprend que …** official/unofficial sources reveal that …; **quelles sont vos sources?** what sources did you use?; **citer ses sources** to cite one's sources

sous-exposé, -e *adj Phot* underexposed

sous-exposer *vt Phot* to underexpose

sous-exposition *nf Phot* underexposure

sous-genre *nm* subgenre

sous-titrage *nm Cin* subtitling; **le sous-titrage est excellent** the subtitles are very good

sous-titre *nm* (a) *Presse* subtitle, subheading, strapline (b) *Cin* subtitle

sous-titré, -e *adj Cin* subtitled, with subtitles; **un film sous-titré en anglais** a film with English subtitles

sous-titrer *vt* (a) *Presse* to subtitle, to subhead (b) *Cin* to subtitle

soustractif, -ive *adj Phot* subtractive

speaker, -ine *nm,f TV* announcer
◊ **speaker de transition** continuity announcer

spécifications *nfpl* spec, specifications

spécificité culturelle *nf* cultural specificity

spécimen *nm Imprim & Typ* specimen
◊ **spécimen gratuit** (d'un livre) presentation copy

spectacle *nm Cin* show; **aller au spectacle** to go to (see) a show;

faire un spectacle to do a show; **monter un spectacle** to put on a show; **le (monde du) spectacle** (activité) showbusiness
◊ *Cin* **spectacle permanent** continuous performances
◊ **spectacle solo** one-man show
◊ **spectacle télévisé** televised show, television show
◊ **spectacle de variétés** variety show

spirale du silence *nf* spiral of silence

sponsor *nm* sponsor

sponsoring, sponsorat *nm* sponsorship

sponsorisation *nf* sponsoring

sponsoriser *vt* to sponsor

spot *nm* (a) *Rad & TV (publicité)* (spot) advertisement (b) *Cin & TV (projecteur)* spotlight, spot
◊ **spot publicitaire** spot advertisement
◊ **spot télé** TV advertisement

> En effet, l'un des trois **spots** de la nouvelle campagne Telecom Italia … montre ainsi le professeur, personnalité connue de tous les Italiens, installée dans son appartement romain, en train de se connecter à l'Internet par commande vocale. La musique du **spot** a été composée, pour l'occasion, par Ennio Morricone.

SR *nm Presse* (abrév **sécretaire de rédaction**) subeditor

SRS *nm Rad & TV* (abrév **service de radiodiffusion par satellite**) SBS

SSR *nf Suisse TV* (abrév **Société suisse de Radiodiffusion et de Télévision**) = French-speaking Swiss broadcasting company

star *nf Cin* (film) star

starlette *nf Cin* starlet

star-system *nm Cin* star system

❝

"C'est important pour nous de s'in-téresser aux grands de demain. Malgré la réalisation de 45 premiers longs métrages français cette année, le choix n'a pas été difficile. *Ressources humaines* est un film tellement merveilleux", a expliqué Jacques Zimmer, président du Syn-dicat français de la critique de ciné-ma. "C'est réconfortant que dans un monde où le **star-system** est très présent, il y ait de la place pour des films engagés", a ajouté Agnès Varda.

❞

station *nf Rad & TV* station
◇ *station de base* base station
◇ *station d'écoute* monitoring station
◇ *station d'émission* broadcasting station, transmitting station
◇ *station émettrice* broadcasting station, transmitting station
◇ *station extérieure* outstation
◇ *station généraliste* general-interest station
◇ *station musicale* music station
◇ *station périphérique* private radio station
◇ *station de radio* radio station
◇ *station de radio locale* local radio station
◇ *station satellite* satellite station, outstation
◇ *station de télévision* television station
◇ *station terrestre* ground *or* earth station

Steadicam® *nm Cin & TV* Steadicam®

Steenbeck® *nm Cin & TV* Steenbeck®

stéréo 1 *adj inv* stereo
2 *nf inv* stereo; **en stéréo** in stereo

stéréophonie *nf* stereophony; en

stéréophonie in stereo, in stereophonic sound

stéréophonique *adj* stereophonic

stéréophotographie *nf* 3-D photography, stereophotography

stéréotype *nm Imprim* stereotype

stock *nm Édition (de livres)* stock; **en stock** in stock
◇ *Cin & TV* **stock shot** stock shot

story-board *nm Cin & TV* story-board

streamé, -e *adj Ordinat* streamed

streamer¹ *nm Presse* streamer

streamer² *vt Ordinat* to stream

streaming *nm Ordinat* streaming
◇ *streaming audio* streaming audio
◇ *streaming video* streaming video

❝

On ne crée pas de site pour elles, on leur propose un **streaming**. C'est un autre métier que la production de webradios: proposer des tuyaux pour permettre l'écoute des pro-grammes traditionnels sur Internet.

❞

stringer *nm Presse* stringer

stroboscope *nm* stroboscope

studio *nm Cin & TV* studio; *Rad & TV* newsroom; **tourné en studio** shot in studio; **une scène tournée en studio** a studio scene
◇ *studio de cinéma* film studio
◇ *studio de doublage* dubbing suite
◇ *studio d'enregistrement* recording studio
◇ *studio insonorisé* sound stage
◇ *studio de postproduction* post-production studio
◇ *studio de télévision* television studio

style *nm Édition & Presse* style
◇ *style maison* house style

stylicien, -enne *nm,f* designer

stylique *nf* design

styliste *nmf* stylist

subliminal, -e, subliminaire *adj* subliminal

subwoofer *nm Audio* subwoofer

sucrer *vt Presse (article)* to kill

suite *nf* sequel

sujet *nm Presse* news story

sun-gun *nm Cin & TV* sungun

sunlight *nm Cin & TV* (artificial) sunlight; *(lampe)* arc light, *Am* klieg light

super-8 *adj Cin & TV* Super 8

superposer *vt* to superimpose

superproduction *nf Cin* big-budget movie *or Br* film, blockbuster

> ❝
>
> Comme chaque année au début du mois de juillet, le box-office revêt ses habits d'été. 2001 n'échappe pas à la règle et les distributeurs, en déversant leur flot de **superproductions**, attirent les spectateurs dans les salles. Le grand vainqueur du moment est un ogre vert un peu bougon baptisé *Shrek*.
>
> ❞

supplément *nm Édition & Presse* supplement
◇ **supplément détachable** pull-out
◇ **supplément éducation** education supplement
◇ **supplément illustré** colour supplement

support *nm (de communication)* medium; **le gouvernement se sert de la télévision comme support pour la campagne électorale** the government is using television to get its election campaign across
◇ **support audiovisuel** audiovisual equipment
◇ **supports magnétiques** magnetic media
◇ **support publicitaire** media vehicle

◇ **supports visuels** visuals

suppression *nf Ordinat* deletion
◇ *TV* **suppression de faisceau** blanking

supprimer *vt Ordinat* to delete

surdéveloppement *nm Phot* overdevelopment

surdévelopper *vt Phot* to overdevelop

surexposer *vt Phot* to overexpose

surexposition *nf Phot* overexposure

surimpression *nf Cin & Phot* double exposure, superimposition; **les deux images sont en surimpression** the two pictures are superimposed

surmédiatisation *nf* media overkill, overexposure

surréalisme *nm Cin* surrealism

surréaliste *Cin* **1** *adj* surrealist **2** *nmf* surrealist

surtitrage *nm Presse* provision of a strapline

surtitre *nm Presse* strapline

surtitrer *vt Presse* to provide a strapline for

synchrone *adj Cin & TV* synchronous

synchronisation *nf Cin & TV* synchronization

synchroniseur *nm Cin & TV* synchronizer

syndicat des typographes *nm* print union

syndication *nf Rad & TV* syndication

> ❝
>
> Ce qui devrait marcher très fort, c'est une alliance entre des prime times forts, qui pourraient tenir la concurrence des grandes chaînes, et des programmes locaux . . . Mais pour pouvoir proposer ces prime times, il

faudrait autoriser la **syndication** de programmes en télévision.

"

synopsis *nm Cin* synopsis

synthèse *nm Presse* in-depth article
◇ *Ordinat* **synthèse des images** image synthesis

syntonie *nf Audio* syntony

syntonisateur *nm Audio* tuner

syntonisation *nf Audio* syntonization

syntoniser *vt Audio* to syntonize

système *nm* system
◇ **système audio** audio system
◇ **système audio-vidéo** entertainment system, entertainment centre
◇ **système Dolby® stéréo** Dolby® system

table *nf*
◇ *Imprim & Phot* **table lumineuse** light table
◇ **table de mixage** *TV* mixing console; *Rad* sound mixer
◇ **table de montage** *Cin* cutting table; *TV* editing desk *or* table; *Imprim & Phot* light table
◇ *Rad & TV* **table ronde** discussion programme

tableau *nm Ordinat & Typ* table

tabloïd, tabloïde *Imprim, Presse & Typ* **1** *adj* tabloid
2 *nm* tabloid

> ❝
>
> *Voici*, après avoir singé les **tabloïds** britanniques, est revenu à une ligne éditoriale moins agressive. Son budget procès menaçait de lui ôter toute rentabilité, malgré de très bonnes ventes.
>
> ❞

tabloïdisation *nf Presse* tabloid-ization

tabuler *vt Typ* to tab

tache de lumière *nf Cin* hot spot; *TV* shading

taille *nf PAO & Typ* size
◇ **taille des caractères** type size
◇ **taille de corps** body size, font size
◇ **taille de fonte** font size

taille-douce *nf* intaglio; **gravure** *ou* **impression en taille-douce** copper-plate engraving

talk-show *nm TV Br* chat show, *Am* talk show

talus *nm Typ* beard
◇ **talus de pied** shoulder

tapuscrit *nm* typescript

taquage *nm Imprim* jolting, jogging

taquer *vt Imprim* to jolt, to jog

taquet *nm Imprim* jogger

taquoir *nm Imprim* planer

tarifs d'abonnement *nmpl* subscription charges

tartiner *vt Fam (écrire)* to churn out

tautisme *nm* = confusion between the reality of an event and how it is represented in the media, often described as an excess of communication leading to the communication being lost altogether

> ❝
>
> L'internaute est menacé par un mal étrange et inconnu, venu de l'intérieur, le "**tautisme**", néologisme dû au premier chercheur qui l'a découvert, Lucien Sfez … Il s'agirait, selon lui, du regroupement de deux pathologies: l'autisme et la tautologie, après une inexplicable mutation de la circulation classique de l'information. De quoi s'agit-il?: de la "communication confondante".
>
> ❞

taux *nm* rate
◇ **taux d'audience** *Rad* ratings; *TV* ratings, viewing figures

◇ *taux d'écoute* Rad ratings; TV ratings, viewing figures

◇ *taux de réabonnement* subscription renewal rate

> Là le titre reste la propriété du groupe vendeur seuls les abonnés changent de main. Dans ce cas précis l'affaire fut moins réussie. *Science et Vie économique* disposait d'un lectorat à forte proportion étudiante. Le **taux de réabonnement** ne dépassa en effet pas les 45 %.

TCP/IP *nf Ordinat (abrév* **trans-mission control protocol/Internet protocol)** TCP-IP

TdF *nf (abrév* **Télédiffusion de France)** = French broadcasting authority which controls both radio and TV networks

teaser *nm Cin & TV* teaser

technicien, -enne *nm,f* technician; *Cin & TV* **les techniciens** the crew

◇ *technicien en chef* key grip

Technicolor® *nm* Technicolor®

télé *nf Fam (poste, émissions)* TV, *Br* telly; **regarder la télé** to watch TV or *Br* (the) telly; **réaliser des documentaires pour la télé** to make TV documentaries *or* documentaries for TV; **travailler à la télé** to work in TV; **passer à la télé** *(personne)* to be on TV or *Br* (the) telly; **c'est passé à la télé** it was on TV or *Br* (the) telly; **il n'y a rien à la télé** there's nothing on TV or *Br* (the) telly

téléachat *nm* (a) *TV* teleshopping *(where articles are offered on television and ordered by telephone or Minitel®)* (b) *Ordinat (par l'Internet)* on-line shopping; **ce nouveau logiciel améliore la sécurité des téléachats** this new software makes on-line shopping *or* on-line transactions safer

téléaste *nmf* telecaster

téléchargeable *adj Ordinat* downloadable

téléchargement *nm Ordinat* downloading

télécharger *vt Ordinat* to download

télécinéma *nm* (a) *(procédé)* telecine (b) *(appareil)* telecamera

télécommandable *adj* **télécommandable (à distance)** remote-controlled

télécommande *nf* remote control

◇ *télécommande universelle* universal remote control

télécommandé, -e *adj* remote-controlled

télécommander *vt* to operate by remote control

télécommunication *nf* telecommunication; **les télécommunications** telecommunications, telecoms

télécomposition *nf* teletypesetting

téléconférence *nf (procédé)* teleconferencing; *(conférence)* teleconference

télécopie *nf* fax; **envoyer qch par télécopie** to fax sth

télécopier *vt* to fax

télécopieur *nm* fax (machine)

télécran *nm* large-sized television screen

tel écran-tel écrit *nm Ordinat* WYSIWYG

télédétection *nf* remote sensing

télédiffuser *vt* to broadcast (by television), to televise

télédiffuseur *nm* television broadcaster

télédiffusion *nf* televising, (television) broadcasting

◇ *télédiffusion directe par satellite* direct broadcasting by satellite

télédistribution *nf* cable television

téléécriture *nf* telewriting

télé-enseignement *nm* distance learning

téléfax® *nm* fax (machine)

téléfilm *nm* TV movie, movie made for television

télégénique *adj* telegenic; **être télégénique** to be telegenic, to look good on television

télégramme *nm* telegram; **envoyer un télégramme à qn** to send a telegram to sb

◇ **télégramme téléphoné** = telegram delivered over the telephone, *Br* ≃ Telemessage®

télégraphe *nm* telegraph

téléimpression *nf* teleprinting

téléimprimeur *nm* teleprinter

téléinformatique *nf* teleprocessing

téléjournaliste *nmf* television journalist

télématique **1** *adj* telematic; **par voie télématique** using data communications

2 *nf* data communications, telematics

télémètre *nm* *Phot* rangefinder

télémétrie *nf Phot* range finding

téléobjectif *nm* *Phot* telephoto lens

téléphone *nm* phone, telephone
◇ **téléphone cellulaire** cellular phone, cellphone
◇ **téléphone Internet** Internet telephone
◇ **téléphone mobile** mobile phone
◇ **téléphone portable** mobile phone
◇ **téléphone WAP** WAP phone

téléphoner *vi* to make a phone call; **téléphoner à qn** to phone sb

téléphonie *nf* telephony

◇ **téléphonie sans fil** wireless telephony
◇ **téléphonie sur l'Internet** Internet telephony
◇ **téléphonie mobile** mobile telephony, the mobile phone sector
◇ **téléphone portable** mobile telephony, the mobile phone sector

télé-poubelle *nf Fam* trash TV

❝

La chaîne américaine CBS raffine la **télé-poubelle**. Elle propose à quelques volontaires de vivre avec des rats dans le cadre d'une nouvelle émission baptisée *Fear Factor*. La fosse aux rats n'est qu'une des épreuves auxquelles seront soumis les prétendants à la récompense de 50 000 dollars.

❞

téléprompteur *nm* Teleprompter®, Autocue®

télé-réalité *nf* reality TV

téléreportage *nm* (**a**) *(émission)* television report (**b**) *(activité)* television reporting

téléreporter *nm* television reporter

téléroman *nm* *Can* television serial

téléscripteur *nm* teleprinter

télésouffleur *nm* Teleprompter®, *Br* Autocue®

téléspectateur, -trice *nm,f* (television *or* TV) viewer; **la majorité des téléspectateurs** the majority of viewers *or* of the viewing audience

❝

"Il y a une réelle volonté aujourd'hui de mélanger les écrans," constate Vincent Thomas, l'un des créateurs du Fifi, le Festival international du film de l'Internet . . . "Qu'ils soient internautes ou **téléspectateurs**, ce sont les mêmes personnes que l'on cherche à attirer de différentes façons."

❞

Télétel® *nm* = French public videotex

Télétex® *nm* teletex

télétexte *nm* teletext

Télétype® *nm* Teletype®

télévidéothèque *nf* = on-demand film service available through cable or digital TV

télé-vérité *nf* reality TV

télévisé, -e *adj* televised, broadcast on television

téléviser *vt* to broadcast on television, to televise

téléviseur *nm* television (set)
◇ *téléviseur couleur* colour television (set)
◇ *téléviseur grand écran* widescreen television (set)
◇ *téléviseur numérique* digital television (set)

télévision *nf (entreprise, système, appareil)* television; **regarder la télévision** to watch television; **les télévisions européennes** European television companies; **à la télévision ce soir** *(annonce orale)* tonight on television; *(comme titre)* tonight's television; **passer à la télévision** to go on television; **c'est passé à la télévision** it was on television; **travailler à la télévision** to work in television
◇ *télévision à accès conditionnel* conditional-access television
◇ *télévision à antenne maîtresse* Master Antenna Television, MATV
◇ *télévision câblée, télévision par câble* cable television
◇ *télévision à la carte* pay-per-view television
◇ *télévision en circuit fermé* closed-circuit television, CCTV
◇ *télévision en couleur(s), télévision couleur* colour television
◇ *télévision cryptée* scrambled television
◇ *télévision haute définition* high-

definition television, hi-def television
◇ *télévision hertzienne* terrestrial television
◇ *télévision interactive* interactive television
◇ *télévision locale* local television
◇ *télévision du matin* breakfast television
◇ *télévision numérique* digital television
◇ *télévision numérique par satellite* digital satellite television
◇ *télévision numérique terrestre* digital terrestrial television
◇ *télévision ouverte* access broadcasting
◇ *télévision à péage* pay television
◇ *télévision à plasma* plasma television
◇ *télévision par satellite* satellite television
◇ *télévision scolaire* schools television, television for schools
◇ *télévision de service public* public television

❝

Ce Groupe de liaison permettra aux acteurs de se concerter sur des sujets tels que la mise en œuvre d'un calendrier de déploiement, l'évaluation des meilleurs choix techniques, la définition des téléviseurs et terminaux numériques les plus adaptés et la mise en valeur des apports de la **télévision numérique terrestre**. Le dossier de la **télévision numérique terrestre**, qui semblait avoir été mis de côté au cours de ces derniers mois, revient donc à nouveau sur le devant de la scène.

❞

télévision-réalité *nf* reality television

❝

Après le succès de *Loft Story* sur M6, TF1 se met à son tour à la **télévision-réalité**. La Une a annoncé … "un accord de partenariat industriel" avec le producteur audiovisuel Endemol … Selon les termes de cette alliance, "Endemol s'engage à proposer chaque année à TF1 un nouveau programme de télévision du réel, adapté à la ligne éditoriale de TF1, fédératrice, familiale et événementielle".

"

télévisuel, -elle *adj* televisual

télex *nm* telex; **envoyer un télex à qn** to send sb a telex, to telex sb; **envoyer qch par télex** to telex sth

télexer *vt* to telex

Telnet *nm Ordinat* Telnet

tel-tel *nm Ordinat* WYSIWYG

temps *nm*
◇ *Rad & TV* **temps d'antenne** airtime; **dépasser le temps d'antenne, déborder sur le temps d'antenne** to run over
◇ *Rad* **temps mort** dead air
◇ *Phot* **temps de pose** exposure time
◇ **temps réel** real time; **en temps réel** in real time
◇ **temps subjectif** subjective time

teneur, -euse *nm,f*
◇ *Édition* **teneur de copie** copyholder

terminal *nm Ordinat* terminal
◇ *TV* **terminal de montage** editing terminal

tête *nf Audio* head
◇ **tête d'enregistrement** recording head
◇ **tête de lecture** tape head, playback head

texte *nm* text
◇ *Typ* **texte courant** running text
◇ *PAO & Typ* **texte en habillage** text wrap
◇ *Édition* **texte de presentation** *(d'un livre)* blurb

texteur *nm Ordinat* word *or* text processor

texto *nm Fam Tél* text message

"

Chui en retard. Arrive asap! … On appelle cela des SMS (service de messages courts). Ces mini-missives, que SFR a baptisées **textos**, sont de plus en plus nombreuses à circuler sur les mobiles. En 1999, près de 5 milliards auraient été échangées à travers le monde. Et pour 2002, on en prévoit 100 milliards!

"

TGP *nm Cin & TV* (*abrév* **très gros plan**) BCU

théâtre *nm* theatre

thriller *nm Cin* thriller

tierce *nf Édition* press proof

tige *nf Typ (d'une lettre)* shank

tilde *nm Typ* swung dash, tilde

time code *nm Cin* time code

tirade *nf Cin* monologue, speech

tirage *nm* **(a)** *Imprim (action)* printing; *(ensemble d'exemplaires)* print run, impression; *(d'une gravure, d'un enregistrement)* edition; **un tirage de 50 000 exemplaires** a print run of 50,000; **un mille de tirage** a (print) run of a thousand; **un écrivain qui fait de gros tirages** a bestselling author; **édition à tirage limité** limited edition
(b) *Presse (action)* printing, running; *(exemplaires mis en vente)* circulation; **un tirage de 50 000** circulation figures *or* a circulation of 50,000; **le tirage a baissé** circulation is down *or* has fallen; **à fort** *ou* **grand tirage** with large circulation figures; **la presse à grand tirage** the popular press
(c) *Phot (action)* printing; *(copies)* prints; **deux tirages sur papier brillant** two sets of prints on gloss paper
◇ *Imprim* **tirage défectueux** batter

◇ *Imprim* **tirage héliographique** arc print

◇ *Imprim* **tirage de luxe** de luxe edition

◇ *Imprim* **tirage numéroté** numbered edition

◇ *Imprim* **tirage à part** offprint

◇ *Phot* **tirage en surimpression** overprinting

tiré à part *nm Imprim* offprint

tirer *vt* (a) *Imprim (livre)* to print; *(estampe, lithographie)* to print, to draw; *(tract)* to print, to run; *(gravure)* to strike, to pull, to print; **tirer qch à 5 000 exemplaires** to print 5,000 copies of sth; **ce magazine est tiré à plus de 200 000 exemplaires** this magazine has a print run *or* a circulation of 200,000

(b) *Phot* to print; **je voudrais que cette photo soit tirée sur du papier mat** I'd like a matt print of this picture; **tirer en surimpression** to overprint

tiret *nm Typ (de dialogue)* dash; *(en fin de ligne)* rule; *(trait d'union)* hyphen

◇ **tiret cadratin** em dash

◇ **tiret conditionnel** soft hyphen

◇ **tiret demi-cadratin** en dash

◇ **tiret de fin de ligne** line-end hyphen

◇ **tiret insécable** hard hyphen

tireur, -euse *nm,f Phot* printer

tireuse *nf Phot (machine)* printer

titrage *nm Presse* titling

◇ **titrage à cheval** spread head

titraille *nf Presse* coverline

titre *nm* (a) *Presse* headline; **un titre sur cinq colonnes à la une** a five-column front-page headline; **les gros titres** the main headlines; **faire les gros titres des quotidiens** to hit *or* to make the front page of the daily newspapers (b) *Typ* title

◇ *Presse* **titres d'actualités** news headlines

◇ *Typ* **titre courant** running head, running title

◇ *Presse* **titre de rappel** coverline

titrer *vt Presse* **titrer qch** to run sth as a headline; **titrer qch sur trois colonnes** to run sth as a three-column headline

titreur, -euse *nm,f Presse* headline writer

titreuse *nf Cin (appareil)* titler

titrier, -ère *nm,f Presse* headline writer; *Imprim* headline setter

TNT *nf (abrév* **télévision numérique terrestre**) digital terrestrial television

Toile *nf Ordinat* **la Toile** the Web

toilé, -e *adj Édition* cloth-bound

toile de fond *nf Cin* backdrop, backcloth

tomaison *nf Édition (de sections)* numbering of sections; *(de volumes)* numbering of volumes

tombée *nf Presse (pour la remise d'un travail)* copy deadline; *(pour la sortie d'une édition)* edition time

tome *nm Édition (section d'un ouvrage)* part; *(volume entier)* volume

tomer *vt Édition (ouvrage) (diviser en sections)* to divide into parts; *(diviser en volumes)* to divide into volumes

ton *nm* tone

tonalité de sonnerie *nf Tél* ringtone

tour *nf* (a) *Cin & TV* camera tower (b) *Ordinat* tower

tourelle *nf Cin & TV (lens)* turret

tournage *nm Cin & TV* shooting, filming; **sur le tournage** during filming; **sur les lieux du tournage** on the set; **le tournage commence la semaine prochaine** shooting starts next week

◇ **tournage en décor naturel** location filming

◇ *tournage en extérieur* location filming

tourne *nf Presse (d'un article)* continuation

tourne-disque *nm* record player

tourné-monté *nm Cin & TV* sequential shooting

tourner *Cin & TV* **1** *vt* **tourner un film** *(cinéaste)* to shoot or to make a movie or Br film; *(acteur)* to make a movie or Br film; **tourner une scène** *(cinéaste)* to shoot or to film a scene; *(acteur)* to play or to act a scene; **la dramatique a été tournée au Kenya/en studio/en extérieur** the TV play was shot in Kenya/in the studio/on location
2 *vi (caméra)* to roll

trait *nm Typ (ligne)* line
◇ *trait de coupe* crop mark
◇ *trait double* double line
◇ *trait en pointillé* dotted underline
◇ *trait simple* single line
◇ *trait d'union* hyphen

traitement *nm Cin* treatment
◇ *Ordinat & Typ* **traitement de texte** word processing; *(logiciel)* word processing package; *(machine)* word processor

trame *nf* **(a)** *TV (lignes)* raster; *(pour lignes paires et impaires)* frame; *(ensemble)* field **(b)** *Imprim & Phot* screen
◇ *TV* **trame double** frame
◇ *Typ* **trame de maquette** layout sheet
◇ *trame optique* half-tone screen

tramer *vt Imprim & Phot* to screen; **tramer un cliché** to take a negative through a screen, to screen a negative

tranche *nf Rad & TV* slot
◇ *Rad & TV* **tranche horaire** (time) slot
◇ *Rad & TV* **tranche nocturne** graveyard slot
◇ *Typ* **tranche de queue** tail edge

tranchefile *nf Imprim* headband

transcodage *nm TV* transcoding, standards conversion

transcoder *vt TV* to transcode

transcodeur *nm TV* transcoder, standards converter

transducteur *nm Audio* transducer

transistor *nm Rad* transistor

transition *nf Cin, Rad & TV* transition; *(prise)* bridge
◇ *transition musicale* segue

transmetteur *nm Rad & TV* transmitter

transmettre *vt Rad & TV (émission)* to transmit, to relay, to broadcast; *(information)* to send, to transmit; **transmettre par câble** to cablecast

transmission *nf Rad & TV (d'une émission)* transmission, relaying, broadcasting
◇ *transmission par câble* cablecasting
◇ *transmission différée, transmission en différé* prerecorded broadcast or programme
◇ *transmission directe, transmission en direct* live broadcast or programme
◇ *transmission en multiplex* multiplex broadcast
◇ *transmission par satellite* satellite broadcast
◇ *Tél* **transmission unidirectionnelle** simplex

transparence *nf* **(a)** *Cin* back projection **(b)** *Imprim* transparency

transpondeur *nm* transponder

travelling *nm Cin* **(a)** *(déplacement)* tracking; *(sur plate-forme)* dollying; **faire un travelling** *(caméra, cameraman)* to track; *(sur plate-forme)* to dolly **(b)** *(plate-forme)* dolly, travelling platform **(c)** *(prise de vue)* tracking shot
◇ *travelling arrière* tracking or dollying out
◇ *travelling avant* tracking or dollying in

◇ *travelling latéral* tracking *or* dollying sideways, crab

tréma *nm Typ* umlaut, diaeresis

trépied *nm* tripod

très gros plan *nm Cin & TV* big close-up, extreme close-up, detail shot

tri-bande *adj Tél* tri-band

tribune *nf* (**a**) *Presse (emplacement)* press box, press stand (**b**) *(lieu de discussions)* forum; **notre émission offre une tribune aux écologistes** our programme provides a platform for the green party; **à la tribune de ce soir, le racisme** on the agenda of tonight's debate, racism; **s'exprimer dans les tribunes d'une émission de radio** to express one's point of view in an open radio programme

◇ *tribune des journalistes* commentary box

◇ *tribune libre (colonne)* opinion column; *(page)* opinions page

◇ *tribune de (la) presse* press box, press stand

trichrome *adj Phot* three-colour

trichromie *nf Imprim (procédé)* three-colour processing; *(impression)* three-colour printing

trihebdomadaire **1** *adj* three-times-weekly, thrice-weekly **2** *nm* thrice-weekly publication

trilogie *nf* trilogy

trimestriel, -elle 1 *adj* quarterly **2** *nm* quarterly publication

trimmer *nm Rad* trimmer

3G *nf Tél (abrév* **troisième génération)** 3G

troisième *adj & nm*

◇ *troisième cinéma* Third Cinema

◇ *Édition* ***troisième de couverture*** inside back cover

◇ *Tél* ***troisième génération*** third generation, 3G

trombinoscope *nm Fam (répertoire de photos)* rogues' gallery

truckman *nm Cin & TV* special effects person

truquage *nm Cin (action)* (use of) special effects; *(résultat)* special effects

truquer *vt Cin* **truquer une scène** to use special effects in a scene; **la scène est truquée** the scene contains *or* has special effects

truqueur, -euse *nm,f Cin* special effects person

truquiste *nmf Cin* special effects person

TTL *adj Phot (abrév* **through the lens)** TTL

tube *nm* (**a**) *TV* (television) tube, cathode-ray tube (**b**) *Fam (chanson)* (smash) hit, chart-topper; **le tube de l'été** this summer's smash hit

◇ *TV* ***tube analyseur*** camera tube

◇ *TV* ***tube cathodique*** cathode-ray tube

◇ *TV* ***tube image*** picture tube

tuner *nm Audio, Rad & TV* tuner

TV *nf* TV

TVHD *nf TV (abrév* **télévision à haute définition**) HDTV

> Dix ans plus tard, nous voyons davantage de problèmes que de promesses. La télévision numérique balbutie encore, il est devenu clair que le décollage de la télévision à haute définition sera long et coûteux. Forrester Research … prévoit même l'échec de la **TVHD**. L'infrastructure (production et diffusion) et les téléviseurs vont coûter si chers que la masse critique combinant programmes et spectateurs ne sera jamais atteinte.

tweeter *nm Audio* tweeter

tympan *nm Imprim* tympan

type *nm (ensemble de caractères)* type; *(empreinte)* typeface

typo¹ *nf Fam* typography

typo², **-ote** *nm,f Fam* typographer

typographe *nmf (sur machine)* typographer; *(à la main)* hand compositor

typographie *nf* (a) *(technique)* letterpress (printing) (b) *(présentation)* typography; **la typographie est confuse** the page is badly set out

typographique *adj* (a) *(procédé)* letterpress (b) *(caractère)* typographic

typographiquement *adv* (a) *(imprimer)* by letterpress (b) *(présenter, représenter)* typographically

typomètre *nm PAO & Typ* line gauge

typon *nm Imprim* offset film

UER *nf Rad* (*abrév* **Union européenne de radiodiffusion**) EBU

UHF *nf Rad* (*abrév* **ultra-haute fréquence**) UHF

UIT *nf Tél* (*abrév* **Union internationale des télécommunications**) ITU

ultrasensible *adj Phot* high-speed

U-Matic *nm* U-Matic

umlaut *nm Typ* umlaut

UMTS *nm Tél* (*abrév* **Universal Mobile Telecommunications Services**) UMTS

une *nf Presse* **la une** page one, the front page; **faire la une** to make the headlines; **la naissance de la princesse fait la** *ou* **est à la une de tous les quotidiens** the birth of the princess is on the front page of all the dailies; **ce sujet sera à la une de notre dernier journal télévisé ce soir** this will be one of the main items in our late news bulletin; **tu es à la une de tous les journaux** you've made the front page, you're front-page news *or* in the headlines

unidirectionnel, -elle *adj Tél* simplex

unité *nf Rad & TV*
◇ *unité mobile (de tournage)* OB unit, outside broadcast unit
◇ *TV* **unité de programme** programme production team
◇ *TV* **unité de voix hors champ automatique** automatic voice-over unit, ducker

UPI *nf* (*abrév* **United Press International**) UPI

URL *nf Ordinat* (*abrév* **uniform resource locator**) URL

varia *nmpl Presse* = article on various subjects

variétés *nfpl TV* light entertainment, variety; *(musique)* easy listening; **regarder les variétés à la télévision** to watch variety shows on television

vedettariat *nf* star system

vedette *nf* star
◇ *vedette de cinéma* movie *or Br* film star
◇ *vedette de la télévision* television personality *or* star

vélin *nm* vellum

vente de droits *nf* sale of rights

ventilateur *nm Cin & TV* wind machine

ventre *nm Presse* = centre of the front page of a newspaper

vernis *nm Imprim* varnish
◇ *vernis UV* UV varnish

version *nf* **la version cinématographique du livre** the film version of the novel; **en version française** dubbed into French; **un film américain en version française** an American movie dubbed into French
◇ *version longue* uncut version
◇ *version originale* = version in the original language; **en version originale** in the original language; **en version originale sous-titrée** with subtitles
◇ *Cin* **version du réalisateur** director's cut

verso *nm* other side, verso; **je n'ai pas lu le verso** I haven't read the back of the page; **voir au verso** see overleaf; **la suite au verso** continued overleaf; **l'adresse est au verso** the address is overleaf *or* on the back

veuve *nf Typ* widow

VHF *nf Rad (abrév* **very high frequency**) VHF

VHS *nm (abrév* **video home system**) VHS

viande froide *nf Fam Presse* = biographical information archived for use in obituaries; **rafraîchir la viande froide** to update the biographical information

vidéaste *nmf* video-maker

vidéo **1** *adj* video
2 *nf* video (recording); *(cassette)* video, videotape; **faire de la vidéo** to make videos
◇ *vidéo à la demande* video-on-demand, VOD
◇ *vidéo de démonstration* demo (video)
◇ *vidéo d'entreprise* corporate video
◇ *vidéo fixe* video still
◇ *vidéo institutionnelle* corporate video
◇ *vidéo inverse* reverse video
◇ *vidéo numérique* digital video
◇ *vidéo pirate* pirate video
◇ *vidéo presque à la demande* near video-on-demand, NVOD

◊ *vidéo promotionnelle* promotional video

vidéocassette *nf* videocassette, video

vidéoclip *nm* (music) video

vidéoclub *nm* videoclub

vidéocommunication *nf* video communication

vidéoconférence *nf* (procéde) video conferencing; (conférence) video conference

vidéodisque *nm* videodisc

vidéofréquence *nf* video frequency

vidéogramme *nm* videogram

vidéographie *nf* videography
◊ *vidéographie diffusée* ≃ Teletext®
◊ *vidéographie interactive* ≃ Videotex®, ≃ Viewdata®

vidéographique *adj* videographic

vidéolecteur *nm* video player

vidéomusique *nf* (music) video

vidéonumérique *nf* digital video

vidéophone *nm* videophone, viewphone

vidéoprojecteur *nm* video projector

vidéostreaming *nm* video streaming

vidéotex *nm* Videotex®, Viewdata®
◊ *vidéotex diffusé* teletext

vidéothèque *nf* video library; (personnelle) video collection

vidéotransmission *nf* video transmission

vidicon *nm TV* vidicon

vierge *adj* (a) Phot (film) unexposed (b) (cassette) blank

vieux numéro *nm* Presse back copy, back issue, back number

vignette *nf Édition* vignette; *PAO & Typ* (en-tête) headpiece

visa de censure *nm Cin* (censor's) certificate

visée *nf Cin & Phot* viewfinding

viseur *nm Cin & Phot* viewfinder
◊ *viseur à cadre lumineux* collimator viewfinder

visioconférence *nf* (procédé) video conferencing; (conférence) video conference

visionnage *nm Cin & TV* viewing

visionner *vt Cin & TV* to view

Visiopass® *nm TV* = decoding card for French pay channels

visiophone *nm* videophone, viewphone

visiophonie *nf* video teleconferencing

visualisation de video *nf* video playback

vitesse *nf Phot* (de film, d'obturateur) speed
◊ *vitesse de défilement* frame rate
◊ *vitesse de défilement de la pellicule* film speed
◊ *vitesse d'obturation* shutter speed

VLF *nf Audio* (abrév **very low frequency**) VLF

VOD *nf* (abrév **video-on-demand**) VOD

voie *nf*
◊ *TV voie descendante* downpath
◊ *voie de retour* backward channel
◊ *voie de transmission* transmission channel

voile *nm Phot* fog

voilé, -e *adj Phot* fogged, veiled

voiler *Phot* **1** *vt* to fog
2 se voiler *vpr* to fog

voiture de reportage *nf Rad & TV* remote van

voix *nf*

◇ Cin & TV **voix dans le champ** in-frame voice

◇ Cin & TV **voix hors champ** voice off, VO, voiceover

◇ Cin & TV **voix in** voice in

◇ Cin **voix off** voiceover; **commentaire en voix off** voiceover commentary

◇ Cin **voix en surimpression** voice-over

volet nm Cin & TV wipe; **fermer par un volet** to wipe off; **ouvrir par un volet** to wipe on

volume nm (du son) volume

◇ **volume sonore** sound level

VSAT nm (abrév **very small aperture terminal**) VSAT m

vumètre nm VU meter

WAIS *nm Ordinat* (*abrév* **wide area information service** *or* system) WAIS

Walkman® *nm* Walkman®, personal stereo

WAP *nm Tél* (*abrév* **wireless applications protocol**) WAP
◊ *WAP lock* WAP lock

watchdog *nm* watchdog

Web *nm Ordinat* **le Web** the Web

webcam *nf Ordinat* Web cam

webcast *nm Ordinat* webcast

webcasting *nm Ordinat* webcasting

Webmaster *nm Ordinat* Web master

Webmestre *nm Ordinat* Web master

webphone *nm Ordinat* webphone

webradio *nf Ordinat* Web radio

webzine *nm Ordinat* webzine

western *nm Cin* western

western-spaghetti *nm Cin* spaghetti western

woofer *nm Audio* woofer

WWW, W3 *nm Ordinat* (*abrév* **World Wide Web**) WWW

Wysiwyg *nm Ordinat* (*abrév* **what you see is what you get**) WYSIWYG

XMCL nm Ordinat (abrév **Extensible Media Commerce Language**) XMCL

XML nm Ordinat (abrév **Extensible Markup Language**) XML

xylographie nf xylography, wood block

xylographique adj xylographic

zapper vi to channel-hop, to channel-surf, to zap

zappette nf Fam remote control, zapper

zappeur, -euse nm,f (compulsive) channel-hopper or channel-surfer

zapping nm **le zapping** channel-hopping, channel-surfing, zapping; **faire du zapping** to channel-hop, to channel-surf, to zap

zincographie nf zincography

zone nf zone

◇ **zone de couverture** (d'un satellite) area of coverage

◇ **zone desservie de réception** service area

◇ **zone de diffusion** Presse circulation area; Rad & TV broadcasting area

◇ **zone d'ombre** (d'un satellite) shadow area

zoom nm Cin & TV (effet) zoom; (objectif) zoom, zoom lens; **faire un zoom** to zoom in; **faire un zoom sur qn/qch** to zoom in on sb/sth; **faire un zoom arrière** to zoom out

zoomer vi Cin & TV **zoomer sur qn/qch** to zoom in on sb/sth

Sources of English Quotes

Sources de Citations Anglaises

ABC *The Guardian* 2001
ADSL *The Independent on Sunday* 2001
AIRTIME *Media Life* 2001
A-LIST *Business Wire* 2001
ALL-STAR CAST *Guardian Unlimited Film* 2000
AMPAS *Variety* 1999
AOR *BBC Online* 2001
ARTHOUSE *Guardian Unlimited Film* 2001
AUTEUR *Variety* 2001
BAFTA *Variety* 2000
BBC *British Medical Journal* 2001
BI-MEDIA *MediaGuardian* 2001
BIOPIC *Biographies and Filmographies from the British Film Institute*
BLAXPLOITATION *The Guardian* 2000
BLUETOOTH *MediaGuardian* 2000
BOLLYWOOD *The Guardian* 2000
BOX *Time* 1997
BRAT PACK *Guardian Unlimited Film* 2000
BREAKFAST *MediaGuardian* 2000
BROADBAND *Mediaweek* 2001
CAA *Variety* 1999
CAMPAIGNING JOURNALISM *The Guardian* 2000
CASTING *The New Statesman* 2000
CELEBRITY MAGAZINE *Media Life* 2001
CHAT SHOW *MediaGuardian* 2001
CHEQUEBOOK JOURNALISM *MediaGuardian* 2001
CHICK FLICK *Sight and Sound* 2001
CINEMATIC *Variety* 1998
CLAYMATION *Video Store Magazine* 2000
CLIFFHANGER *Variety* 2000
COLUMN *The New Statesman* 2001
COMMUNITY *Broadcasting & Cable* 2000
CONTRACT *The Guardian* 2001
COPYRIGHT *Computer Weekly* 2001

COSTUME *The New Statesman* 2000
CROSS-MEDIA OWNERSHIP *Reuters* 2001
CUTTING *MediaGuardian* 2000
DAYTIME *Broadcasting & Cable* 2000
DEVELOPMENT *Los Angeles Business Journal* 2000
DIGITAL *Media Life* 2000
DIRECTOR *www.movieline.com* 2001
DISINFORMATION *MediaGuardian* 2000
DOCUDRAMA *All Movie Guide* 2001
DOCUSOAP *Guardian Unlimited Film* 2000
DREAM SEQUENCE *Art in America* 2001
DUMB DOWN *Media Life* 1999
EALING COMEDY *The New Statesman* 1999
· **EDUTAINMENT** *PR Newswire* 1999
ENTRAPMENT *BBC Online* 2000
EUROPUDDING *Sight and Sound* 2001
FACTION *History Today* 1999
FILE-SHARING *BBC Online* 2001
FLEET STREET *MediaGuardian* 2001
FLY-ON-THE-WALL *The Guardian* 2001
FOOTAGE *Film Quarterly* 2001
FOUND FOOTAGE *The New Statesman* 1996
FROCK FLICK *Point of View Magazine* 1999
FX *Variety* 2000
GONZO JOURNALISM *Film Comment Magazine* 1998
GPRS *BBC Online* 2001
GRAVEYARD SLOT *MediaGuardian* 2001
GROSS *The Guardian* 2001
GUTTER *The Times* 2001
HOLDOVER *Variety* 200)
HYPE *MediaGuardian* 2001
INDIE *PR Newswire* 1999
INFOTAINMENT *Variety* 2000

INTELLIGENT SPEECH *Scotland on Sunday* 2001

INTERNET *Business Wire* 1999

JOURNALESE *The New Statesman* 2001

KISS-AND-TELL *MediaGuardian* 2001

LAD MAG *The Independent* 2000

LIBEL *The Guardian* 2001

LOCAL *The Independent on Sunday* 2001

LOCATION *American Cinematographer* 2001

MACGUFFIN *Guardian Unlimited* 2000

MAN-BITES-DOG STORY *Nutrition Action Healthletter* 1999

MEDIA *Media Life* 2000

MISCAST *Variety* 2000

MOCKUMENTARY *Videomaker* 2001

MP3 *ITN Online* 2001

MUSIC *BBC Online* 2001

MUST CARRY RULE *Variety* 2000

NICHE *Media Life* 2000

NVOD *BBC Online* 2001

OPENING *Guardian Unlimited Film* 2001

OPTION *Sight and Sound* 2000

OVEREXPOSURE *The Guardian* 1999

PAGE *The New Statesman* 1998

PAY-PER-VIEW *Variety* 2000

PER-SCREEN AVERAGE *Variety* 2000

PHREAKER *The New Statesman* 2000

PLATFORM *Scotland on Sunday* 2001

PLUG *Broadcasting & Cable* 2000

PREQUEL *The Guardian* 2001

PRESS *MediaGuardian* 2001

PRIME-TIME *MediaGuardian* 2001

PRODUCTION *Film Quarterly* 1999

PSB *Guardian Unlimited Film* 2001

Q-RATING *Business Wire* 2000

RATING *Media Life* 2000

REALITY *www.actustar.com* 2000

REDTOP *Scotland on Sunday* 2001

REITHIAN *BBC Online* 2000

REVOICE *Variety* 1998

RIP *www.times.co.sz* 2001

ROCKUMENTARY *Business Wire* 2001

SATCASTER *Variety* 2000

SCOOP *Broadcasting & Cable* 1999

SELF-REGULATION *The Independent on Sunday* 2001

SEXPLOITATION *Guardian Unlimited* 1999

SHOCK JOCK *Broadcasting & Cable* 2000

SHOOTING SCHEDULE *American Cinematographer* 2001

SILVER SCREEN *Guardian Unlimited Film* 2001

SIMULCAST *PR Newswire* 2000

SLASHER FILM/MOVIE *Guardian Unlimited Film* 2000

SLEEPER *Multichannel News* 1999

SMEAR CAMPAIGN *Wireless Insider* 2001

SOUNDBITE *BBC Online* 1998

SPIN *MediaGuardian* 2001

SPLATTER MOVIE *Variety* 1998

SPOILER *MediaGuardian* 2000

STAR *Variety* 2000

STREAM *Yahoo! News* 2001

STUDIO *Sight and Sound* 1999

SUPPORTING *Variety* 2000

SWORD-AND-SANDALS EPIC *All Movie Guide* 2001

SYNDICATION *Media Life* 2001

TABLOID *Media Life* 2000

TALK SHOW *MediaGuardian* 2001

TALKIE *www.ananova.com* 2001

TALKING HEAD *Media Life* 2001

TERRESTRIAL *The Guardian* 2001

TEXT *Guardian Unlimited* 2001

THIRD-GENERATION *BBC Online* 2001

TOPLINE *Variety* 2000

TRASH TV *Variety* 2001

TYPECAST *Sight and Sound* 2000

UMTS *BBC Online* 2000

VANITY PUBLISHING *The New Statesman* 1998

VIDEO-ON-DEMAND *Inside Cable and Telecoms Europe* 1999

VOD *Inside Cable and Telecoms Europe* 1999

WATER COOLER SHOW *The Cincinnati Enquirer* 2000

WATERSHED *Guardian Unlimited* 2001

WEBCAST *Broadcasting & Cable* 2001

WHODUNIT *The New Statesman* 2000

YOOF TV *Media Life* 2001

Sources de Citations Françaises

Sources of French Quotes

ACCÉLÉRÉ *TéléObs Cinéma* 2001
ACCESS PRIME TIME *L'Humanité* 1999
AFFICHE *TéléObs Cinéma* 2001
ANASTASIE *Libération* 2000
ANTENNE *Le Nouvel Observateur* 2001
AUDIMAT® *CulturePubMag* 2001
B2B *Libération* 2000
BANDE *Broadcast* 2001
BASSIN D'AUDIENCE *L'Humanité* 2001
BÊTISIER *Écran total* 2001
BIDONNAGE *Libération* 2001
BLUETOOTH *TéléObs Cinéma* 2001
BO *Écran total* 2001
  repérages 2001
BOUQUET *Le Monde* 2001
BOX-OFFICE *Écran total* 2001
BRÈVE *Actuamédia* 2000
BUZZ *CulturePubMag* 2001
CANARD *Libération* 2001
CAVIARDER *Stratégies* 2000
CHAÎNE *Le Monde* 2001
CHIEN *Le Monde* 2001
CIBLE *Libération* 2001
CINÉPHAGE *Écran total* 2001
CINÉPHILIQUE *repérages* 2001
CLIPPEUR *repérages* 2001
COLONNE *Le Monde* 2001
CONSUMER MAGAZINE *Le Journal du Net* 2001
CONTRE-PROGRAMMATION *L'Humanité* 1997
CRÉNEAU *CB-News* 2001
CSA *Le Monde* 2001
CYBERLIBRAIRE *fr.news.yahoo.com* 2001
DÉBIT *Broadcast* 2001
DÉCOR *Cinérgie* 2001
DÉLIT DE PRESSE *Le Journal du Net* 2000
DÉSINFORMATION *Libération* 1999
DIALOGUISTE *Cinérgie* 1997
DIFFUSION *Le Monde* 2001

DOCUDRAME *Le Monde* 2001
DROIT *Libération* 2001
ÉCOUTE *Libération* 1998
ÉCRIVAILLON *L'Humanité* 1999
EUROPUDDING *repérages* 2001
ÉVÉNEMENT MÉDIATIQUE *Libération* 1999
EXCEPTION CULTURELLE *Libération* 2001
FAIT-DIVERSIER *Libération* 2001
FEUILLETON-RÉALITÉ *Broadcast* 2001
FIDÈLE *Le Film français* 2001
FLASH *Le Monde* 2001
GÉNÉRIQUE *Cinérgie* 2000
GRAND *Le Film français* 2001
GRILLE *Écran total* 2001
HAPPY END *Synopsis* 2001
HÉBERGER *Libération* 2001
HOLLYWOODIEN *Actuamédia* 2001
HOME CINÉMA *Vidéopro* 2001
HOMMAGE *www.allociné.com* 2001
IMAGE *Synopsis* 2001
IMPRESSION *Libération* 2001
INFOTAINMENT *Le Journal du Net* 1999
INTERNAUTE *Actuamédia* 2001
JOURNAL *Libération* 2001
LECTORAT *CB News* 2001
LIBERTÉ *Libération* 2001
LIVRE *Le Figaro* 2001
LYNCHAGE MÉDIATIQUE *Le Figaro* 2001
MAGAZINE *TéléObs Cinéma* 2001
MAKING OF *Libération* 2001
MAJOR *Challenges* 2001
MARRONNIER *L'Humanité* 2000
MÉDIACRATIE *www.mediaradiotv.com* 2000
MÉDIATISER *CulturePubMag* 2001
MÉLO *Synopsis* 2001
MICRO-TROTTOIR *Le Journal du Net* 2001

MINI-MESSAGE *CB News* 2001
MORT KILOMÉTRIQUE *Association des téléspectateurs actifs* 1996
MUSIQUE *Challenges* 2001
NEWS-TALK *Stratégies* 2001
NUIT AMÉRICAINE *repérages* 2001
OSCARISÉ *www.cannes-fest.com* 2001
PAF *repérages* 2001
PALME D'OR *Le Monde* 2001
PARC *La Voix du nord* 2001
PART D'AUDIENCE *Le Figaro* 2001
PÉPLUM *www.allociné.com* 2001
PETIT *Écran total* 2001
PITCH *Synopsis* 2001
PLATEAU *TéléObs Cinéma* 2001
POLAR *Libération* 1998
PORTAIL *Actuamédia* 2001
PORTRAIT-INTERVIEW *Libération* 1999
PRESSE *Libération* 2001
PRIME TIME *Synopsis* 2001
PRISE *Écran total* 2001
PUBLIPHOBE *Le Journal du Net* 2000
QUOTA *Le Film français* 2001
REALITY-SHOW *Actuamédia* 2001
REMAKE *TéléObs Cinéma* 2001

RÉTROSPECTIVE *Le Film français* 2001
SALLE *CB News* 2001
SÉLECTION *repérages* 2001
SELF-MÉDIA *Libération* 1999
SEPTIÈME ART *repérages* 2001
SPOT *CB News* 2001
STAR-SYSTEM *www.allociné.com* 2001
STREAMING *Libération* 2001
SUPERPRODUCTION *www.allocine.com* 2001
SYNDICATION *CB News* 2001
TABLOÏD *Libération* 2001
TAUTISME *Nouvelles Technologies de la communication* 1999
TAUX *CB News* 1998
TÉLÉ-POUBELLE *Libération* 2001
TÉLÉSPECTATEUR *Libération* 2001
TÉLÉVISION *Actuamédia* 2001
TÉLÉVISION-RÉALITÉ *Le Monde* 2001
TEXTO *Web Magazine* 2001
3G *fr.news.yahoo.com* 2001
TUBE *Challenges* 2001
TVHD *Libération* 1998
UMTS *Le Monde* 2001